Tote trinken keinen Whisky

Das Buch

Pippa Bolle reist nach Schottland, um ihre Freunde Duncan und Anita zu besuchen. Inmitten der idyllischen, wilden Landschaft wollen die beiden auf der Halbinsel Kintyre endlich ihre Hochzeit feiern. Pippa hat das perfekte Geschenk im Gepäck: Sie hütet Duncans Whiskybrennerei während der Flitterwochen des Brautpaares. Pippas Vorstellungen von einer romantischen Highland-Hochzeit kollidieren allerdings schnell mit der Realität. Nicht jeder ist glücklich damit, dass Duncan die Brennerei übernimmt. Die Abrechnungen stimmen nicht – zapft jemand illegal Whisky ab? Zwischen Leichen und schottischen Flunkereien lernt Pippa viel über alte Bräuche und findet neue Freundschaften.

Von den Autorinnen sind in unserem Hause
bereits erschienen:

Unter allen Beeten ist Ruh'
Dinner for one, murder for two
Tote Fische beißen nicht
Ins Gras gebissen
Tote trinken keinen Whisky
Des Katers Kern
Tödlicher Bienenstich
Viele Erben verderben das Sterben

Auerbach & Keller

Tote trinken keinen Whisky

Ein neuer Fall für Pippa Bolle

List Taschenbuch

Besuchen Sie uns im Internet:
www.ullstein.de

Wir verpflichten uns zu Nachhaltigkeit

- Klimaneutrales Produkt
- Papiere aus nachhaltiger Waldwirtschaft und anderen kontrollierten Quellen
- ullstein.de/nachhaltigkeit

MIX
Papier aus verantwortungsvollen Quellen
FSC® C083411
www.fsc.org

Originalausgabe im List Taschenbuch
List ist ein Verlag der Ullstein Buchverlage GmbH, Berlin.
1. Auflage September 2014
4. Auflage 2022

Umschlaggestaltung: bürosüd° GmbH, München
Titelabbildung: © Gerhard Glück
Satz: LVD GmbH, Berlin
Gesetzt aus der Sabon
Druck und Bindearbeiten: CPI books GmbH, Leck
ISBN 978-3-548-61117-4

Slàinte

to the good people of Campbeltown and Kintyre,
die Freunde aus der Wiesbadener Whiskygruppe,
unsere Unterstützer von der Mainzer Seite
und alle, die gute Tropfen zu genießen wissen –
Whisky verbindet!

Personen:

Die Hochzeitsgesellschaft

Pippa Bolle	hütet ihr Herz und Tausende Fässer Whisky
Freddy Bolle	schlägt einiges auf den Magen
Duncan Blakely	glücklicher Bräutigam, hat vor der Hochzeit viel zu klären
Anita Unterweger	glückliche Braut, zweifache Siegerin über den männlichen Stiftungsrat
Iona MacKinnon	Duncans Cousine, hat eine legendäre Nase
Morris Tennant	verbringt ein Sabbatjahr auf Kintyre und hat viele Talente
Jock Blakely	Duncans Großvater, fällt rätselhafte Entscheidungen
Margit & Karl Heinz Unterweger	Eltern der Braut, Energie und Aufklärungswille aus der Weststeiermark
Rebecca Davis	ermittelt auch im Urlaub
Pete Wesley	professioneller Menschenkenner
Catriona Blakely	Ionas Mutter, Lady mit eigenem Stil und großer Wirkung
Iain McAlister	Trauzeuge mit Whiskywissen
Hector MacKinnon	Ionas Vater, wechselt den Typ und bleibt sich damit treu

Rose MacKinnon	Hectors zweite Ehefrau, wirkt im Verborgenen
Lewis & Harris	Söhne der MacKinnons, sehen manchmal Gespenster

Wee Dram und seine Bewohner

Laddie Blackbeard	Kampfkater und Rückenschwimmer, Angestellter auf Wee Dram
Archie (Archibald) Drummond	besitzt einen Kutter und liebt dreihundertfünfzig Mädchen
Monty (Montgomery) McManus	will Brennmeister werden und lebt mit Archie in einer Männer-WG
Connor MacKenzie	kann mälzen und Frauen betören
Graham MacLeod	Brennmeister von Wee Dram, tritt nie in Erscheinung, ist aber immer gegenwärtig
Briony MacLeod	Grahams Frau, gibt die Hoffnung nicht auf
Turval MacLeod	Sohn der MacLeods, verwirrter Teenager
Tamsin MacLeod	coole Tochter der MacLeods, trainiert ausdauernd ihre Kaumuskeln
Dorcas Gunn	lebt einsam, aber nicht allein
Smith & Wesson	Dorcas' Hunde, haben scharfe Argumente
Joanna Goldie	zeigt Filme und hat eine Menge zu erzählen

Die deutschen Whiskyenthusiasten

Bert-Rüdiger Dambeck	Whisky-König von eigenen Gnaden und Leiter einer Reisegruppe
Jens & Tanja Boehme	kommen eigens aus Mainz und beherrschen das Spiel vom Hasen und Igel
Die Whiskytruppe	Marion, Ole, Georg, Ursula, Stefan, Harald und Gabi: Wollen alles über Whisky lernen und erfahren mehr als erwartet

Campbeltown und Kintyre

Ronan MacPhie	Schwarzbrenner alter Schule: reich an Jahren, reich an Kochkünsten, reich an Whiskywissen
Daniel Seton	umtriebiger Postzusteller, macht aus allem ein Geschäft
Detective Inspector Alan Prescott	unkonventioneller Boss der Ordnungshüter
Sergeant Stuart Ramsey	rückt Pippa auf die Pelle
Brian Lockhart	ist bei der Küstenwache und hat ein Faible für karierte Hemden
Maisie Lockhart	Brians Gattin, erreicht nie das andere Ufer
Angus Todd	der ›Mann im Auto‹
Betty Todd	Angus' Gattin, hat die Hosen an
Brenda Sandison	betreibt einen Eisenwarenladen und glaubt an die Liebe
Flora Grant	betreibt das Ardshiel Hotel und kennt sich aus – nicht nur mit Whisky

Sarah MacDonald	fotografiert nicht nur Landschaften
Francis Hill	betreibt das Muneroy, den Treffpunkt der Altherrenriege
Morven und Debra	weisen im Kino den Weg und haben etwas zu erzählen

Und außerdem …

The Midden, Duncans frühere Band	drei Schwestern mit begnadeten Stimmen
Die Katzenbande	angeblich ein Mythos
Neil & Alice Blakely	Duncans Eltern, Opfer eines tragischen Segelunfalls

Prolog

Ronan MacPhie stieß die Tür zum Konferenzraum des Ardshiel Hotels in Campbeltown auf und sah sich um. Am runden Tisch saßen bereits zwei Männer und drei Frauen, aber der alte Mann mit dem wettergegerbten Gesicht ignorierte sie und ging schnellen Schrittes zu der blonden Kellnerin hinüber, die gerade Getränke servieren wollte. Er nahm ein Glas von ihrem Tablett und senkte seine Nase hinein, um das Aroma der goldgelben Flüssigkeit zu inhalieren. Die Kellnerin wollte schon weitergehen, als Ronan die Hand hob und sie aufhielt. Er griff nach einem weiteren Glas, leerte den Inhalt in seines und stellte es wieder zurück.

»Vielen Dank, Michelle«, sagte er, bevor er seine ganze Konzentration erneut dem Inhalt seines Glases widmete. Er hielt das Glas gegen das Licht, schwenkte den Inhalt, schloss die Augen, schnüffelte erneut. Er bot das Bild eines Mannes, der sich nach einem langen Arbeitstag die verdiente Belohnung gönnt.

Eine rundliche, freundlich wirkende Frau war vom Tisch aufgestanden und hatte sich zu ihm gesellt. »*Slàinte.*«

Der alte Mann öffnete die Augen, nickte und hob das Glas. »*Slàinte mhath*, Brenda.« Er trank einen Schluck und verzog ein wenig das Gesicht, als hätte der Geschmack nicht seine Erwartungen erfüllt.

Brenda Sandison zupfte nervös an ihren dunklen kurzen Haaren. Offensichtlich hatte sie ein Anliegen, das nichts mit Ronans Getränk zu tun hatte, aber sie sagte: »Dieser Whisky hat durch sein Rotwein-Finish nicht gerade gewonnen. Und teuer war er auch. Es geht eben nichts über das gute alte Bourbonfass.«

Ihr Blick ging zu einer schmalen Frau ihres Alters, die am Tisch mit einem älteren Herrn sprach und dabei einige Papiere ordnete.

»Arme Flora Grant«, fuhr sie lächelnd fort. »Für jedes unserer Treffen einen Whisky zu finden, den wir noch nicht kennen, muss wirklich schwierig sein – so häufig, wie wir in letzter Zeit zusammenkommen.«

Eine ältere Frau mit Bubikopf trat zu ihnen, und Brenda Sandison verzog leicht den Mund. »Wie gefällt dir unser heutiger Whisky, Joanna? Sei ehrlich.«

Joanna Goldie überlegte kurz, als würde sie nach diplomatischen Worten suchen. »Er ist zumindest ungewöhnlich«, sagte sie dann, »und damit passt er gut hierher. Ich wurde letztens bereits gefragt, ob der eigentliche Grund für die häufigen Sitzungen unseres Stiftungsrates ist, seltene Whiskys zu verkosten.«

»Welchen Grund könnte es denn sonst noch geben?«, murmelte Ronan.

»Für einige von uns ist das vielleicht so, aber das gilt wohl kaum für Graham«, erwiderte Brenda Sandison, »der sitzt doch direkt an der Quelle. An einer besonders leckeren, wenn ich das hinzufügen darf.«

»Ist er deshalb noch nicht da?« Joanna Goldie blickte auf die große Uhr neben der Eingangstür und dann zu Ronan. »Und dabei ist er doch sonst nie der Letzte, der aufkreuzt.«

»Hauptsache, er kommt zur Abstimmung«, sagte Brenda, »sonst gibt es wieder ein Unentschieden. Drei Männer gegen drei Frauen – so kommen wir nie zu einer Entscheidung.« Sie deutete mit dem Kopf auf den älteren Herrn neben Flora und senkte die Stimme: »Es sei denn, Jock lässt sich endlich überzeugen. Würde doch eigentlich in seinem eigenen Interesse liegen.«

Joanna Goldie wandte sich an den alten Ronan MacPhie. »Wenn ihr Männer nicht derart sture Traditionalisten wärt, hätten wir schon am Tag des heiligen Kevin entscheiden können, ob Anita Unterweger als Kandidatin zugelassen wird oder nicht«, fuhr sie ihn an. »Jetzt haben wir bereits den 3. November. Fünf Monate später! Nur noch einen Monat, und wir können einpacken.«

»Damit hängt heute alles an Graham«, sagte Brenda Sandison düster.

Ronan hob erstaunt die Augenbrauen. »Der allerdings ebenfalls ein Mann ist, wenn ich nicht sehr irre.«

»Ja, aber was für einer!«, rief Joanna Goldie. »Einer, der sich durch gute Argumente überzeugen lässt.«

»Tradition *und* Moderne«, fügte Brenda Sandison hinzu, »das zeichnet Graham aus.«

Die beiden Frauen tauschten einen schwärmerischen Blick, dann sagte Joanna Goldie demonstrativ in Richtung Ronan: »Mit Graham MacLeod hat die Wee Dram Distillery den besten Brennmeister weit und breit. Den allerbesten.« Ohne seine Antwort abzuwarten, kehrte sie an den Tisch zurück und setzte sich.

»Meinen ersten Whisky habe ich mit fünfzehn gebrannt. Was kann ein Graham MacLeod meinen mehr als fünfundsiebzig Jahren Erfahrung schon entgegensetzen?« Ronan MacPhie runzelte die ohnehin gefurchte Stirn und nahm sichtlich verärgert noch einen großen Schluck aus seinem Glas. »Dieser Tropfen hier muss noch ein paar Jahre auf die Weide. Fünfzig von hundert Punkten, mehr kriegt der nicht von mir«, befand er, um dann selbstbewusst hinzuzufügen: »Nichts schmeckt so ausgereift wie meine … Hausmarke.«

Das war Brenda Sandisons Stichwort. »Und genau darüber wollte ich mit dir reden, Ronan. Mein Vorrat an …« Sie stockte, als der dritte Mann im Raum herangeschlendert kam, und fuhr dann hastig fort: »… an Geduld ist erschöpft. Aber fragen wir doch unseren geschätzten Detective Inspector Prescott nach seiner Meinung. Was denkst du, Alan – bekommen wir im heutigen Wahlgang endlich eine Mehrheit?«

»Och …« Der Angesprochene, ein hochgewachsener Mittfünfziger mit weichen Gesichtszügen unterkurzgeschorenen grauen Haaren, wiegte den Kopf. »Kommt ganz darauf an …«

In diesem Moment ertönte ein helles Klingen vom Tisch. Flora Grant hielt zwei bauchige kleine Gläser in den Händen, die sie gerade ein weiteres Mal gegeneinanderschlagen wollte.

»Verschone die guten Verkostungsgläser, Flora, wir kommen ja schon!«, rief Brenda Sandison.

Als alle Anwesenden Platz genommen hatten, nickte Flora Grant. »Ich denke, wir beginnen mit den vorgeschriebenen Präliminarien, auch wenn wir noch nicht ganz vollständig sind«, begann sie. »Bis zur entscheidenden Stimmabgabe wird Graham sich hoffentlich eingefunden haben. Schön übrigens, dass es bei den Nachzüglern mal eine Abwechslung gibt. Sonst ist ja entweder der Ordnungshüter unabkömmlich – oder unser Seebär vergisst beim Seeschnecken-Sammeln die Zeit.«

Ronan MacPhie deutete eine ironische Verbeugung an, und Flora Grant fuhr fort: »Wie immer an dieser Stelle darf ich den Ältesten unseres Stiftungsrates bitten, uns den Grund unserer Zusammenkunft in Erinnerung zu rufen.«

Sie ignorierte das kollektive Stöhnen und Augenrollen

der Anwesenden und übergab dem alten Mann ein Blatt Papier. Ohne auch nur einen Blick darauf zu werfen, deklamierte Ronan MacPhie routiniert: »Am 3. Juni eines jeden Jahres, dem Festtag des heiligen Kevin, des Beschützers der Wee-Dram-Ländereien, sollt Ihr zu siebent zusammenkommen, um vier Paare auszuwählen, die unter Sankt Kevins besonderen Schutzes gestellt werden können, da sie sich getrauen, den Bund der Ehe in seinem Sinne einzugehen, und sich daher für eine großzügige Mitgift aus dem Vermögen des Ehe-Stiftungsrates eignen. Die Antragsteller müssen glaubhaft machen, dass sie nach Erhalt des Stiftungsgeldes mindestens drei Jahre auf unserer schönen Halbinsel Kintyre zu leben gedenken und sich Sankt Kevins Regeln zum Gedeih ihres Ehelebens und zur weiteren Familienplanung mit allen Konsequenzen unterwerfen werden. Für diesen Einsatz werden sie dann auch fürderhin großzügig unterstützt, zu ihrem eigenen Wohle und zum Segen unseres Gemeinwesens, damit es nicht wie andere schottische Landstriche das Schicksal der Entvölkerung erleide. Um die Entscheidungen des Stiftungsrates nicht durch Eigeninteressen oder Vorbehalte trüben zu lassen, wird bestimmt, dass alljährlich der größten und der kleinsten, der dicksten und der dünnsten Braut je ein Viertel der finanziellen Ausschüttung zugesprochen wird.«

Flora Grant sprach die oft gehörten Worte lautlos mit und lächelte unwillkürlich bei der Erwähnung der vier Bräute – wie sie es an dieser Stelle immer tat.

»Sollte der seltene Fall eintreten, dass die Entscheidung nicht durch äußeren Augenschein der zukünftigen Ehefrauen zu erlangen ist, oder schwerwiegende Bedenken der Entscheidungsträger dem Zuspruch entgegenstehen, muss am jeweils dritten Tage des Folgemonats erneut beraten werden. Den Antragstellerinnen können währenddessen

Fasten- oder Futterkuren ans Herz gelegt werden, um die Entscheidungslage zu verbessern. Die Vergabe der Unterstützung des Stiftungsrates geschieht durch einfache Stimmenmehrheit der am Tage der Abstimmung anwesenden Personen.«

Alan Prescotts Kopf war beim leiernden Vortrag des alten Ronan nach vorn gesunken. Brenda Sandison stieß ihn unauffällig an, als leises Schnarchen erklang.

Ronan MacPhie hatte den Vorfall bemerkt und fuhr mit erhobener Stimme und deutlich gesteigertem Sprechtempo fort: »Ein Konsens muss innerhalb von sechs Monaten nach dem *Saint Kevin's Day* gefunden sein, sonst verlieren sämtliche Teilnehmer des Stiftungsrates ihre Stimmberechtigung und müssen ihre Plätze an sieben andere Personen abgeben. Diese müssen auf der Halbinsel Kintyre leben, sowohl Englisch als auch Gälisch sprechen und mindestens fünfundzwanzig Jahre alt sein. Sie werden durch das Los ermittelt.«

Brenda Sandison neigte sich zu Joanna Goldie herüber und flüsterte: »Beim nächsten Mal komme ich auch zu spät, wenn ich mir dadurch das hier erspare.«

Sie kicherte leise, als Flora Grant sich daraufhin streng räusperte, und wandte ihre Aufmerksamkeit wieder dem Sprecher zu.

»Die Mitglieder des ursprünglichen Stiftungsrates verlieren damit nicht nur ihren Sitz im Rat, sondern außerdem ihr Whisky-Deputat«, sagte Ronan MacPhie gerade. »Die Möglichkeit, sämtliche Single Malts Schottlands nach seinem Gusto über die Vorsitzende des Stiftungsrates zu ordern und zu verkosten, ist als Vergütung für die ehrenamtliche Arbeit des Stiftungsrates anzusehen. Die Mitgliedschaft im Sankt-Kevin-Ehe-Stiftungsrat besteht auf Lebenszeit und darf an eine eigens bestimmte Person vererbt oder aufgrund von

Krankheit oder Altersschwäche vorzeitig weitergegeben werden.«

Ronan machte eine Pause und trank einen Schluck Whisky, um seine Kehle zu ölen, denn der Brauch verlangte, dass er den gesamten Text in Gälisch wiederholte. Als er gerade den gälischen Namen des Schutzheiligen, Coivin, aussprach, erklangen von draußen die Sirenen von Feuerwehr, Krankenwagen und Polizei.

Während Ronan sich dadurch nicht unterbrechen ließ, reckten die anderen am Tisch die Hälse und spähten neugierig aus dem Fenster, als die Kolonne aus Einsatzfahrzeugen mit blinkenden Blaulichtern am Hotel vorbeiraste. Besorgte Blicke wurden gewechselt, dann sagte Flora Grant: »Wir wollen hoffen, dass sich nicht wieder unvorsichtige Touristen bei Ebbe zu weit in die Bucht hinausgewagt haben …«

»Könntet ihr wenigstens so tun, als würdet ihr zuhören?«, fragte Ronan MacPhie griesgrämig.

Auf das Nicken der anderen hin beendete er den Vortrag regelgerecht und händigte das Schriftstück wieder an Flora aus. Diese hakte nun auf einer Liste die Namen der Anwesenden ab.

Ronan MacPhie beugte sich zu seinem Nebenmann und flüsterte deutlich hörbar in dessen Hörgerät: »Wann gibst du endlich deinen Sitz auf, Jock? Wird dir das nicht langsam alles zu viel?«

»Wie bitte? Ich bin zehn Jahre jünger als du!« Jock Blakely schnaubte entrüstet. »Gerade mal knapp über achtzig – gegen dich alten Knacker bin ich ein junger Spund. *Noch* bewältige ich meine Aufgabe und meinen Whisky problemlos, mein Lieber. Wenn einer seinen Sitz im Rat abgeben sollte, dann du.«

»Du hast Erben, die übernehmen können«, sagte Ronan.

»Ich war nie verheiratet. Ich muss viel länger darüber nachdenken als du, wen ich berufe.«

»Man sollte meinen, du hättest dir in all den Jahren schon mal Gedanken gemacht.« Jock Blakely schüttelte den Kopf und überlegte einen Moment lang. »Wie wäre es denn mit deinem Busenfreund Archie Drummond?«

Ronan MacPhie winkte ab. »Archie hat nicht die blasseste Ahnung von Whisky. Der würde ihn sogar mit Eis oder Cola trinken. Oder abwechselnd mit Bier. An ihn wäre der Sitz völlig verschwendet.«

»Ich kenne Dutzende, die sich nach einem Sitz im Whiskyrat ... äh ... Stiftungsrat alle Finger lecken würden.«

»Ach ja?« Ronan hob die Augenbrauen. »Interessant. Wer hat sich dir denn angeboten? Oder gibst du deinen Platz auf jeden Fall an deine Tochter weiter? Wie ich Catriona kenne, würde sie bestimmt nicht nein sagen.«

Mit zusammengekniffenen Augen erwiderte Jock Blakely scharf: »Auf keinen Fall. Nicht noch eine Frau im Ehe-Stiftungsrat des heiligen Kevin!«

Flora Grant warf den beiden Männern einen strengen Blick zu und verkündete lauter als nötig: »Hiermit habe ich die Anwesenheit geprüft und die Beschlussfähigkeit festgestellt. Ich weise noch einmal darauf hin, dass nur die Personen abstimmen dürfen, die persönlich anwesend sind. Briefwahl ist nicht zugelassen. Ich hoffe sehr, dass wir heute zu einer Entscheidung kommen. Ihr wisst, was uns andernfalls droht: die Auflösung und Neubesetzung dieses Rates.«

Jock Blakely und Ronan MacPhie stöhnten auf. »Das möge Saint Kevin verhüten!«, entfuhr es ihnen synchron.

»Das darf wirklich nicht passieren!«, rief Alan Prescott mit vor Entsetzen heller Stimme. »Ich bin noch so jung! Es gibt so viele Whiskys, die ich noch nicht kenne!«

Mit gerunzelter Stirn musterte Flora Grant die drei Männer. »Ihr führt euch auf, als würdet ihr heute zum ersten Mal davon hören. Wie lange liegen uns die Anträge schon vor? Wir haben es in der Hand, eine Einigung zu erzielen – nicht Saint Kevin.« Sie zog ein Blatt unter dem Stapel auf dem Tisch hervor. »Fall 1 dürfte klar sein: Die junge Frau aus Southend ist mit 75 Inches die größte der Antragstellerinnen. Die Ärmste zieht schon automatisch den Kopf ein, wenn sie durch eine normale Tür geht. Ich war vor Ort und habe persönlich nachgemessen. Alan war als Zeuge dabei.«

Prescott strich sich über seinen Bauchansatz und nickte. »Der Termin fand im Restaurant Muneroy statt. Wir hatten Sponge mit Sahnefüllung, Applecrumble mit heißer Vanillesoße, Scones mit Clotted Cream ...«

Joanna Goldie grinste. »Seid ihr sicher, dass ihr nicht die dickste Braut überprüft habt?«

»Das war *meine* Speisenfolge. Die Braut war zum Essen viel zu aufgeregt«, erklärte Prescott. »So blieb mehr Whiskysahne für ...«

»Die größte Braut steht also fest«, unterbrach Flora Grant ihn rigoros und hob ihr Glas. »Und die dünnste Braut hat uns heute den Whisky serviert – meine Michelle.«

»Mit dir als Chefin wird sie wohl niemals zunehmen«, sagte Joanna Goldie, »du hältst sie ja ständig auf Trab. Keine meiner Platzanweiserinnen im Picture House kann da mithalten. Leider!«

»Kommen wir zu unserem Problemfall«, fuhr Flora Grant ungerührt fort. »Anita Unterweger, Duncan Blakelys Zukünftige. Sie ist zweifellos die kleinste Bewerberin ...«

»Die leider, leider aus Österreich stammt«, fiel Ronan MacPhie ihr unwirsch ins Wort. »Warum reden wir hier über ein Mädchen, das keine Schottin ist? Darf sie sich überhaupt bewerben?«

»Nicht noch einmal, Ronan!« Brenda Sandison stöhnte genervt. »Was ist Österreich für dich? Die Vorhölle?«

»Es ist ein Land, in dem es keinen Whisky gibt«, antwortete der alte Mann in einem Ton, als spräche er zu einem Kleinkind. »Die können einem wirklich leidtun. Wie hoch ist dort eigentlich die Lebenserwartung?«

Jock Blakely hob die Hand. »Ich mag mich wiederholen, aber gerade weil Anita meinen Enkel heiratet, muss ich darauf bestehen, dass sie nicht zur Bewerbung zugelassen wird. Sollen die Leute mir nachsagen, dass ich aus Eigeninteresse handle? Das will ich auf keinen Fall. Anita ist kein Mädchen von der Halbinsel, geschweige denn aus Campbeltown.« Er lehnte sich zurück, als wäre damit alles gesagt.

Flora Grant winkte ungeduldig ab. »Na und? Was macht das schon? Sie und Duncan verpflichten sich mit der Bewerbung, die nächsten drei Jahre hier zu leben. Damit sind die Bedingungen erfüllt. Wer will schon weg von hier, wenn er sich erst einmal eingelebt hat? Hier ist es viel zu schön. Duncan und Anita haben ihren Anteil verdient.«

»Ich habe nach unserem letzten Treffen die vom Stiftungsrat unterstützten Ehen bis 1832 zurückverfolgt«, verkündete Joanna Goldie triumphierend. »Weiter war nicht nötig. Bis zu diesem Zeitpunkt hatte ich bereits drei Verbindungen zwischen jungen Männern der Halbinsel mit Bräuten aus Irland gefunden.«

»Vom Mull of Kintyre bis nach Nordirland sind es drei Ruderschläge – von Campbeltown nach Wien drei Flugstunden!«, gab Jock Blakely zurück.

»In Irland wird wenigstens Whisky gebrannt«, warf Prescott ein und leckte sich unwillkürlich die Lippen.

»Whisky nennst du das?« MacPhie schnaubte verächtlich. »Kein Mann von Ehre würde wegen dieses dreifach gebrannten Fusels eine Frau aus Irland heiraten. Das kann nun wirklich kein Kriterium sein.«

»Ist es auch nicht«, sagte Flora Grant, »aber es könnte eines werden. Ich habe vierzehn Brennereien gefunden, die sich in Österreich derzeit mit dem Destillieren von Whisky beschäftigen. Zwei in der Steiermark, zwei in Niederösterreich ...«

»Was heißt das schon!«, rief Ronan MacPhie dazwischen. »Wer würde so etwas denn freiwillig trinken?«

Ein geradezu diabolisches Lächeln breitete sich auf Floras Gesicht aus, als sie stumm auf die Gläser der Anwesenden deutete.

»Du hast uns reingelegt«, sagte Jock Blakely empört.

Flora Grant schüttelte den Kopf. »Kein Grund, ein Drama daraus zu machen. War doch klar, dass ihr so argumentieren würdet, und dem wollte ich schlicht vorbeugen, damit wir endlich zu einem Entschluss kommen. Ich darf doch davon ausgehen, dass die Bedenken der anwesenden Herren jetzt ausgeräumt sind?«

Brenda Sandison seufzte. »Da bin ich mir nicht sicher, denn ich habe neuen Zündstoff: Die Situation hat sich seit dem letzten Monat dramatisch verschärft. Ich war zusammen mit Graham zuständig, die dickste Braut aus den Bewerbungen herauszufiltern. Und das haben wir getan ...« Sie verstummte und sah in die Runde.

»Nun mach es nicht spannender, als es ist«, sagte Joanna Goldie ungeduldig. »Ihr habt ein Maßband umgelegt und eine Gewinnerin ermittelt. Lass mich raten: Es ist deine Aushilfe, dieses mollige Mädchen aus Machrihanish.«

»Nein, sie ist definitiv aus dem Rennen. Ihr Bauchumfang wurde während der letzten Wochen bei weitem überflügelt.«

»Von wem?«, fragte Flora Grant erstaunt.

Brenda Sandison holte tief Luft. »Von Anita Unterweger aus Österreich.«

»Zwei Anteile für eine Braut?«, fauchte Ronan MacPhie. »Das hat es seit Beginn meiner Zeit im Rat nicht gegeben. Und ich bin seit 1953 dabei!«

»Anitas Bauchumfang beträgt 55 Inches.« Brenda Sandison lächelte. »Sie besteht zwar darauf, dass es 140 Zentimeter sind, aber das Ergebnis bleibt das gleiche.«

Alan Prescott pfiff durch die Zähne und begutachtete unauffällig seine eigene Leibesmitte.

Jock Blakely starrte auf die Tischplatte. »Daran habe ich nicht gedacht. Anita ist im siebten Monat schwanger.«

»Mit Zwillingen!«, rief Brenda Sandison fröhlich aus. »Aber das ist egal: Umfang ist Umfang, meine Herren!«

In die darauffolgende Stille hinein klingelte Prescotts Handy.

»DI Prescott«, meldete er sich knapp, dann lauschte er mit zunehmend entsetzter Miene. Schließlich beendete er das Gespräch und sagte ernst: »Eine Staubexplosion in der Wee Dram Distillery. Zwei Leicht-, ein Schwerverletzter. Jetzt kennen wir den Grund, warum Graham MacLeod nicht gekommen ist. Ihn hat's erwischt. Er kämpft um sein Leben.«

Kapitel 1

»Blauer Himmel!«, rief Freddy Bolle erstaunt, als er aus dem Flughafengebäude ins Freie trat. »Über Glasgow!« Er drehte sich zu seiner Schwester um, die sich mit dem beladenen Gepäckwagen abmühte. »Haben wir das falsche Flugzeug genommen?«

»In jedem Fall habe ich die falsche Begleitung mitgenommen. Ein echter Gentleman würde mich nicht allein schuften lassen.« Pippa stellte den Wagen ab, öffnete schnaufend ihre bis zum Hals geschlossene Wachsjacke und blinzelte in die Sonne. »Und warum sollte hier die Sonne nicht scheinen?«

»Aus zwei Gründen: Es ist November, und wir sind in Schottland«, erwiderte Freddy.

»Genau! Schottland – für dich und mich! Eine ganze Woche! Mit allem Schnickschnack: privater Transferservice, Boot fahren, Ferienhaus und Highland-Hochzeit.« Pippa strahlte Freddy an. »Sonnenschein ist das einzig angemessene Wetter, da bleiben keine Wünsche offen.« Sie zögerte. »Bis auf einen.«

»Vollpension!« Unwillkürlich leckte Freddy sich die Lippen.

Pippa musterte ihren Bruder. Unverschämt, dass er trotz seines permanenten Appetits derart schlank und durchtrainiert war. Sie legte schon zu, wenn sie nur an ihrem ständig futternden Bruder vorbeiging. Sie schüttelte den Kopf. »Nein – ich möchte dich im Kilt sehen.«

Freddy riss entsetzt die Augen auf. »Bist du wahnsinnig? Viel zu kalt von unten. Und so peinlich bei Wind!«

»Ich meine ja nur ... Duncan und Anita hätten auf ihrer Hochzeit doch vielleicht gern eine gewisse Einheitlichkeit.«

»Duncan!« Freddy nutzte die Gelegenheit zu einem Themenwechsel und sah auf die Armbanduhr. »Wo bleibt unser Bräutigam eigentlich? Er sollte längst hier sein.«

»Er muss mehr als 130 Meilen einspurige Landstraße mit Ausweichbuchten hinter sich bringen. Wenn ein Trecker vor ihm herzuckelt, kann das ewig dauern.« Suchend blickte Pippa die Straße entlang: geschäftiges Treiben und ein Pärchen, das ebenso auf seine Abholer zu warten schien wie sie, aber kein bekanntes Gesicht. »Wir stehen auf jeden Fall richtig – direkt gegenüber den Bushaltestellen«, fuhr sie fort. »Hier sind wir verabredet.«

Pippa hielt ihr Gesicht in die Sonne. Auch sie hatte mit deutlich niedrigeren Temperaturen gerechnet und sich viel zu warm eingepackt. Als sie die Ballonmütze vom Kopf zog, ergossen sich ihre langen roten Locken über ihre Schultern. Dann wühlte sie in den zahlreichen Taschen der Wachsjacke nach ihrem Handy, um Duncan anzurufen.

»Willkommen in Schottland, Pippa Bolle!«, rief eine dunkle Männerstimme.

Pippa blickte überrascht auf. Das andere wartende Pärchen kam zielstrebig auf sie zu. Der dunkelhaarige Mann lächelte Pippa gewinnend an und schüttelte erst ihr die Hand, dann Freddy. »Du bist Freddy, nicht wahr? Es ist mir ein Vergnügen! Duncans Freunde sind auch meine Freunde. Ich bin Morris. Morris Tennant. Darf ich vorstellen: Catriona Blakely.«

Seiner eleganten Begleiterin fielen die silberweißen, zu einem Pagenkopf geschnittenen Haare weich ins Gesicht, als sie zur Begrüßung huldvoll nickte. »Catriona, bitte. Ich bin Duncans Tante. Die einzige.«

»Wo ist Duncan?«, fragte Freddy. »Und wie haben Sie beide uns erkannt?«

Morris deutete grinsend auf Pippas Haarpracht. »War ganz einfach, als die Tarnkappe weg war.«

»Ein Erbe meiner Großmutter.« Pippa lachte herzlich. Mittlerweile liebte sie ihre roten Locken, obwohl sie als Kind stets damit aufgezogen worden war. Erst während ihrer Zeit in Florenz hatte sie sich mit ihrer Haarfarbe wirklich ausgesöhnt. Wenigstens das hatten die sieben gemeinsamen Jahre mit ihrem italienischen Exmann Leo gebracht.

»Ich wäre nicht so einfach davongekommen«, murmelte Freddy nur für Pippas Ohren. Er zog eine Augenbraue bedeutungsvoll nach oben, als hätte er von ihr eine deutlich schlagfertigere Antwort erwartet. »Aber ich bin ja auch nur dein Bruder und kein fescher Schotte. Obwohl: So toll ist er nun auch wieder nicht.«

Aber sein Charme ist entwaffnend, dachte Pippa. Morris Tennant war nicht im klassischen Sinne gutaussehend, aber er hatte Charisma und ein sympathisches Lächeln. Sie musterte ihn unauffällig, während er von Catriona Blakely einen Autoschlüssel entgegennahm.

»Das Auto steht im Parkhaus gegenüber, Morris. Unterste Ebene, Parkbucht 7.«

Freddy zuckte leicht zusammen, als Catriona Blakely sich ihm zuwandte und ihm unvermittelt eine Plastikkarte unter die Nase hielt. »Hier ist die Parkkarte.«

Überrumpelt ging Freddy hinter Morris her, und Catriona Blakely sah den beiden hochgewachsenen Männern zufrieden nach. Dann sagte sie halblaut: »Ich liebe Parkservice. In jeder Hinsicht.«

Pippa folgte ihrem Blick und stimmte insgeheim zu:

Morris und Freddy gaben auch von hinten ein gutes Bild ab. Aus dem Augenwinkel betrachtete sie die Frau neben sich: Catriona war eine klassische Schönheit mit feinen Gesichtszügen – und sich ihrer Ausstrahlung und Wirkung bewusst.

»Ich wohne in Glasgow«, plauderte Catriona Blakely, »genauer gesagt in …« Sie zögerte und fuhr dann fort: »Sie kommen aus Berlin, nicht wahr? Wo genau wohnen Sie?«

»Im Afrikanischen Viertel, in der Transvaalstraße. In einem traditionellen Mehrfamilienhaus mit Hinterhof und Seitenflügel. Meine Eltern und mein Bruder leben ebenfalls dort. Wenn auch in anderen Wohnungen.«

»Darf ich fragen, was Sie beruflich machen?«

»Ich arbeite als Übersetzerin: Deutsch, Englisch, Italienisch, manchmal Niederländisch. Und ich betreibe einen kleinen Haushüter-Service.«

»Wo würden Sie wohnen wollen, wenn Geld für Sie keine Rolle spielte?« Catriona Blakely sah Pippa neugierig an.

Interessante Frage, dachte Pippa, sie geht davon aus, dass ich umziehen würde, wenn ich es mir leisten könnte. Auch mit viel Geld würde ich in der Transvaalstraße 55 wohnen – aber ich weiß, was sie von mir hören will. »Wannsee, Dahlem, vielleicht Zehlendorf?«

»Es ist zwar schon lange her, dass ich Ihre Stadt besucht habe, aber ich erinnere mich.« Catriona Blakely nickte. »Villen, Wald und schöne Seen. Genauso traumhaft wohne ich auch, allerdings in einem alten viktorianischen Haus. Unser Stadtteil ist berühmt für seine vielen Hauskatzen.«

Sofort wurde Pippa hellhörig. »Tatsächlich? Ich liebe Katzen.«

»Kommen Sie mich doch mal besuchen, während Sie hier sind, Pippa. Glasgow steht ganz zu Unrecht häufig im

Schatten von Edinburgh. Ich könnte Ihnen die interessantesten Ecken zeigen: Saint Mungo Cathedral, Kelvingrove Park, Pollock House.«

Bedauernd schüttelte Pippa den Kopf. »Ich würde Ihr Angebot zu gern annehmen, aber ich fliege bereits in einer Woche zurück nach Hause. Am Tag nach der Hochzeit.«

»Dann ein anderes Mal ...« Ein amüsiertes Lächeln umspielte Catriona Blakelys Mund. »Vielleicht bei Duncans nächster Hochzeit.«

»Sie sind mit Duncans Wahl nicht einverstanden?«, fragte Pippa und runzelte die Stirn – bereit, für Duncans Braut Anita Partei zu ergreifen, falls das nötig sein sollte.

»Im Gegenteil«, erwiderte Catriona Blakely, »ich bin erleichtert! Für ihn und meine Tochter Iona stand seit ihrer Kindheit fest, dass sie den Rest ihres Lebens miteinander verbringen. Ich konnte machen, was ich wollte – die beiden haben immer beieinander gehockt. Das hat sie daran gehindert, andere Menschen kennenzulernen. Daher war ich sehr froh, als Duncan vor zwei Jahren dieses Stipendium für den Theaterworkshop gewann und dadurch Anita und Ihnen begegnete. Das hat ihm wirklich gutgetan. Er brauchte dringend eigene Freunde. Seine Braut ist ein echter Schatz. Trotzdem wäre es mir lieber gewesen, wenn die beiden sich ein wenig mehr Zeit gelassen hätten mit der Familiengründung. Gerade weil sie aus so unterschiedlichen ... Welten stammen.«

Pippa war anderer Meinung, denn sie hatte die schwierigen Umstände, unter denen Duncan und Anita sich kennenlernten, aus nächster Nähe miterlebt. Damals waren die beiden Mitglieder einer internationalen Theatertruppe gewesen, die im englischen Hideaway für ein Shakespeare-Festival probte. Während der dramatischen Ereignisse um mehrere Todesfälle hatten sich die zierliche Österreicherin und der kernige Schotte ineinander verliebt und gegenseitig gestützt. Duncan hatte sich stets als zupackender und warmherziger Mensch gezeigt, und Pippa war sicher, dass sie diese Charaktereigenschaften auch in seinem heimischen Umfeld wiederfinden würde.

Aber sie wollte nicht mit einer fremden Frau über abwesende Freunde reden. Also fragte sie stattdessen: »Eigentlich wollten die beiden uns persönlich abholen. Es ist doch alles in Ordnung bei Duncan und Anita?«

»Aber ja«, erwiderte Catriona Blakely. »Nur, warum sollte Duncan den zeitraubenden Weg durchs Hochland zurücklegen, wenn ich ebenfalls heute anreise und Sie mitnehmen kann? Gerade kurz vor einer Hochzeit ist so viel anderes zu erledigen. Jetzt können wir die Fähre nehmen, das ist deutlich entspannter. Anstatt uns mit dem Auto über Land zu quälen, fahren wir von hier nur die fünfundzwanzig Meilen zum Hafen von Ardrossan und schon sind wir auf dem Schiff zur Halbinsel Kintyre. Die Fähre spuckt uns dann in Campbeltown wieder aus – sozusagen direkt vor der Haustür.«

»Und mit Duncan wäre diese Route nicht möglich gewesen?«, fragte Pippa verwirrt.

Catriona Blakely schüttelte ernst den Kopf. »Duncan geht auf kein Schiff. Jedenfalls nicht, wenn er es vermeiden kann.« Sie machte eine Pause und fuhr fort: »Aber wenn Sie befreundet sind, wissen Sie das ja längst.«

»Wir haben uns in den Cotswolds kennengelernt, mitten im Winter und mitten im Land. Kein Schiff weit und breit.« Pippa lachte. »Und bei dem Besuch der beiden in Berlin haben wir uns aufs Nachtleben konzentriert. Die Wassersportmöglichkeiten meiner Heimat sind zwar vielfältig, kamen aber in unserer Planung nicht vor.«

»Der arme Junge. Hätte ich mir denken können, dass er

mit seinen Ängsten nicht hausieren geht«, sagte Catriona Blakely und fuhr nach einer Pause leiser fort: »Wir wollten damals alle zusammen eine mehrtägige Segeltour durch die Inneren Hebriden machen. Dabei sind seine Eltern ertrunken. Duncan ist als Einziger von seiner Familie wieder nach Hause gekommen. Er war erst zehn Jahre alt.«

Pippa schnappte entsetzt nach Luft.

Nach einem Moment des Schweigens fuhr Catriona Blakely fort: »Mein Mann und ich haben ihn damals zu uns genommen. Für ihn gab es von da an nur noch uns beide, seinen Großvater Jock und vor allem Iona.«

Deshalb also die starke Bindung an seine Cousine, dachte Pippa, das erklärt einiges.

»Seitdem hat Duncan Angst vor offener See«, erklärte Catriona Blakely.

»Also keine Kreuzfahrt für die Flitterwöchner.«

»Ganz sicher nicht. Manchmal denke ich, er hat sich deshalb eine Österreicherin ausgesucht. Eine Frau, die in einem Land ohne Küste aufgewachsen ist, wird das Wasser nicht vermissen. Selbst wenn es jetzt direkt vor ihrer Haustür liegt.« Sie blickte über Pippas Schulter und lächelte. »Da ist mein Auto.«

Ein Geländewagen von beeindruckender Größe hielt neben ihnen. Morris und Freddy stiegen aus und begannen sofort, das Gepäck der Geschwister einzuladen. Pippa staunte, als sie die Unmengen an Koffern und Taschen sah, die bereits im Kofferraum lagen. Ob Catriona sich wohl nach alter britischer Sitte jeden Abend zum Dinner umzog und dabei darauf achtete, nie zweimal das gleiche Kleid zu tragen?

Morris folgte ihrem Blick und grinste. »Ich würde mich gerne hinter Catriona verstecken, aber ich fürchte, bis auf einen großen Koffer gehört tatsächlich alles mir.«

Das sieht nach einem längeren Aufenthalt in Campbeltown aus, dachte Pippa, schade, dass ich selbst nur eine Woche bleibe. Ich könnte mir gut vorstellen …

»Morris, du chauffierst«, unterbrach Catriona Blakely ihre Gedanken und forderte Pippa mit einer Handbewegung auf, sich mit ihr in den Fond des Wagens zu setzen.

Pippa war ein wenig neidisch auf Freddy, der sich wieder auf den Beifahrersitz schob. Nur zu gern hätte sie selbst dort gesessen und sich mit Morris unterhalten.

Als sich ihr und Morris' Blick im Rückspiegel trafen, sah sie verlegen beiseite, direkt in Catriona Blakelys spöttisch funkelnde Augen. Ihr war dieser kleine, aber intensive Austausch nicht entgangen.

Die elegante Lady zwinkerte Pippa zu. »Frauen müssen zusammenhalten«, flüsterte sie und sagte dann zu Morris: »Ich habe den Eindruck, der junge Mann neben dir würde sich zu gern am Linksverkehr versuchen. Lass uns die Plätze tauschen, ich dirigiere ihn zur Fähre.«

Freddy nickte begeistert, und Pippa freute sich nicht nur für sich selbst, sondern auch für ihren Bruder. Er war zwar von zahlreichen Besuchen bei der englischen Großmutter mit dem Linksverkehr vertraut, aber der große Wagen reizte ihn sichtlich. Sie lächelte, als sie sah, wie ungeduldig er darauf wartete, dass Morris den Fahrersitz räumte.

Diese Frau weiß, wie sie sich Anhänger schafft, dachte Pippa anerkennend.

Freddy steuerte den Wagen sicher durch eine kleine Ortschaft mit traditionellen Steinhäusern und winzigen Vorgärten, als Catriona fragte: »Wart ihr beiden schon einmal auf Kintyre?«

»Nein. Dies ist unser erster Besuch in Schottland«, sagte Freddy. Als Catriona warnend auf die Tachonadel deutete, lächelte er verlegen und nahm den Fuß vom Gas.

»Unsere Mutter ist Engländerin«, fügte Pippa hinzu, »aber bis hier herauf haben wir es nie geschafft.«

»Besuche bei der Verwandtschaft haben selbstverständlich Vorrang«, sagte Catriona Blakely. »So gehört es sich.«

Morris zog eine kleine Grimasse und raunte Pippa zu: »Wer wüsste das besser als die Schotten. Hier gibt es sogar Clantreffen, zu denen Mitglieder aus aller Welt anreisen. Nichts für mich.«

»Wir fanden es immer klasse bei Grandma, es war wie unsere zweite Heimat«, erinnerte sich Freddy. »Wir wechselten einfach die Umgebung und die Sprache – und blickten zuerst nach rechts, wenn wir die Straße überqueren wollten.«

»Unsere Mum stammt aus den Cotswolds«, erklärte Pippa, »die Gegend kennen wir wie unsere Westentasche. Genau wie das Viertel in Berlin, in dem wir aufgewachsen sind.«

»Und was wissen Sie über die Region, in die Sie jetzt fahren?«, fragte Catriona Blakely.

»Nur, was Paul McCartney der Welt darüber erzählt hat«, sagte Freddy und sang aus vollem Hals: »*Mull of Kintyre, oh mist rolling in from the sea, my desire is always to be here, oh mull of Kintyre …*«

Morris begann gutgelaunt auf der Rücksitzlehne vor sich den Rhythmus zu trommeln und mitzusingen, bis auch Catriona und Pippa einstimmten. Da Freddy wegen der milden Witterung das Seitenfenster geöffnet hatte, ernteten sie einige verwunderte und amüsierte Blicke von Passanten.

»Ich fürchte, das ist tatsächlich so gut wie alles, was wir wissen«, sagte Pippa am Ende des Liedes, »außer natürlich, dass Duncans Großvater Jock auf Kintyre die Wee-Dram-Whiskybrennerei betreibt und ausgedehnte Ländereien besitzt, auf denen unser frischgebackenes Ehepaar leben wird.«

Morris Tennant nickte. »Das Wee Dram Estate ist ein herrliches Fleckchen Erde.«

»Trinken Sie beide Whisky?«, fragte Catriona Blakely.

»Whisky, Wasser, Limo, Cider ... ich trinke alles, was gut schmeckt«, referierte Freddy gutgelaunt. »Nur Essen ist mir noch lieber. Ich habe nachgeschlagen, um ja nichts zu verpassen. Morgen fange ich mit Haggis an, am Dienstag will ich Cullen Skink probieren und Mittwoch Kippers. Donnerstag kommt Finnan Haddie dran, Freitag Hugga-Muggie, am Samstag gibt es dann das Hochzeitsmahl, da hoffe ich auf Moorhuhn, und ...«

»Und am Sonntag gibt es leider wieder abgepacktes Flugzeugbrötchen«, unterbrach Pippa rigoros den enthusiastischen Monolog ihres Bruders.

»Das klingt ganz so, als hätte Freddy schon ein volles Programm«, sagte Morris. »Wie ist es mit dir, Pippa?«

»Keine festen Pläne bisher«, antwortete sie. »Allerdings haben Anita und Duncan uns eigens gebeten, schon eine Woche vor der Hochzeit anzureisen. Ich vermute also, sie benötigen unsere Hilfe bei den letzten Hochzeitsvorbereitungen. Falls ich allerdings Zeit habe, würde ich gerne ein oder zwei Wanderungen machen. Ich brauche dringend Bewegung. Daheim hocke ich die meiste Zeit am Schreibtisch.«

»Du arbeitest zu Hause?«, fragte Morris interessiert.

»Seit Anfang des Jahres betreibe ich eine Haushüteragentur, da fällt viel administrative Arbeit an. Außerdem mache ich Übersetzungen.« Pippa seufzte. »Meine Gehirnzellen sind also ständig auf Trab – aber mein Körper braucht dringend einen Ausgleich.«

»Darf ich mich als Wanderführer anbieten?«

Während sie innerlich jubelte, erwiderte sie betont lässig: »Darauf komme ich gern zurück, vielen Dank!«

Auf dem Fahrersitz brach Freddy in lautes Lachen aus, ohne dass Pippa den Grund dafür mitbekommen hatte, aber Catriona Blakely drehte sich zu ihr um und zwinkerte ihr ein weiteres Mal zu. »Ich habe Ihren Bruder gerade mit dem Kintyre-Test vertraut gemacht.«

»Kintyre-Test?«

»Das ist eine inoffizielle Faustregel der britischen Filmzensur«, erklärte Catriona Blakely todernst. »Nach ihr darf in unseren Filmen keine Erektion zu sehen sein, bei der ein Penis in einem höheren Winkel vom Körper absteht als die auf einer Landkarte tatsächlich penisähnlich aussehende Kintyre-Halbinsel vom schottischen Festland.«

»Ihr wollt mich wohl verkohlen!«, rief Pippa aus. »Das ist doch ein Ammenmärchen.«

Catriona Blakely lachte amüsiert. »Daran ist ebenso viel Wahres wie an dem Spruch, dass auf unserer schönen Halbinsel jede Familie von Rang und Ruf einen Dudelsackspieler, zwei Schwarzbrenner und drei Schmuggler hervorbringen sollte.«

Morris Tennants Miene verfinsterte sich. »Und wünschen wir uns nicht alle, es wäre *nicht* so?«

Kapitel 2

Ohrenbetäubende Signaltöne kündigten das Ende des Verladevorgangs und das Schließen der riesigen Ladeluke der Fähre an.

Pippa, Freddy und Morris Tennant standen an der Reling und sahen zu, wie die Autorampe langsam nach oben gefahren wurde, als ein mit Rallyestreifen verzierter Wagen, der schon deutlich bessere Tage gesehen hatte, mit röhrendem Motor und laut hupend auf den leeren Verladeplatz schoss. Mit quietschenden Reifen kam er Millimeter vor der Ablegestelle zum Stehen.

»Das ist ein alter Aston Martin DB5!«, rief Freddy. »James Bond verpasst gerade die Fähre!«

»War von *Goldfinger* bis hier eben doch etwas weit«, sagte Morris Tennant und grinste.

»Welche Requisiten werden jetzt wohl ausgefahren, um noch mitzukommen?«, überlegte Pippa laut. »Raketentriebwerke? Wasserski und ein Enterhaken, um sich von der Fähre ziehen zu lassen?«

Sie riss überrascht die Augen auf, als sie den schlaksigen Mann und die grauhaarige Frau sah, die aus dem Auto sprangen. Die beiden wedelten wild mit den Armen, aber die ablegende Fähre antwortete nur mit lautem Tuten.

»Ich fass es nicht! Rebecca Davis und Pete Wesley!«, schrie Pippa und hüpfte auf und ab, während sie den Nachzüglern frenetisch zuwinkte. »Rebecca! Pete!«

»Hallo, Pippa! Hallo, Freddy!«, brüllte Pete Wesley zurück und deutete auf die Frau neben sich. »Sie ist schuld! Rauchpausen! Auf jedem verdammten Parkplatz!«

»Setz schon mal den Teekessel auf, Pippa! Wir sehen uns dann bei Duncan!«, schrie Rebecca Davis, die nicht im mindesten enttäuscht wirkte. »Wir nehmen den Landweg! Ich rauch nur noch schnell eine!« Sie versuchte, eine Zigarette anzuzünden, aber der Wind löschte immer wieder die Flamme ihres Feuerzeugs.

»Ungewöhnliches Paar«, sagte Morris Tennant, der Rebecca Davis' Kampf gegen die Elemente interessiert verfolgte. »Woher kennt ihr euch?«

»Kein Paar, aber auf jeden Fall ungewöhnlich. Der Teufelsfahrer ist Pete Wesley – Profiler, Verwandlungskünstler und Kartenleger in Personalunion. Bei der qualmenden Lady handelt es sich um Detective Inspector Rebecca Davis, eine hartgesottene Kommissarin. Wir haben sie vor zwei Jahren in den Cotswolds kennengelernt, zusammen mit Anita und Duncan.« Freddy winkte noch einmal zum Ufer hinüber und wandte sich dann seiner Schwester zu. »Seltsam, dass die beiden auch heute anreisen. Du sollst Anita davon abhalten, sich in ihrem Zustand zu überanstrengen, und Duncan hat angedeutet, dass er und ich vor Samstag noch einiges gemeinsam zu erledigen haben. Aber Rebecca und Pete?«

»Ja ... merkwürdig«, sagte Pippa gedehnt.

Mich beschleicht die Ahnung, dachte sie, dass das Thema der nächsten Woche nicht nur eine ausgelassene Hochzeit sein wird.

Die Fähre nahm weiter Fahrt auf, und Pippa winkte ihren Freunden am Ufer noch einmal zu. Rebecca Davis lehnte lässig am Aston Martin und rauchte genussvoll, während Pete bereits wieder hinter dem Steuer saß. Schon wenige Minuten später waren DI Davis und ihr Begleiter nur noch als kleine Punkte zu erkennen.

Das Schiff glitt über das ruhige Meer, als würde es über eine Spiegelfläche gezogen. Morris Tennant spielte den Reiseleiter und erklärte die Szenerie: Die Insel Arran lag gleich voraus, und ihre kleine Schwester, Ailsa Craig, tauchte südlich von ihr als riesiger Felsbuckel in der Ferne auf. Es war ein einziges, prächtiges Postkartenmotiv.

Während Pippa aufmerksam lauschte, wurde Freddy unruhig.

»Ich habe Hunger«, verkündete er. »Wenn ihr mich sucht – ich bin in der Cafeteria.«

Ohne großes Bedauern sah Pippa ihrem Bruder nach, dann schaute sie auf die sonnenglitzernde Wasserfläche und sagte zu Morris: »Kaum zu glauben, dass heute der 3. November sein soll.«

»Im Winterhalbjahr gibt es hier oft so schöne Tage. Das Licht ist dann wie ... frisch gewaschen. Ein Fest für jeden Fotografen«, antwortete er. »Ich bin sicher, dieses Wetter hält noch ein paar Tage. Ich habe einen Kurs bei einer bekannten Fotografin gebucht, Sarah MacDonald. Sie ist eine Koryphäe im Bereich Naturfotografie.«

»Wirst du mit ihr auf Kintyre auf Motivsuche gehen?«, fragte Pippa.

Morris nickte. »Sarah hat ein Auge für Komposition und Details. Ich hoffe, ich lerne bei ihr den Unterschied zwischen Knipsen und Fotografieren.«

»Das klingt interessant. Bietet sie regelmäßig Kurse an?«

»O ja, ihre Seminare sind sehr beliebt, weil sie so viel Geduld mit ihren Schülern hat. Das ist bei mir auch nötig.« Morris Tennant lachte. »Sie erzählte mir übrigens, dass sie bei Anita gerade ihre Deutschkenntnisse auffrischt, weil sie immer wieder Teilnehmer aus Deutschland hat.«

Ich könnte behaupten, dass ich beim Fotografieren ebenfalls Nachhilfe benötige, dachte Pippa, aber dann denkt er, er soll mich zum Mitkommen auffordern – lieber nicht. »Wollen Duncan und Anita wegen des guten Wetters im November heiraten?«, fragte sie stattdessen. »Weil es im Herbst weniger regnet als im Sommer? Ich habe mich gewundert, dass sie bis kurz vor der Geburt der Zwillinge mit der Feier warten.«

Morris Tennant lachte leise. »Das hat pragmatischere Gründe, fürchte ich. Der Legende nach lebte ein Heiliger namens Kevin lange Zeit in unserer Gegend und stellte alle möglichen Regeln für ein gedeihliches Leben auf. Um ihn zu überzeugen, dass sie sich im wahrsten Sinne des Wortes mit Hochgeistigem beschäftigen und einen Platz im Himmel verdienen, riefen die reichen Whiskybarone des 19. Jahrhunderts eine hochdotierte Stiftung für zukünftige Eheleute ins Leben. Seitdem kommt der Stiftungsrat jedes Jahr zusammen, um zu entscheiden, welche Hochzeitspaare die Gelder bekommen. Heute werden die vier Paare dieser Saison bekanntgegeben. Wer nicht anwesend ist, geht leer aus.«

»Duncan und Anita sind in der engeren Wahl?«, fragte Pippa. »Lohnt sich das denn?«

»Allerdings! Mit dem Geld kann man sich in Campbeltown ein ansehnliches Haus kaufen. Und wenn mich nicht alles täuscht, liegen die beiden gleich in zwei Kategorien vorn!«

Mit steigendem Amüsement lauschte Pippa seinen Erklärungen über die Kriterien, nach denen die Bräute ausgewählt wurden.

»Anita ist also wahrscheinlich die kleinste und gleichzeitig dickste Braut?«, rief sie dann. »Kein Wunder, dass sie uns angesichts dieses wichtigen Termins lieber von jemand anderem abholen lässt.«

Ein erfreulicherer Grund als Duncans Unbehagen bei Schiffsfahrten, dachte sie und sah unwillkürlich zu Catriona Blakely hinüber, die sich ein paar Meter entfernt mit einem muskulösen, braungebrannten Mann und einer zierlichen Frau im Pelzmantel unterhielt und jetzt Freddy zu sich winkte, der gerade mit einer Handvoll Gebäck wieder an Deck erschien.

»Zumal sie das Geld gerade jetzt wirklich brauchen können«, sagte Morris Tennant auf eine Weise, die Pippa aufhorchen ließ. Er setzte gerade zu weiteren Erklärungen an, als er von hinten einen freundschaftlichen Schlag auf die Schulter bekam.

Morris fuhr herum und rief: »Sieh mal an – der schöne Connor! Welche Frau hast du denn heute weinend in Glasgow zurückgelassen?«

Der Mann, dem Pippa durchaus zugetraut hätte, dass er sein Geld als Profi-Model verdiente, zuckte mit den Schultern. »Ich musste mich leider verabschieden, als ich herausfand, dass ihre Eltern nicht die Besitzer des Anwesens sind, auf dem sie lebt, sondern die Hausmeister.«

Morris Tennant lachte auf. »Du bist unverbesserlich, Connor.«

»Für arme Eltern kann man nichts, für arme Schwiegereltern schon.« Connor grinste verschwörerisch. »Das hat sich unser lieber Duncan doch auch gesagt, sonst hätte er seine Suche nach einer passenden Frau wohl kaum auf Österreich ausgedehnt. Und dann geht auch noch das Gerücht um, dass er und Anita heute eine dicke Finanzspritze kriegen.« Mit der Hand deutete er einen Kugelbauch an. »Klug eingefädelt, muss ich sagen. Habe Duncan wohl bisher unterschätzt. Andererseits: Hätte er Iona geheiratet, dann hätte er jetzt nicht all diese Probleme. Aber sie würde auch niemals in der dicksten Kategorie gewinnen, richtig? Bei Iona müsste Duncan die Kinder bekommen!«

Er prustete vor Lachen, dann fiel sein Blick auf Pippa,

die halb von Morris Tennant verdeckt wurde. Connor trat einen Schritt zur Seite, um sie besser begutachten zu können. Dann schnalzte er anerkennend mit der Zunge und sagte, ohne Pippa aus den Augen zu lassen: »Morris, du stehst neben einer sehr hübschen Frau, die ich erstaunlicherweise noch nicht kenne. Das solltest du dringend ändern.«

Du bist wirklich geschickt, dachte Pippa und musterte den Mann mit den gekonnt verstrubbelten dunklen Haaren und den großen haselnussbraunen Augen amüsiert.

Morris Tennant tat, als hätte er die Aufforderung nicht gehört, und fragte hastig: »Sag mal, Connor – wie weit sind eigentlich die Planungen für deine Traumreise gediehen?«

Bei diesem Stichwort war Pippa prompt vergessen. Connors Augen blitzten vor Aufregung, als er sich wieder Morris zuwandte. »Darüber wollte ich ohnehin mit dir sprechen! Du hast doch jetzt alle Zeit der Welt – warum kommst du nicht einfach mit? Mit deinen Sprachkenntnissen und meinem Charme nehmen wir die Panamericana wie ein Surfer die perfekte Welle. Stell dir das mal vor: von Alaska bis Feuerland nichts als Landschaft und Faulenzen. Die ganze Zeit fahren wir durch gelebte Geschichte und können eine Sehenswürdigkeit nach der anderen besichtigten. Na, wie wäre das, Professor? Sag nicht, dass dir bei der Vorstellung nicht das Wasser im Munde zusammenläuft!«

Morris hob abwehrend die Hände. »Noch bin ich kein Professor. Ab heute habe ich dreihundertfünfundsechzig Tage vor mir, in denen ich in Ruhe forschen und schreiben kann, um endlich einer zu werden. Und ich gedenke, das auf Kintyre zu tun. Genug keltische Geschichte, um mehr als ein Sabbatjahr damit zu füllen.«

Der attraktive Mann verdrehte die Augen und stöhnte. »Das ist nicht dein Ernst! Was ist das verglichen mit einer

Neuinterpretation nordamerikanischer Totempfähle! Einer entscheidenden Umdeutung des Mayakalenders! Oder eines längst fälligen Abrisses der karibischen Schmugglergeschichte! Alkoholschmuggel! Das ist Filmstoff für Hollywood!«

»Damit bringst du das beste Argument ins Spiel, um auf Kintyre zu bleiben, mein Lieber: Als einstige Whiskyhauptstadt der Welt liefert Campbeltown Material für ein ganzes Bataillon Geschichtswissenschaftler, von den Anfängen des Brennens bis hin zu den kriminellen Machenschaften heutiger Whiskyschmuggler. Aber vielen Dank für dein Angebot.«

»So leicht gebe ich mich nicht geschlagen. Ich bin für zwei Wochen auf Kintyre und arbeite nächste Woche auf Wee Dram.« Er verzog das Gesicht. »Touristen bespaßen, die glauben, die Weisheit über Whisky mit Löffeln gefressen zu haben. Da habe ich genug Zeit, dich zu überreden, wenn die schöne Unbekannte«, er warf Pippa einen schmelzenden Blick zu, »mir bei dir nicht den Rang abgelaufen hat. Schließlich bin ich nur ein alter Freund.«

»Hat sie«, erwiderte Morris grinsend, »und wir waren immer nur dann gute Freunde, wenn du etwas von mir wolltest.«

Connor zuckte mit den Achseln und ließ seinen Blick über die Passagiere an Deck schweifen. Dann verbeugte er sich vor Pippa und Morris, tippte zum Abschied an den Schirm einer imaginären Mütze und setzte ein strahlendes Lächeln auf. Zielsicher steuerte er seine nächste Beute an: eine junge Touristin, die mit Hilfe von Fernglas und einer im Wind flatternden Landkarte zu bestimmen versuchte, welche Insel sich gerade am Horizont abzeichnete.

»Der eindrucksvolle Fels dort hinten ist Ailsa Craig, dort nisten viele seltene Seevögel«, hörte Pippa ihn zu dem hübschen Mädchen sagen. Er legte ihr einen Arm über die Schulter und drehte sie sanft in eine andere Richtung, ohne sie danach wieder loszulassen. »Weiter rechts sehen Sie …«

»Wow«, sagte Pippa zu Morris, »dein Freund Connor ist nicht gewöhnt, dass man ihm etwas abschlägt, oder?«

»Jahrtausendelang war es das Privileg der Frauen, ihre Ziele unter Einsatz ihrer Reize zu erreichen«, erwiderte Morris, »und dann kam Connor MacKenzie auf diese Welt.«

»Woher kennt ihr euch?«

»Erinnere mich nicht an den schlechtesten Deal meines Lebens«, entgegnete Morris düster. »Dudelsackunterricht für ihn und Duncan – gegen Dates für mich, vermittelt vom schönen Connor.«

»Hört sich doch nach einem guten Handel an.«

»Wäre es gewesen, wenn die Mädchen nicht nur deshalb mit mir ausgegangen wären, um mich über ihn auszuquetschen. Tatsächlich hat Connor dann zur Gitarre gewechselt, weil er das cooler fand. Als Dudelsackspieler hat man ja nicht mal den Mund frei, um Komplimente zu machen.«

»Und was macht er jetzt?«, fragte sie weiter.

»Siehst du? Schon wieder!«, rief Morris theatralisch aus. »Es ist wie ein Fluch – Connor taucht auf, und schon bin ich Schnee von gestern. Auch du fragst mich über ihn aus.«

Pippa lachte mit ihm und dachte dabei: Das wäre mir bei einer Verabredung mit dir ganz bestimmt nicht in den Sinn gekommen. Für einen Mann, der mich zum Lachen bringt, lasse ich jeden Schönling stehen.

»Connor interessiert sich für alles, was Gewinn verspricht, und ist ständig in irgendwelche Geschäfte verwickelt. Hauptberuflich ist er allerdings Mälzer auf Wee Dram. Pro Monat eine Woche Arbeit in der Brennerei. Sehr harte Arbeit, zugegeben, aber danach hat er drei Wochen Zeit, sich seiner Lieblingsbeschäftigung zu widmen.«

»Frauen«, mutmaßte Pippa sofort.

»Nein, ich rede von seiner *anderen* Lieblingsbeschäftigung: der akribischen Auflistung sämtlicher Dinge, die er auf seiner Reise sehen will.«

»Er will tatsächlich die Panamericana entlangfahren?«

Morris Tennant nickte ernst. »Sobald er genug Geld zusammenhat, ist er weg, ganz sicher. Connor MacKenzie redet nicht nur – er handelt auch.« Leise setzte er hinzu: »Vorzugsweise zu seinen Gunsten.«

»Du magst ihn.«

»Was soll ich machen? Auch für einen Mann ist es schwer, seinem Charme zu widerstehen.«

»Du Armer«, sagte Pippa scherzhaft. »Du wohnst also nicht mehr auf Kintyre, stammst aber auch aus Campbeltown?«

»Mein Hauptwohnsitz ist Oxford. Für mein Sabbatjahr hat mir Duncans Cousine Iona das Angebot gemacht, mich in der alten Fischerhütte auf dem Wee Dram Estate einzuquartieren. Ich kehre also für ein Jahr in meine Heimat zurück.«

Freddy trat zu ihnen in Begleitung des Mannes, mit dem Catriona Blakely sich zuvor unterhalten hatte. »Pippa, ich möchte dich mit Brian Lockhart bekanntmachen«, sagte er. »Brian ist Leiter der hiesigen Küstenwache. Während ich als Berliner Wasserschutzpolizist nichts als zahme Flüsse und Kanäle unterm Kiel habe, ist sein Arbeitsplatz das wilde, offene Meer. Brian, das ist meine Schwester Pippa.«

Der braungebrannte Hüne hauchte einen formvollendeten Kuss auf Pippas rechte Hand.

»Er war mit seinen Männern letzte Woche an einer

Razzia in einem Gebiet von der Größe Berlins beteiligt. Sie wollten einen Whiskyschmugglerring hochnehmen!«

Brian Lockhart nickte grimmig. »Leider hat es so gut wie nichts gebracht. Wir haben nur ein paar kleine Fische gefangen. Jemand hat jemandem einen Tipp gegeben, und schon haben wir mit unserem Großeinsatz lediglich eine Menge Steuergelder verschwendet.«

»Dieser Jemand muss dann aber an ganz delikater Stelle gesessen haben«, mutmaßte Freddy.

Mein kleiner Bruder hat Feuer gefangen, dachte Pippa, er bewundert Lockhart, sonst würde er nicht wie ein Wasserfall reden – dabei geht es nicht einmal ums Essen.

»Es wird eine Untersuchung geben«, sagte Lockhart. »Und dann werden Köpfe rollen, so wahr ich Brian Lockhart heiße.«

»Ich habe in der Zeitung darüber gelesen«, sagte Morris Tennant, »tut mir leid für euch, Brian. Ich hoffe, du musstest nicht deshalb am Wochenende nach Glasgow? Zum Rapport bei der obersten Heeresleitung?«

Lockhart schüttelte den Kopf und deutete auf die Frau im Pelzmantel an der gegenüberliegenden Reling. Sie war auffallend blass und nahm gerade eine kleine Tablette aus einer Pillendose, die Catriona Blakely ihr anbot.

»Maisie und ich haben uns ein Wochenende lang ins Nachtleben gestürzt. Unseren fünften Hochzeitstag feiern. Mit bester, hausgemachter schottischer Musik. Auf einem Konzert von *The Midden* waren wir auch. Seltsam, dass Duncan nicht mehr bei der Band ist. Aber sein Nachfolger ist wirklich gut.« Lockhart sah besorgt zu seiner Frau hinüber. »Ich bin froh, dass wir bald zu Hause sind, es geht ihr wirklich schlecht. Gott sei Dank hat Catriona Tabletten dabei. Einige Tage, bevor sich das Wetter ändert, bekommt Maisie immer Migräne.«

Pippa sah in den wolkenlosen Himmel hinauf und fragte erstaunt: »Ändert es sich denn?«

»Gleich nach Vollmond, darauf verwette ich mein Leben«, antwortete Lockhart. »Dann haben wir hier richtiges Schmuddelwetter und den typischen Nebel.«

Sofort intonierte Freddy gutgelaunt noch einmal: »... *mist rolling in from the sea* ...«

»Sie hören sich nicht wie ein Schotte an, Brian«, unterbrach Pippa, bevor ihr Bruder weitersingen konnte. »Sie sind nicht von Kintyre?«

»Nein, aber als ich Maisie kennenlernte, wollte ich sofort zu ihr nach Campbeltown ziehen«, erklärte Lockhart. »Ich bin von der Ostküste – und was noch schlimmer ist: von jenseits des Hadrianswalls. Ich bin Engländer.«

Pippa lachte. »Dann sind mein Bruder und ich ja nicht die einzigen Ausländer hier.«

Die Fähre hatte die Südspitze der Insel Arran umrundet, und Kintyre lag in voller Schönheit vor ihnen. Die tiefstehende Sonne versah die Berge der Halbinsel mit einem Heiligenschein in Hunderten von Rottönen.

Pippa verabschiedete sich von den anderen, um das Naturschauspiel vom Bug aus zu verfolgen.

»Sie haben recht, meine Liebe.« Catriona Blakely stand plötzlich neben ihr und hakte sich bei ihr ein. »Die Einfahrt ins Campbeltown Loch sollte unbedingt mit freier Sicht genossen werden.«

Sie gingen zum Vorderdeck, wo sich bereits etliche weitere Passagiere versammelt hatten. Der Anblick war atemberaubend. Die kleine Insel Davaar am Eingang zur Bucht schien zu glühen, und ihre wenigen Häuser wirkten wie frisch getüncht. Der kleine Leuchtturm blinkte sein Signal rhythmisch in die einsetzende Dunkelheit.

»Das kann nicht echt sein«, sagte Pippa begeistert. »Das sieht aus wie eine Filmkulisse – zu schön, um wahr zu sein.«

Catriona Blakely nickte nur, den Blick unverwandt auf die Szenerie gerichtet.

»Wirklich schade, dass ich nur eine Woche Zeit habe«, fügte Pippa bedauernd hinzu.

Ohne sie anzusehen, erwiderte Catriona Blakely trocken: »Keine Bange. Es wird die längste Ihres Lebens. Dafür wird meine Familie schon sorgen.«

Kapitel 3

Haben Sie meine Frau gesehen?«

Pippa drehte sich um. Brian Lockhart, zwei Gläser mit Whisky in den Händen, war zu ihnen getreten.

»Ich kann sie nirgends finden. Hat sie gesagt, wohin sie wollte?«, fragte er Catriona Blakely. »Sie haben sich doch vorhin mit ihr unterhalten.«

Catriona schüttelte den Kopf. »Pippa und ich stehen hier schon eine ganze Weile. Vielleicht hat Maisie an Deck gefroren und ist hineingegangen?«

»Nein, sicher nicht, sie trägt ihren Wintermantel. Wir hatten geplant …« Lockhart brach ab und blickte sich unter den Menschen am Bug suchend um. »Wir sind genau hier verabredet, sobald Davaar Island umrundet wird. Maisie und ich wollten miteinander anstoßen, während wir ins Campbeltown Loch einfahren.« Er hob die beiden Gläser und grinste verlegen. »Unser kleines Ritual – und der krönende Abschluss unseres Wochenendes.«

Glückliche Maisie, nach fünf Jahren Ehe noch immer verliebt, dachte Pippa mit einem Anflug von Wehmut, und ich lasse mich nach knapp sieben schon wieder scheiden.

»Maisie wird bestimmt gleich auftauchen«, sagte Catriona. »Sie hat mir vorhin übrigens ganz begeistert vom Fortgang der Renovierungsarbeiten im Picture House erzählt. Bald wird das traditionsreichste Kino Schottlands also wieder in dem Glanz erstrahlen, der ihm gebührt.«

Brian Lockhart nickte. »Nicht zuletzt dank Ihrer Hilfe,

Catriona. Ich weiß von Maisie, dass Sie großzügig für die neue Bestuhlung des Balkons gespendet haben.«

Catriona Blakely wehrte mit einer Handbewegung ab. »Mein Herz schlägt noch immer für meine Heimatstadt, auch wenn ich mittlerweile in Glasgow lebe.« Sie seufzte. »Es war nie mein Ziel, wegzuziehen, aber Campbeltown ist einfach zu klein für meinen Exmann und mich.«

Das kenne ich nur zu gut, dachte Pippa, mir erschien nach der Trennung von Leo sogar Florenz zu eng. Nein, nicht nur Florenz – ganz Italien!

»Dann trinken wir auf eine glückliche Heimkehr«, sagte Brian Lockhart und reichte die Gläser an Pippa und Catriona weiter. Als Pippa zögerte, fügte er hinzu: »Bitte, nehmen Sie. Ich suche meine Maisie und besorge zwei neue *drams*. Sie muss ja irgendwo sein. Ich hole sie, und dann stoßen wir gemeinsam an.«

Er ging und verschwand durch die nächstgelegene Tür in die Lounge.

Pippa betrachtete das Glas und fragte: »*Dram*? Wie in Wee Dram Distillery?«

»Willkommen in Schottland, Pippa Bolle«, erwiderte Catriona und lächelte. »*Wee* bedeutet klein, und ein Glas Whisky ist ein *dram*. Ein kleiner Junge ist bei uns ein *wee laddie* und ein kleines Mädchen eine *wee lassie*. Und gleich, wenn wir mit Brian und Maisie anstoßen, sagen Sie *slàinte*, wie eine waschechte Schottin. Das heißt: Gesundheit. Wir anderen erwidern dann *slàinte mhath*, also ›Gute Gesundheit‹.«

Pippa wollte gerade antworten, als jemand »Mann über Bord!« schrie. Der Ruf wurde von anderen aufgenommen und wiederholt, bis er die Brücke erreicht hatte. Das Schiffshorn tutete dreimal, dann verstummte das gleichmäßige Brummen des Schiffsmotors. Lautlos glitt die Fähre noch ein Stück weiter, dann sprangen die Schiffsdiesel mit lautem Dröhnen wieder an.

Pippa und Catriona sahen sich erschrocken an, genau wie die anderen Passagiere am Bug. Als das Schiff heftig schaukelte, verloren alle die Balance und hielten sich aneinander oder an der Reling fest. Dem ohrenbetäubend röhrenden Motor war anzuhören, welche enormen Kräfte nötig waren, um der ursprünglichen Fahrtrichtung entgegenzuwirken und die Fähre auf der Stelle zu halten.

Ein Lautsprecher krächzte. »Hier spricht der Kapitän. Ich muss Ihnen leider mitteilen, dass wir gezwungen sind, ein Mann-über-Bord-Manöver einzuleiten, deshalb fährt die Fähre zurzeit volle Kraft rückwärts. Bitte bewahren Sie Ruhe und bleiben Sie an Ihren Plätzen. Ein Rettungsboot wird bereits zu Wasser gelassen, und die Küstenwache ist alarmiert.«

Auf die Ansage des Kapitäns folgte eine kurze Stille, dann wurde der Schiffsdiesel durch einen hochtourigen Motor übertönt, der sich rasch entfernte. Prompt kam Bewegung in die Menschen am Bug: Von Neugier getrieben, drängten alle durch den schmalen Eingang in die Lounge, auf der Suche nach einem besseren Aussichtspunkt.

»Das war das Rettungsboot«, murmelte Pippa, ohne genau lokalisieren zu können, woher das Geräusch kam. Nervös drehte sie das Glas in ihren Händen. »Hat der Kapitän gesagt, wer über Bord gegangen ist?«

Catriona sah sie erstaunt an. »Was meinen Sie?«

»War es ein Passagier? Oder ein Mitglied der Besatzung?« Pippa blickte sich unruhig um. »Mir wäre wohler, wenn ich wüsste, wo Freddy ist. Ich gehe ihn besser suchen.«

Catriona legte die Hand auf ihren Arm. »Sie sollten genau hier bleiben, damit er Sie finden kann.« Sie bemerkte

Pippas große Sorge und fügte hinzu: »Warten Sie wenigstens, bis die Gaffer nicht mehr alles verstopfen.«

»Er ist bei der Wasserschutzpolizei«, sagte Pippa nervös, »und notorisch neugierig, sobald er auf einem Schiff ist. Er treibt sich dann an den unmöglichsten Stellen herum. Freddy wird ganz sicher helfen wollen und sich freiwillig melden. Mein Bruder kann da einfach nicht aus seiner Haut.«

»Gerade, wenn er diesen Beruf hat, wird er wissen, wie er sich zu verhalten hat. Außerdem«, sie deutete auf die zerklüftete Küste der felsigen Insel, die sie gerade passierten, »hier ist es viel zu gefährlich. Strömung, Untiefen, Felsen, die Brandung ... Ihr Bruder macht mir doch einen recht vernünftigen Eindruck, Pippa. Der begibt sich nicht leichtfertig in Gefahr.«

Du kennst ihn nicht, dachte Pippa grimmig, bei seiner Leidenschaft für Schiffe möchte ich nicht wissen, in welche gefährliche Ecke er gerade seine vorwitzige Nase steckt ...

Sie entschuldigte sich bei Catriona und hastete in die jetzt menschenleere Lounge. Erleichtert atmete sie auf, als Freddy ihr durch die Tür am anderen Ende des Raums entgegenkam. Sie spürte einen kurzen Anflug von Schuldbewusstsein, weil sie sich schlagartig entspannte, da sie ihn in Sicherheit wusste – kämpfte doch nach wie vor jemand in den kalten Fluten um sein Leben.

Freddys ernstes Gesicht hellte sich auf, als er sie sah. »Pippa! Da bist du ja. Gott sei Dank – ich habe schon das ganze Schiff nach dir abgesucht!«

»Und ich wollte gerade los. Ich dachte schon ...«

»Dass ich im Alleingang versuche, die Welt zu retten?« Er grinste beruhigend. »Die sind hier bestens ausgerüstet und unglaublich schnell. Nachdem klar war, dass jemand über Bord gegangen ist, sind drei Mann in Taucheranzüge gesprungen, dann ab ins Rettungsboot ... phantastische Truppe.«

»Großartig«, sagte Pippa ungeduldig. »Hast du eine Ahnung, ich meine ... Morris. Ist mit ihm alles in Ordnung?«

Freddy hob amüsiert die Augenbrauen. »Keine Angst. Wir haben uns aufgeteilt. Ich sollte dich hier am Bug suchen, er ist zum Heck gerannt. Er war genauso besorgt wie ich. Verdammt gutes Zeichen, wenn du mich fragst.«

»Tu ich aber nicht«, gab Pippa zurück, während sie innerlich aufatmete.

Allmählich füllte die Lounge sich wieder mit Leuten, die aufgeregt miteinander diskutierten und nicht nach links oder rechts schauten. Immer wieder wurden Pippa und Freddy angerempelt, und schließlich zog er sie zu einem der Tische. Sie setzten sich, und Pippa stellte abwesend das Glas Whisky ab. Wo war Morris? Sie reckte den Hals, in der Hoffnung, ihn unter den Menschen zu entdecken, die an ihr vorbeiströmten.

Als sie ihn endlich sah, winkte sie ihm zu. Er winkte erfreut zurück, bahnte sich entschlossen einen Weg durch die Menschen und nahm neben ihr Platz. Umgehend hielt es Freddy nicht mehr am Tisch.

Er sprang auf und sagte: »Ich werde dann mal ... Vielleicht wird noch ein Fachmann gebraucht.«

»Hast du nicht eben gesagt, das ist eine tolle Truppe? Die schaffen das auch ohne dich!«, rief Pippa ihm nach, aber Freddy war bereits verschwunden. Sie blickte Morris an. »Immer im Einsatz.«

»Um ihn mache ich mir wahrlich keine Sorgen.« Morris Tennant lächelte und musterte sie von der Seite. »Aber wie geht es dir? Kein schöner Start für eure Urlaubswoche.«

»Hm«, machte Pippa wie zu sich selbst. Sie schob das

Glas gedankenverloren auf dem Tisch hin und her. »Ich komme klar. Vorausgesetzt, es war ein Unfall.«

»Was soll es denn sonst sein?«, fragte Morris erstaunt.

Verdammt, dachte Pippa. Sie hätte sich für ihre unbedachte Äußerung ohrfeigen können. Unter keinen Umständen wollte sie ihm jetzt von ihrem Ruf als Meisterdetektivin wider Willen erzählen – und erst recht nicht von der damit einhergehenden Paranoia, dass hinter jedem Todesfall ein böses Rätsel steckte.

Stattdessen sagte sie: »Auf dieser Fähre scheint jeder jeden zu kennen.«

»Kein Wunder: Auf dem gesamten Gebiet von Wee Dram wohnen sechzig Menschen – jedenfalls, wenn Whiskytouristen da sind. Campbeltown hat ungefähr sechstausend Einwohner, die gesamte Halbinsel Kintyre gerade mal zehntausend. Da kennt man zwangsläufig jeden. Mehr oder weniger.«

»Auch die Person, die über Bord gegangen ist?«, fragte Pippa. Sie konnte nicht verhindern, dass ihre Stimme wackelte.

Bitte, lass es niemanden sein, den er kennt, flehte sie lautlos, denn dann kennen Anita und Duncan ihn ebenfalls. Mein Urlaub ist mir egal, aber ihre Hochzeit … Sie schauderte.

Morris Tennant legte den Arm um sie und drückte beruhigend ihre Schulter. »Du befürchtest, es könnte jemand sein, der zur Hochzeit eingeladen ist«, sagte er leise.

Sie nickte langsam. »Ich weiß, das ist egoistisch von mir. Denk bitte nicht, dass mir jeder andere egal ist, aber …«

»Das tue ich nicht. Deine Reaktion ist ganz natürlich. Du freust dich auf die Hochzeit deiner Freunde, auf ein unbeschwertes Fest. Und im Fall von Anita und Duncan würde weiteres Unglück im Moment besonders schwer wiegen.«

Pippa, die sich an Morris gelehnt hatte, fuhr hoch. »*Weiteres* Unglück? Wie meinst du das?«

Morris zögerte beinahe unmerklich. »Die beiden haben in der Brennerei gerade große Probleme.«

»Finanzieller Art?«

»Das auch.« Er zögerte wieder. Dann sagte er: »Vor genau einem Monat hat es in der Destillerie einen wirklich schlimmen Unfall gegeben. Eine Staubexplosion.«

»Staubexplosion?«, echote Pippa. »Wie bei Mehlstaub?«

»Genau. Ein Gemisch aus Staub und Luft kann explodieren, wenn der Staub aus brennbarem Material besteht, wie zum Beispiel Mehl. Oder eben die Rückstände, die beim Mahlen von Malz entstehen.«

»Und die sind in die Luft geflogen?«, fragte Pippa entsetzt. »Wurde jemand verletzt?«

»Leider ja. Graham MacLeod, der Brennmeister. Soweit ich verstanden habe, war wohl die Ableitung der Mahlmaschine verstopft. Unter dem Druck sind die Transportröhren geborsten. MacLeod wollte gerade nachsehen, warum die Maschine nicht richtig arbeitet. Er kam in dem Moment in den Raum, als alles in die Luft flog. Von der Wucht der Explosion wurde er gegen die Wand geschleudert. Seitdem liegt er im künstlichen Koma.« Morris zuckte mit den Schultern. »Fünf Minuten früher oder später – und ihm wäre nichts passiert.«

»Zur falschen Zeit am falschen Ort«, sagte Pippa betroffen. »Gerade deshalb empfinden wir die meisten Unfälle als tragisch. Und willkürlich. Zwei Minuten früher losgefahren, und zwei Autos wären nicht zusammengestoßen …« Wieder spielte sie gedankenverloren mit dem Glas – noch immer hatte sie den Whisky nicht angerührt. »Hast du nicht gesagt, du lebst in Oxford? Du bist gut informiert über alles, was auf Wee Dram vorgeht.«

»Ich bin in letzter Zeit häufig hier gewesen. So ist auch der Wunsch entstanden, mal wieder längere Zeit auf Kintyre zu verbringen. Tatsächlich habe ich zudem eine sehr gute Informantin.«

Pippa sah ihn fragend an, und Morris erklärte: »Ich telefoniere viel mit Iona.«

»Catrionas Tochter.«

»Sie ist für die Brennerei oft auf Messen oder zu geschäftlichen Terminen im Süden Englands, dann treffen wir uns.«

»Iona arbeitet für die Wee Dram Distillery?«

»Allerdings.« Er klang beinahe stolz. »Sie ist die Nase, das Gehirn ... die treibende Kraft hinter Wee Dram.«

Und damit der Brennerei meines Freundes Duncan, dachte Pippa, es ist aufschlussreich, dass er ihn gar nicht erwähnt. »Und wer ist das Herz der Brennerei?«, fragte sie.

Morris Tennant seufzte. »Das war Graham MacLeod. Bisher.«

Sie saßen schweigend, als Connor MacKenzie am Tisch erschien und sich auf einen der Sitze gegenüber fallen ließ. Von seiner attraktiven Fröhlichkeit war nichts übrig – er war ernst und blass.

»Ich bleibe bei euch«, sagte er düster und stützte sich schwer auf den Tisch. »Den Rest da draußen muss ich nicht sehen.« Nach kurzem Schweigen fuhr er fort: »Sie bergen sie gerade.«

»Tot?«, flüsterte Pippa.

»Das eisige Wasser ... da hat man kaum eine Chance, wenn man nicht sofort herausgezogen wird. Man gerät in Panik, das Schiff fährt weiter ... bis das Rettungsboot da ist, vergeht viel wertvolle Zeit.«

»Aber wie konnte das überhaupt passieren? Man fällt doch nicht so einfach über Bord!«, sagte Pippa.

Connor MacKenzie wurde noch eine Spur blasser, dann nahm er Pippa das Whiskyglas aus den Händen. Er führte es an die Nase, inhalierte den Duft mit geschlossenen Augen und leerte es bedächtig, bevor er es auf die Tischplatte zurückstellte.

Niemand sprach.

Schließlich sagte Connor beinahe tonlos: »Wir waren an Steuerbord. Nur sie und ich. Alle anderen waren am Bug oder …« Er fuhr sich über die Augen, als wollte er ein Bild wegwischen, das er nicht mehr sehen mochte. »Sie ist die Sprossen der Reling hochgeklettert, um besser sehen zu können. Schließlich ist sie so klein und zart, fast wie ein Kind. Sie ist bis auf die zweite Sprosse geklettert, wegen der Aussicht, hat sie gesagt. Ich verstehe nicht, warum sie das getan hat. Wir waren doch allein, niemand hat ihr die Sicht versperrt.«

Wen meint er?, dachte Pippa. Redet er von der jungen Frau mit der Landkarte? Ist sie über Bord gegangen?

Connor nahm das Glas wieder in die Hand und betrachtete es lange, beinahe erstaunt, als würde er nicht verstehen, warum es leer war. Dann stellte er es bedächtig wieder auf den Tisch. »Wir fuhren gerade an Davaar Island vorbei. Die Fähre hat nur ein ganz klein wenig geschlingert. Da hat sie das Gleichgewicht verloren und ist … sie ist einfach ins Wasser gefallen. Einfach so. Ich wollte sie festhalten, aber ich war nicht schnell genug.«

»Connor, das ist furchtbar!«, murmelte Pippa entsetzt.

Er schloss die Augen. »Sie fiel ohne einen Laut. Ganz still. Als hätte sie nicht verstanden, was passiert. Und ich war nicht schnell genug.« Er sackte in sich zusammen und schlug die Hände vors Gesicht. »Ich war nicht schnell genug. Ich konnte ihr nicht helfen. Ich konnte nur um Hilfe rufen. Ich habe nur um Hilfe gerufen.«

Pippa und Morris schwiegen betroffen.

Plötzlich hob Connor den Kopf und blickte sie an. »Es ist Maisie. Maisie Lockhart.«

Er würgte krampfhaft, dann sprang er auf, rannte quer durch den Raum und stürzte in die Herrentoilette.

Kapitel 4

Machen Sie sich um uns bitte keine Sorgen, Catriona. Freddy und ich finden auch allein nach Wee Dram«, sagte Pippa. »Es ist sehr nett von Ihnen, dass Sie sich um Brian und Connor kümmern.«

Die Fähre hatte den Hafen von Campbeltown erreicht, und sie standen auf dem Platz vor der Anlegestelle.

»Sind Sie ganz sicher?« Als Pippa nickte, sah Catriona Blakely kurz zu Brian Lockhart hinüber, der von einem jungen Constable zu einem Polizeiauto geführt wurde. »Er ist kaum ansprechbar. Der arme Mann.«

»Für uns Polizeibeamte ist eine derartige Situation immer heikel, da ist unser ganzes Einfühlungsvermögen gefragt«, sagte Freddy und deutete auf die von Menschen umringten Einsatzfahrzeuge. »Ein trauernder Hinterbliebener, der von Neugierigen angegafft wird und ausgerechnet jetzt Fragen beantworten muss ... Es wird ihm helfen, wenn Sie bleiben. Die Kollegen werden auch Connor befragen, vielleicht sogar Sie, Catriona. Vermutlich sind Sie eine der Letzten, die mit Maisie Lockhart gesprochen haben.«

Catriona berührte kurz seinen Arm. »Sie und Pippa sind sehr verständnisvoll.«

»Ich hole unser Gepäck.« Freddy ging zu Morris, der gerade dem totenbleichen Connor auf den Rücksitz des Geländewagens half.

Langsam leerte sich der Platz vor der Fähre, da auch die Einsatzfahrzeuge von Ambulanz und Polizei abrückten.

Pippa sah sich um. Zur Rechten erstreckte sich ein pittoresker Fischereihafen, während zur Linken eine palmenbestandene Promenade begann. Die tropischen Bäume suggerierten ein Klima, das mit der Realität kollidierte: Die Sonne ging gerade unter, und die milden Temperaturen des Tages waren drastisch gesunken. Rötliches Licht aus Straßenlaternen erleuchtete eine heimelige Szenerie, die Pippa nach dem Schock von Maisie Lockharts plötzlichem Tod nicht recht würdigen konnte.

Fröstelnd zog sie ihr Handy aus der Jackentasche und wählte Duncans Nummer, erreichte aber nur seine Mailbox. Sie legte mit einem Seufzen auf.

»Duncan? Geht er nicht ran?«, fragte Freddy, der mit Morris das Gepäck brachte.

Als Pippa nickte, erklärte Catriona: »Da Jock und Iona – mein Vater und meine Tochter – nicht hier sind, tagt der Ehestiftungsrat des heiligen Kevin wohl noch immer. Duncan und Anita warten dort auf die Entscheidung. Welch ein Einsatz von Zeit«, sie lächelte, »und von Whisky ...«

Ihre muntere Erklärung, was es mit dem Whisky-Deputat für die ehrenamtlichen Mitglieder des Rates auf sich hatte, lenkte Pippa und Freddy von den tragischen Ereignissen ab. Pippa dankte ihr innerlich dafür, denn es half, sich wieder auf den Grund ihrer Schottlandreise zu besinnen: eine unbeschwerte Hochzeit.

»Und Sie müssen sich unbedingt einen *Hot Toddy* zubereiten, sobald Sie nach Hause kommen, meine Liebe«, sagte Catriona Blakely abschließend. »Heißer Whisky und Wasser, mit Nelken gespickte Orangen und Zitronen, eine Prise Zimt ... genau das Richtige für einen kalten Winterabend. Entspannt und wärmt.«

»Wasser?«, fragte Freddy verblüfft. »Und wofür ist das drin?«

Ein Landrover fuhr auf den Platz und kam knapp neben ihnen zum Stehen.

»Taxi für Pippa und Freddy Bolle!«, verkündete der Fahrer beim Aussteigen. »Da bin ich doch hier richtig, oder?« Zahllose Lachfältchen umrahmten seine Augen, als er Morris mit einem kurzen, freundschaftlichen Schulterklopfen und Catriona Blakely mit einem Nicken begrüßte und dann Pippa strahlend die Hand hinstreckte. »Iain McAlister, Duncans Trauzeuge. Freut mich, Anitas Unterstützung kennenzulernen. Mein Auftrag ist es, euch sicher nach Hause zu bringen.« Er sah sich suchend um. »Wo sind die anderen? Rebecca und Pete?«

»Sie kommen auf dem Landweg. Fähre verpasst«, erklärte Pippa.

Und noch so einiges mehr, das sich offenbar noch nicht herumgesprochen hat, dachte sie. Sonst hätte Iain uns sicher sofort auf Maisies Tod angesprochen.

Iain schüttelte Freddy ebenfalls die Hand, dann wandte er sich Morris zu. Er war etwas kräftiger gebaut als Morris, aber beide waren ungefähr gleich alt und ähnlich lässig gekleidet: Sie trugen verwaschene Jeans, grobgestrickte Pullover und dunkelblaue Wolljacken.

»Herzlich willkommen, Heimkehrer«, sagte Iain, »das wurde auch mal wieder Zeit. Wie sieht es aus? Wir spielen doch Schach, so lange du auf Kintyre bist?«

Morris nickte begeistert. »Nur zu gerne! In meiner Behausung gibt es keinen Fernseher außer den Fenstern. So herrlich der Ausblick auch ist – Winterabende sind lang!«

»Großartig! Dann mal ab ins Auto, ihr drei!«

Catriona, die etwas abseits mit dem Handy telefoniert hatte, schüttelte den Kopf. »Morris fährt mit mir weiter, Iain. Ich habe Iona gerade versprochen, dass wir alle zusammen essen gehen, sobald die Schecks überreicht sind und sie meinen Vater nach Hause gebracht hat. Außerdem wäre es zu aufwendig, Morris' gesamtes Gepäck umzuladen.«

»Die Entscheidung ist also endlich gefallen?«, fragte Pippa.

»Und das, obwohl mein störrischer Vater Mitglied des Stiftungsrates ist!« Catriona lachte und verdrehte die Augen. »Allerdings konnte mir Iona noch nicht sagen, wie es ausgegangen ist. Die Brautpaare wurden gerade erst in den Saal gerufen. Morris, können wir?«

Sie drehte sich um, ging zu ihrem Auto und stieg ein, nachdem sie sich vergewissert hatte, dass Connor es im Fond bequem hatte. Morris suchte Pippas Blick, lächelte und zuckte bedauernd mit den Schultern, bevor er Catriona folgte. Iain schnappte sich die Koffer der Geschwister und lud sie in seinen Wagen.

»Du guckst wie ich, wenn zu Hause in der Transvaalstraße eine weitere unerreichbare Schauspielschülerin in die WG im dritten Stock einzieht«, flüsterte Freddy in Pippas Ohr. »Und dabei dachte ich, du glaubst nicht an Liebe auf den ersten Blick.«

»Tue ich auch nicht«, erwiderte Pippa leise. »Aber ich glaube an Sympathie und gleiche Wellenlänge.«

»Und was ist mit Leo? Oder Abel?«

Pippa wollte weder an ihren Exmann erinnert werden noch an den Mann, der sich hartnäckig um sie bemühte, in dem sie aber nur einen guten Freund sah. Um eine Diskussion mit ihrem Bruder zu vermeiden, der an ihr gerade völlig neue Seiten zu entdecken glaubte, setzte sie sich ohne ein weiteres Wort neben Iain McAlister auf den Beifahrersitz.

Sie verließen die Anlegestelle der Fähre und passierten nach ein paar Häusern ein Hotel, vor dem viele Autos parkten.

»Das ist das Ardshiel«, erklärte Iain, »hier tagt der Stiftungsrat. Nach der Verkündung der Gewinner gibt es für die Paare, die leer ausgegangen sind, als Trostpflaster ein Festessen. Die Sieger dürfen in der Whiskybar trinken, was immer und so viel sie wollen – allein dafür lohnt es sich, zu den Glücklichen zu gehören: Flora Grant, die Wirtin, hat mehr als vierhundert Sorten Whisky im Angebot.«

»Dann gehe ich davon aus, dass wir Duncan heute Abend nicht mehr zu sehen bekommen«, sagte Freddy trocken.

»Genau darauf wollte ich hinaus«, erwiderte Iain. »Anita und Duncan lassen schön grüßen, aber nach diesem aufregenden und anstrengenden Tag wollen sie sich gleich zurückziehen, damit es Anita nicht zu viel wird. Aber morgen frühstückt ihr gemeinsam. Bei euch.«

»Bei uns?«, fragte Pippa erstaunt.

»Duncan und Anita überlassen euch ihr Häuschen am Meer. Klitzeklein, aber fein. Piper's Hush.«

»Ein witziger Name für ein Haus«, sagte Freddy. »Der schweigende Dudelsackpfeifer.«

»Eher der zum Schweigen gebrachte Dudelsackpfeifer«, antwortete Iain. »Das Haus liegt in einer Senke gleich hinter einem Wasserfall, der alle anderen Geräusche schluckt. Hören kann man euch höchstens bis zur nahegelegenen Fischerhütte – und umgekehrt. Deshalb hat man in Piper's Hush traditionell denjenigen untergebracht, dessen Übungsstunden am unerträglichsten waren.«

»Aber brauchen Duncan und Anita das Haus nicht selbst?«, fragte Pippa.

»Sie sind schon ins Haupthaus umgezogen. Da ist einfach mehr Platz, vor allem, wenn im Dezember die Zwillinge kommen. Dort wohnen im Moment auch Anitas Eltern. Und eure anderen Freunde werden da ebenfalls untergebracht.«

»Wohnt nicht im Haupthaus traditionell der Besitzer der Brennerei?«

»Genau.« Iain nickte. »Duncan hat sich endlich entschlossen, die Brennerei zu übernehmen. Sein Großvater Jock ist überglücklich. Ich darf mich rühmen, an Duncans Entscheidung nicht ganz unbeteiligt ... ups.«

Er bremste scharf. Gemächlich wanderte eine Katze von der rechten Seite der Straße, wo eindrucksvolle Villen mit freiem Blick auf die Bucht standen, hinüber zur palmengesäumten Promenade direkt am Wasser.

Ein Mann, der für Tiere bremst, dachte Pippa, sehr sympathisch.

»Und was hast du mit Duncans Entscheidung zu tun?«, fragte sie neugierig.

»Ich arbeite für die Glen Scotia Distillery. Oben in der High Street.« Iain deutete vage zur anderen Seite der Bucht. »Seit 1832 brennen wir feinsten Whisky. Wir sind eine der drei Brennereien, die von den mehr als dreißig, die es in Campbeltown mal gegeben hat, übriggeblieben sind. Mit Wee Dram sind es vier, aber die liegt drei Meilen außerhalb des Stadtgebietes.«

Freddy beugte sich nach vorne. »Was machst du in der Brennerei?«

»Ich bin der Manager. Duncan ist vor ein paar Monaten zu mir gekommen und hat mich gebeten, ihn in die Geheimnisse der Whiskywelt einzuführen. Und das haben meine Jungs und ich gemacht. Gründlich. Wir haben ihn nach allen Regeln der Kunst schuften lassen, das könnt ihr mir glauben. Bis er schließlich richtig Feuer gefangen hat.«

»Duncan hat also bei euch ein ... *Praktikum* gemacht?« Pippa schüttelte amüsiert den Kopf.

»Bei mir gibt es für Erben von Brennereien keine Samthandschuhe.«

»Das verstehe ich nicht«, sagte Freddy. »Sein Großvater ist seit Menschengedenken im Geschäft, seine Cousine Iona ist so etwas wie die örtliche Whiskyqueen. Und Duncan holt sich seinen Geschmack an Whisky in einer anderen Brennerei?«

»Er wollte eine eigene Entscheidung fällen, unbeeinflusst vom hoffnungsvollen Blick seines Großvaters und dem anklagenden seiner Cousine. Also, ich hätte es genauso gemacht.«

Freddy nickte. »Selbst wenn ein Tisch immer reich gedeckt ist, steht nicht zwangsläufig etwas darauf, was man selbst ausgesucht hätte.«

Pippa horchte auf: Hatte Iain *anklagender Blick Ionas* gesagt? Sie wollte gerade nachfragen, als der Brennereimanager vor einem eindrucksvollen Haus aus Natursteinen erneut sehr plötzlich stoppte.

»Sorry, aber ich bremse für jede streunende Katze«, sagte er lakonisch.

Ein schmales, kaugummikauendes Mädchen in abgewetzter Lederjacke, zerfetzten Jeans und klobigen Springerstiefeln trat lässig auf die Straße und legte beide Hände auf die Motorhaube. Die lila und grün gefärbten Haare des Teenagers standen in alle Richtungen vom Kopf ab, und ihre blauen Augen waren dunkel umrandet. Schwarzer Lippenstift vervollständigte ihr gleichermaßen offensichtliches wie vergebliches Bestreben, möglichst hässlich auszusehen.

»Tamsin«, sagte Iain leise und seufzte.

Die Miene des Mädchens verdüsterte sich kurz, als sie sah, dass der Beifahrersitz besetzt war. Dann ging sie zum Fond, riss die Tür auf und lümmelte sich neben Freddy, ohne weiter Notiz von ihm zu nehmen.

»Cool, dass du mich mitnimmst, Iain.« Ihre Stimme klang hell und beinahe kindlich.

»Auch dir einen guten Tag, Miss MacLeod«, erwiderte Iain. »Wie geht es deinem Vater?«

Das Mädchen ignorierte seine Begrüßung und deutete auf ein rotes Postauto am Straßenrand. Ein junger Mann, blond und schlaksig, polierte hingebungsvoll daran herum. »Daniel wollte mich nicht fahren. Voll im Beamten-Modus, der Typ. Bewegt sein Dienstauto nicht am Sonntag. Auf gar keinen Fall. Mitfahren ja, aber nur auf offiziellen Runden. Nie sonntags. Blödmann.« Tamsin machte eine eindrucksvolle Kaugummiblase und ließ sie mit einem Knall zerplatzen. Während sie die rosafarbenen Reste von Oberlippe und Nasenspitze kratzte, fragte sie: »Der Aufstand an der Fähre gerade – was war'n da los?«

Iain zuckte mit den Schultern und fuhr an. »Keine Ahnung. Einsatz der Küstenwache, schätze ich. Bestimmt eine Übung.«

Pippa fing einen Blick von Iain auf, der ihr verriet, dass er sehr wohl von Maisies Tod gehört hatte, Tamsin aber nichts davon erzählen wollte.

Tamsin verzog das Gesicht. »Übung? Am Sonntag?«

»So wird der normale Tagesablauf im Hafen am wenigsten gestört, vermute ich«, erwiderte Iain.

»Wie uncool ist das denn? Also bloß nicht zur Küstenwache nach der Schule. Kein Wochenende – kann ja wohl nicht sein! Sonntags ist chillen angesagt.« Wieder ließ sie eine rosa Kaugummiblase platzen.

»Dafür hast du in der Woche mal frei. Auch nicht schlecht«, warf Freddy ein.

Tamsin rollte mit den Augen. »Und was nützt mir das, wenn alle meine Freunde arbeiten, bitte schön? Unter diesen Umständen muss die Küstenwache leider auf mich verzichten, auch wenn Brian Lockhart echt cool ist.« Sie verschränkte die Arme und schwieg.

Pippa sah aus dem Fenster. Die weithin sichtbare Hafenbeleuchtung und der rötliche Schein der Straßenlaternen tauchten die gesamte Bucht in unwirkliches Licht. Zu beiden Seiten des Campbeltown Lochs reihten sich prächtige Bürgerhäuser aneinander, die den Reichtum der Whiskybarone des viktorianischen Zeitalters demonstrierten.

»Ich werde doch lieber Brennmeister, wie mein Vater«, verkündete Tamsin unvermittelt und fügte nach einer kleinen Pause hinzu: »Nee, noch cooler: Ich werde wie Iona. Die hat den abgefahrensten Job: Fliegt die ganze Zeit in der Weltgeschichte herum, spricht auf Whiskymessen und so Zeugs. Und wenn sie hü sagt, traben die Männer los wie Pferdchen in Zaumzeug. Spitze.« Sie kicherte und fuhr fort: »Iona entscheidet, welche Fässer zusammengekippt werden, da muss sogar mein Vater spuren. Er sagt, sie ist die beste Whiskynase von ganz Schottland und liegt bei Blindverkostungen immer richtig. Der kann man nichts vormachen. Mein Vater sagt, er kann sich total auf sie verlassen. Er sagt ...« Ihre Miene verdüsterte sich plötzlich. Sie verstummte und kaute hektisch auf ihrem Kaugummi herum.

Iain warf ihr über den Rückspiegel einen besorgten Blick zu. Dann sagte er betont fröhlich: »Das würde ich mir an deiner Stelle noch einmal überlegen, Tamsin. Whiskymessen sind in der Regel an Wochenenden. Und sie sind für die Aussteller sehr anstrengend. Iona sieht von der großen weiten Welt nichts anderes als Messehallen und ihr Hotelzimmer.«

Das Mädchen reagierte nicht, sondern sah gedankenverloren aus dem Fenster. Mittlerweile wand sich die Straße näher am Ufer entlang, und statt der Villen zeichneten sich rechter Hand sanft rollende Hügel dunkel vor dem Abendhimmel ab. Auf einem hoch gelegenen Punkt konnte Pippa die Umrisse einer Kirchenruine mit alten Hochkreuzen erahnen, auf der Wasserseite beeindruckte der freie Blick auf die Insel Davaar mit steil abfallenden Klippen. Unwillkürlich schluckte Pippa, denn dort, kurz vor der Insel an der Einfahrt zum Campbeltown Loch, war Maisie Lockhart von Bord gefallen.

Iain folgte einer scharfen Rechtskurve, dann passierten sie auf der Seeseite eine Haltebucht. Im Lichtkegel der Scheinwerfer konnte Pippa am Straßenrand einen klapprigen blassblauen Vauxhall ausmachen, der aussah, als wäre er vor Jahrzehnten dort abgestellt und vergessen worden. Zu ihrem Erstaunen begegnete Pippa dem Blick eines unauffällig aussehenden Mannes, der auf dem Fahrersitz saß und sich gerade Kopfhörer aufsetzte. Auf ein kurzes Hupen von Iain hin nickte der Mann zur Begrüßung, dann waren sie auch schon vorbeigefahren.

»Dieser Loser.« Tamsin schnaubte spöttisch. »Ausgerechnet der hat die Kopfhörer, für die ich wahrscheinlich mein Leben lang sparen muss. Und ich wette, der hört damit nur echt blöde Spießermusik. Voll ungerecht. Dafür hat der Geld, oder was? Ich denke, die sind pleite. Kein Wunder, dass seine Frau ihn nicht zu Hause haben will.«

»Du bist nicht der einzige unglückliche Mensch auf der Welt, Tamsin«, sagte Iain. »Auch andere Menschen haben Dinge erlebt, die sie verarbeiten müssen. Und Angus Todd macht es eben so: Er sitzt allein in seinem Auto, hört Musik und schaut aufs Wasser.«

Wieder schnaubte das Mädchen. »Wasser gibt es rund um Kintyre. Muss er ausgerechnet immer bei uns rumstehen?«

Sie runzelte missbilligend die Stirn und produzierte noch einmal eine riesige Kaugummiblase, die sie mit einem lauten Knall zerplatzen ließ.

Iain ging vom Gas. Er hielt an einer Abzweigung, die rechts auf einen Hügel hinaufführte, und zeigte nach oben. »Dort oben liegen die Wee-Dram-Brennerei und die dazugehörigen Häuser.«

Pippa konnte schwach die Umrisse einer Reihe typisch schottischer Steinhäuser mit gemauerten Seitenkaminen erkennen, außerdem ein Gebäude, dessen Dachfirst an eine Pagode erinnerte.

Tamsin öffnete die Autotür und machte Anstalten auszusteigen. »Den Rest gehe ich zu Fuß.«

»Wie du willst«, erwiderte Iain. »Sag mir aber vorher noch, wie es deinem Vater geht. Du hast ihn doch heute besucht, oder?«

»Wie soll es ihm schon gehen?«, gab das Mädchen schnippisch zurück. »Unverändert schlecht. Er liegt einfach da und rührt sich nicht. Ganz egal, was ich ihm erzähle, er hört es nicht. Selbst wenn ich meine Haare im Karomuster unseres Clans färben lasse – aufwecken wird es ihn nicht.« Ihre Stimme drohte zu versagen, aber sie schluckte und fuhr dann eisig fort: »Und derjenige, der die Schuld daran trägt, der lässt sich heute mit Geld überschütten und feiert wie blöd, weil er jetzt alles hat, was er will. Und du spielst auch noch seinen Trauzeugen. Toll, Iain, wirklich.«

»Das fällt dir aber auch erst ein, nachdem ich dir einen langen Fußmarsch nach Hause erspart habe«, sagte Iain ungerührt. »Wo wir gerade beim Thema Hochzeit sind: Darf ich dir Anitas Trauzeugin vorstellen? Pippa Bolle. Und neben dir, das ist ihr Bruder Freddy.«

Für einen Moment wirkte Tamsin irritiert, dann stieg sie aus dem Auto. Sie beugte sich noch einmal hinein und fauchte: »Na und? Mir doch egal. Als ob das etwas ändern würde!« Die Wucht, mit der sie die Autotür zuknallte, ließ den Landrover wackeln.

Nachdenklich sah Pippa dem Mädchen nach, das den Hügel zu den Häusern hinaufstapfte. »Die Tochter des verunglückten Brennmeisters, nehme ich an.«

»Sie macht Fortschritte«, sagte Iain, während er losfuhr. »Bis vor zwei Wochen hat sie weder gegessen noch gesprochen. Ihre Wut ist mir deutlich lieber.«

»Ihr Vater hatte einen Unfall?«, fragte Freddy. »Kann mich mal jemand einweihen?«

»Eine Staubexplosion in der Brennerei; Morris hat davon gesprochen«, erinnerte sich Pippa und erklärte Freddy: »Tamsins Vater wurde dabei schwer verletzt und liegt im künstlichen Koma.«

Iain nickte. »Graham MacLeod. Seit mittlerweile vier Wochen.« Er manövrierte den Wagen nach links auf ein geschlossenes Gatter zu. Wie eine Skulptur hockte auf dem Torpfosten ein mächtiger zimtfarbener Kater. Er fixierte die Ankömmlinge aus riesigen Augen, die das Licht der Scheinwerfer reflektierten. Pippa war beeindruckt. Bisher hatte sie Peter Paw, den roten Kater ihrer Großmutter Hetty, für ein ansehnliches Exemplar seiner Gattung gehalten, aber gegen diesen Torwächter würde Paw geradezu zierlich wirken.

»Hier hindurch?«, fragte Freddy.

Iain nickte und wollte aussteigen, aber Freddy kam ihm zuvor. Er sprang aus dem Wagen und marschierte beherzt auf das Gatter zu.

»Dein Bruder traut sich was«, murmelte Iain und verfolgte das Geschehen aus zusammengekniffenen Augen.

Der Kater richtete sich zu voller Größe auf und machte einen Buckel. Sein schwarzes Kinn und sein dunkler Brustlatz wirkten wie ein Vollbart. Dann setzte das Tier sich auf seine Hinterpfoten und gähnte, wobei lange Fangzähne sichtbar wurden. Er starrte Freddy an, der mit jedem Schritt langsamer wurde und schließlich stehen blieb.

Iain grinste Pippa an. »Ohne angemessenen Wegezoll wird das nicht abgehen.«

Er holte eine kleine Plastikdose aus dem Handschuhfach und entnahm ihr zu Pippas Verblüffung ein Stück Fleisch. Dann stieg er aus, stellte sich neben Freddy und warf dem Kater das Fleisch zu. Wie kleine Krummsäbel fuhren die Krallen aus der rechten Pfote, als das Tier sich hoch aufrichtete und den Köder blitzschnell aus der Luft fischte. Er hockte sich wieder hin und begann zu fressen. Dem Öffnen des Gatters, ihrer Durchfahrt und dem Schließen des Tores hinter ihnen schenkte er keinerlei Beachtung mehr.

Sie holperten weiter, einen Wiesenweg entlang. Im Licht der Scheinwerfer sahen sie rechts und links des Weges Schafe weiden.

»Du lieber Himmel, was war *das* denn gerade?«, fragte Freddy. »Gibt es hier Pumas?«

Iain lachte lauthals. »Ihr habt soeben einen Angestellten von Wee Dram kennengelernt: Laddie Blackbeard, benannt nach einem der wohl berühmtesten englischen Piraten der Karibik. In Schottland hat jede Brennerei, die etwas auf sich hält, einen Mäusefänger auf der Lohnliste.« Er seufzte. »Für Glen Scotia muss ich mir einen neuen suchen, denn meine Söhne haben unseren mit nach Hause genommen. Am liebsten würde ich Laddie abwerben – und damit gleichzeitig den Wachhund sparen.«

Er deutete mit dem Kopf auf eine Fischerhütte links von ihnen. In der Dunkelheit war gerade noch zu erkennen, dass sie direkt am Wasser lag und über einen Steg samt Boot verfügte. Während sie an dem Häuschen vorbeirumpelten, sagte er: »Dort wird Morris wohnen. Die Hütte ist eines der Ferienhäuser der Wee-Dram-Ländereien, oben auf dem Hügel entlang der alten Schmugglerstraße gibt es noch mehr. Die werden meist an Whiskyliebhaber vermietet, die ein paar Tage lang die edlen Tropfen von Arran, Campbeltown und Islay verkosten wollen und sich anschließend über kurze Wege in ihr Bett freuen. Eure Unterkunft wird später auch dafür genutzt.«

Iain steuerte den Wagen über eine Holzbrücke, unter der ein Bach hindurchfloss, und hielt vor einem kleinen weißen Haus. »Piper's Hush. Wir sind da.«

Pippa sprang sofort aus dem Wagen und sah sich um. Das Licht des aufgehenden Mondes zeigte, dass sie nur ein paar Schritte vom Wasser entfernt wohnten. Zur Rechten ragte steil ein gewaltiger Felsen aus dem Firth of Clyde, der breiten Wasserstraße zwischen Kintyre und dem Festland. Sie konnte es kaum erwarten, diesen Anblick bei Tageslicht zu sehen.

Iain händigte ihr den Schlüssel aus. Das Haus betrat man durch einen vorgebauten Windfang. Pippa schloss auf und ertastete sofort den Schalter für die Außenbeleuchtung. Die beiden Männer luden das Gepäck aus dem Wagen und trugen es ins Haus, als Pippa Laddie vom Bach her auf sich zuschlendern sah. Mit hocherhobenem Schwanz spazierte der Kater um den Wintergarten des Hauses herum, sprang erst auf eine verwitterte Holzbank, dann mit einem gewaltigen Satz auf das Dach des Vorbaus. Die Dachrinne gab unter seinem Gewicht gefährlich nach und versetzte damit das darunterhängende Windspiel in Bewegung. Laddie begann sofort, nach den silbrig glänzenden Scheiben zu angeln, die wie ausgemusterte CDs wirkten. Er hörte erst damit auf, als beide Männer wieder zu Pippa traten und die Vorgänge vor dem Hauseingang für ihn interessanter wurden als das Mobile.

Pippa lud Iain ein, noch mit hineinzukommen und mit ihnen zu Abend zu essen. Sie wusste, Anita hatte für einen vollen Kühlschrank gesorgt.

Aber Iain schüttelte den Kopf. »Keine Zeit, meine Jungs warten auf mich.«

»Wie schade. Dann bis morgen früh und vielen Dank fürs Herbringen.«

»Leider muss ich für ein paar Tage beruflich nach Dumbarton, aber selbst wenn ich hier wäre, würden wir uns morgen nicht sehen. Ich bin zu eurem Treffen nicht zugelassen. Niemand aus Campbeltown ist dabei.«

»Wieso das denn?«

»Keine Ahnung, was da ausgeheckt werden soll.« Iain lächelte. »*Nur Pippa, Freddy, Pete und Rebecca*, hat Duncan gesagt. Das Treffen ist streng geheim. Die Eltern der Braut verlangen es so.«

Kapitel 5

Der klagende, durchdringende Laut, der sich unerbittlich in Pippas Bewusstsein bohrte, klang wie der Schrei einer gequälten Kreatur. Pippa wollte schon aus dem Bett springen, um rettend einzugreifen, als sie sich an den Dudelsack erinnerte, den sie am Abend an der Wohnzimmerwand hatte hängen sehen. Ihr wurde schlagartig klar, dass ihr Bruder ihn sich geschnappt hatte und für dieses grauenhafte Quäken verantwortlich sein musste, als es mit einem letzten schrillen Kieksen endlich abbrach. Pippa räkelte sich in ihrem Kingsize-Bett und lauschte mit geschlossenen Augen den Geräuschen, die aus dem Erdgeschoss über den offenen Treppenaufgang zu ihr heraufdrangen: Fröhliche Stimmen, die Freddy mit sofortigem Lebensmittelentzug drohten, falls er das Instrument noch einmal malträtierte, klapperndes Geschirr und das Zuschlagen einer Kühlschranktür, etwas schepperte laut, gefolgt von einem Fluch, dann Gelächter. Sie erkannte Anitas helles Lachen und Duncans weichen Tenor, als er ein Lied anstimmte.

Hoffentlich gibt er das Singen über der Arbeit für die Brennerei nicht völlig auf, dachte Pippa, es wäre eine Schande bei seinem Talent.

»Wir decken im Wintergarten«, hörte sie Freddy sagen, »da ist Platz für alle. Pete, kannst du den Schinken rüberbringen? Rebecca, lass die Hände von der Kaffeemaschine. Erst wenn er durchgelaufen ist, kriegst du dein Koffein.«

Pippa lächelte in sich hinein. Offenbar hatte Freddy die

Drohung der Freunde ernst genommen und zur Sicherheit das Kommando in der Küche an sich gerissen.

Die Kühlschranktür wurde erneut geöffnet und wieder geschlossen, dann hörte sie Gepolter und das Zerschellen von Porzellan auf dem Holzfußboden.

»Verdammt!«, rief Pete wütend. »Steht doch dieser Kater wie eine Straßensperre hinter mir! Für diesen Riesen *und* mich ist in dieser Küche einfach kein Platz!«

»Dann geh raus«, erklang Rebeccas ironische Stimme, »wir rufen dich, wenn der Tisch gedeckt ist. Unfallfrei.«

»Ich hätte da eine Alternativlösung«, sagte Freddy, und Pippa spitzte neugierig die Ohren. Leider konnte sie nichts weiter verstehen, weil alle die Küche verließen und in den Wintergarten hinübergingen. Von dort drang nur noch Gemurmel zu Pippa herauf.

Der erste Urlaubstag beginnt perfekt, dachte sie, mit lieben Freunden und viel Spaß. Wie schade, dass Morris nicht mit dabei ist.

Gerade erschien sein Bild vor ihrem inneren Auge, als sie unsanft aus ihren wohligen Gedanken geholt wurde. Etwas landete tonnenschwer auf ihrem Brustkorb und nahm ihr den Atem. Als sie erschrocken die Augen öffnete, blickte sie dem gähnenden Laddie mitten in den tiefen Rachen, aus dem ihr zu allem Überfluss deftiger Thunfisch-Geruch entgegenwehte. Der Kater klappte seine Kiefer mit einem deutlich hörbaren Geräusch zu und machte es sich in aller Seelenruhe auf ihrer Brust bequem. Wie eine Sphinx lag er da, die Vorderpfoten rechts und links von Pippas Hals, den zierkürbisgroßen Kopf nur Zentimeter von ihrem entfernt. Einen Moment lang fixierte er sie herausfordernd, dann schloss er entspannt die Augen.

Unterdrücktes Lachen von der Treppe verriet Pippa, dass sie Zuschauer hatte. Vorsichtig linste sie an dem Kater vorbei und fragte: »Was passiert, wenn ich mich bewege? Packt er mich dann am Nacken und schleppt mich weg?«

Duncans tiefblaue Augen blitzten vor Vergnügen. »Nein, er testet, wie eine Langschläferin schmeckt. Er mag dich, Pippa. Im wahrsten Sinne des Wortes.«

»Ich bin völlig dehydriert und ausgehungert, Laddie«, sagte Pippa ernsthaft in Richtung des Katers. »An mir ist nichts dran. Warte lieber bis nach dem Frühstück.«

Der Kater öffnete kurz die Augen und zuckte mit den Ohren.

»Vorsicht, so wie der aussieht, nimmt er dich später beim Wort!« Pete Wesley lachte. »Für diese Woche brauchst du einen Bodyguard, Pippa. Ich stehe zur Verfügung.«

»Der Platz an ihrer Seite ist leider schon besetzt, Pete«, rief Freddy vorlaut und freute sich sichtlich über die neugierigen Blicke der anderen.

Pippa funkelte ihn wütend an, woraufhin Freddy sich demonstrativ duckte, als erwartete er ein Wurfgeschoss aus ihrer Richtung.

»O nein! Pippa ist dem schönen Connor begegnet!« Anita schüttelte in gespielter Verzweiflung den Kopf.

»Schöner Connor? Schöner als ich?« Pete Wesley rieb sich die Hände. »Herausforderung angenommen! Connors Zeit ohne Konkurrenz ist vorbei – jetzt bin ich auf Kintyre.«

»Dann habe ich gleich eine passende Aufgabe für dich«, sagte Duncan. »Du kannst dich um meine Cousine Iona kümmern. Besonders auf der Hochzeit. Lass sie keinen Moment aus den Augen!«

Freddy horchte auf. »Ist sie hübsch? Dann übernehme ich die Dame, und Pete kann sich ganz darauf konzentrieren, dem schönen Connor die Tour zu vermasseln.«

So erleichtert Pippa darüber war, dass sich die Aufmerksamkeit vom angeblich besetzten Platz an ihrer Seite abwandte – der Kater wurde ihr allmählich zu schwer. »Bitte«, ächzte sie, »könnte mir jemand helfen? Ich kriege langsam keine Luft mehr.«

Rebecca Davis drängte sich resolut zwischen den anderen hindurch die Treppe herauf, hob den Kater beherzt von Pippa herunter und nahm ihn auf den Arm. Laddie schnurrte laut und stieß seinen riesigen Kopf an Rebeccas Stirn. »Ich kümmere mich um dich, mein Kleiner«, sagte sie zärtlich, beugte sich dann zu Pippa und flüsterte: »Und um dich auch, meine Liebe. Ich finde raus, was Freddy eben gemeint hat, und dabei setze ich meine bewährten Verhörtechniken ein. Du bist noch nicht vom Haken …«

Pippa ging die Treppe hinunter und überblickte den Raum, der die gesamte Grundfläche des kleinen Hauses einnahm. Gegenüber war die Tür zum Windfang, rechts der Wohnbereich mit dem ausklappbaren Schlafsofa, auf dem jetzt Freddys zerknülltes Bettzeug lag. Einige Meter weiter gelangte man durch die Hintertür direkt ins Freie. Mit wenigen Schritten nach links hatte sie die offene Küche durchquert und den Wintergarten betreten. Ihre Freunde standen an den Fenstern und sahen hinaus. Das Panorama war beeindruckend: der breite Meeresarm des Firth of Clyde, das schottische Festland in der Ferne und dazwischen die Insel Arran. Ihr höchster Berg, der majestätische Goat Fell, war bereits mit Schnee überzuckert und schimmerte rosa in der Morgensonne.

Pippa begrüßte zuerst die kugelrunde Anita, die sie beim besten Willen nicht mehr umfassen konnte, dann den sehnigen Duncan. Bei Rebeccas Begrüßung spürte sie die große Energie der Sechzigjährigen, die keine Minute älter aussah als bei ihrer ersten Begegnung zwei Jahre zuvor. Pete Wesleys Umarmung war freundschaftlich und warm, und ihr Bruder bekam von ihr einen Knuff auf den Oberarm – die Strafe dafür, dass er oben so vorwitzig gewesen war.

»So, können wir endlich frühstücken?«, fragte Freddy.

Sie wandten sich zum Tisch und erwischten Laddie dabei, wie er von einer Fensterbank aus die üppig gedeckte Tafel entern wollte. Pete klatschte laut in die Hände. Der Kater sprang auf den Boden und stolzierte provozierend langsam zum gegenüberliegenden Ende des Hauses und kratzte an der Hintertür.

»Ich lasse ihn mal besser raus«, sagte Pippa, »sonst muss Duncan die Tür neu streichen.«

Sie war schon in der Küche, da rief Rebecca hinter ihr her: »Was möchtest du – Porridge mit heißer Whiskysoße oder geräucherte Kippers in Milch und Black Pudding?«

»Was ist das Letzte?«, fragte Pippa zurück.

»Bücklinge und schottische Blutwurst«, erklärte Duncan.

»Dann lieber trockenes Brot«, sagte Pippa und brachte damit die Frühstücksgesellschaft zum Lachen.

Die anderen setzten sich, während Pippa ging, um Laddie die Pforte zur Freiheit zu öffnen. In offenbar gut geölten Angeln schwang die Tür auf, wurde aber durch ein Hindernis gestoppt, bevor sie an die Hauswand stoßen konnte. Als Pippa nachsah, entdeckte sie eine große, halbgefüllte Regentonne. Der Kater spazierte an ihr vorbei zum Wasserfall, der am Ende des Grundstücks ein natürliches Becken ausgewaschen hatte. Ganz gemächlich stieg Laddie ins Bachbett hinunter und trank.

Der hat die Ruhe weg, dachte Pippa. Und wasserscheu ist der kleine Pirat auch nicht.

Sie trat einen Schritt vor die Tür, wandte sich aber um, als Duncan rief: »Vorsicht, Pippa, dass du dich nicht aussperrst! Die Tür hat einen Schnappriegel und kann nur von innen geöffnet werden!«

»Und von *diesem* Frühstück stehe ich bestimmt nicht auf, um dich wieder reinzulassen!«, verkündete Freddy.

Als Pippa wieder in Laddies Richtung sah, war der Kater wie vom Erdboden verschluckt.

»Sieh an, du kannst also auch schnell sein«, murmelte sie und ging ins Haus zurück.

»Und deshalb konnten wir euch leider nicht abholen«, sagte Duncan gerade, als sie sich an den Tisch setzte, »aber dafür gehört euch die ganze kommende Woche.«

»Ihr seid entschuldigt«, entgegnete Rebecca. »Das Geld der Stiftung ist ein verdammt guter Grund.«

Duncan lächelte flüchtig. »Wir sind jetzt zwar nicht reich, aber wir können alle unsere Zukunftspläne realisieren.«

Rebecca ließ sich Black Pudding nachlegen und nickte. »Schön, wenn Probleme sich zur Abwechslung mal einfach lösen lassen.«

»Leider nicht immer und nicht alles.« Duncan tauschte einen Blick mit Anita. »Deshalb haben wir euch vier gebeten, schon fünf Tage vor der Hochzeit anzureisen«, sagte der schwarzhaarige Schotte zögernd, »denn durch euch kann sich das ändern.«

»Ihr solltet uns nichts zur Hochzeit mitbringen«, fügte Anita hinzu, »weil wir bereits alle Geschenke bereithalten, die wir uns wünschen. Ihr müsst sie nur noch auspacken.«

»*Wir* müssen sie auspacken?«, fragte Pippa erstaunt. »Bei meiner Hochzeit war das noch andersherum.«

Pete Wesley hob die Augenbrauen. »Warum werde ich das Gefühl nicht los, es wäre wesentlich einfacher gewesen, in irgendeinen Nippesladen zu gehen und ein überflüssiges Stehrumchen zu kaufen?«

»Was ist los, Anita? Duncan? Wo drückt euch der Schuh?« Rebeccas Stimme klang besorgt.

Duncan seufzte. »Das ist es ja: gleich an vier Stellen – und ihr vier sollt uns helfen.«

»Wir sind die Musketiere!«, rief Pippa. »Einer für alle – alle für einen. Schießt los!«

Anita holte vier große Umschläge aus ihrer Handtasche und hielt sie hoch. »Hier drin sind eure Geschenke für uns.«

»Oder besser: die Erklärungen, was wir uns von euch wünschen«, warf Duncan ein.

»Meine Eltern hatten die Idee, diese Kuverts mit Informationen rund um unsere Probleme zu füllen. So werdet ihr besser verstehen, um was es geht und worum wir euch bitten«, fuhr Anita fort. »Mit jedem dieser Umschläge ist eine Aufgabe verbunden, die uns beiden einen besseren Start in unser gemeinsames Leben ermöglicht.« Sie warf Duncan einen raschen Blick zu. »Ein Leben ohne schlechtes Gewissen und mit dem Selbstvertrauen, das uns bisher fehlt.«

Sie setzte an, die Umschläge zu verteilen, aber Pete hielt sie mit einer Handbewegung zurück. »Warte noch, Anita. Schlechtes Gewissen? Fehlendes Selbstvertrauen? Das klingt, als wäre eine kleine Einführung fällig.«

»Also gut.« Duncan holte tief Luft. »Wie ihr wisst, habe ich meine Leidenschaft für Musik und Theater nach langem Zögern an den Nagel gehängt, um die Brennerei zu übernehmen. Mein Großvater Jock ist so glücklich darüber, dass er schon aus dem Haupthaus ausgezogen ist, um Platz für uns und die Babys zu machen.«

»Er lebt jetzt bei Iona und ihrem Vater an der Promenade«, erklärte Anita.

»Doch nicht etwa in einem dieser imponierenden Paläste mit beachtlicher Auffahrt und hinreißendem Blick auf die Bucht?«, fragte Pippa.

Anita nickte. »Eines davon ist MacKinnon House, das Anwesen eines früheren Whiskybarons. Ionas Vater hat es gekauft, weil der Mann den gleichen Namen trug wie er: Hector MacKinnon.«

»Dort residiert mein Onkel zusammen mit seiner Frau Rose und ihren gemeinsamen Söhnen Lewis und Harris«, erzählte Duncan weiter, »außerdem wohnen im Haus seine Tochter Iona und neuerdings eben auch Jock.«

»Jetzt bin ich verwirrt«, meldete Freddy sich zu Wort. »Rose? Ich denke, Ionas Mutter heißt Catriona?«

»Und sie ist deine einzige Tante, hat sie mir gesagt«, ergänzte Pippa.

»Catriona ist die einzige Schwester meines Vaters, aber nicht die einzige Frau Hectors«, erklärte Duncan. »Die beiden sind seit mehr als sechzehn Jahren geschieden. Rose ist Hectors zweite Frau.«

»Wenn es eine Person gibt, die noch schüchterner ist als ich, dann ist es Rose.« Anita lächelte. »Sie igelt sich völlig ein und geht kaum aus dem Haus. Vermutlich hat sie sich in ein Mauseloch verkrochen, als sie erfuhr, dass Hectors Exfrau auch zur Hochzeit kommt.«

»Kann ich mir denken. Im Vergleich zu Catriona wirkt jede andere Frau ... irgendwie unvollständig«, sagte Freddy und erntete für diesen Kommentar strafende Blicke der anwesenden Damen. »Warum guckt ihr denn so? Stimmt doch: Neben ihr muss man erst einmal bestehen.«

Duncan nickte. »Mein Onkel hat mit seiner zweiten Ehefrau eine Hundertachtzig-Grad-Wendung hingelegt: Nach *Ich-weiß-was-ich-will*-Catriona ist er umgestiegen auf *Ich-tu-was-du-sagst*-Rose.«

Prompt erwachte in Pete Wesley der Profiler. »Verstehe. Und Iona saß immer zwischen den Stühlen, weil sie sich einerseits nicht von ihrem Vater loseisen konnte und sich andererseits ein gutes Verhältnis zu ihrer Mutter wünschte. Deshalb vergrub sie sich in die Arbeit für die Brennerei, ging ganz darin auf und lernte alles über Whisky, immer hoffend, dass Duncan seinem Bühnenleben treu bleibt und ihr Wee Dram überlässt. Jetzt stellt sie fest, dass ihre Lebensplanung von euch beiden komplett über den Haufen geworfen wird und sie nichts dagegen tun kann. Mit dem Ehrgeiz, den sie von ihrer Mutter mitbekommen hat, dem von ihrem Vater geerbten Selbstvertrauen und ihrem Wissen über Whisky kann sie eure Stellung in Wee Dram ganz leicht untergraben, wenn sie will. Und sie will, weil sie meint, dass die Brennerei von Rechts wegen ihr gehören sollte – und du eigentlich auch, Duncan. Fatale Mischung.«

Während Anita zu seinem Vortrag ab und zu bestätigend nickte, hörten die anderen Pete nur beeindruckt zu. Das Frühstück war vergessen.

»Aus diesem Grunde hat sie auch Großvater Jock überzeugt, zu ihr ins große Haus zu ziehen«, fuhr der Profiler fort. »Damit hat sie den großen alten Mann der Brennerei unter ihrer Fuchtel und erfährt immer haarklein, was die Frischlinge im Haupthaus planen. So muss sie sich nicht die Blöße geben, selbst bei euch nachzufragen. Wenn schon von der Entscheidungsträgerin zur Weisungsempfängerin, dann wenigstens mit der ganzen Crew auf ihrer Seite. Hab ich recht?«

Betroffen sah Duncan ihn an. Dann ließ er den Kopf sinken.

Freddy war die Bewunderung für Pete deutlich anzumerken, als er sagte: »Mich wundert nicht mehr, dass du neben deinem Polizeijob auch noch als Wahrsager arbeitest. Wie machst du das, Pete?«

Der Profiler ließ sich Zeit mit seiner Antwort. In aller Ruhe strich er fingerdick Orangenmarmelade auf eine

Scheibe Toast. »Ganz einfach«, erwiderte er schließlich, »ich habe gestern Abend noch einen ausgedehnten Spaziergang über das Wee-Dram-Gelände gemacht und dabei die eine oder andere Information aufgeschnappt. Man kann über die Schotten sagen, was man will – schweigsam sind sie nicht.« Er biss in seinen Toast und kaute genüsslich. »Den Rest habe ich geraten.«

Duncan stöhnte. »Archie und Monty.«

»Das Mädchen für alles und der stellvertretende Brennmeister«, bestätigte Pete grinsend. »Die wahren Herrscher des Wee-Dram-Imperiums, würde ich sagen.«

Für einen Moment entspannten sich alle und lachten, aber rasch wurde Anita wieder ernst. »Dann hast du auch erfahren, dass außer Jock niemand wirklich glücklich darüber ist, dass wir die Brennerei übernehmen. Dabei haben wir die Hochzeit extra in die ›Silent Season‹ gelegt, um den Betriebsablauf nicht zu stören.«

»Silent Season?«, fragte Pippa. »Stille Jahreszeit?«

»So nennt man die Zeit, in der eine Brennerei keinen Whisky destilliert«, erklärte Duncan. »So etwas wie eine Betriebsruhe oder Betriebsferien.«

So viel zu all den anderen Gründen, warum mit der Hochzeit bis November gewartet wurde, dachte Pippa.

»Wir wollten demonstrieren, wie sehr uns das Wohl der Firma am Herzen liegt«, ergänzte Anita. »Außerdem haben wir so die Möglichkeit, noch ein paar Tage zu flittern, bevor uns die Babys in Atem halten. Auf Sanda, einer einsamen Insel vor der Südspitze von Kintyre.«

»Und damit sind wir direkt bei der ersten Aufgabe: Freddys Hochzeitsgeschenk für uns«, sagte Duncan.

Anita reichte Freddy einen der Umschläge. Die anderen schauten gespannt zu, wie er ihn öffnete und Seekarten herauszog. Die Karten zeigten die Gewässer rund um Kintyre bis hinauf zur Insel Jura. Freddy sah Duncan fragend an, der allerdings erst nach einem aufmunternden Blick Anitas tief Luft holte und erklärte: »Freddy, ich wünsche mir, dass du in dieser Woche mit mir segelst, einfach ein paar Tage auf dem Wasser verbringst. Ich möchte mich mit deiner Hilfe wieder ans Bootfahren gewöhnen.«

»Seine Eltern, Neil und Alice Blakely, sind bei einem Segelunfall ums Leben gekommen, als er noch ein kleiner Junge war«, sprach Anita weiter, als Duncan abbrach. »Sie sind in den Corryvreckan geraten, einen der berühmtesten und gefährlichsten Wasserstrudel der Welt. Trotzdem fragen sich bis heute alle, wie zwei so erfahrene Segler bei der Durchfahrt kentern konnten.«

Duncan hatte sich wieder gefasst. »Ich war bei dem Unglück mit an Bord. Seither meide ich das Wasser. Das muss aufhören, wenn ich wieder auf Kintyre leben will. Und«, er legte seine Hand auf den Arm seiner Braut, »ich will mit Anita allein nach Sanda Island hinüber. Niemand außer uns soll in diesem Paradies sein, und das möchte ich von der ersten Minute an genießen können. Deshalb will ich mit dir üben, Freddy. Du hast Verständnis für meine Schwäche. Und ich vertraue dir.«

»Diesen Wunsch erfülle ich euch nur zu gern«, sagte Freddy mit leuchtenden Augen. »Allerdings weiß ich nicht, wer hier mehr beschenkt wird: ihr oder ich.« Er und Duncan schüttelten sich feierlich die Hände.

»Jetzt will ich aber endlich wissen ...«, murmelte Rebecca und schnappte sich den Umschlag mit ihrem Namen vom Tisch. Sie zog einige Blätter heraus und las schweigend, während die anderen weiterfrühstückten, die Kommissarin aber nicht aus den Augen ließen.

Plötzlich pfiff sie leise durch die Zähne. »Sind Campbeltown und Chicago Partnerstädte? Das liest sich ja wie ein

Journal über die Zeit der Prohibition und der damaligen Blüte des Whiskyschmuggels.«

Duncan und Anita wechselten einen beinahe resignierten Blick.

Rebecca sah sie an. »Aber ihr wisst schon, dass mein Dienstgrad hier oben keinen Pfifferling wert ist, oder? Ich habe kein Recht, bei den Kollegen in Campbeltown irgendetwas zu erfragen oder gar Akten einzusehen.«

»Aber du kannst es doch versuchen. Bitte. Uns liegt wirklich viel daran«, sagte Anita.

»Kann ich mir vorstellen. Ungute Sache, verdächtigt zu werden. Nichts ist schlimmer als Gerüchte.« Rebecca schnaubte. »Eben noch wurde jemand von einer Maus gebissen, und schon einen Moment später hat ihn ein Elefant totgetrampelt.«

Unwillkürlich ballte Duncan die Fäuste. »Negatives Gerede ist der Todesstoß für jede neue Marketingstrategie. Wee Dram hat keine Chance, wenn ich den Unfall nicht aufklären kann.«

»Aber wie stellt ihr euch das vor?«, fragte Rebecca. »Ich spaziere in die Polizeiwache und sage: *Hey, Kollegen, ich bin gerade hier im Urlaub und langweile mich. Irgendein interessanter Fall im Zusammenhang mit Whisky, bei dem ich helfen könnte?*«

»Es muss doch einen plausiblen Vorwand geben, um herauszufinden, ob es in anderen Brennereien ähnliche Vorfälle gegeben hat!« Jetzt wirkte Duncan ehrlich verzweifelt. »Alle geben uns die Schuld, weil wir die Anlage haben überholen lassen. Angeblich sollen wir mit minderwertigen Materialien einverstanden gewesen sein, um den Preis niedrig zu halten. Aber das stimmt nicht. Die neue Mahlmaschine und die Ab- und Zuleitungen haben ein Vermögen gekostet! Es muss Sabotage gewesen sein – aber von wem und wieso? Wir haben Kredite aufgenommen, um alles auf den neuesten Stand zu bringen, aber unser Absatz stagniert nicht nur – er sinkt. Wer will schon Whisky kaufen, an dem Blut klebt?«

Anitas weinte und Duncan legte den Arm um sie.

»Wieso Blut? Wessen Blut?«, fragte Pippa nach einer Weile in das Schweigen am Tisch hinein. »Ich will jetzt endlich die ganze Geschichte hören.«

»Lass nur. Ich übernehme«, sagte Rebecca, als Duncan keine Worte fand. Sie zog eines der Blätter aus dem Umschlag hervor und überflog es noch einmal kurz. »Vor einem Monat ist es in der Brennerei zu einer Staubexplosion gekommen, weil die Ableitung der Mahlmaschine für das Malz verstopft war. Der Brennmeister Graham MacLeod wurde von der Druckwelle gegen die Wand geschleudert und schwer verletzt. Er liegt seitdem im Krankenhaus von Campbeltown im künstlichen Koma.«

»Tamsins Vater«, murmelte Pippa, der das verstörte Mädchen in den Sinn kam, das sie am Vortag im Auto mitgenommen hatten.

Duncan nickte. »Genau. Wir können uns das nicht erklären. Die Mahlmaschine, der *refiner*, ist erst einige Tage vor dem Unfall von Graham selbst überprüft worden. Alle Leitungen waren auf dem neuesten Stand der Technik. Wir glauben ...«, er zögerte und fuhr dann fort: »Jemand muss die Ableitung verstopft haben. So hat sich enormer Druck aufgebaut. Gemische aus Staub und Luft sind explosionsfähig, und die Röhren aus Edelstahl haben keinen sehr großen Durchmesser. Wenn man die manipuliert ... eine Stunde, und es knallt.«

Wie die anderen auch, hatte Pete aufmerksam zugehört. »Ihr glaubt, jemand will euch und eurer Brennerei so schaden, dass er dafür Menschenleben riskiert?«

»Das ist ein ungeheuerlicher Verdacht, das wissen wir!«, rief Anita beschwörend. »Aber sollten ähnliche Vorfälle auch in anderen Brennereien in Schottland vorgekommen sein – wie können wir davon erfahren? Die Kollegen werden doch versuchen, Stillschweigen zu bewahren, genau wie wir. So etwas hängt man nicht an die große Glocke, wenn man sich nicht selbst schaden will. Es ist zum Verzweifeln. Wir müssen unbedingt wissen, ob auch andernorts …«

Rebecca hob die Hand, um Anita zu unterbrechen, und flüsterte: »Draußen ist jemand. Ihr unterhaltet euch normal weiter.«

Sofort begann Pippa, Anita über die Hochzeitszeremonie auszufragen, während Rebecca zur Hintertür schlich und diese mit Schwung aufstieß. Durch den Aufprall auf die Regentonne federte die Tür zurück, aber Rebecca hielt sie mit der Hand weit offen. Dann trat sie hinaus und verschwand hinter der rechten Seite des Hauses. Nach kurzer Zeit tauchte sie im Blickfeld der Wartenden auf, die Rebeccas Aktion jetzt durch die Rundum-Verglasung des Wintergartens verfolgen konnten. Die Polizistin blieb stehen und sah sich methodisch um: Ihr Blick schweifte hinunter zum Wasser und zu der kleinen Brücke, über die man zum Haus gelangte. Dann drehte sie den Kopf schnell zur anderen Seite und spähte den Hügel hinauf bis zum Wasserfall. Seine Ufer waren sogar im Spätherbst so überwuchert, dass man die einspurige Landstraße, die auf einer Stahlbrücke darüber geführt wurde, kaum erkennen konnte.

Die anderen hielt es nicht mehr am Tisch. Sie gingen durch den Windfang nach draußen und gesellten sich zu Rebecca.

Sie drehte sich zu Duncan und Anita um. »Erwartet ihr noch jemanden?«

Beide schüttelten den Kopf.

»Hm.« Nachdenklich zündete Rebecca sich eine Zigarette an und sah sich noch einmal um.

Freddy verdrehte die Augen. »Gib es zu: In Wirklichkeit wolltest du nur eine Zigarette rauchen. Dir hat da drinnen alles schon viel zu lange gedauert. Hab ich recht?«

Rebecca blies langsam den Rauch aus, dann nickte sie. »Besser wär's.«

Kapitel 6

Rebecca machte keine Anstalten, ins Haus zurückzukehren, nachdem sie mit ihrer Zigarette fertig war. Mit der Begründung, noch mindestens zwei weitere zu brauchen, bevor sie mental dazu in der Lage sei, sich den Aufgaben für Pete und Pippa zu stellen, zündete sie sich gleich die nächste an.

Sie unterhielt die anderen mit Anekdoten aus ihrem Alltag als Ermittlerin, während Pippa zum Ufer hinunterging. Die Reflexe der Morgensonne auf dem Wasser der Bucht wirkten beinahe hypnotisch. Ihre Gedanken schweiften zurück zum gestrigen, unerwartet ereignisreichen Tag ihrer Anreise: der tragische Unfalltod von Maisie Lockhart, die traurige und dennoch zornige Tamsin MacLeod, aber auch zu den anderen, die sie kennengelernt hatte, ganz besonders Morris Tennant …

Ein schriller Pfiff, der vom Wind zu ihr getragen wurde, erregte ihre Aufmerksamkeit. Gegen die blendende Sonne beschirmte Pippa die Augen mit der Hand und sah in die Richtung, aus der das Pfeifen kam. Einige hundert Meter weiter fiel ein Felsrücken, dessen Anhöhe an einen Tafelberg erinnerte, steil ab ins Meer. Auf seinem Plateau, das mehr als fünfzig Meter schroff aus dem Wasser ragte, glaubte sie schnelle Bewegungen wahrzunehmen. Obwohl Pippa die Augen zusammenkniff, konnte sie nichts Genaues erkennen.

Sie schrak zusammen, als plötzlich Anitas Stimme neben

ihr erklang. »Dort oben, das ist Dorcas Gunn, Besitzerin des Nachbargrundstücks von Wee Dram. Sie trainiert auf der Klippe ihre Hütehunde.«

»Meine Güte, Anita, hast du mich erschreckt.«

»Hast du geträumt?« Anita kicherte und tippte sich an den Kopf. »Ich weiß genau, wer dir hier oben herumspukt: der schöne Connor!«

Ich möchte jetzt wirklich nicht über schottische Männer reden, dachte Pippa und spähte weiter angestrengt zum Felsen hinauf. Dank Anitas Erklärung ergaben die hin und her wuselnden Punkte für sie nun einen Sinn: Zwei Hunde umkreisten immer wieder eine kleine Herde Schafe und trieben sie vom Abgrund weg. Der Wind frischte auf und trug Fetzen gerufener Befehle und schrille Pfeifsignale zu ihr herüber. Selbst aus der Ferne konnte Pippa erkennen, wie gut die Hunde gehorchten. Sie fühlte sich an die Schlittenhunde erinnert, die sie einige Monate zuvor in der Altmark kennengelernt hatte: Unayok, Tuktu und Tuwawi hatten sich als wohlerzogene Begleiter und Lebensretter präsentiert.

»Dorcas gewinnt jeden Wettbewerb für Hütehunde. Ihre beiden heißen Smith und Wesson – und sie sind genauso zielgerichtet und präzise wie die Revolver gleichen Namens«, sagte Anita. »Sie halten nicht nur Schafe vom Abgrund fern, sondern auch jeden potentiellen Besucher von ihrem Haus.« Sie beschirmte nun ebenfalls die Augen mit der Hand und sah zum Plateau hinauf. »Dorcas ist eine sehr interessante Frau – aber sie lässt niemanden an sich heran. Außer vielleicht Daniel Seton, unseren Postboten. Schade, sie ist ungefähr so alt wie ich, vielleicht ein paar Jahre älter. Sie wohnt nicht weit, ihr Haus liegt gleich hinter den Klippen auf gleicher Höhe. Für hiesige Verhältnisse ist das wirklich nah.« Anita seufzte und fuhr fort: »Ich könnte eine Freundin gebrauchen, die nicht nur über eine Telefonleitung zu erreichen ist.«

Pippa musterte Anita unauffällig von der Seite – überrascht, dass ihre sonst zurückhaltende Freundin so viel und so offen redete.

»Was ist los mit dir, Anita?«, fragte sie. »Abgesehen von den Problemen, mit denen wir uns befassen sollen, meine ich.«

»Es ist hier nicht immer leicht für mich, weißt du?« Wieder seufzte Anita. »Manchmal bin ich es sogar leid, ständig Englisch zu sprechen.«

»Aber sind deine Eltern nicht gerade für ein paar Wochen hier, um dich zu unterstützen?«

»Ja, und das ist auch sehr schön. Aber Eltern ersetzen keine Freundin, mit der ich mich einfach mal spontan treffen kann. Auf eine Tasse Tee, zu einem Plausch, um mich mit ihr auszutauschen …«

Pippa nickte. »Stimmt, und ein zukünftiger Ehemann kann da auch nicht helfen. Besonders dann nicht, wenn es um Fragen, Ängste oder Gefühle geht, die du selbst noch nicht einordnen kannst oder sogar an dir selbst lächerlich findest.«

»Ich wusste, dass du mich verstehst.«

»Verstehen?« Pippa lachte leise auf. »Dieses Gefühl der Orientierungslosigkeit trägt meinen Namen. Ich wüsste nicht, was ich ohne meine Freundin Karin täte, die mir den Kopf immer wieder in die richtige Richtung dreht. Freddy ist ein großartiger Bruder – aber weder er noch meine Eltern wären meine erste Wahl, wenn ich mich aussprechen will.« Sie blickte Anita aufmunternd an. »Also? Raus damit.«

Unauffällig blickte Anita sich nach den anderen um, die noch immer ein paar Meter entfernt vor dem Haus standen und sich unterhielten. Dann flüsterte sie: »Ich habe Angst vor Iona.«

Pippa brachte kein Wort heraus, sie sah die Freundin nur bestürzt an.

»Sie kann alles und weiß alles«, sagte Anita eindringlich. »Jeder bewundert sie. Alle hängen an ihren Lippen und tun, was sie sagt. Und mich halten sie für einen Eindringling.« Nach einer kurzen Pause fügte sie hinzu: »Außerdem liebt sie Duncan. Abgöttisch.«

»Natürlich tut sie das. Die beiden sind zusammen aufgewachsen. Es ist vollkommen normal, dass sie so eng verbunden sind. Sie waren immer wie Bruder und Schwester.«

Anita schüttelte traurig den Kopf. »Leider nicht, Pippa. Leider nicht immer.«

»Hallo, ihr zwei!«, rief Pete Wesley zu ihnen herüber. »Wenn ihr live dabei sein wollt, wenn ich meine Aufgabe erfahre – wir gehen jetzt wieder hinein.«

Pippa hakte sich bei Anita ein. Während sie zum Haus gingen, sagte sie: »Ich bin hier, damit du deine Hochzeit unbeschwert genießen kannst. Dazu gehört ab sofort, dass ich Lady Iona zeige, an welcher Stelle sie jetzt kommt.« Sie ließ Anita den Vortritt ins Haus und fügte für aller Ohren, aber in ihrer Doppeldeutigkeit nur für Anita verständlich, die Worte hinzu: »Nach dir, Anita. Immer und überall nach dir.«

Während er seinen Umschlag öffnete, sagte Pete: »Nach allem, was ich bisher gesehen und gehört habe, sage ich voraus: Ihr wollt, dass ich von einigen Leuten eurer Brennerei ein Profil erstelle. Damit ihr wisst, wem ihr euer Vertrauen schenken könnt.« Er sah Duncan erwartungsvoll an.

Dieser schüttelte ernst den Kopf. »Nein.«

Pete Wesley ließ verdutzt den Umschlag sinken.

»Von allen.«

Alle am Tisch lachten, Pete am lautesten.

»Zu Wee Dram gehören neben den Brennereigebäuden und den Lagerhäusern für den Whisky insgesamt sieben Wohn- und fünf Ferienhäuser«, sagte Duncan.

»Und deren Bewohner soll Pete in nur einer Woche auf ihre Loyalität abklopfen?«, fragte Freddy.

»Nicht in allen Häusern leben Angestellte. Durch die fortschreitende Modernisierung braucht eine Brennerei unserer Größe heutzutage viel weniger Leute als noch vor fünfzig oder hundert Jahren«, erklärte Duncan. »Deshalb sind einige der früheren Mitarbeiterhäuser an Leute vermietet, die nicht auf Wee Dram arbeiten.« Duncan deutete auf eine Liste, die Pete aus dem Kuvert gezogen hatte. »Das sind die Menschen, die näher mit uns zu tun haben. Wir möchten wissen, ob sie zuverlässig sind oder ob sie Intrigen gegen uns spinnen. Aber die wichtigste Frage ist: Traust du einem von ihnen Sabotage zu?«

Rebecca wiegte den Kopf. »Ich verstehe, dass ihr die Ursache der Explosion aufklären wollt, weil euch der bedauernswerte Brennmeister am Herzen liegt. Und ich bin sicher, dass es euch nicht nur darum geht, von angeblicher Schuld reingewaschen zu werden. Aber rechtfertigt das einen Generalverdacht gegenüber euren Mitarbeitern? Sie haben doch unter Jock und Iona hervorragend dafür gesorgt, dass der Laden läuft. Sie müssen sich wahrscheinlich erst an euch gewöhnen.«

Duncan nickte. »Glaubt mir, wir würden ihnen dazu gerne alle Zeit der Welt geben. Aber die fehlt uns leider. Anita und ich haben eine Bestandsaufnahme gemacht. Es gibt eine Diskrepanz zwischen der Menge der Whiskyfässer, die in den Büchern verzeichnet ist, und der Anzahl, die sich im Lagerhaus befinden.«

Rebecca horchte auf. »Wie meinst du das?«

»Es sind zu viele!«, sagte Duncan. »Mehr als in den Büchern stehen.«

»Aber das ist doch besser als zu wenig Fässer, oder?« Freddy schüttelte verständnislos den Kopf. »Stehlen kann ich ja verstehen, aber welchen Sinn macht es, Fässer dazuzustellen? Und ihr habt noch niemandem etwas davon gesagt? Auch Jock und Iona nicht?«

Freddy hatte damit sämtliche Fragen gestellt, die auch die anderen am Tisch beschäftigten.

»Wir wollten uns erst bei euch Rat holen, bevor wir die Sache an die große Glocke hängen«, sagte Duncan und wechselte einen Blick mit Anita. »Die überzähligen Fässer könnten bedeuten, dass jemand auf Wee Dram heimlich auf unsere Kosten Whisky brennt und in die eigene Tasche wirtschaftet ...«

»... oder Fässer aus einer illegalen Brennerei bis zum Weitertransport bei uns versteckt«, vervollständigte Anita.

»Verstehe«, sagte Freddy. »Frei nach dem Motto: Fässer sehen alle gleich aus, da fallen ein paar mehr überhaupt nicht auf.«

»Lohnt sich das denn finanziell?«, fragte Rebecca.

Duncan nickte grimmig. »Allerdings. Maximaler Gewinn bei minimalen Produktionskosten – immer schön an der Steuer vorbei. Sollte *Customs and Exise,* unsere zuständige Behörde, die Bücher prüfen und mit den Lagerbeständen vergleichen, bin ich geliefert. Wenn ich Glück habe, muss ich nur ordentlich nachzahlen. Wenn ich Pech habe ...«, er fuhr sich nervös mit der Hand durchs Haar, »kriege ich eine Anklage wegen versuchten Steuerbetrugs und des Verdachts auf Whiskyschmuggel an den Hals.«

Pete Wesley runzelte die Stirn. »Klingt gar nicht gut. Ihr braucht von mir also Antworten auf drei Fragen. Erstens:

Wer hat den überzähligen Whisky gebrannt und euch die Fässer untergeschoben? Zweitens: Wie werdet ihr sie wieder los? Und drittens: Wie kommt ihr ungeschoren aus der Sache raus?«

Er holte einen Packen Spielkarten aus der Hosentasche, ließ sie geschickt durch die Finger gleiten und mischte sie dann konzentriert, während die anderen jede seiner Bewegungen gespannt verfolgten. Schließlich knallte Pete die Karten auf den Tisch. Er sah lange auf das aufgefächerte Blatt, als könnte er dort die Lösung lesen. Dann sagte er zufrieden: »Schottischer Aberglaube trifft auf ›Wahrsagerei Pete-Wesley-Style‹. Ein Vergnügen ganz nach meinem Geschmack.« Er hob seinen Daumen. »Betrachtet die Aufgabe als erledigt.«

»O danke, Pete!«, rief Anita und umarmte Duncan, der genauso erleichtert wirkte wie seine Braut.

»Bleibt nur noch meine Aufgabe«, meldete Pippa sich zu Wort und zog aus ihrem Kuvert eine englischsprachige Broschüre, die sie rasch überflog. In ihr wurde das Aroma des auf Wee Dram produzierten Whiskys als ›elegant getorft‹ beschrieben und sein Geschmack mit ›einladenden‹ Nuss- und Pflaumentönen verglichen, die ›im Abgang eine Ahnung vom Salz der Wasser aufleben lassen, die die Brennerei umgeben‹. Es folgten eine Beschreibung des Herstellungsprozesses und der Hinweis auf die Möglichkeit, eine Whiskyschule zu buchen und während der Teilnahme seinen eigenen Whisky zu brennen.

Auf Pippas fragenden Blick hin sagte Duncan: »Jetzt ist Silent Season – aber ab Januar werden wir wieder produzieren. Allerdings möchte ich in Zukunft den Whisky länger reifen lassen als bisher. Ich werde also während der nächsten Jahre zwar die übliche Menge destillieren, aber viel weniger davon in den Handel bringen. Das bedeutet zunächst eine enorme finanzielle Einbuße, also haben Jock, Iona und ich uns die Whiskyschule ausgedacht.«

»Whiskyliebhaber können unsere Ferienhäuser auf dem Hügel mieten und alles über Whisky lernen«, fügte Anita hinzu. »Sie durchlaufen den gesamten Herstellungsprozess vom Mälzen bis zum Abfüllen einer eigenen Flasche. Und zur Erinnerung bekommt jeder Teilnehmer eine Flasche Whisky mit seinem persönlichen Etikett.«

Freddy schlug Duncan anerkennend auf die Schulter. »Die arbeiten bei euch und zahlen auch noch dafür? Clever, mein Freund.«

Duncan grinste und erwiderte: »Wenn man ein Hobby hat, will man alles darüber wissen. Whiskyliebhaber sind echte Enthusiasten, es reicht ihnen nicht, ihn nur zu trinken. Sie wollen sich darüber austauschen und verstehen, warum er so schmeckt, wie er schmeckt. Oder wie er entsteht. Wenn du etwas liebst, willst du es doch auch bis ins Detail verstehen, oder nicht?«

»Nur zu gerne«, sagte Freddy trocken. »Aber wo kann ich Kurse buchen, durch die sich mir die Frauenwelt tatsächlich vollkommen erschließt?«

Pippa verdrehte die Augen und beugte sich dann über den beiliegenden Lageplan der Wee-Dram-Ländereien. »Ich verstehe noch immer nicht, was die Whiskyschule mit meiner Aufgabe zu tun hat. Oder kapiere ich hier etwas nicht, was allen anderen längst klar ist?«

»Wir hatten durch Bert-Rüdiger Dambeck, einen deutschen Whiskyimporteur und Organisator von Whiskyreisen, bereits einige Gruppen auf Wee Dram. In den nächsten Tagen beginnt ein neues Seminar. Aber er verlangt von uns saftige Vermittlungsgebühren. Die könnten wir sparen, wenn die Leute direkt bei uns buchen. Also brauchen wir Werbung.«

»Das ist unser Wunsch an dich, Pippa«, fuhr Anita fort. »Wir bitten dich, unsere Broschüre und unsere Internetseite ins Deutsche, Italienische und Niederländische zu übersetzen. Damit können wir dann in allen entsprechenden Ländern professionell werben.«

Vor Enttäuschung musste Pippa schlucken. Die anderen hatten spannende und unterhaltsame Aufgaben bekommen: Freddy durfte segeln gehen, Pete und Rebecca konnten recherchieren und Leute befragen. Sie selbst würde wieder einmal an einem Schreibtisch sitzen und einsam Texte übersetzen. Dennoch setzte Pippa ein fröhliches Lächeln auf. »Ihr benötigt eine Übersetzerin – ich *bin* Übersetzerin. Endlich gilt der Prophet im eigenen Land mal etwas. Bis zum Ende der Woche habe ich das für euch erledigt.«

Rebecca war Pippas Enttäuschung nicht entgangen. »Wenn du mit den Übersetzungen schnell fertig bist, bleibt dir noch Zeit für Ausflüge in die Umgebung, vielleicht sogar in netter Gesellschaft«, sagte sie bedeutungsvoll. »Oder du begleitest mich zur Polizei von Campbeltown.«

»Worauf du dich verlassen kannst«, sagte Pippa erfreut.

Pete reckte plötzlich den Hals und sah aufmerksam zur Fischerhütte hinüber.

»Wer auch immer zurzeit in der Hütte dort hinten wohnt«, sagte er, »ist gerade auf dem Weg zu uns.«

Morris!, dachte Pippa erfreut. Da sie ihrem Bruder keine Munition für weitere Sticheleien liefern wollte, wandte sie betont langsam den Kopf, um wie die anderen aus dem Fenster zu sehen.

Aber den Weg entlang kam nicht der sympathische Schotte, sondern eine mollige Frau mit kurzem hellroten Haarschopf und ein hagerer, grauhaariger Mann. Sie kamen Hand in Hand auf Piper's Hush zu, in ein angeregtes Gespräch vertieft.

Anita lachte. »Das sind nicht die derzeitigen Mieter der Hütte, sondern meine Eltern, Margit und Karl Heinz Unterweger.«

»Sie wohnen doch bei euch im Haupthaus, oder?«, fragte Pete. Als Duncan nickte, fuhr er fort: »Aber dann wäre der kürzeste Weg doch über die Steintreppe neben dem Wasserfall hinter dem Haus. So, wie wir auch gekommen sind.«

»Dann hätte der Weg aber nur einige Minuten gedauert und meine zukünftigen Schwiegereltern hätten keine Chance gehabt, eine heimliche Zigarette zu rauchen.«

Anita lächelte liebevoll. »Sie versuchen, sich das Rauchen abzugewöhnen – wegen der Zwillinge.«

»Aha, und seitdem haben sie ihre Leidenschaft für verdächtig lange Spaziergänge an der frischen Luft entdeckt«, mutmaßte Pete.

»Auch hehre Ziele müssen manchmal untergraben werden«, sagte Rebecca. »Die beiden sind mir jetzt schon sympathisch.« Sie schnappte sich ihre Zigarettenschachtel und erhob sich. »Gehen wir die Brauteltern angemessen begrüßen.«

Sie hielt die Tür auf, und einer nach dem anderen ging hinaus ins Freie. Als Pippa an ihr vorbei wollte, hielt Rebecca sie auf.

»Was meinst du«, raunte sie, »wenn ich schon Unfallstatistiken und Probleme anderer Destillerien recherchiere, könnte ich mir doch auch gleich noch die Akten zum Tod von Duncans Eltern ansehen. Das waren erfahrene Segler, und die sollen einfach so in einen gefährlichen Strudel geraten sein? Mit einem Kind an Bord geht man doch keine unnötigen Risiken ein. Duncan ist da keine Hilfe, er verdrängt bis heute seine Erinnerungen ...« Sie zog vielsagend die Augenbrauen hoch.

»Du meinst, seine Familie ignoriert seine ausgeprägte

Abneigung gegen Bootsfahrten und zeigt erstaunlich wenig Interesse daran, den Unfall gemeinsam mit ihm aufzuarbeiten?«

»Genau das meine ich. Es gibt mit Sicherheit Polizeiberichte und jede Menge Zeitungsartikel. Wir könnten sie gemeinsam durchgehen und uns ein umfassendes Bild machen. Bist du dabei?«

Rebecca ist zu lange in ihrem Beruf, dachte Pippa, da sieht man überall Verdächtiges. Aber seit ich selbst in Mordfälle verwickelt war, kann ich das nur allzu gut nachvollziehen.

Deshalb sagte sie: »Klar bin ich dabei. Aber was hoffst du zu finden, das Duncan nicht längst weiß?«

»Mein Bauchgefühl sagt mir: nichts Gutes.«

»Warum willst du dann alles aus der Versenkung holen?«

»Weil solche Dinge die Tendenz haben, zwar von den Beteiligten verdrängt, aber nicht von allen vergeben und vergessen zu werden«, erwiderte Rebecca Davis entschlossen. »Zeiten großen Umbruchs, wie die Hochzeit und die Übernahme der Brennerei durch Duncan, wirken bei Familiengeheimnissen wie tektonische Verschiebungen unter einem ruhenden Vulkan. Er kommt unweigerlich zum Ausbruch. Ein einziges Mal möchte ich Unglück verhindern – statt es anschließend aufzuklären.«

Kapitel 7

Am nächsten Morgen in aller Frühe begleitete Pippa ihren Bruder zur Landstraße nach Campbeltown, wo Duncan Freddy zum gemeinsamen Segeltörn abholen wollte. Obwohl es am Horizont bereits graute, war es in dem unvertrauten Gelände noch so dunkel, dass die Geschwister Taschenlampen benutzten.

Auf Höhe der Fischerhütte drehte Pippa sich nach ihrem Häuschen um. Da es in einer Senke lag, war Piper's Hush schon von hier aus kaum noch zu sehen, zumal es zusätzlich durch die Bäume entlang des Bachlaufs verdeckt wurde.

»Ganz schön abgelegen, was?«, sagte Freddy, der ihren Blick bemerkt hatte. »Du wirst die nächsten Tage und Nächte dort ganz alleine sein, Stadtkind. Ist das wirklich okay für dich?«

Mit Morris als nächstem Nachbarn?, dachte Pippa und war froh, dass ihr Bruder ihr Lächeln in der Dunkelheit nicht sehen konnte. »So stört mich wenigstens niemand beim Übersetzen der Broschüre«, antwortete sie dann. »Und wenn ich mich nachts grusele, hole ich den Dudelsack von der Wand. Ich muss ihn nur so spielen wie du gestern. Damit vertreibe ich jeden potentiellen Eindringling.«

Freddy lachte. »Stimmt. Das Ding wirkt einschüchternder als die Sirene an meinem Polizeiboot.«

»Oder deine geliebte Vuvuzela. Komm ja nicht auf die Idee, einen Dudelsack mit nach Berlin …«

Sie brach ab, da sie die Straße erreicht hatten und sich

von der scharfen Kurve gegenüber von Davaar Island Autoscheinwerfer näherten. Irritiert zeigte sie die Stichstraße nach Wee Dram hinauf. »Müsste Duncan nicht von dort kommen? Die Abzweigung zum Haupthaus führt doch nach links.«

Freddy kniff die Augen zusammen. »Das wird der unglückliche Angus sein. Schichtbeginn.«

»Hoffentlich gibt es in Campbeltown wenigstens eine Zeitung, mit der er sich die Zeit vertreiben kann.«

»Wenn er den ganzen Tag nichts anderes macht, als zu lesen, was in der Umgebung passiert, ist er zumindest der am besten informierte Einwohner von ganz Kintyre.«

Während sie Angus Todd dabei beobachteten, wie er den blassblauen Wagen auf seinen Stammplatz in der Parkbucht am Kieselstrand manövrierte, kam Duncan die Stichstraße heruntergefahren.

»Falls du dich zwischen Sonnenaufgang und Sonnenuntergang irgendwann einsam fühlst«, fuhr Freddy fort, »hab ich einen Vorschlag: Bring dem guten Angus einen Kaffee.«

Als Duncan und Freddy außer Sicht waren, ging Pippa langsam zum Haus zurück. Beim Passieren der Fischerhütte sah sie Licht in der Küche brennen.

Morris ist also auch schon wach, dachte sie und widerstand der Versuchung, bei ihm anzuklopfen. Sie nahm sich vor, ihm einen Besuch abzustatten, sobald sie die erste Übersetzung erledigt hatte. Als sie wieder vor Piper's Hush stand, verwarf sie ihren ursprünglichen Plan, sich noch einmal in die Federn zu kuscheln. Stattdessen beschloss sie, vom Tafelberg aus den Sonnenaufgang zu genießen und Duncan und Freddy zuzuwinken, wenn sie vorbeisegelten.

Sie folgte dem Bachlauf bis zum Wasserfall. Von dort führten ausgetretene Natursteinstufen hinauf bis zur Stahlbrücke, über die man direkt zur Brennerei gelangte. In der anderen Richtung schlängelte sich die schmale Straße über die Hügel und dann die Küste entlang bis in den Süden der Halbinsel. Durch den Regen der vergangenen Nacht war der Wasserfall stärker geworden, und die Stufen waren nass und glitschig. Da es weder Handlauf noch Geländer gab, tastete sie sich sicherheitshalber auf allen vieren nach oben.

Pippa hatte die letzte Stufe schon vor Augen, als über ihr Laddies Kürbisschädel auftauchte. Vor Schreck hätte sie beinahe Halt und Gleichgewicht verloren, konnte sich aber gerade noch fangen. Ungerührt beobachtete der große Kater ihre Mühen, er schien sogar zu grinsen.

»Lewis Carroll muss ein Exemplar wie dich gekannt haben, als er sich für *Alice im Wunderland* die Grinsekatze einfallen ließ«, sagte Pippa, woraufhin Laddie sein Maul aufriss, um ausgiebig zu gähnen. »Also wirklich, sei nicht so verdammt überheblich. Mach Platz, ich bin auf allen vieren nicht so geübt wie du.«

Natürlich tat er nichts dergleichen, und Pippa musste sich an ihm vorbeiquetschen. Als sie sich aufgerichtet und endlich wieder sicheren Boden unter den Füßen hatte, war der Kater schon wieder spurlos verschwunden.

»Du erinnerst mich an Freddy. Ohne etwas zu futtern in der Tasche ist man einfach nicht interessant für dich«, sagte sie, aber ihre Stimme wurde vom Rauschen des Wasserfalls geschluckt.

Sie wischte sich die nassen Hände an der Hose ab und stieg auf der schmalen, holprigen Straße den Hügel hinauf. Vereinzelte Ausweichbuchten waren die einzige Möglichkeit für zwei Autos, aneinander vorbeizukommen.

Hier würde ich mir keinen Gegenverkehr wünschen, dachte Pippa.

Je weiter sie ging, desto mehr erinnerte sie die Landschaft

an die Drehorte filmischer Heldenepen wie *Highlander* oder *Braveheart*: kaum Bäume, aber Heide und Ginsterbüsche, so weit das Auge reichte. Das Wasser der vielen Rinnsale schimmerte bräunlich von dem Torf, den sie auf ihrem Weg ins Tal durchquerten. Überall im Halbdunkel sah Pippa Schafe als milchweiße Tupfen, mal vereinzelt, mal in kleinen Gruppen. Trotz ihrer Kargheit fand Pippa die Umgebung anziehend und die Morgenstimmung geradezu mystisch.

Ganz und gar weltlich war allerdings die Tatsache, dass sie zunehmend außer Puste geriet, während sie schwitzend den Hügel zu bezwingen versuchte. Ihr Bett erschien ihr nach einer erneuten steilen Passage plötzlich deutlich einladender als die schöne Landschaft um sie herum. Dennoch ging sie weiter und kam an Farmhäusern mit breiten, gemauerten Kaminen an beiden Giebelseiten vorbei. Keines der Fenster war beleuchtet.

Das müssen die Ferienhäuser sein, von denen Duncan gesprochen hat, dachte sie.

Sie umrundete das gesamte Areal und kam zu dem Schluss, dass dies ein idealer Ort war, um auszuspannen und Ruhe zu finden. Unter dem Dach einer Remise entdeckte sie ein Auto mit Mainzer Kennzeichen – zumindest dieses Haus war also derzeit bewohnt.

Wenige Schritte entfernt, gleich neben einem mannshohen Felsblock, zweigte der Pfad zum Tafelberg ab, auf dem die Nachbarin von Wee Dram mit ihren Hunden trainiert hatte.

Von hier oben hatte Pippa einen unverstellten Blick hinunter nach Piper's Hush. Auf der anderen Seite grenzte ein Felsrücken an den Tafelberg, auf dem ein Gehöft thronte, das – wohl je nach wirtschaftlichem Bedarf und Familienzuwachs – mehrfach um Anbauten oder Stallungen erweitert worden war. Aus Pippas Perspektive sah das Bauernhaus aus, als hätte ein Kind es nach Lust und Laune mit Bauklötzen vergrößert, ohne darauf zu achten, ob die Gebäudeteile eine architektonische Einheit bildeten. Die Besitzer hatten hinter dem Haus einen riesigen Berg elektrischer Haushaltsgeräte angesammelt, eine Art Friedhof für Kühlschränke, Stereoanlagen, Kochherde und verschiedene Sorten Altmetall.

»Auf jeden Fall haben die Bewohner von hier aus einen beneidenswerten Blick auf den Firth of Clyde«, murmelte Pippa.

Sie folgte dem Pfad bis an die Klippen und kam gerade rechtzeitig, um die Sonne langsam aus dem Dunst hinter Ailsa Craig steigen zu sehen. Dann tauchte hinter Davaar Island ein Segelboot auf. Als es das offene Wasser des Firth of Clyde erreichte, blähten sich seine Segel im Wind. Das weiße Tuch zeichnete sich scharf ab gegen das Blau des Wassers und die vielfältigen Blau,- Braun- und Grüntöne der gegenüberliegenden Küste. Pippa bedauerte, keinen Fotoapparat mitgenommen zu haben, es wäre ein herrliches Motiv gewesen.

Pippa schrie und wedelte wie wild mit den Armen, um die Segler auf sich aufmerksam zu machen. Direkt unterhalb der Klippen ließ Freddy dann auch mehrmals seine Taschenlampe aufleuchten, als Zeichen, dass er sie gesehen hatte.

Pippa lachte, denn schon als kleiner Junge hatte ihr Bruder zur See fahren wollen und so lange gebettelt, bis sie mit ihm das Morsealphabet übte. Angenehm überrascht von seiner Idee, ihr eine Nachricht zu senden, buchstabierte sie die Morsezeichen langsam mit.

»Pass auf dich auf!«, blinkte er ihr zu.

»Verstanden! Gute Zeit!«, antwortete Pippa mit ihrer Taschenlampe.

Das Segelboot fuhr vorbei und entfernte sich rasch. Pippa sah ihm noch eine ganze Weile nach, als es hinter ihr plötzlich laut knallte. Sie stand stocksteif, und ihr Herz raste.

Ein Schuss!, dachte sie erschrocken, das war ein Schuss! Und noch einer!

Sie wollte sich gerade flach auf den Boden werfen, als sie eine Frauenstimme schreien hörte: »Du Dreckskater kommst sofort da runter! Sofort! Und lass das Hundefutter fallen, sonst schieße ich dich über den Haufen!«

Mehrere Hunde bellten, und Pippa rannte los, quer über den Tafelberg in Richtung des Krawalls. Sie sah eine Frau in aufgekrempelter Cordhose, kariertem Flanellhemd und Jagdweste, die mit einer Flinte in der Luft herumfuchtelte. Als sie sich in ihrer Erregung den Schlapphut vom Kopf stieß, wippte ihr ein nachlässig geflochtener langer Zopf übers Gesicht, und sie schleuderte ihn mit einer wütenden Kopfbewegung über ihre Schulter nach hinten. Zwei schwarzweiße Border Collies rannten aufgeregt um sie herum und bellten zum Scheunendach hinauf.

Dort oben hockte Laddie und nagte seelenruhig an einem Markknochen. Pippa benötigte nicht viel Phantasie, um von der Empörung der Collies und einem leeren Hundenapf unter dem Scheunendach auf einen gewagten Raubzug des Katers zu schließen.

Sie marschierte auf den Zaun zu, hinter dem sich eine vom Lärm eingeschüchterte Herde Schafe dicht zusammendrängte, und fragte sich, wann und wo der Kater sie überholt haben mochte. Als die Tiere Pippa bemerkten, blökten sie laut, was die Aufmerksamkeit der Frau mit der Flinte erregte.

Pippa traute ihren Augen kaum, als diese das Gewehr sofort auf sie richtete und rief: »Keinen Schritt weiter! Dies ist Privatbesitz! Sie haben kein Recht, sich hier aufzuhalten! Verschwinden Sie!«

Pippa konnte nicht glauben, dass die schüchterne Anita ausgerechnet mit dieser Nachbarin gerne befreundet wäre.

Was will sie denn mit diesem Flintenweib?, dachte sie und rief zurück: »Auch Ihnen einen schönen guten Morgen! Sie müssen Dorcas Gunn sein. Ich bin Pippa Bolle.« Sie deutete mit dem Daumen über die Schulter in Richtung Piper's Hush. »Ich wohne dort unten. Ich bin zur Hochzeit von Anita und Duncan gekommen.«

Die junge Frau musterte sie mit unbewegtem Gesicht, die Flinte nach wie vor im Anschlag. »Mir völlig gleichgültig, wo Sie herkommen und wo Sie hingehen – auf jeden Fall nicht über mein Grundstück. Und wenn Sie das nächste Mal mit Ihrem Liebsten Nachrichten austauschen, suchen Sie sich eine andere Klippe aus als diese, sonst garantiere ich für nichts.«

Pippa stutzte einen Moment, dann sagte sie: »Oh, verstehe! Nein, das war mein Bruder. Freddy. Er will mit Duncan zum Corryvreckan hinauf segeln.«

»Ganz egal, wer er ist und wo er hin will – das Morsealphabet beherrscht er jedenfalls nicht. Wenn Sie beide nicht einen Geheimcode haben, war das alles Mumpitz, was er da hochgeschickt hat. Ergab überhaupt keinen Sinn, die Blinkerei.«

Allmählich packte Pippa die Wut. »Kommt ganz darauf an, ob man die gleiche Sprache spricht«, gab sie eisig zurück. »Die Kommunikationscodes zwischen Freddy und mir passen perfekt zueinander, was für Sie und die Menschen in Ihrer Umgebung eher nicht zu gelten scheint. Und glauben Sie mir, es liegt nicht an fehlendem guten Willen der anderen.«

Sie ließ sich kurz von einer kaum wahrnehmbaren Bewegung hinter der Gardine des nächstgelegenen Fensters ablenken. Sieh da, dachte sie, die Dame hat jemanden bei sich im Haus und will nicht, dass es irgendwer erfährt – deshalb ist sie so kratzbürstig.

Nach wie vor war die Flinte auf sie gerichtet, und Pippa platzte der Kragen. »Führen Sie sich nicht auf, als wären Sie die Herrin hier oben, Dorcas. Ich befinde mich noch immer auf dem Gelände von Wee Dram. Ihr Grundstück beginnt meines Wissens erst an diesem Felseinschnitt«, sagte sie und deutete auf die Stelle, »und von dem bin ich noch einen guten Schritt entfernt. Ich bin nur gekommen, um Sie von dem kleinen Piraten auf Ihrem Scheunendach zu befreien, vor dem Sie sich offensichtlich derart fürchten, dass Sie eine Schusswaffe benötigen, um ihn zu verscheuchen.« Sie holte tief Luft und fuhr fort: »Mir vollkommen unverständlich, dass Laddie Blackbeard Ihre Nähe sucht – viele Lebewesen kann es auf dieser Erde nicht geben, die dazu freiwillig bereit sind. Und damit überlasse ich ihm das Vergnügen, Sie weiterhin davon abzuhalten, sich um Ihren Gast zu kümmern. Guten Morgen!«

Sie drehte sich um und marschierte hocherhobenen Hauptes zum Pfad zurück, ohne sich noch einmal umzudrehen – diese Genugtuung wollte sie Dorcas Gunn keinesfalls geben. Wie aus dem Nichts tauchte Laddie auf und stolzierte mit hocherhobenem Schwanz neben ihr her wie ein Hund, der gelernt hat, bei Fuß zu gehen.

Wehe, du bläst uns noch eine Ladung Schrot in den Hintern, Dorcas Gunn, dachte Pippa grimmig.

Beim Einbiegen auf die Schotterstraße konnte sie unauffällig einen Blick zurückwerfen. Wie angewurzelt stand Dorcas an der gleichen Stelle wie zuvor, starrte ihr fassungslos hinterher und kratzte sich mit dem Flintenlauf am Kopf.

Na, dachte Pippa, dann wollen wir mal hoffen, dass das Gewehr nicht so geladen ist wie ich …

Als sie wieder nach vorne blickte, sah sie den knallroten Kastenwagen der Royal Mail auf sich zuholpern. Um auszuweichen, brachte sie sich hinter dem Felsen gegenüber den Ferienhäusern in Sicherheit und beobachtete von dort aus, wie der Postbote am Zaun von Dorcas Gunn anhielt, mehrmals hupte und dann aus dem Wagen sprang.

Die Hunde rannten schwanzwedelnd auf ihn zu, gefolgt von Dorcas Gunn, deren Gesicht sich durch ein strahlendes Lächeln völlig verändert hatte.

»Du bist aber früh heute, Daniel Seton.«

Der junge Mann fuhr sich durch die modische Frisur mit den blondierten Haarspitzen. »Hab heute früher angefangen, weil ich am Nachmittag nach Arran rüber will. Archie nimmt mich auf seinem Kutter mit. Er holt mal wieder eine Bande Deutscher ab, die sich nichts Besseres vorstellen können, als in ihrem Urlaub in einer Whiskybrennerei zu arbeiten. Ich dachte, ich schlage zwei Fliegen mit einer Klappe, erledige zusätzlich ein paar Besorgungen für Francis und verdiene mir so ein paar Kröten dazu.«

»Für Francis Hill aus Southend? Vom Restaurant Muneroy?« Als er nickte, fuhr sie fort: »Darf ein Mitarbeiter der königlichen Post denn überhaupt so viele Nebenverdienste haben wie du?«

»Ha, ohne die kann er nicht überleben. Seit es E-Mail gibt, schreibt ja niemand mehr mit der Hand. Mein Gebiet wird ständig größer, die Strecken länger, aber ich habe immer weniger Briefe auszutragen. Wenn du nicht wärst … keine Ahnung, ob ich dann nicht komplett wegrationalisiert würde. Dann müsstet ihr eure Post aus Postfächern in Campbeltown abholen!«

»Übertreib mal nicht.«

Seton schnaubte. »Tu ich nicht. Leider.«

Er ging zur Rückseite des Wagens und öffnete die Tür zur Ladefläche. Neugierig spähte Pippa um den Felsen herum und sah nicht nur ein gutes Dutzend Pakete, sondern auch allerhand andere Dinge wie Gasflaschen und große, gut gefüllte Einkaufstüten.

Der junge Mann zog sich drei große Pakete heran, trug das erste zu Dorcas Gunn und reichte es ihr über den Zaun. Sie nahm es ihm ab und stellte es auf die Erde.

»Wenn ich nicht für die Leute entlang des alten Schmugglerpfades die Besorgungen machen und dadurch ein bisschen Geld verdienen würde, müsste ich mich glatt der Katzenbande anschließen, um zu überleben.«

Er ging zum Wagen zurück, während Pippa sich bei dem Stichwort *Katze* nach Laddie umsah, der aber wieder verschwunden war und damit seine Fähigkeit, überall und nirgends zu sein, erneut eindrucksvoll unter Beweis stellte.

Ein echter Freibeuter und Vagabund, unser Laddie Blackbeard, dachte Pippa.

Daniel Seton übergab das zweite Paket, und Dorcas Gunn fragte: »Wer hat dir denn von der Katzenbande erzählt?«

»Briony MacLeods Kinder, Tamsin und ihr Bruder Turval. Sie phantasieren davon, Duncans Whisky zu stehlen und dann in Länder zu schmuggeln, die dafür viel Geld bezahlen. Immer am Fiskus vorbei. Genauso wie die legendäre Katzenbande.«

Dorcas Gunn runzelte die Stirn. »Die Cats sind gefährliche Schmuggler, die über Leichen gehen würden. Sie sind keine Helden. Legendär ist die Bande nur, weil man über sie spricht, als käme sie direkt aus einem historischen Roman von Sir Walter Scott oder Robert Louis Stevenson. Du solltest den beiden diesen Unsinn lieber ausreden, statt ihnen zuzuhören.«

Seton reichte das dritte Paket über den Zaun. »Aber Tamsin erzählt immer ...«

»Jede Menge Unsinn«, unterbrach Dorcas Gunn ihn barsch. »Duncan zu bestehlen und sich so an ihm rächen zu wollen, ist keine Lösung. Es birgt zwei Gefahren: Man öffnet, wenn man Pech hat, Türen, die besser geschlossen bleiben sollten – und obendrein macht es ihren Vater nicht wieder gesund.«

Sie quittierte den Empfang der Pakete und hielt ihn auf, als er Anstalten machte, das Tor zu öffnen. »Vielen Dank, aber ich trage sie selbst hinein. Heute habe ich keine Zeit für einen Plausch. Aber komm unbedingt morgen vorbei, dann habe ich für dich einiges, das in die große weite Welt hinaus muss.«

Er zuckte mit den Schultern. »Vermutlich sogar besser so. Zwei Tassen von deinem Spezialtee, und die Fahrt auf Archies Kutter ist für mich gelaufen.«

»Hör dich auf dem Ausflug mal um, was man sich auf Kintyre so erzählt. Ich will alles über Maisie Lockharts Tod wissen«, sagte sie eindringlich. »Niemand ist besser für Klatsch und Tratsch als Archie. Und im Gegenzug sorge ich dafür, dass dein Wunsch endlich in Erfüllung geht. Komm heute Abend vorbei, dann fangen wir an. Du wirst begeistert sein.«

»So gut?«

Dorcas Gunn grinste. »Darauf kannst du deinen Hintern verwetten.«

Kapitel 8

»Können wir Ihnen helfen?«

Pippa fuhr herum. Die Frage, was Dorcas wohl dem jungen Daniel versprochen haben mochte, hatte sie derart beschäftigt, dass sie nichts anderes um sich herum wahrgenommen hatte. Völlig baff blickte sie in die verschmitzten Gesichter eines Paares in ihrem Alter. Die beiden stützten sich in ihrem Ferienhaus einträchtig nebeneinander auf ein Fensterbrett und betrachteten Pippa mit der erwartungsvollen Neugier von Menschen, die in einer Theatervorstellung saßen. Der Mann trug eine Kappe der Fußballmannschaft Mainz 05, und auf dem schwarzen T-Shirt der Frau prangte eine aus den Namen verschiedener Brennereien zusammengesetzte große 50.

Pippa schoss das Blut in den Kopf. Sie hatte völlig vergessen, dass die Ferienhäuser lediglich einige Schritte von ihrem vermeintlich sicheren Versteck entfernt lagen. Während sie noch nach einer plausiblen Erklärung suchte, warum sie Dorcas Gunn und Daniel Seton belauscht hatte, fragte der Mann freundlich: »Auch aus Deutschland?«

Vor Schreck zu keinem Wort fähig, nickte Pippa.

Die Frau stupste den Mann an. »Bestimmt wegen des Whiskys hier, genau wie wir.«

Der Mann deutete mit dem Kinn hinüber zu Dorcas' Grundstück. »Interessante Frau, diese Dorcas Gunn, nicht wahr?«

»Sie bekommt jeden Tag Post. Massenweise. Und meistens Pakete. Große Pakete«, sagte die Frau. »Wir machen hier schon zum x-ten Mal Urlaub, und seit dem ersten Mal hat sich die Anzahl der Pakete verdoppelt.«

Der Mann nickte. »Und größer geworden sind sie auch. Wir wüssten zu gerne, was drin ist. Hochzeitstorten? Tierfutter? Geschmuggelter Whisky? Haben Sie eine Ahnung?«

Verdattert schüttelte Pippa den Kopf.

»Sie bekommt nie Besuch«, fuhr die Frau fort, »merkwürdig, oder? Keine Menschenseele außer dem Postboten.«

Fast wäre Pippa damit herausgeplatzt, dass sich derzeit sehr wohl jemand in Dorcas' Haus befand, konnte sich aber gerade noch auf die Zunge beißen.

»Und dann dieses Gerümpel auf ihrem Hof«, sagte der Mann. »Ist Ihnen das aufgefallen?«

Bevor Pippa das bejahen konnte, fuhr die Frau fort: »Hinter dem Haus liegt jede Menge Elektroschrott. Staubsauger, Computermonitore, Stereoanlagen ... ein regelrechter Wertstoffhof. Das Witzige ist: Dorcas sortiert den ganzen Krempel ständig um und macht davon dann massenhaft Fotos. Wenn Sie mich fragen: Die ist nicht ganz richtig im Kopf. Vor einigen Tagen ist mein Mann«, sie deutete neben sich, »rübergegangen und hat gefragt, ob wir bei ihr frische Milch kaufen können. Das wird er sein Lebtag nicht vergessen.« Sie kicherte. »Erzähl doch mal, Jens.«

Jens stöhnte und verdrehte die Augen. »Sie hat mich einfach überrumpelt. Steht da mit ihrer Flinte im Arm und sagt, ich soll für sie posieren, ich wäre die perfekte Verkörperung eines alten Römers. Ehe ich wusste, was los war, hatte sie mir schon ein Betttuch um den Körper geschlungen und mir befohlen, auf einen alten Riesenkühlschrank zu klettern. Dort hat sie mich drapiert wie Bacchus bei einem Festmahl, und dann hat sie mich fotografiert.«

Seine Frau lachte laut und prustete: »Samt Lorbeerkranz

auf den Locken! Und ich sitze hier und wundere mich, wo der Kerl so lange bleibt! Aber ich habe einen Abzug von ihr bekommen.«

»Hol den doch mal, Tanja«, sagte der Mann, und die Frau verschwand im Haus. In Richtung Pippa fügte er hinzu: »Der war das Dankeschön, weil Dorcas mich als Modell nutzen durfte.«

Tanja tauchte wieder auf und hielt Pippa ein überdimensionales Foto hin. Diese trat näher und bestaunte die perfekte Bildkomposition. Jens lag, angetan mit einer Toga und auf den linken Ellbogen gestützt, ausgestreckt auf einem Kühlschrank. Mit der rechten Hand ließ er sich statt köstlicher Weintrauben ein Elektrokabel über dem geöffneten Mund baumeln, an dessen Ende ein Handy hing.

Jens beobachtete gespannt Pippas Reaktion, und Tanja sagte stolz: »Ein echtes Kunstwerk. Es hat sogar einen Namen: *Homo technicus*. Gut, nicht?«

»Ich ... also ... wirklich beeindruckend«, stammelte Pippa. »Leider muss ich los, ich habe noch einiges zu tun. Hat mich wirklich gefreut. Vielleicht sieht man sich noch mal. Sonst: Schöne Urlaubstage.«

Das Paar winkte freundlich, und Pippa verließ fluchtartig das Gelände.

Ist Dorcas Gunn diejenige, bei der Morris den Fotokurs besuchen will?, grübelte sie im Weitergehen. Aber hat er nicht einen anderen Namen genannt?

In einem hatten die Mainzer Tanja und Jens jedenfalls recht: Dorcas war eine interessante Frau. Vielleicht wurde man ja etwas versponnen, wenn man allein und so abgeschieden lebte.

Pippa rekapitulierte, was sie über Dorcas erfahren hatte: Sie bekam heimlichen Besuch und hatte guten Kontakt zum Postboten. Er brachte und holte ihre Pakete, durfte aber offensichtlich trotzdem nichts von ihrem Gast wissen. Dorcas nötigte Fremde zu Fotosessions, verteidigte Duncan und hielt Schmuggel nicht für ein Kavaliersdelikt. Sie ging nicht aus dem Haus, zahlte aber für Informationen. Nur – womit?

»Schmuggel, Whisky, geheimnisvolle Besucher in einsamen Häusern, entrückte Landschaft, bereits morgens mit einer Flinte begrüßt werden, Sonnenschein, wo eigentlich nie endender Regen und Nebel sein sollten«, murmelte Pippa, »ich muss schon sagen: Schottland weiß zu unterhalten.«

Als sie die Brücke und die Steinstufen zu ihrem Haus erreichte, zögerte sie. Im Gegensatz zu Dorcas hatte sie keinerlei Lust, sich in ein einsames Haus zurückzuziehen, während die Landschaft um sie herum in hellem Sonnenlicht erstrahlte. Sie drehte sich spontan um und marschierte in Richtung Brennerei.

Vor einem hölzernen Wegweiser blieb sie stehen. Er klärte sie darüber auf, dass der Bach zu ihren Füßen *Bastard Burn* und der Wasserfall hinter ihrem Haus *Bastard's Fall* hießen. Von hier aus konnte sie in einer mehrstündigen Wanderung bis auf den Beinn Ghuilean hinaufsteigen oder in einer Stunde an einem keltischen Hochkreuz vorbei den Gipfel des Beinn Dhu, des Schwarzen Berges, erreichen. Sie entschied sich für die dritte und zugleich kürzeste Alternative: einen Spaziergang zu den Kirchenruinen des heiligen Kevin.

Der Weg führte hinter den Lagerhäusern entlang und über Schafweiden auf eine Anhöhe. Dort stand die Ruine, die ihr schon am Vorabend aufgefallen war. Als sie die Weide überquerte, rannten Schafe an ihr vorbei zu einem alten Mann, der Heu und mineralische Lecksteine für die Tiere auslegte.

»Ihr seid doch alle gleich: durch Futter bestechlich«, murmelte Pippa. »In Zukunft werde ich immer trockenes Brot oder Möhren und Schinken dabeihaben. Ganz gleich ob für euch, Laddie – oder meinen Bruder.« Als sie sich nach einer attraktiven Leckerei für ein Schaf umsah, blinkte im Gras etwas auf. Es stellte sich als eine der silbrigen Scheiben vom Windspiel an Piper's Hush heraus.

Laddie Blackbeard, du kleiner Pirat, dachte sie, ich werde aufpassen müssen, dass Anita nicht ihr gesamtes Mobile an deinen Spiel- und Beutetrieb verliert.

Bei dem Gedanken an Laddie fiel ihr das Gespräch zwischen Daniel Seton und Dorcas Gunn ein. Katzenbande – kein schlechter Name für Leute, die durch die Nacht schlichen, um Whisky zu schmuggeln. Wenn sie dabei auch noch so leise und unberechenbar waren wie Laddie, hatte keine Polizei der Welt eine Chance gegen sie. Pippa nahm sich vor, Duncan zu fragen, ob die berüchtigte Katzenbande aus dem Reich der Mythen stammte oder tatsächlich existierte.

Wenige Minuten später erreichte sie den Friedhof mit der jahrhundertealten Kirchenruine, die ihr wie eine perfekte Kulisse für einen düsteren Krimi oder einen Horrorfilm vorkam. Von der ehemaligen Kapelle waren nur noch verwitterte Außenmauern geblieben, aus denen Dornengestrüpp wucherte. Zwei gedrungene, runde Steinpfeiler markierten den Eingang zum Friedhof. Pippa öffnete das verrostete Eisentor und ging hinein. Einige der keltischen Grabsteine und Kreuze waren mit Moosen und Flechten bewachsen und sahen aus wie aus der Zeit gefallen. Vor einem Familiengrab, das laut Inschrift 1812 angelegt worden war, blieb sie stehen.

Darum kümmert sich bestimmt schon seit langer Zeit niemand mehr, dachte sie angesichts der Platte über der

Gruft, die schief und wie verschoben auf dem Unterbau lag.

In dem etwas entfernten neueren Teil des Friedhofs bemerkte Pippa eine Frau in ihrem Alter, die ein Grab pflegte. Sie trug zu Gummistiefeln und derber Jacke einen wadenlangen Tweedrock. Mit müden Bewegungen arrangierte sie einen Blumenstrauß, bevor sie damit begann, um die wuchtige Grabplatte herum Unkraut zu zupfen. Das Grab war mit einem niedrigen schmiedeeisernen Zaun umgeben. Als die Frau sich aufrichtete, um ein paar Haarsträhnen zurück unter ihr Kopftuch zu stopfen, zog Pippa sich hastig in die Ruine zurück, um nicht zu stören.

Da längst kein Dach mehr existierte, hatte sich die Natur das Innere der alten Kapelle zurückerobert. An einem großen Naturstein, der vermutlich einst als Altar gedient hatte, informierte ein Schild in englischer und gälischer Sprache über die Ruine. Die Kirche stammte aus dem 13. Jahrhundert und war Saint Kevin gewidmet, der um 600 herum in Schottland lebte. Dieser Vertreter der keltisch-christlichen Kirche hatte Riten und Regeln festgelegt, die das eheliche Leben nicht einengen, sondern erleichtern sollten.

Anders als Pippa erwartet hatte, ging es bei den beschriebenen Regeln nicht um die aktuellen Aufgaben des Stiftungsrates, sondern um einen Brauch, der Verheiratete betraf: Paare mit Eheproblemen sollten in der Nacht des 3. Januar zur Kapelle kommen. Dort mussten sie mit verbundenen Augen um das Gebäude laufen, bis sie eine Person des anderen Geschlechts festhalten konnten – ganz gleich, welchen Alters, welchen Aussehens und welchen Standes. Das folgende Jahr musste das Zufallspaar miteinander verbringen und alles teilen.

Dieser Heilige hatte ein wirklich unkonventionelles Verständnis vom unauflösbaren Sakrament der heiligen Ehe, dachte sie amüsiert, denn alle Beteiligten bleiben ja tatsächlich weiterhin verheiratet …

Pippa verließ die Ruine und schlenderte über den Kirchhof, um sich die verzierten Hochkreuze anzusehen. Der alte Schäfer stand jetzt bei der Frau am Grab und redete eindringlich auf sie ein. Diese schüttelte abwehrend den Kopf, bis sie Pippa entdeckte und den alten Mann anstieß. Er drehte sich um und taxierte Pippa ausgiebig, dann hellte sich sein Gesicht auf. Als er sie zu sich winkte, blickte Pippa sich verblüfft um, aber außer ihr konnte niemand sonst gemeint sein.

Zögernd ging sie zu den beiden hinüber.

Der alte Mann grinste sie zahnlos an, stemmte die Hände in die Hüften und sagte zu der Frau neben sich: »Da kommt deine Rettung, Briony!«

Er kann nicht mich meinen, dachte Pippa und blieb stehen.

»Nicht so schüchtern, Pippa!«, fuhr der alte Mann fort. »Ja, genau dich meine ich. Du kennst mich zwar nicht, aber ich kenne dich. Ich bin Archibald Drummond, Archie für meine Freunde. Hausmeister und Mädchen für alles auf Wee Dram. Nur vom Whisky lasse ich meine Finger – der soll ja weiterhin schmecken …« Er lachte meckernd.

Da er sie beifallheischend ansah, grinste Pippa pflichtschuldig über seinen Witz. Das war also einer der beiden nichtsahnenden Informanten, von denen Pete beim Frühstück erzählt hatte.

»Ich war es, für den du mit Duncan durch ganz Berlin gelaufen bist, um Polaroidfilme aufzutreiben«, erklärte Archie. »Jetzt habe ich endlich wieder einen anständigen Vorrat.«

»Du bist das! Guten Tag!«, sagte Pippa erfreut. »Ich habe

weitere zehn Filme im Gepäck – extra für die Hochzeit. Ich bringe sie morgen vorbei.«

»Für die Hochzeit?«, rief Archie empört. »Ich verschwende die kostbaren Filme doch nicht für eine Hochzeit! Die brauche ich für meine Mädchen!« Vage deutete er über die schottische Heidelandschaft.

»Mädchen?«, fragte Pippa verständnislos, die außer den Schafen niemanden entdecken konnte.

Archie nickte ernst. »Klar! Ich bringe es einfach nicht übers Herz, ihre Wollkleider mit Farbe zu kennzeichnen. Genauso gut könnte man einer gut angezogenen Frau mutwillig einen Ölfleck auf ihr Seidenkostüm spritzen. Nicht mit mir! Meine Mädchen kriegen ihre elektronische Ohrmarke und ein schickes Polaroidfoto für meine Galerie. Dadurch finde ich jederzeit heraus, welche gerade fehlt.«

Pippas Miene verriet den Grad ihres Unverständnisses, aber nachfragen musste sie nicht, denn Archie fuhr fort: »Klar weiß ich immer, ob alle Schafe da sind, wenn alle Schafe da sind. Aber was, wenn *nicht* alle da sind? Ein Blick auf meine Fotowand, und ich weiß, welches Schaf sich im Nebel oder Schnee verlaufen hat. Ich habe jedes Mädchen im Blick!«

»Diesem Mädchen solltest du aber mal eine Auszeit gönnen«, sagte die Frau neben ihm und streckte Pippa die Hand hin. »Briony MacLeod, ich habe bereits viel von dir gehört.« Sie lächelte. »Genauer gesagt von deiner Haarfarbe, die meine Tochter richtig cool findet. Tamsin fragt sich, ob du mit Henna färbst.«

Pippa lachte und antwortete: »Alles Natur – und in Tamsins Alter fand ich es viel zu auffallend und alles andere als cool. Meine Angewohnheit, die Haare mit Mützen und Kappen zu tarnen, hat sich bis heute gehalten.«

Als Pippa sich bewusst wurde, dass es sich bei Briony

um die Frau des verunglückten Brennmeisters handelte, schwieg sie verlegen. Während sie noch über ein möglichst neutrales Gesprächsthema nachdachte, fiel ihr Blick auf die wuchtige Grabplatte, auf der Brionys Blumen standen. Pippa stutzte: Eine Liste eingravierter Namen, die bis 1879 zurückreichte, dokumentierte, dass es sich um das Familiengrab der Blakelys handelte. In der untersten Reihe standen die Namen von Duncans Eltern, Neil und Alice Blakely.

Archie zupfte ungeduldig wie ein Kind an Pippas Jackenärmel. »Komm mit, ich will dir zeigen, was aus deinen Polaroidfilmen geworden ist.«

Pippa brachte es nicht übers Herz abzulehnen und ließ sich mitziehen.

»Stuart Blakely war der Gründer der Wee-Dram-Destillerie«, erklärte Archie, während sie zu dritt den Friedhof verließen. »Seitdem werden alle Besitzer hier bestattet, die es sich verdient haben, bis in alle Ewigkeit den Duft der Brennerei zu atmen.« Er warf Pippa einen undefinierbaren Blick zu. »Duncan muss sich dieser Ehre erst noch würdig erweisen.«

»Jetzt ist es aber gut, Archie«, sagte Briony streng. »Duncan ist werdender Vater und heiratet Ende der Woche. Die Frage, ob er im Familiengrab der Blakelys beigesetzt wird oder nicht, dürfte derzeit keine Priorität für ihn haben.«

Archie schnaubte erbost, öffnete aber galant das Friedhofstor. Hinter Pippa und Briony verschloss er es mit der Sorgfalt des Schäfers, der verhindern wollte, dass seine ›Mädchen‹ auf geweihtem Boden grasten.

Der alte Mann legte ein flottes Tempo vor und erzählte dabei unentwegt aus seinem Leben, für Briony sichtlich nichts Neues. Aber in Pippa hatte er jemanden gefunden, der seine Geschichten noch nicht kannte.

»Ich war ja mal Fischer«, sagte er, »aber was sind diese kalten, glitschigen Leiber gegen meine kuschelig warmen Mädchen? Früher musste ich mit meiner *Morag* bei Wind, Wetter und Eiseskälte raus aufs Meer. Manchmal waren die Stürme so heftig, dass ich nur noch beten konnte und mich ganz den Elementen überlassen musste. Trotzdem habe ich meinen Kutter behalten und veranstalte jetzt Touren für Touristen. Das bringt mir ein wenig zusätzliches Geld. Aber ich versuche, nie zu lange von meinen Mädchen weg zu sein ... sie mögen das nicht. Schließlich ist jede von ihnen eine Persönlichkeit und braucht meine Aufmerksamkeit ...«

Er machte eine kurze Pause für einen schwärmerischen Seufzer, und Pippa sagte: »Das mag sein, aber für mich sehen alle Schafe ziemlich gleich aus.«

Der Schäfer schüttelte amüsiert den Kopf. »Ich bringe dir gerne die Unterschiede bei! Jede Rasse hat ihre eigene Ausprägung, eigene Charaktereigenschaften. Ich halte *Suffolk* und *Texel* und *Clun Forest* und *Romney*, ein paar *British Blue du Maine* und *Kerry Hill* und *Shetland* und natürlich *Blackface* und *Wensleydale Longwool*. Und ohne *Cheviot* kommt man in Schottland natürlich sowieso nicht aus!« Er hob triumphierend den Zeigefinger. »Darüber hinaus versuche ich sogar, *Cotswolds* hier heimisch zu machen!«

»Cotswolds-Schafe!« Pippa war begeistert. »Wenn ich als Kind meine Großmutter in Hideaway besuchte, waren die mein Teddybär-Ersatz. Trotzdem würde ich wahrscheinlich keine Unterschiede zwischen ihnen erkennen.«

Archie musterte sie wohlwollend. »Immerhin, du kannst Kopf und Schwanz auseinanderhalten.«

Die drei erreichten die Mitarbeiterhäuser von Wee Dram: Kleine, weißgetünchte Gebäude standen rechts und links der schmalen Straße.

»Meins ist das erste links«, sagte Archie und schob Pippa auf seine Haustür zu.

Briony verabschiedete sich mit einem knappen Nicken und wandte sich dem gegenüberliegenden Haus zu, aber Archie hielt sie auf. »Komm doch mit, Briony. Bei mir wartet ein ganz frischer Whiskykuchen auf Liebhaber.« Er öffnete die Tür. »Hereinspaziert, meine Damen. Briony, setz schon mal den Kessel auf. Ich hole den Kuchen aus der Speisekammer und sage Monty Bescheid.«

Archie verschwand im hinteren Teil des Hauses, und Pippa betrat mit Briony eine Küche, die aussah, als stammte sie noch aus der Gründerzeit der Brennerei. Sie zogen ihre dicken Jacken aus und hängten sie an Haken, die innen an der Tür angebracht waren. Unter Brionys Kopftuch kam ein altmodischer dunkelblonder Nackenknoten zum Vorschein.

Sie kann höchstens in meinem Alter sein, dachte Pippa, aber mit dieser Frisur sieht sie aus wie fünfzig.

Pippa sah sich neugierig um. Neben einem altersschwachen Gasherd gab es ein steinernes Waschbecken, offene Regale mit abgestoßenem Geschirr und zerbeulten Töpfen, außerdem einen einfachen Holztisch mit vier unterschiedlichen Stühlen. Während Briony einen uralten Pfeifkessel füllte, entdeckte Pippa im hinteren Bereich des Raumes zwei vom Sitzen speckige Ohrensessel aus Leder. Sie waren zur Stirnwand ausgerichtet, an der Hunderte Polaroids klebten: Jedes von ihnen zeigte ein Schaf.

Das sind also Archies Mädchen, dachte sie fasziniert und trat näher, um die Beschriftungen auf dem breiten unteren Rand der Fotos lesen zu können. Der Schäfer hatte auf jedem mit schwarzem Filzstift den Namen des jeweiligen Schafes notiert, jeweils ein individueller Vorname und die Rasse als Nachname: Daisy Suffolk, Maria Cheviot, Siobhan Blackface …

Während Pippa die liebevoll arrangierte Galerie betrachtete, suchte sie nach passenden Worten, um Briony ihr Mitgefühl auszudrücken. Sie drehte sich zu ihr um und sagte: »Es tut mir leid, dass es deinem Mann so schlecht geht. Es muss schwer für dich sein, immer die Fassung zu bewahren.«

Briony seufzte. »Das allein wäre schon schlimm genug, aber jetzt auch noch das Unglück mit Maisie ... sie war eine gute Nachbarin. Mehr als das: eine Freundin. Brian hat sie nicht gut behandelt.« Sie presste die Lippen zusammen. »Und nun ...«

Sie ist so gefangen in ihrem Kummer, dass sie überall nur Negatives sehen kann, dachte Pippa. »Hochachtung, dass du trotzdem zu Duncans Hochzeit kommen willst. Und das Grab seiner Eltern pflegst du auch ...«

»Für mich ist das selbstverständlich. Duncan kann nichts für Grahams Zustand, da bin ich mir mehr als sicher.« Briony zögerte kurz, dann sagte sie: »Von Anita und ihm weiß ich, wie du vor zwei Jahren nicht lockergelassen hast, bis die Mordfälle bei Stratford-upon-Avon aufgeklärt waren. Genau das wünsche ich mir auch für meinen Mann. Darf ich dich bitten, mir zu helfen, Pippa?«

»Ich verstehe nicht ...«

Briony sah sie eindringlich an. »Anita hat mir beschrieben, wie du das machst. Du hörst allen zu und beobachtest genau, wie sie sich verhalten. Und du bringst die Menschen dazu, dir mehr zu erzählen, als sie eigentlich wollen.« Sie lächelte flüchtig. »Das habe ich doch gerade bei Archie erlebt! Der kann bei anderen ganz schön brummig und maulfaul sein.«

Pippa winkte ab. »Er hat doch nur über sein Lieblingsthema geredet – ich war ein willkommenes Opfer.«

»Mag sein, aber du hast auch im richtigen Moment die

richtigen Sachen gesagt und warst interessiert. So jemanden brauche ich. Unbedingt. Ich würde ja selber Nachforschungen anstellen, aber bei mir wüsste jeder, weshalb ich das tue. Ich brauche jemanden, bei dem die Leute nicht sofort misstrauisch werden.«

»Du hast einen Verdacht?«

Briony senkte die Stimme. »Ich habe bisher mit niemandem darüber gesprochen. Ich wusste einfach nicht, wem ich mich anvertrauen kann.« Sie vergewisserte sich an der Küchentür, dass sie keine ungebetenen Lauscher hatte. Dann fuhr sie leise fort: »Mein Mann hat mich kurz vor der Explosion von seinem Handy aus angerufen. Er wollte, dass ich Hilfe hole. Er war sich sicher, dass die Katzenbande die Brennerei ... benutzt. Graham sagte wörtlich: *Hier geht es um viel Geld. Um Schmuggel in großem Stil. Und ich weiß jetzt, wer dahintersteckt. Ich kenne den Kopf der Katzenbande.*« Sie holte tief Luft. »Und dann kam der Knall.«

Kapitel 9

»Knall?« Zusammen mit einem grauhaarigen Mann kam Archie in die Küche und stellte stolz einen Blechkuchen mit dickem Schokoladenguss auf den Tisch.

»Was für ein Knall?«, fragte der Grauhaarige.

Pippa fing Brionys Blick auf und sagte geistesgegenwärtig: »Klang, als wäre irgendwo eine schwere Metalltür zugefallen.«

Archie winkte ab. »Das war sicher Joanna Goldie von nebenan. Seit sie ihren Mini getunt hat, stimmt irgendwas mit dem Auspuff nicht. Wenn sie losfährt, klingt das wie Salutschüsse bei einer Königshochzeit.« Er deutete mit dem Kopf auf den anderen Mann. »Mein Mitbewohner Monty McManus.«

»*Montgomery* McManus«, knurrte dieser.

»Viel zu lang. Klingt außerdem nach Niete in Nadelstreifen«, gab Archie zurück. »Du bist kein affiger Manager, du bist faktisch der Brennmeister dieser Destille.«

Monty schnaubte und setzte sich an den Tisch. »Schön wär's.«

»Andere Leute legen während der Silent Season die Füße hoch«, sagte Archie zu Pippa, »aber nicht unser Monty. Rate mal, wo er gerade war? Auf seiner Arbeitsstelle, Laddies Katzenklappe ausbessern.«

»Ausbessern, pah. Ich habe sie mit allen Schikanen modernisiert. Laddie hat jetzt einen exklusiven Zugang, so etwas wie einen eigenen Sicherheitsschlüssel«, dozierte Monty.

»Wenn er seinen Kopf in die Schleuse der Katzenklappe steckt, registriert die seinen Erkennungschip im Nacken und entriegelt sich automatisch, und zwar nur für ihn.«

»Wee Dram ist Laddies Territorium – keine anderen Katzen haben dort etwas zu suchen.« Wie zur Bestätigung seiner Worte nickte Archie grimmig.

Als könnte Laddie sein Revier nicht auch ohne diesen Mechanismus erfolgreich verteidigen, dachte Pippa und unterdrückte ein Lachen, aber wahrscheinlich ist seine Katzenklappe so groß, dass auch kleine Hunde und Lämmer durchpassen würden, die jetzt im Regen stehen …

Erst als Archie ihr ein Stück Kuchen hinstellte, wurde Pippa bewusst, wie hungrig sie nach ihrem Morgenspaziergang war. Das nach bitterer Schokolade und Whisky duftende Paradebeispiel schottischer Backkunst erwies sich als echter Genuss. Zu Archies sichtlicher Freude aß sie mit großem Appetit.

»Schmeckt es dir wirklich?«, fragte er. Als sie mit vollem Mund nickte, sagte er zufrieden: »Dann packe ich dir den Rest ein.«

»Aber dann habt ihr doch selbst nichts mehr!«

»Keine Angst, unsere Speisekammer war noch nie unterzuckert«, brummte Monty.

»In einem früheren Leben war ich Bäcker in Campbeltown«, sagte Archie.

»Ich dachte, du warst Fischer?« Pippa war verwirrt.

Archie nickte. »Das auch. Ich habe mich in so gut wie allem versucht, was mit Essen zu tun hat. Einen Fish-and-Chips-Shop habe ich auch mal geführt, zusammen mit unserem Freund Ronan MacPhie. Als der in Rente gegangen ist, versuchte ich es dann mit Frischfisch. Aber der wird dank – oder undank – der großen Fischereiflotten immer weniger. Früh aufstehen bei Wind und Wetter, und dann bleibt doch nur ein Hungerlohn übrig. Es gibt kaum noch Fische, die nicht in den Schleppnetzen der schwimmenden Fischfabriken landen. Da hat Monty mich an Land gezogen, und jetzt teilen wir uns Einkommen und Essen.« Er deutete grinsend auf die Fotowand. »Schafe und Whisky liefern alles, was ein gesunder Mensch braucht.«

Monty sah von seinem Kuchenteller hoch. »Wir tun beide genau das, was wir wollen und was zu uns passt: Archie kümmert sich um seine Mädchen, und ich brenne Whisky. Ich habe nie etwas anderes gemacht, und so soll es auch bis zu meinem Lebensende bleiben.«

In diesem Moment klopfte es an der Tür, die sofort schwungvoll von außen geöffnet wurde. Tamsin trat ein, gefolgt von einer hochgewachsenen Frau mit kurzem, exakt geschnittenem Bubikopf, die Jeans und Barbourjacke trug.

»Hab ich's dir doch gesagt. Hier ist sie«, zischte Tamsin ihrer Begleiterin zu. »Trinkt in aller Seelenruhe bei Archie Tee.« Dann sah sie ihre Mutter herausfordernd an. »Wieso bist du nicht im Krankenhaus?«

»Ab und zu muss ich auch mal etwas anderes machen«, entgegnete Briony gelassen.

»Was kann es anderes zu tun geben, als Papa beizustehen?« Die Stimme des Mädchens wurde schrill. »Heute kommen Spezialisten, um ihn noch einmal genau zu untersuchen! Hast du das etwa vergessen?«

Zu Pippas Erstaunen blieb Briony vollkommen ruhig. »Turval ist bei ihm. Ich löse deinen Bruder heute Nachmittag ab.«

»Nein, tust du nicht«, fauchte Tamsin. »Das mache ich. Du hilfst Iona.«

Schlagartig wurde Pippa klar, wieso ihr die brünette Frau so bekannt vorkam – sie war das jüngere Ebenbild von Catriona Blakely.

Bei der lautstarken Forderung ihrer Tochter hatte Briony eine Augenbraue minimal nach oben gezogen und sah Iona fragend an.

Diese lächelte gewinnend. »Du würdest uns wirklich aus einer echten Klemme helfen, Briony. Archie holt heute die nächste Touristengruppe von der Insel Arran ab, wo sie die dortige Brennerei besichtigt haben. Auf dem Kutter wird immer Tee und Kuchen serviert – und natürlich unser Whisky. Bisher war das Maisies Aufgabe, aber …« Iona zuckte gekonnt hilflos mit den Schultern. »Archie steht am Steuerrad, und ich selbst kann die Betreuung nicht übernehmen. Ich habe einen wichtigen Termin mit meiner Mutter, meinem Großvater und Ronan MacPhie. Wir wollen einen speziellen Whisky für die Hochzeit kreieren. Als Geschenk für Duncan.«

»Tolles Geschenk«, murmelte Monty, »aus Whisky, der ihm sowieso gehört …« Dann sagte er laut: »Wieso wurde ich nicht gefragt? Ich bin genauso ein Experte wie Ronan, schließlich war er mein Lehrmeister. Was er kann, kann ich auch.«

Geflissentlich überhörte Iona seinen Protest. »Wir wollen die besten Fässer aus Lagerhaus 1 heraussuchen und vermählen. Da es eine Überraschung für Duncan sein soll, mussten wir damit warten, bis er mal nicht da ist. Wir haben sogar ein eigenes Etikett entwerfen lassen.«

»Los, Mama, sag ja«, drängte Tamsin. »Ich helfe dir auch auf dem Kutter.«

Briony schüttelte den Kopf. »Tut mir leid, Iona, aber es geht wirklich nicht. Heute Nachmittag liegen die neuen Untersuchungsergebnisse vor. Nichts ist wichtiger als das. Genau wie du gesagt hast, Tamsin.«

»Typisch, alles drehst du so hin, wie es dir passt. Hauptsache, nach außen hin sieht alles schön harmonisch aus.

Total uncool ist das.« Das Mädchen verdrehte genervt die Augen. »Du hängst dich immer an die falschen Leute, Mama! Du hast keine Ahnung, wer wirklich gut für dich ist!«

»Tamsin, das gehört nicht hierher. Lass es gut sein!«, sagte Briony leise, aber mit Schärfe in der Stimme.

»Es gehört nie irgendwohin, stimmt's? Und es ist alles andere als *gut*«, rief Tamsin. »Kapier doch endlich, was Iona für uns tut. Obwohl Papa …« Sie holte tief Luft und fuhr fort: »Wir kriegen schließlich trotzdem seinen vollen Lohn! Und da kannst du ihr nicht einmal einen kleinen Gefallen tun und diese Deutschen von Arran abholen?«

»Ich könnte Joanna Goldie fragen«, überlegte Iona laut, »sie arbeitet ja nur abends im Kino und hat tagsüber frei …«

Monty winkte ab. »Joanna hat keine Zeit. Sie organisiert im Wee Picture House eine Retrospektive mit Filmen über Freundschaft und Verrat: *Der dritte Mann*, *Unser Mann in Havanna*, *Manche mögen's heiß* … Das Programm beginnt bereits morgen.« Er sah Iona herausfordernd an. »Ich werde mir jeden einzelnen der Filme ansehen. Vielleicht verstehe ich dann endlich, warum ich nach dreißig Jahren Einsatz für die Destillerie nicht zum neuen Brennmeister von Wee Dram gemacht werde.«

»Das ist doch wohl klar, mein Lieber«, entgegnete Iona lächelnd, »Pietät.«

Pippa betrachtete Duncans Cousine unauffällig. Es lag auf der Hand, warum Anita von ihr eingeschüchtert war: Die Frau war das personifizierte Selbstbewusstsein.

»Pietät? Das ist doch völliger Unsinn!«, ereiferte sich Monty. »Ist die Ernennung eines völlig Fremden vielleicht besser? Frag Briony – sie hätte absolut nichts dagegen, wenn ich die Nachfolge ihres Mannes antrete!«

Iona ließ sich nicht aus der Reserve locken. »Bert-Rüdiger

Dambeck wird den Job nur so lange machen, bis Graham wieder einsatzfähig ist, dann verlässt er uns wieder. Deswegen will Duncan nur einen Interims-Brennmeister und nicht dich, Monty.«

Tamsin himmelte Iona unterdessen offen an. Bei den letzten Worten ihres Vorbilds erschien ein triumphierendes Lächeln auf dem Gesicht des Teenagers. »Siehst du, Mama? Iona hält Papa sogar die Stelle frei! *Das* ist cool!«

»Ich gehe heute Nachmittag ins Krankenhaus«, sagte Briony nur.

Tränen der Wut traten in Tamsins Augen, und sie sah aus, als wollte sie mit dem Fuß aufstampfen wie ein kleines Kind.

Um eine Eskalation zu verhindern, sagte Pippa schnell: »Ich springe gern ein, wenn es nur darum geht, Getränke auszuschenken und Kuchen zu verteilen. Und da ich selbst Deutsche bin, kann ich die Herrschaften sogar in ihrer eigenen Sprache begrüßen.«

»So machen wir es, Pippa Bolle!«, rief Archie begeistert.

Bei der Nennung ihres Namens schien Iona kurz unwillig die Stirn zu runzeln, aber der Moment war vorüber, bevor Pippa sicher sein konnte.

Archie zwinkerte Pippa zu. »Mädchen, wenn du ein paar Jahre älter wärst – du hättest glatt Chancen bei mir!«

Damit entspannte er die Situation und brachte alle zum Lachen. Nur Tamsin verzog keine Miene und starrte mürrisch aus dem Fenster.

Plötzlich hellte ihr Gesicht sich auf. »Cool! Sarah und Morris!«

Alle reckten die Hälse, und Pippas Laune verbesserte sich schlagartig.

Tamsin riss das Fenster auf und rief: »Hallo Morris! Hallo Sarah! Was habt ihr denn vor?«

Die sportlich gekleidete Frau in Morris' Begleitung trug einen Rucksack und hatte ein Stativ unter den Arm geklemmt. Ihre schulterlangen Locken waren zu einem Pferdeschwanz gebunden. Sie strahlte über das ganze Gesicht und erwiderte: »Was Sarah MacDonald bei sonnigem Winterwetter immer vorhat: Ich suche nach dem perfekten Motiv in perfektem Licht, finde es und sammle es dann in meinen kleinen Boxen!« Sie deutete mit dem Daumen über ihre Schulter auf den Rucksack, der mit Sicherheit Platz für eine beeindruckende Kameraausrüstung bot.

Pippa trat neben Tamsin ans Fenster, und Morris sagte sofort: »Hier bist du! Ich war heute Morgen schon bei dir, um zu fragen, ob du mitgehen willst. Heute bekomme ich die ersten goldenen Fototipps. Sarah und ich werden erst zu Kevins Ruinen gehen und danach ein wenig über die Heide streifen. Wie wär's? Überleg es dir, Pippa. Du könntest auch später nachkommen.« Er warf der Fotografin einen Blick zu und zwinkerte. »Außerdem bist du doch für jede Gelegenheit dankbar, deine Deutschkenntnisse aufzupolieren, stimmt's?«

Sarah MacDonald nickte. »Das wäre sehr nett«, sagte sie auf Deutsch.

Aber ehe Pippa antworten konnte, drängte Iona sich vor sie. »Hallo, Sarah. Dein Entwurf für das Etikett ist großartig. Geniale Idee, ein Schwarzweißfoto von Laddie auf einem Fass zu wählen und den Whisky *Laddie Dhu* zu nennen. Schwarzer Junge – das passt perfekt für unsere torfigste Variante.«

Sarah deutete eine Verbeugung an. »Und das andere Label? Für Duncans Spezialabfüllung?«

Iona nickte huldvoll. »Du kannst für beide eine Rechnung schicken.« Sie wandte sich Morris zu und sagte leichthin: »Pippa Bolle kann leider nicht mit auf Fotojagd gehen.

Sie hat gerade bei mir angeheuert – als Betreuerin für unsere nächste Whiskygruppe.«

Pippa verfluchte sich innerlich für ihr spontanes Angebot, aber Brionys Gesicht zeigte ihr, dass sie damit das Richtige getan hatte.

»Du betreust den nächsten Lehrgang? Heißt das, du bleibst noch eine Woche länger auf Wee Dram, Pippa?«, fragte Morris erfreut. »Von Iona kann man viel lernen … nicht nur die lebenslange Leidenschaft für Whisky.«

Pippa schüttelte den Kopf. »Es geht nur um heute.«

»Aber das ist eine hervorragende Idee, Morris«, sagte Iona. »Das würde mir die weitere Suche nach einem Ersatz für Maisie ersparen, und die Gruppe hätte eine Betreuerin, die ihr sprachlich unter die Arme greifen kann. Über die Bezahlung werden wir uns schon einig, Pippa. Neues Rückflugticket inklusive.«

Das käme Anitas Bitte, mich mit Iona anzufreunden, sehr entgegen, überlegte Pippa rasch, der November ist ein ruhiger Monat im Haushüter-Geschäft, und überdies liegen keine nennenswerten Anfragen vor. Und wenn doch etwas reinkommt, können meine Kollegen Tatjana und Abel übernehmen.

Iona streckte ihr die Hand hin, und Pippa schlug spontan ein.

Wieso werde ich das Gefühl nicht los, dass ich wie eine Marionette an unsichtbaren Fäden hänge?, dachte sie dabei. Wissend, dass die Entscheidung längst gefallen war, sagte sie: »Ich muss mich erst mit meinen Kollegen zu Hause absprechen, bevor ich verbindlich zusagen kann.«

Morris und Sarah wandten sich zum Gehen, aber der Schotte drehte sich noch einmal um und zeigte auf Pippa. »Und wir zwei sind morgen Abend zum Kino verabredet. Einverstanden?«

Pippa hob zur Bestätigung den Daumen, und Morris wiederholte die Geste mit einem breiten Grinsen.

»Schade, dass ich keine Kamera habe«, sagte Tamsin sehnsüchtig, »ich würde auch gerne was von Sarah lernen.«

Iona legte dem Mädchen den Arm um die Schultern. »Ich leih dir meine.« Sie zog einen Schlüssel aus der Jackentasche. »Hier – sie liegt auf dem Aktenschrank in meinem Büro.«

Briony schüttelte den Kopf. »Tamsin begleitet mich heute ins Krankenhaus, und ab morgen hat sie wieder Schule. Es wird Zeit, sich wieder dem normalen Leben zu stellen.«

Unwillkürlich hielt Pippa die Luft an – Briony hatte gerade gewagt, mit Tamsins Idol die Klingen zu kreuzen.

Prompt kehrte die Wut des Mädchens auf ihre Mutter zurück. »Klar, verdirb mir nur immer alles«, höhnte sie, »das ist sowieso das Einzige, was du kannst.«

»Pass auf, was du sagst, junge Dame«, rief Archie empört, »du bist noch nicht zu alt, um übers Knie gelegt zu werden!«

Tamsin fuhr herum. »Du bist nicht mein Vater! Mein Vater liegt im Krankenhaus!«

»Das ist mir bewusst, Tamsin«, erwiderte Archie. »Das ist uns allen bewusst. Trotzdem dulde ich nicht, dass du so mit deiner Mutter sprichst.«

Das Mädchen holte tief Luft, sagte aber nichts mehr. Stattdessen schob sie schmollend die Unterlippe vor und starrte Archie wütend an.

Themenwechsel, und zwar schnell, dachte Pippa. Sie wandte sich an Iona. »Wer ist eigentlich auf die Idee mit der Whiskyschule gekommen? Ich kann mir nicht vorstellen, dass viele Brennereien solche Lehrgänge anbieten.«

Iona musterte sie ruhig. »*Alles*, was hier geschieht, ist meine Idee. Und wenn es nicht meine Idee ist, dann wird es auch nicht gemacht.«

»Das ist cool«, sagte Tamsin, »Mut, sich durchzusetzen, neue Ideen verwirklichen ...« Sie wandte sich an ihre Mutter. »Und du? Nur immer ducken und den Mund halten. Bloß dem *lieben* Duncan nicht auf die Zehen treten! Seit er wieder auf Wee Dram ist, läuft alles schief! Vorher war alles cool – jetzt ist alles uncool. Aber du guckst nur zu, mehr tust du nicht.«

Briony seufzte, blieb aber ruhig. »Wie oft noch, Tamsin? Wir stehen es nur durch, wenn wir zusammenhalten. Mit Wut und Rache kommt man nicht weiter.«

»Das Unglück hat euch schwer getroffen, Tamsin«, versuchte Archie es erneut, »es hätte aber auch jemand anderen erwischen können. Iona und Monty waren nur wenige Minuten vor deinem Vater im gleichen Raum.«

Tamsin winkte ab. »Hör doch auf, Archie. Ich weiß, dass sogar du schon an Sabotage gedacht hast. Und wer hätte wohl was davon, wenn der Brennmeister von Wee Dram abkratzt? Da gibt es nur eine einzige Person.«

Monty runzelte die Stirn, sagte aber nichts.

Tamsin warf ihm einen schnellen Blick zu. »Und im Gegensatz zu meiner Mutter habe *ich* was dagegen, wenn ausgerechnet diese Person sein Nachfolger wird.«

Monty zuckte gelassen mit den Schultern und nahm sich noch ein Stück Kuchen. »Werde ich ja nicht. Also gibt es keinen Grund, sich aufzuregen, Miss MacLeod.«

»Denk doch mal nach, Tamsin, und vergiss diese Sabotage-Theorie«, sagte Iona sanft. »Archie hat recht, es hätte wirklich jeden treffen können. Auch jemanden aus meiner Familie.« Sie machte eine kleine Pause und fuhr dann mit einem Lächeln fort: »Ich weiß allerdings nicht, ob ich so ruhig bleiben könnte wie deine Mutter. Ich bin wohl eher der Racheengel. Ich suche immer einen Schuldigen und will unbedingt, dass jemand büßt.«

»Genau das ist der Unterschied zwischen euch beiden«, rief Tamsin triumphierend. »So viel Energie bringt sie nicht einmal dann auf, wenn ihr eigener Mann halb tot ist!« Das Mädchen schluckte und fügte leise hinzu: »Im Gegenteil, man könnte sogar auf die Idee kommen, sie ist ganz froh darüber.«

Kapitel 10

Dank des üppigen Kuchens am Vormittag bestand Pippas Mittagessen lediglich aus einem Sandwich. Gleich danach stieg sie zum zweiten Mal an diesem Tag die steilen Stufen neben dem Wasserfall hinauf, denn Archie wollte sie auf der Stahlbrücke abholen. Da es seit der Nacht nicht mehr geregnet hatte, fiel das Wasser des Bastard Burn mit deutlich weniger Druck und Getöse über die Felskante als am Morgen.

Pippa lehnte sich ans Brückengeländer. Zu ihren Füßen wand sich der Bach an Piper's Hush vorbei bis zum Meer. Zur Linken, nur wenige Meter vom Kiesstrand entfernt, stand die kleine Hütte, in der Morris wohnte. Das Panorama von der Küste bis zum Horizont und die Ruhe, nur unterbrochen vom Rauschen des Wasserfalls und dem leisen Blöken der Schafe, erfüllte Pippa mit tiefem Frieden. Spontan wünschte sie sich, hier leben zu können. Sie liebte Berlin, aber die Vorstellung, diese Aussicht täglich zu genießen, war so attraktiv, dass sie Morris um seine zwölf Monate Auszeit in der Fischerhütte beneidete.

Wenn nur die Menschen auf Wee Dram ähnlich friedlich wären wie dieses Postkartenmotiv, dachte sie, als sie sich an die morgendlichen Auseinandersetzungen bei Archie und Monty erinnerte.

Ein Hupen riss sie aus ihren Gedanken, und sie drehte sich um. Wider Erwarten stammte das Warnsignal nicht von Archies Auto. Der rote Kastenwagen der Royal Mail brauste die Kurven des Hügels herunter auf sie zu, jedes Schlagloch gekonnt, aber in Spitzengeschwindigkeit umfahrend.

Das Fahrzeug hielt neben Pippa, und der junge Postbote machte von innen die Tür auf.

»Zu Archies Kutter, richtig?«, fragte er.

Pippa nickte, und er fuhr fort: »Ich soll Sie mitnehmen. Bitte einsteigen. Macht 2 Pfund 50.«

Komiker, dachte Pippa und setzte sich auf den Beifahrersitz.

Der junge Mann machte keine Anstalten, loszufahren. Plötzlich sagte jemand von hinten: »Jetzt geben Sie Daniel schon das Geld. Sonst stehen wir noch ewig hier rum.«

Überrascht drehte Pippa sich um und blickte in die freundlichen Gesichter von Tanja und Jens, dem Ehepaar vom frühen Morgen. Im Gegensatz zu ihrer ersten Begegnung sprach Jens Boehme Englisch, zwar mit deutlichem Akzent, aber dennoch flüssig.

»Hallo, da sind Sie ja wieder«, fuhr er fort. »Sie erinnern sich? Jens und Tanja Boehme. So ein Zufall. Erst sehen wir uns heute früh oben bei …«

»Und ich habe mich Ihnen noch gar nicht vorgestellt«, fiel Pippa ihm rasch ins Wort, bevor er ausplaudern konnte, dass sie den Mann neben sich und Dorcas belauscht hatte. »Pippa Bolle.«

»Die noch zu zahlen hat, bevor es weitergeht«, sagte Daniel Seton ungerührt.

Um des lieben Friedens willen gab Pippa ihm das Geld ohne weitere Diskussion, und der junge Mann bretterte los, als müsste er die vertane Zeit aufholen. An der Parkbucht mit dem blassblauen Vauxhall bremste er erneut. Archie Drummond lehnte mit dem ganzen Oberkörper im Seitenfenster, in angeregte Unterhaltung mit Angus Todd vertieft.

Als Daniel Seton hupte, richtete Archie sich auf, klopfte mit der Hand zum Abschied aufs Wagendach und quetschte sich dann neben Pippa auf den Beifahrersitz des Postautos. Er begrüßte die Boehmes wie alte Freunde, dann kurbelte er das Seitenfenster herunter und sagte zu Angus Todd: »Mach's gut. Und vergiss nicht, übermorgen ist Altherrenabend. Es wird Zeit, dass du mal wieder dabei bist. Wir treffen uns wie immer im Muneroy unten in Southend. Francis stellt uns ihre Restaurantküche zur Verfügung. Sag deiner Betty, sie soll dich rechtzeitig gehen lassen. Geld brauchst du keins. Ronan kocht, und Monty spendiert den Whisky.«

Was für ein Leben führen die Eheleute Todd?, fragte sich Pippa, als sie Todds freudloses Nicken sah.

Seton fuhr los, und Jens Boehme sagte: »Furchtbar, Tag für Tag von zu Hause zu fliehen, um seiner Frau zu entkommen.«

»Wenn du mit der Katzenbande gemeinsame Sache gemacht hättest, würde ich dich überhaupt nicht mehr ins Haus lassen, mein Lieber«, fauchte Tanja. »Sich auf diese Art und Weise zu bereichern, ist absolut indiskutabel.«

Pippa horchte auf. »Katzenbande?«

Jens Boehme nickte. »Man sagt, Todd wurde unehrenhaft aus dem Staatsdienst entlassen, weil er einen jahrelang vorbereiteten Zugriff auf die Schmugglerbande durch einen Tipp vereitelt hat. Kein schönes Ende für eine Karriere.«

»Ich sage euch, was unehrenhaft ist!« Archie schnaubte erbost. »Steuer auf Whisky! Zumindest so hohe Steuern, wie wir sie zahlen müssen. Bei euch in Deutschland ist *unser* Whisky billiger als hier; dabei wächst er sozusagen vor unserer Haustür. Whisky bedeutet übersetzt ›Wasser des Lebens‹. Wie kann man Lebenswasser besteuern? Das braucht doch jeder.«

Daniel Seton unterbrach die Diskussion durch lautes Hupen und bremste erneut. Im Watt zwischen Davaar Island und dem Festland waren mehrere Leute mit Eimern unterwegs und sammelten etwas aus dem Schlick. Zwei Männer drehten sich um, winkten und kamen mit ihrer Ausbeute eilig auf den Kastenwagen zu.

Um Gottes willen, dachte Pippa alarmiert, wollen die auch noch mit? Das Auto ist doch schon voll!

Die zwei Männer wirkten wie ein eingespieltes Team, obwohl der Altersunterschied zwischen ihnen mindestens siebzig Jahre betrug. Der Alte hatte ein wettergegerbtes Gesicht mit beeindruckender Adlernase, schien aber trotz seiner Jahre kräftig und fit. Der jüngere war Tamsin MacLeod wie aus dem Gesicht geschnitten, und Pippa wusste sofort, dass es sich um ihren zwei Jahre älteren Bruder Turval handeln musste.

Am Auto stellte der Teenager seinen Eimer ab, und Archie hängte sich aus dem Seitenfenster. »Ich dachte, du bist bei deinem Vater, Turval. Deine Mutter hat gesagt …«

»Mir egal, was die gesagt hat«, entgegnete der Jugendliche. »Ich habe Iona versprochen, Seeschnecken zu sammeln. Und das tue ich. Die Ebbe richtet sich nicht nach dem, was meine Mutter will.« Abrupt wandte er sich ab und marschierte in Richtung Wee Dram davon, während Archie hörbar empört Unverständliches murmelte.

Iona hat also *beide* Kinder Brionys fest im Griff, dachte Pippa. Bis jetzt ist mir Catriona eindeutig sympathischer, die denkt auch mal an andere …

Unterdessen hatte der alte Mann die Tür zur Ladefläche geöffnet. Er lud die Eimer ein, deren Inhalt sofort intensiven Geruch nach Meer und Muscheln verströmte, und hockte sich daneben. »Deine Bezahlung ist im gelben Eimer, Daniel«, rief er nach vorne, »aber die kriegst du nur, wenn du meine Seeschnecken an meiner Haustür ablieferst.«

Daniel Seton hupte sein Einverständnis und gab Gas.

»Reichen die auch für unseren Altherrenabend, Ronan?«, fragte Archie nach hinten. »Oder geht alles in die Küche vom Ardshiel?«

»Keine Angst, bis übermorgen fülle ich noch viele Eimer«, knurrte Ronan.

Auf den Treppenstufen des Ardshiel Hotel stand eine Frau Mitte fünfzig, deren Gesicht sich erleichtert aufhellte, als Daniel vorfuhr. Er hatte kaum angehalten, als sie schon ungeduldig die Tür zur Ladefläche aufriss und Ronan heraushalf. »Ihr seid spät dran! Sofort in die Küche damit!«

»Das ist Flora Grant, die Hüterin der besten Whiskybar im ganzen Land«, sagte Archie zu Pippa. »Wenn du mehr über unsere Traditionen und Bräuche wissen willst, ist sie eine wahre Fundgrube. Sie leitet zurzeit den Stiftungsrat. Ihr Wort hat überall im Ort Gewicht.«

Die Frau öffnete bereits die Tür zu ihrem Hotel, und Archie stieg aus und folgte ihr ein paar Schritte. »Flora, warte!«

Als sie sich umdrehte, sagte er: »Ich komme mit der Gruppe um sechs zum Abendessen, passt das?«

Flora Grant nickte. »Die üblichen Bedingungen für dich?«

»Die üblichen Bedingungen. Aber diesmal darf es ruhig der Einundzwanzigjährige sein. Immerhin bringe ich heute sechs Leute mehr als sonst!«

Pippa stand neben Archie im Steuerhaus des Kutters, während sie langsam an der Küste der Isle of Arran entlangtuckerten. Vor ihnen am Bug befand sich eine weitere Passagierin, die Archie ihr als Brenda Sandison, honoriges Mitglied des Stiftungsrates, vorgestellt hatte. Die sympathisch wirkende mollige Frau war ungefähr in Pippas Alter.

Sie saß, gegen den Wind dick in Fleecejacke und -mütze eingepackt, auf einer Holzkiste.

Tanja und Jens Boehme unterhielten sich am Heck mit Daniel Seton. Pippa grinste, denn Tanja hatte ihr auf Deutsch zugeflüstert, sie wolle den jungen Postboten unauffällig nach Dorcas und dem Inhalt der zahlreichen Pakete, die er ständig anlieferte, ausfragen.

»Wenn ich gewusst hätte, dass die Boehmes mit von der Partie sind, hätte ich mich ja gar nicht anzubieten brauchen«, sagte Pippa.

Archie schüttelte den Kopf. »Die sind zahlende Gäste, dank Daniel. Ein paar Kröten für ihn, ein paar Kröten für mich, und die beiden machen einen schönen Tagesausflug samt Bootsfahrt, Wee Dram Whisky und leckerem Kuchen aus meinem Backofen. Ein Schnäppchen.«

Pippa lachte. »Euer Image in Deutschland ist völlig falsch. Ihr Schotten seid nicht geizig, sondern nur höchst kreativ, was Geldgeschäfte angeht.«

Prompt lächelte Archie geschmeichelt. »Man tut, was man kann, so lange man es kann ...«

Und die Boehmes schlagen gleich zwei Fliegen mit einer Klappe, dachte Pippa, ein günstiges Unterhaltungsprogramm und die einmalige Gelegenheit, an Informationen zu kommen. Und das gilt auch für mich ...

»Iona scheint ja auf Wee Dram alles im Griff zu haben«, sagte sie leichthin.

»Hat sie«, erwiderte Archie knapp.

Damit war ihr erster Versuchsballon knallend zerplatzt.

»Glaubst du, sie macht Monty bald zum Brennmeister?«

Auch diesmal war seine Antwort kurz: »Verdient hätte er's.«

Mist, dachte Pippa, wieder nicht die richtige Frage.

»Wer versteht mehr von Whisky: Monty oder Iona?«

»Niemand versteht mehr vom *Whiskymachen* als Monty, aber keiner *versteht* mehr von Whisky als Iona.«

Pippa musste lachen. »Wenn du deine Schafe mal satthast, kannst du immer noch eine Diplomatenlaufbahn einschlagen.«

Sie beobachtete ihn aus dem Augenwinkel und sah, dass er sich bei ihrem neuerlichen Kompliment stolz in die Brust warf.

»Man erzählt hier immer wieder Geschichten von der Katzenbande«, sagte sie dann.

Archie kniff die Augen zusammen und musterte sie forschend. »Ach ja? Wer erzählt Geschichten?«

Jetzt saß sie in der Klemme, denn niemand hatte ihr persönlich davon erzählt. »Na ja, die Boehmes haben sie vorhin erwähnt. Und die Frau auf dem Hügel, glaube ich, Dorcas Gunn?«

Archie kicherte belustigt. »Wenn es die Katzenbande wirklich gäbe, würde die eher Schauergeschichten über Dorcas Gunn erzählen. Vor der haben alle mächtig Respekt.«

»Also gibt es die Katzenbande überhaupt nicht?«

Archie wurde wieder ernst und zögerte kurz, bevor er antwortete: »Ich hoffe nicht. Je weniger ich drüber weiß, desto besser. Und je weniger ich drüber rede, desto sicherer für mich. Und dich.«

Also gibt es die Bande, und er hält sie für gefährlich, dachte Pippa erschrocken, der Mann hat Angst! Trotzdem – jetzt will ich wissen, was er weiß.

»Und diese Katzenbande schmuggelt wirklich nur Whisky?«, fragte sie weiter.

Archie stöhnte und warf ihr einen undefinierbaren Blick zu. »Ehrlich, Mädchen, du verlangst ganz schön viel für ein paar Polaroidfilme.«

»Laut Tamsin glaubst du beim Unfall ihres Vaters an Sabotage. Durch die Katzenbande?«

Archie verdrehte die Augen und stöhnte wieder. »Mist, verdammter. Wenn ihr Frauen Erbsen findet, pult ihr aber auch so lange, bis die Schote leer ist.«

»Und dann kochen wir sie auf konstanter Flamme, bis sie weich sind«, gab Pippa grinsend zurück.

Archie hob die Hand. »Schon gut, schon gut, ich gebe auf. Aber das kostet dich noch ein paar Filme.«

»Einverstanden.«

Archie blickte sich nach den anderen um, dann sagte er mit gesenkter Stimme: »Es ging vor ungefähr zwanzig Jahren los, als ein LKW voller Whiskyflaschen auf dem Weg nach Glasgow verschwand. Er muss irgendwo auf der einsamen Strecke zwischen Kintyre und Glasgow ... äh ... falsch abgebogen sein. Den LKW fand man ausgebrannt nicht weit von Dunoon mitten in einem einsamen Waldstück – eine echte Leistung, den da überhaupt hinzukriegen. Weder der Fahrer noch die Ladung sind jemals wieder aufgetaucht.«

»Kam der Whisky aus Campbeltown?«

Archie schüttelte den Kopf. »Aus den Brennereien der Insel Islay, an der Westküste von Kintyre. Lauter stark getorfte Sorten. Keine Flasche jünger als fünfzehn Jahre, manche doppelt so alt.«

»Lohnt sich so ein Diebstahl?«

Archie stieß sein typisches Schnauben aus. »Du und ich, wir könnten uns jeder eine kleine Insel in der Karibik kaufen und den Rest unseres Lebens in der Hängematte liegen. Reicht dir das als Antwort?«

»Nicht schlecht«, sagte Pippa beeindruckt. »Welche Konsequenzen hatte der Raub?«

»Zunächst keine. Als dann aber ein Transport mit Whisky

aus Campbeltown entführt wurde, sind einige Brennereien dazu übergegangen, ihre Ware mit Tankwagen oder -schiffen in große Abfüllanlagen zu bringen.«

»Und danach war es vorbei mit den Diebstählen.«

»Von wegen. Danach verschwand ein Schiff.«

Pippa schnappte nach Luft. »Du machst Witze!«

Archie lachte leise. »Stimmt. Aber das Gerücht von einer gefährlichen Schmugglerbande war geboren, einer, die international operiert, schlau wie eine Katze ist und ebenso viele Leben hat.«

»Sind die Schuldigen je gefunden worden?«

Archie schüttelte den Kopf. »Aber seitdem wird der Katzenbande jedes Vorkommnis im Zusammenhang mit Whisky zugeschrieben – und davon gibt es einige. Deshalb auch der Großeinsatz von Polizei, Küstenwache und Steuerbehörde vor ein paar Wochen. Die Einsatzpläne hatte Angus Todd geschrieben.«

»Dieser Mann im Vauxhall, der sich seine Pension vermasselt hat.«

»Genau der. Er war der Einzige, der für den Verrat in Frage kam. Für jeden anderen wäre die Zeitspanne von der Instruktion der beteiligten Einsatzkräfte bis zum Zuschlagen viel zu kurz gewesen, um die Schmuggler zu warnen.«

»Es wussten doch wohl mehr Leute von der Aktion als nur Angus Todd«, wandte Pippa ein.

»Alle waren in Bereitschaft, aber nur er kannte den genauen Plan und den Zeitpunkt, wann es losgehen sollte.«

»Dann war es mehr als dumm von ihm, alles an die Schmuggler zu verraten.«

»Eben, deshalb glaube ich auch an seine Unschuld – zudem besitzt er heute nicht einen roten Heller mehr als *vor* seinem Verrat.«

»Du glaubst, er war der Sündenbock für jemand anderen?«, fragte Pippa.

»Ich weiß gar nichts, aber ich denke nach. Deshalb halte ich es in Zukunft auch für das Beste, nichts zu sehen und zu hören und zu reden, denn dann kann man auch nichts Falsches sehen und hören und reden.« Wie zur Bekräftigung seiner Worte nickte er ihr zu.

»Trotzdem hast du Briony heute Morgen empfohlen, sich an mich zu wenden.«

Wieder nickte er. »Weil bei dir keiner vermuten wird, dass deine Fragen mit ihr zusammenhängen. Du kennst sie ja kaum. Du hast von dem Unfall in der Brennerei deines Freundes Duncan gehört, bist deswegen besorgt. Du bist unverdächtig.«

»Eine neugierige Touristin, die sich langweilt und ihre Nase in Dinge steckt, die sie eigentlich nichts angehen.«

Archie sah sie an und grinste. »Du hast es erfasst, Pippa Bolle. Nur eine neugierige Touristin.« Er wandte sich nach vorne und fügte hinzu: »Genug geplaudert. Wir sind da.«

Gemeinsam mit Archie baute Pippa am Anleger das Picknick für die Reisegruppe auf. Die Boehmes waren zu einem Spaziergang aufgebrochen, und Daniel hatte sich mit der Information verabschiedet, er wolle die Bestellungen der Inselbewohner abholen. Von Zeit zu Zeit sah Archie zu Brenda Sandison hinüber, die etwas abseits auf einer Bank Platz genommen hatte. Dann brummte er jedes Mal etwas vor sich hin, was Pippa allerdings nicht verstehen konnte. Sie wollte gerade nachfragen, was ihn beschäftigte, als ein Kleinbus hielt, aus dem acht Personen kletterten. Ihre ausgelassene Stimmung ließ vermuten, dass zur vorangegangenen Brennereibesichtigung der Truppe diverse Probeschlückchen gehört hatten.

»Ah – wir werden gebührend von zwei Abgesandten der Wee-Dram-Brennerei empfangen: Pippa Bolle und Archibald Drummond«, dröhnte ein hochgewachsener, kräftiger Mann und kam mit ausgestreckter Hand auf die verblüffte Pippa zu. Er ergriff ihre Rechte und hauchte einen Kuss darauf. »Bezaubernd, wirklich bezaubernd. Ich werde mich bei Iona für diese Bereicherung ihrer Mannschaft bedanken. Ich bin sicher, wir werden uns bestens verstehen … jedenfalls werde *ich* alles Erdenkliche dafür tun …« Er blickte ihr bedeutungsvoll in die Augen. »Dambeck, Bert-Rüdiger. Aber nennen Sie mich ruhig BRD, wie alle anderen auch.« Breit grinsend öffnete er den Reißverschluss seiner teuren Outdoor-Funktionsjacke.

Bei seinen anzüglichen Worten trat Pippa unwillkürlich einen Schritt zurück. BRD, dachte sie spöttisch, das passt zu deinem großspurigen Auftreten.

Sie musterte ihn unauffällig, während er mit großen Gesten seine Schützlinge zur Willkommensverkostung dirigierte. Er war ungefähr in ihrem Alter, hatte aber seine besten Jahre bereits hinter sich. Von weitem war er ein attraktiver Mann, aber der Ansatz seiner etwas zu langen Haare wich schon zurück, und der teure Gürtel seiner Designerjeans spannte um seinen Wohlstandsbauch. Die leicht teigige Gesichtshaut wirkte schlaff und zeugte von einem übermäßig genussvollen Leben.

Außerdem scheint der Umgang mit Whisky bei manchen Leuten das Selbstbewusstsein geradezu exorbitant zu steigern, dachte Pippa. Vielleicht sollte Freddy diesen Kurs begleiten, damit er etwas mehr Selbstvertrauen hat, wenn er seine nächste Traumfrau trifft.

Die Gruppe hatte an einem großen Picknicktisch am Wasser Platz genommen und sah Dambeck erwartungsvoll an.

»Meine Damen, meine Herren, liebe Whiskyenthusiasten«, begann er salbungsvoll, »wir haben auf unserer Reise bereits die schottischen Lowlands besucht und dort die leckeren Tröpfchen von Glenkinchie, Auchentoshan und Bladnoch probieren dürfen. Soeben haben wir den Inselwhisky von Arran genossen. Unser guter Archie hier wird uns nun nach einer Stärkung in die kleinste Whiskyregion Schottlands bringen: nach Campbeltown. Dort erwartet uns in der Wee-Dram-Brennerei das Highlight unserer Reise: die Whiskyschule. Dieses einzigartige Praxis-Seminar ist eine Kooperation zwischen meiner bescheidenen Firma *BRDs Tropfenfänger*«, er deutete eine ironische Verbeugung an, »und Iona MacKinnon, der Managerin von Wee Dram, deren Sachverstand Sie alle schon auf den Whiskymessen des Rhein-Main-Gebietes kennen- und schätzen lernen durften.«

Er wandte sich zu Pippa um und nickte ihr zu, was sie ganz richtig als Startsignal verstand.

»Unser kleines Picknick«, fuhr Dambeck fort, »soll Sie auf die kommenden Tage in dieser vielleicht unbekanntesten und am häufigsten unterschätzten Region Schottlands einstimmen. Die Dame, die Ihnen jetzt einen fünfzehnjährigen, leicht salzigen und elegant getorften Wee-Dram-Whisky kredenzt, ist Pippa Bolle. Sie springt für die von mir bereits angekündigte Maisie Lockhart ein, die leider verhindert ist.«

Ich kann ja verstehen, dass Dambeck der Gruppe den Tod von Maisie verschweigt, dachte Pippa, aber dass er Duncan als Besitzer von Wee Dram nicht erwähnt, ist ein Symbol für den langen Weg, den mein guter Freund bis zu seiner Anerkennung als Brennereibesitzer noch vor sich hat.

Sie nahm von Archie eine Flasche entgegen und ging

von einem Gruppenmitglied zum anderen, um die Gläser zu füllen. Alle stellten sich ihr vor, und Pippa versuchte, von jeder Person ein besonders hervorstechendes Merkmal abzuspeichern, um die Namen zu behalten.

Bis auf Ursula, eine deutlich ältere Frau mit eisgrauem Bürstenhaarschnitt, waren alle in den Vierzigern. Der ruhige Ole war ein schlanker weißblonder Asket. In Georg entdeckte sie das schwarzhaarige Pendant zu ihrem eigenen Bruder, während Stefans Wiedererkennungsmerkmale seine breitrandige Brille und der ultrakurze G.I.-Haarschnitt waren. Harald und die blonde Gabi mit dem freundlichen Puppengesicht saßen Hand in Hand am Tisch: Ihre Eheringe wiesen sie als Paar aus, und beide waren klein und kräftig. Bei Marion würde Pippa keine Probleme haben, sich den Namen zu merken: Sie hatten nicht nur die gleiche Figur, sondern Marions kurzer Lockenkopf hatte überdies die gleiche Farbe wie Pippas Haarpracht.

Während sich die Whiskyfreunde begeistert auf Archies Kuchen stürzten und lebhaft über ihre bisherigen Erlebnisse diskutierten, nippte Pippa an einer Tasse Tee, sah sich in Ruhe einen nach dem anderen an und memorierte ihre mentalen Stichpunkte zur Gruppe.

Wenn man bedenkt, dass sie sich alle noch nicht kannten, als sie vor fünf Tagen ins Flugzeug stiegen, dachte Pippa, kann man nur feststellen, dass sie sich offenbar gesucht und gefunden haben.

Ihr fiel auf, dass Archie die Augen nicht von der Bank lösen konnte, auf der Brenda Sandison mittlerweile Gesellschaft hatte. Ein etwas abgerissen wirkender jüngerer Mann unterhielt sich mit ihr, wobei die Frau nur einsilbige Antworten gab.

»Brenda sucht einen Mann«, erklärte Archie. »Sie ist es leid, ihren Eisenwarenhandel in Campbeltown alleine zu führen und einsam durchs Leben zu gehen. Aber sie trifft sich mit den Anwärtern nur in meinem Beisein und an neutralen Orten. So kann ich eingreifen, falls es nötig werden sollte.«

Jetzt übergab der Mann Brenda ein in Geschenkpapier gewickeltes Päckchen, das verdächtig nach einer Flasche im Karton aussah.

»Zum ersten Date hätte ich auch lieber Blumen als Alkohol«, kommentierte Pippa die Szene, als sie sah, dass Brenda Sandison das Mitbringsel des Mannes nur zögernd annahm.

»Ich denke, der wird es auch nicht. Auch besser so. Ich habe keinerlei Verständnis für ihre Torschlusspanik. Sie ist noch keine vierzig und fühlt sich bereits als alte Jungfer. Dabei hat sie eine ganze Menge Bewunderer«, brummte Archie und blickte plötzlich aufmerksam auf etwas in Pippas Rücken. »Da sind die beiden ja endlich wieder. Wir können los.«

Pippa drehte sich um und sah, dass die Boehmes an den Tisch mit der Gruppe traten.

Jens Boehme stellte sich ganz nah hinter den Leiter und sagte: »Guten Tag, Herr Dambeck.«

Dambeck fuhr herum und erstarrte. Dann wandte er sich hastig wieder seiner Gruppe zu, deutlich bemüht, munter zu wirken. »Wir brechen auf, meine Herrschaften, der Kutter wartet. Es geht weiter!«

Während alle um ihn herum aufstanden, durcheinanderredeten und ihre Sachen zusammensuchten, fasste er sich wieder.

»Herr und Frau Boehme«, sagte er betont lässig, »so eine nette Überraschung. Ich wusste gar nicht, dass Sie auch hier sein würden.«

Tanja Boehme lächelte beinahe zärtlich – aber Pippa erkannte darunter das gefährliche Grinsen einer Raubkatze kurz vor dem Angriff.

»Erinnern Sie sich? Ich hatte Ihnen beim letzten Mal fest versprochen, dass wir uns wiedersehen, *BRD*«, antwortete Tanja Boehme. »Sie wissen doch: Man trifft sich immer zweimal im Leben.«

Kapitel 11

Pippa legte den Stift weg und streckte sich. Sie war früh aufgestanden und hatte im Wintergarten konzentriert an der Übersetzung der Brennerei-Broschüre ins Italienische gearbeitet – jetzt war es Zeit für eine kleine Pause und eine Tasse Tee. Sie ging in die Küche, füllte den Wasserkessel und stellte ihn auf die Herdplatte.

Der gestrige Abend hatte dank der Einladung der Whiskygruppe ins Ardshiel Hotel bis in die frühen Morgenstunden gedauert. Bei delikatem Essen und köstlichem Whisky hatte sie mit ihren neuen Schützlingen nette Gespräche geführt und viel gelacht. Dennoch war ihr aufgefallen, dass Dambeck zum Ehepaar Boehme stets den größtmöglichen Abstand hielt. Noch bemerkenswerter fand sie, dass die Besitzerin des Hotels, Flora Grant, ›BRD‹ geflissentlich aus dem Weg ging, die Boehmes aber zu einem siebenundzwanzig Jahre alten Springbank Whisky einlud.

Als der Kessel pfiff, goss Pippa ihren Tee auf. Während sie darauf wartete, dass er durchzog, wanderten ihre Gedanken voller Vorfreude zum abendlichen Kinobesuch mit Morris. Sie zuckte zusammen, als unvermittelt Rebecca am Küchenfenster erschien und gegen die Scheibe klopfte. Pippa ging die wenigen Schritte zur Tür und öffnete.

»Guten Morgen, Rebecca! Von woher tauchst du denn so plötzlich auf?«

»Über die Treppenstufen am Wasserfall«, sagte Rebecca Davis und folgte Pippa ins Haus. »Ich wollte feststellen, ob du mich kommen hören kannst.« Sie lächelte. »Ganz offensichtlich nicht – bei deinem erschrockenen Gesicht. Weder bin ich geschlichen, noch habe ich mich besonders leise verhalten. Interessant.«

»Warum wolltest du überhaupt wissen, ob ich dich kommen höre?«, fragte Pippa und holte zwei Tassen aus dem Schrank.

»Du erinnerst dich an unser gemeinsames Frühstück? Damals hat mich das Mobile am Windfang irritiert. Es reflektierte das Sonnenlicht und blendete mich, wenn es sich bewegte – bis die kleinen Blitze plötzlich aufhörten. Als stünde dort jemand zwischen mir und den kleinen glitzernden Scheiben.«

»Aber wer sollte das gewesen sein? Wir saßen doch vollzählig am Tisch.«

»Eben. Als ich begriff, was sich verändert hatte, bin ich ja sofort nach draußen. Aber da hatte der … Schatten seinen Fehler bereits bemerkt und war spurlos verschwunden.«

Pippa goss Tee ein und reichte Rebecca eine Tasse. »Da ist nichts, wo man sich verstecken könnte. Es gibt vor dem Haus nur einen Baum und das Bachbett. Und da steigt außer Laddie zu dieser Jahreszeit niemand freiwillig hinein.«

»Ich schwöre dir: Das war nicht nur ein komisches Gefühl. Da war jemand.« Rebecca trank einen Schluck Tee und fuhr fort: »Ich würde zu gerne wissen, warum derjenige nicht einfach geklopft hat und hereingekommen ist, um zu erfahren, worüber wir reden.«

Wider Willen musste Pippa lachen. »Ganz ehrlich: Was gab es bei diesem Frühstück denn schon zu belauschen, wofür man sich heimlich anschleichen musste?«, fragte sie dann. »Schießt du da nicht ein wenig übers Ziel hinaus?«

»Ich war gestern bei den Kollegen auf der Polizeistation

Campbeltown«, sagte Rebecca ernst. »Seitdem glaube ich, dass die Leute auf Wee Dram und Umgebung nicht vorsichtig genug sein können. Schottland hat ein echtes Problem mit modernen Schmugglern. Und die sind nicht gerade zimperlich.«

Archie hat also nicht phantasiert, dachte Pippa. »Erzähl.«

Rebecca schüttelte den Kopf und stellte ihre Tasse weg. »Das können die Kollegen viel besser als ich. Wir sind mit Detective Inspector Alan Prescott und seinem Sozius im Restaurant vom Ardshiel zum Mittagessen verabredet.«

»Ich auch?«, fragte Pippa erstaunt. »Obwohl ich nicht bei der Polizei bin?«

Rebecca zuckte mit den Schultern und grinste. »Aber dein Bruder. Das muss reichen.«

Pippa schüttelte amüsiert den Kopf, dann fragte sie: »Konntest du auch die Akten zum Unfall des Brennmeisters einsehen?«

»Noch nicht. Dafür aber die zum Segelunfall von Neil und Alice Blakely.«

Sofort wurde Pippa hellhörig. »Und?«

»Die Familie war mit zwei Booten unterwegs. Auf einem waren die Blakelys, auf dem anderen die MacKinnons. Man wollte ganz um Kintyre segeln, bis hinauf nach Oban, an der Insel Jura entlang. Catriona stand am Steuerrad des MacKinnon-Bootes. Sie hat wohl die Kontrolle über das Boot verloren, als es am Corryvreckan vorbeiging. Das ist einer der größten und gefährlichsten Strudel der Welt. Ihr Bruder Neil wollte ihr sofort zu Hilfe kommen, aber ...«

»Aber das hat nicht geklappt.«

Rebecca schüttelte den Kopf. »Leider nicht. Sein Boot ist gekentert.«

»Es muss schrecklich sein, wenn man das Gefühl hat, ein Unglück ausgelöst zu haben«, sagte Pippa. »Kein Wunder, dass Catriona Duncan wie einen Sohn aufgezogen hat.«

»Hector hat sich todesmutig in die Fluten gestürzt und Duncan retten können. Der Polizeibericht hat seinen Einsatz ausdrücklich gelobt. Catriona stand völlig unter Schock.«

Pippa runzelte die Stirn. »Eines verstehe ich nicht. Wenn es so gefährlich ist: Wieso dürfen kleine Boote dort herumschippern? Dieser Corry ... wie heißt dieser Strudel noch gleich? Was hat es damit auf sich? Entsteht er einfach mitten im Wasser, oder wie muss ich mir das vorstellen?«

»Er heißt Corryvreckan«, erklärte Rebecca. »Es handelt sich um ein Naturphänomen in der Meerenge zwischen den Inseln Jura und Scarba. Bei einer Springflut wird das hereinströmende Wasser dort wie durch einen Flaschenhals gepresst. Nicht weiter problematisch, gäbe es dort nicht unter Wasser eine Felsnadel, die dafür sorgt, dass die Strömung verwirbelt wird und über der Nadel einen Strudel mit enormem Sog bildet.«

»Das klingt ja gruselig«, sagte Pippa entsetzt. »Kein Wunder, dass Duncan kein Schiff mehr besteigen will. Und ich hoffe sehr, dass es nicht Teil seiner Therapie ist, sich mit Freddy genau diesem Strudel zu stellen.«

Pippa und Rebecca spazierten hinauf zu den Mitarbeiterhäusern der Brennerei. Als Pippa fröstelnd die Hände in die Taschen ihrer Wachsjacke schob, stießen ihre Finger auf einen glatten, runden Gegenstand. Sie zog ihn heraus und zeigte ihn Rebecca.

»Sieh mal – vom Windspiel. Habe ich bei einem Spaziergang gefunden. Laddie scheint wirklich alles als Beute zu betrachten.«

Rebecca nahm die silberne Scheibe und begutachtete sie ausgiebig. »Dieses glatte Ding? Was ist das überhaupt – eine CD? Dass er damit spielt, während es vor seiner Nase baumelt, ist klar. Aber wie und warum sollte er sie durch die Gegend schleppen? Von Katzen verstehst du wirklich nichts, Pippa. Wird Zeit, dass du endlich selbst eine bekommst.«

»Wieso hat Anita das Ding überhaupt am Windfang aufgehängt? Ein Windspiel ist dazu da, beruhigende Klänge zu erzeugen. Aber vor der Tür von Piper's Hush? Durch das Rauschen von Wasserfall und Bach hört man das Klimpern doch sowieso nicht.«

Abrupt blieb Rebecca stehen. »Du hast völlig recht! Komm!«

Damit zog sie Pippa im Sturmschritt weiter zum Haupthaus und klingelte ausdauernd. Als Anita öffnete, hielt sie ihr die kleine silberne Scheibe hin. »Vermisst du die?«

Überrumpelt nahm Anita die Scheibe und drehte sie ratlos hin und her. »Was soll das sein?«

»Ein Teil von deinem Windspiel unten an Piper's Hush«, erklärte Pippa.

»Welches Windspiel?« Anita zog die Nase kraus. »Ich verabscheue diese klimpernden Staubfänger. Nichts für mich.«

»Aber ihr habt doch selbst eins aufgehängt«, sagte Pippa.

Anita blickte sie mit großen Augen an. »Wir? Ganz sicher nicht. Das muss Monty gewesen sein.«

Aber Monty bewohnte Piper's Hush vor dir und Duncan, dachte Pippa irritiert, das Windspiel hätte dir auffallen *müssen …*

Sie fing einen Blick von Rebecca auf. Wortlos einigten sich die beiden, das Thema nicht weiter zu vertiefen, um Anita nicht unnötig zu beunruhigen. Schließlich konnte es auch eine ganz einfache Erklärung für das Vorhandensein des Mobiles geben.

»Du hast nicht zufällig Zeit, uns zum Ardshiel Hotel zu fahren?«, fragte Rebecca. »Eigentlich sollte Pete uns hinbringen, aber der quetscht Jock aus. Seit Stunden. Würde mich gar nicht wundern, wenn die beiden den Tag als allerbeste Freunde beschließen. Da Pete angeblich Informationen für die Hochzeitszeitung sammelt, fressen ihm alle aus der Hand und reden und reden und reden.«

»Pete in seinem Element.« Anita grinste. »Also los: Ich will ohnehin mit Flora besprechen, wo wir die Standmarkise platzieren können. Falls das Wetter so schön bleibt, machen wir am Samstag den Sektempfang bei ihr im Garten.« Sie sah kurz über die Schulter nach hinten und senkte die Stimme. »Ich bin heilfroh, wenn ich hier rauskomme. Meine Mutter hat einen schweren Anfall von Hochzeitshysterie – und ich habe große Angst, dass sie mich ansteckt.«

In einem Wagen mit der Aufschrift ›*Wee Dram Whisky: Wasser des Lebens und Salz der Erde*‹ fuhren sie den Hügel von Wee Dram in Richtung Wasser hinunter. Anita erzählte stolz, dass der Werbeslogan von ihr stammte.

Sie passierten Angus Todds Auto, das an seinem üblichen Platz stand, und folgten dann der Straße nach Campbeltown. Das Wetter war wieder ausgezeichnet und ließ tatsächlich auf einen Hochzeitsempfang im Freien hoffen. Da ablaufendes Wasser herrschte, war die kurze Entfernung zwischen dem Festland und der Insel Davaar bereits trockengefallen. Im Gegensatz zum Vortag sammelte dort nur eine einzelne Person Seeschnecken, während auf dem aufgeschütteten Damm, der in einem großen Bogen durch den Schlamm auf die Insel zuführte, reges Treiben herrschte.

An einem kleinen Parkplatz am Wasser stoppte Anita. »Da drüben ist Ronan. Habt ihr noch ein paar Minuten? Ich will ihn kurz etwas fragen.«

Sie stiegen aus und folgten Anita durch ein Tor bis auf den Damm.

»Bei Ebbe kommt man so trockenen Fußes zur Insel hinüber. Auf der anderen Seite, gleich hinter dem Damm, ist die Fahrrinne für die Schiffe, die nach Campbeltown wollen«, erklärte Anita. Sie pfiff auf zwei Fingern und winkte, bis sie Ronan MacPhie auf sich aufmerksam gemacht hatte und der alte Mann in seinen kniehohen Gummistiefeln auf sie zukam.

»Ordentlich was los hier. Wo wollen die denn alle hin?«, fragte Rebecca, die den Aufenthalt im Freien nutzte, um eine Zigarette zu rauchen. Sie stellte sich ein wenig beiseite, damit der Rauch an Anita vorbeizog.

»Einige von ihnen werden eins der Ferienhäuser neben dem Leuchtturm gemietet haben, aber die meisten gehen hinüber, um die Attraktion der Insel zu besuchen. Sind ja nur vierzig Minuten Fußweg.«

»Was gibt es denn dort Spannendes zu sehen?«, fragte Pippa, immer an einem lohnenden Ausflugsziel interessiert.

»Der schottische Maler Archibald MacKinnon hat 1887 in einer der sieben Höhlen der Insel eine lebensgroße Kreuzigungsszene an die Höhlenwand gemalt.«

»MacKinnon! Verwandt mit Iona und Hectors Familie?«

Anita schüttelte lächelnd den Kopf. »Keine Spur. Vielleicht, wenn du bis zur Entstehung des Clanwesens zurückgehst.«

»Sind die Höhlen für jeden offen?«

»Ja, aber man sollte nicht die Zeit vergessen, sonst wird der Ausflug lang und ungemütlich. Wer sich bei steigender Flut auf den Damm wagt, wird es bereuen.«

»Dabei wirkt das Wasser so ruhig und friedlich«, sagte Pippa.

Anita schüttelte energisch den Kopf. »Lass dich davon nicht täuschen. Hier gibt es gefährliche Strömungen. Gegen die hat man keine Chance.«

Das hat die arme Maisie am eigenen Leib erfahren, dachte Pippa und nickte Ronan zu, der mittlerweile herangekommen war und zum Gruß mit einer Hand an den Schirm seiner Mütze tippte.

»Hast du Donnerstagabend Zeit, für uns zu kochen?«, fragte Anita den alten Mann. »Ich möchte ein paar Freunde zum Essen einladen.« An Pippa und Rebecca gewandt, fügte sie hinzu: »Ronan gilt weit und breit nicht nur als der beste Whiskybrenner, sondern auch als der beste Koch für Meeresfrüchte.«

»Das Rezept ist ganz einfach«, brummte Ronan, »nichts dabei. Man muss beides nur zusammenbringen – Fisch will eben schwimmen. Aber leider habe ich keine Zeit, Anita. Da ist Altherrenabend. Jock, Archie und Monty haben schon zugesagt. Wir wollen besprechen, wer Grahams Nachfolger im Stiftungsrat sein soll. Briony hat uns darum gebeten. Wird eine schwere Entscheidung.«

Anita verabschiedete sich von ihm und ging mit Rebecca zurück zum Wagen, während Pippa noch stehen blieb.

»Nett von Ihnen, dass Sie Iona gestern geholfen haben, den Whisky für die Hochzeit zu kreieren«, sagte sie zu dem alten Mann. »Ich bin Pippa Bolle, Anitas Trauzeugin. Wenn Sie wissen wollen, wann der beste Zeitpunkt ist, das Geschenk zu überreichen, wenden Sie sich bitte an mich. Es ist meine Aufgabe, mich um diese Dinge zu kümmern.«

Sichtlich erstaunt schob Ronan seine Mütze nach hinten und kratzte sich am Kopf. »Whisky? Für Duncan und seine kleine Österreicherin? Davon weiß ich nichts.«

»Aber es sollten doch die besten Fässer ausgewählt und vermählt werden, um …«

»Und bei so was sollte ich mitmachen?«, fiel Ronan ihr ungläubig ins Wort. »Da müssen Sie mich mit jemandem verwechseln. Ich habe noch nie guten Single Malt Whisky zusammengekippt, es sei denn, in meinem Magen. Ich bin ein großer Freund von Einzelfassabfüllungen.«

»Dann habe ich wohl was durcheinandergebracht«, sagte Pippa. »Einen schönen Tag noch.«

Sie war bereits ein paar Schritte entfernt, als er hinter ihr herrief: »Aber heben Sie mir ein Glas auf! Probieren würde ich den schon!«

Auf der Weiterfahrt grübelte Pippa darüber nach, ob Iona es sich wohl anders überlegt und sich doch noch für Montys Hilfe und gegen Ronan entschieden hatte.

Nur mit halbem Ohr bekam sie mit, dass Rebecca zu Anita sagte: »Du musst das verstehen. Aus ihrer Sicht hast du alles bekommen, was vorher ihr gehörte. Besonders jetzt, wo die Brennerei für sie unerreichbar ist, weil Jock sie euch vermacht.«

»Was?«, fragte Anita erstaunt. »Wie kommst du bloß darauf? Die Brennerei gehört Duncan schon ewig. Schon seit dem Tod seines Vaters. Jock hatte sie mit seinem sechzigsten Lebensjahr seinem Sohn Neil überschrieben. Nach dessen Tod hat er sie lediglich kommissarisch wieder geleitet – bis Duncan sich endlich entscheiden würde, ob er sie übernehmen will oder nicht. Iona hätte die Brennerei immer nur durch eine Heirat mit Duncan bekommen!«

Im Ardshiel Hotel verabschiedeten sie sich von Anita, die mit Flora Grant im Garten die Hochzeitsvorbereitungen besprechen wollte. Pippa und Rebecca gingen durch die

Whiskybar ins gutbesuchte Restaurant. An einem der Tische studierten die Boehmes gerade die Menükarte. Sie hielten Pippa auf und erzählten, dass die Whiskyfreunde mit Dambeck zum Mull of Kintyre unterwegs seien. Dann wollten sie wissen, wann Pippa die Gruppe wieder begleiten würde.

»Morgen, bei der Besichtigung der Glen Scotia Distillery«, antwortete Pippa und entschuldigte sich, weil Rebecca sie rief.

Die Kommissarin saß bereits bei Inspector Alan Prescott, dem obersten Boss der Ordnungshüter Campbeltowns, der sich mit sichtlichem Vergnügen ein opulentes Mahl einverleibte, während sein junger Kollege lediglich ein Glas Wasser und eine dünne Hühnersuppe vor sich stehen hatte.

»Ist das alles, Sergeant Ramsay?«, fragte Rebecca Davis. »Ich lade Sie ein, keine falsche Bescheidenheit, bitte. Nicht meinetwegen.«

Prescott fuchtelte mit der Gabel in der Luft herum. »Wir sind alle auf Diät«, nuschelte er mit vollem Mund. »Nächste Woche sind die jährlichen Gesundheitsuntersuchungen. Da wollen wir gut dastehen.«

Er nickte Pippa eine Begrüßung zu und widmete sich wieder seinem Essen. So ging sie problemlos als Rebeccas Assistentin durch – ganz, wie diese es beabsichtigt hatte.

»Also«, sagte Prescott schließlich, »nach Ihrem Besuch gestern hat mein Sergeant eine Liste aller uns bekannten Delikte im Bereich Whisky, Brennerei, Schmuggel und so weiter aufgelistet …«, er deutete mit dem Messer auf den Sergeant. »Sie sind dran, Ramsay. Die Kolleginnen aus dem Süden wollen was lernen.«

Atemlos hörten Pippa und Rebecca dem Sergeant zu, der sehr anschaulich und detailliert davon berichtete, dass es in den letzten Jahren vor allem in der Speyside, der Region mit den meisten Brennereien, aber auch in anderen Gegenden immer wieder zu Einbrüchen in Lagerhäusern gekommen war – Vorfälle wie die Staubexplosion auf Wee Dram seien jedoch aus anderen Destillen nicht dokumentiert. Er erzählte von ähnlichen Raubzügen wie Archie und bestätigte, dass hinter derartigen Operationen bestens organisierte Banden stecken mussten, die die logistischen Herausforderungen weltweiten Schmuggels bewältigen konnten.

»Diese Leute sind ebenso gut vernetzt wie Organschmuggler oder Rauschgifthändler – und die Gewinnmargen sind ähnlich hoch«, schloss Ramsay seinen Vortrag.

Pippa dachte an die überzähligen Fässer in Duncans Lagerhäusern und fragte: »Aber wohin mit der Beute? Sie ist flüssig – man kann sie nicht einfach irgendwo hinstellen. Erst recht nicht in diesen Mengen.«

»Genau da wird es interessant«, sagte Ramsay. »Die Drahtzieher sind unglaublich einfallsreich und wechseln immer wieder ihre Taktik. Den Kollegen oben an der Ostküste zum Beispiel ist vor ein paar Monaten ein denkwürdiger Zufallsfang ins Netz gegangen: Sie wollten einem havarierten Fischtrawler helfen und haben sich sehr gewundert, dass die Mannschaft alles andere als scharf darauf war, sich retten zu lassen.«

»Erzählen Sie ruhig genau, wie es war, Ramsay«, warf Prescott ein, »nur immer raus mit der Sprache.«

Pippa hatte den Eindruck, dass der Sergeant ohnehin alles erzählen wollte, denn er ließ sich von seinem Vorgesetzten nicht aus der Ruhe bringen und fuhr gelassen fort: »Es stellte sich jedenfalls heraus, dass auf dem Trawler kein Fisch verarbeitet wurde. Im Bauch des Schiffes gab es stattdessen riesige Tanks – und jeder einzelne war randvoll mit hochwertigem Whisky.«

»Schwarz gebrannt?«, fragte Rebecca.

Ramsay nickte. »Pechschwarz. Aber vorher sehr sachkundig in hochwertigen Fässern gelagert und nach allen Regeln der Kunst vermählt. In Skandinavien, wo Hochprozentiges ein Vermögen kostet, hätte der Verkaufswert des Whiskys allein von diesem Schiff bei gut drei Millionen Pfund gelegen.«

Pippa klopfte das Herz bis zum Hals. »Und man hat nie herausgefunden, wo der Whisky vorher gelagert wurde?«

»O doch, hat man«, erwiderte Prescott zufrieden, »aber die Verstecke lagen Gott sei Dank nicht in meinem Zuständigkeitsgebiet. Trotzdem werde ich in den nächsten Wochen dafür sorgen, dass so etwas bei uns auf Kintyre nie passieren kann.«

»Was haben Sie vor?«, fragte Pippa alarmiert.

Prescott lehnte sich auf dem Stuhl zurück und faltete die Hände vor seinem Bauch. Dann verkündete er: »Ich werde gemeinsam mit der Steuerbehörde alle Lagerhäuser überprüfen und jedes einzelne Fass kennzeichnen lassen.«

Kapitel 12

Pippa hatte sämtliche Kleidung, die sich auch nur halbwegs für ein Rendezvous eignete, auf dem Bett ausgebreitet und stand grübelnd davor. Sie hatte ihren Koffer für eine Novemberwoche in Schottland gepackt, also überwogen warme und praktische Kleidungsstücke. Und das dunkelgrüne Samtkleid schied aus, denn es war für die Hochzeit reserviert. Sie seufzte. Wie hätte sie ahnen sollen, dass sie einen Abend mit einem attraktiven Mann verbringen würde? Ihre magere Auswahl bestand aus zwei Blusen, die sie kritisch begutachtete.

Was soll's, dachte sie, im Kino ist es ohnehin dunkel.

Sie entschied sich für die weiße Bluse mit dem breiten Revers und ebensolchen Manschetten. Kombiniert mit einer Jeans und den Halbschuhen würde sie wenigstens nicht aussehen, als wäre sie unterwegs, um Schafe zu füttern.

Sie duschte und zog sich an, dann stand sie vor dem Spiegel und kämmte ihre langen Locken. Als sie noch überlegte, ob sie die Haare offen oder zu einem Zopf geflochten tragen sollte, klingelte ihr Handy. Freddy berichtete begeistert von seinen Erlebnissen und der atemberaubenden Landschaft entlang der Küstenlinie der Insel Jura.

»Heute Abend braucht ihr nicht mit uns zu rechnen«, sagte Freddy dann. »Duncan will auf Islay noch mit einem Brennmeister der Bunnahabhain-Brennerei fachsimpeln.«

Pippa jubelte innerlich, denn nun hatte sie sturmfreie Bude. Sie nahm sich vor, Morris nach dem Kino noch zu einem Hot Toddy einzuladen. Dann schnappte sie sich ihre Wachsjacke und stürmte aus dem Haus, um Morris abzuholen.

In Joanna Goldies grellgelbem Mini Cooper bretterten sie die einspurige Küstenstraße entlang, in einem Tempo, als wäre Gegenverkehr vollkommen ausgeschlossen. Joanna, die Organisatorin der Retrospektive, saß am Steuer und erzählte ebenso lebhaft wie gestenreich von den Filmen, die sie für das Festival ausgesucht hatte. Monty hockte stumm auf dem Beifahrersitz, während Pippa und Morris sich die enge Rückbank teilten.

Pippa wäre es deutlich lieber gewesen, wenn Joanna beide Hände am Steuer gelassen und ihre Augen ausschließlich auf die Straße gerichtet hätte, aber ihre zierliche Chauffeurin sprudelte vor Energie. Mit ihren blitzenden Augen, dem frechen Bubikopf und dem modernen Silberschmuck an den Fingern wirkte sie deutlich jünger als sechzig Jahre.

Als sie an Angus Todds Auto vorbeikamen, blendete er gerade die Scheinwerfer auf, als wollte er losfahren.

»Ich hoffe wirklich, er kommt heute Abend auch«, sagte Joanna. »Wir haben viel Zeit damit verbracht, gemeinsam die Filme auszusuchen. *Vor* der unseligen Razzia.« Sie seufzte. »Jetzt kann man froh sein, wenn man ihn mal außerhalb seines Autos zu sehen bekommt.«

»Er schämt sich«, knurrte Monty. »Völlig zu Recht, falls er mit dem Fehlschlag bei der Razzia etwas zu tun hat.«

Joanna nickte zögernd. Sie verringerte das Tempo, weil im Licht der Scheinwerfer ein schwankendes, mit zwei Personen besetztes Fahrrad auftauchte: Turval saß auf dem Sattel und Tamsin auf dem Gepäckträger. Im Schritttempo fuhr Joanna an den beiden vorbei, dann gab sie wieder Gas.

»Jetzt ist im Wee Picture House alles digitalisiert«, erzählte sie, »aber bis vor kurzem haben wir die großen Filmrollen in einen uralten Vorführapparat eingelegt, der seit Eröffnung des Kinos Dienst tat.«

»Wie alt ist das Kino?«, fragte Pippa.

»Über hundert Jahre! Sogar die Queen hat zum Jubiläum Glückwünsche geschickt. Es ist das älteste noch betriebene Kino Schottlands. Ich bin sehr stolz, an einem derart traditionsreichen Ort zu arbeiten. Mittlerweile gehört es der Kommune, und es steckt sehr viel ehrenamtliche Arbeit drin. Sogar der alte Brummbär hier neben mir ist einer der Filmfreunde, die gerne helfen, wenn es etwas zu renovieren gibt.«

»Früher wurden bessere Filme gedreht«, sagte Monty unvermittelt, »die haben noch echte Geschichten erzählt. Von ehrlichen Männern und echter Freundschaft. Aber heutzutage ... da muss es unentwegt knallen und explodieren. Und die sogenannten Helden sind aufgepumpte Muskelprotze, die ständig um sich schießen.« Er drehte sich zu Pippa und Morris um. »Ist euch mal aufgefallen, dass in den neuen Filmen kaum noch ein guter Whisky getrunken wird? So ganz in Ruhe, bei einem guten Gespräch? Achtet heute Abend mal drauf. Die haben sich das noch getraut.«

»Sie sind ja ein echter Filmliebhaber, Monty«, sagte Pippa überrascht, aber er starrte schon wieder schweigend aus dem Seitenfenster.

Das im Art-déco-Stil erbaute Kino am Hafen von Campbeltown war festlich erleuchtet und hieß die Besucher durch ein großes Transparent zur *Classic Movie Week* willkommen.

»Nach all der Arbeit bin ich heilfroh, dass mein Team es mir ermöglicht, die Eröffnung heute als Gast zu genießen«, sagte Joanna, als sie das Foyer betraten, das mit gutgelaunten Menschen gefüllt war. Sie und Monty wurden sofort umringt und herzlich begrüßt. Pippa und Morris traten ein paar Schritte beiseite, um sich für einen der beiden angebotenen Filme zu entscheiden.

»Welchen möchtest du gerne sehen?«, fragte Morris. »Wir gehen dann entweder jetzt oder anschließend essen.«

Statt einer Antwort summte Pippa die bekannte Zither-Melodie aus *Der dritte Mann*, und Morris lachte.

»Also essen wir später. Und *Unser Mann in Havanna* muss auf unsere Gesellschaft verzichten«, sagte er. »Aber ich bin mit Freuden dabei. Wusstest du, dass Graham Greene nicht nur die literarischen Vorlagen, sondern auch beide Drehbücher geschrieben hat?«

An der Kinokasse trafen sie auf Monty, der sich eine Dauerkarte für die ganze Woche zulegte.

»Ich will alles sehen. Schließlich ist Silent Season, und ich habe Urlaub. Im Kino kann ich ganz und gar abschalten«, sagte er.

Pippa nickte. »Gute Idee. Das könnte ich auch machen, ich bin ja jetzt länger auf Wee Dram. Wo ist denn hier der beste Platz?«

»Oben«, erwiderte Monty. »Einfach mir nach.«

Tamsin und Turval kamen zur Kasse gestürmt.

»Waaas? Ich dachte, heute wird *Manche mögen's heiß* gezeigt«, maulte Tamsin. »Wie uncool ist das denn?«

»Dann gehen wir eben morgen noch mal ins Kino«, gab ihr Bruder zurück. »Komm, jetzt sind wir schon mal hier …«

»Vom Balkon aus kann man am besten sehen«, sagte Monty, »und man hat den besten Überblick über die Besucher. Ich sitze immer erste Reihe Mitte, da habe ich meinen Stammplatz. Das weiß hier jeder.«

Pippa und Morris folgten ihm die Treppe hinauf. Die Wände hatten einen cremefarbenen Anstrich, während Geländer, Fensterrahmen und Türen in leuchtend rotem Lack abgesetzt waren. Alles sah frisch renoviert aus und äußerst gepflegt.

Monty und Morris gingen in den Kinosaal, aber Pippa blieb noch kurz an den Panoramafenstern stehen, die einen Blick auf den illuminierten Hafen von Campbeltown gewährten. Unter einer der rötlichen Laternen stand Angus Todds Vauxhall. Wie an seinem Stammplatz am Meer saß Todd auch hier bewegungslos auf dem Fahrersitz. Durch die Windschutzscheibe starrte er auf das Picture House.

Er traut sich nicht herein, dachte Pippa. Er hat seine eigene kleine Welt zerstört und weiß noch nicht, ob er weiterhin in den Ruinen leben oder doch mit dem Wiederaufbau beginnen soll.

Sie nahm sich vor, ihm tatsächlich demnächst einmal einen Kaffee an sein Auto zu bringen. Dann ging sie in den Kinosaal und stellte sich neben Morris an die Balustrade des Balkons. Die Backsteinwände des großen Raums schimmerten rötlich. Vor der Leinwand gab es eine Bühne mit Theatervorhängen, die jetzt aufgezogen waren. Rechts und links davon befanden sich auf halber Höhe zwei kleine, unterschiedlich gestaltete spanische Balkone.

Im Parkett wurde es nach und nach immer voller, und erwartungsvolles Geplauder erfüllte den liebevoll renovierten Saal. Pippa erkannte Ole, Georg und Stefan aus der Whiskygruppe und wurde von ihnen mit fröhlichem Winken begrüßt. Als Bert-Rüdiger Dambeck, dadurch aufmerksam geworden, Pippa entdeckte und sich verbeugte, konnte sie nur mühsam den spontanen Impuls unterdrücken, sich hinter Morris zu verstecken. Brenda Sandison schien ohne Begleitung zu sein, offenbar hatte es der Mann vom Vortag nicht geschafft, ihre Gunst zu erringen. Allerdings sah sie sich immer wieder um, als würde sie noch jemanden erwarten, der ihr beim Film Gesellschaft leistete. Als ihr Blick den von Pippa traf, nickte sie eine knappe Begrüßung und wandte sich schnell wieder ab.

»Huhu, Pippa Bolle!«

Pippa drehte sich um.

Das Ehepaar Boehme saß in der zweitletzten Sitzreihe des noch fast leeren Balkons und strahlte sie an.

»Nichts los hier oben«, sagte Tanja Boehme, »aber dann ist mehr Platz für uns, nicht wahr?«

»Es ist erst sechs Uhr, bestimmt wird es in der Spätvorstellung voller«, entgegnete Pippa und lächelte. »Einen schönen Abend!«

Morris musterte sie amüsiert und raunte ihr zu: »Wie lange bist du jetzt auf Kintyre? Vier Tage? Und kennst schon die Hälfte aller Leute, bemerkenswert.« Sein Grinsen wurde breiter. »Die andere Hälfte weiß spätestens morgen, welchen Film du dir angesehen hast. Und vor allem: mit wem. Campbeltown ist ein Dorf. Hier bist du unter ständiger Beobachtung.«

»Dann kann ich mich ja auch ganz ungeniert umsehen.« Pippa grinste. »Wer sind zum Beispiel die beiden da? Mich können sie nicht meinen.«

Sie deutete auf zwei Jungen im Parkett, die alles versuchten, um Morris' Aufmerksamkeit zu erringen.

Er winkte ihnen und der Frau in ihrer Begleitung zu. »Das sind Harris und Lewis MacKinnon, Ionas Halbbrüder. Und ihre Mutter Rose. Ich gebe den Jungs Dudelsackunterricht, wenn ich hier bin.«

Das ist also Rose MacKinnon, die zweite Frau von Catrionas Exmann, dachte Pippa. Soweit sie es aus der Entfernung beurteilen konnte, wirkte die junge blonde Frau schüchtern und zerbrechlich und war damit das größtmögliche Kontrastprogramm zur souveränen Catriona.

»Ich gehe noch mal runter und begrüße die drei. Dann kann ich uns auch gleich Popcorn mitbringen«, sagte Morris.

Pippa setzte sich in die erste Reihe neben Monty, der gerade einen Flachmann aus Metall absetzte und sich mit dem Handrücken über den Mund wischte.

»Aaah. Flüssiges Gold«, sagte er. »Genau die richtige Einstimmung auf den Film. Auch einen Schluck?«

Er hielt ihr die flache, zerbeulte Metallflasche hin, aber Pippa schüttelte den Kopf.

Monty zuckte mit den Achseln und verstaute den Flachmann in der Brusttasche seines Hemdes. »Umso besser. Bleibt mehr für mich.«

Gerade als die Lichter im Saal ausgingen, nahm Morris mit einer riesigen Tüte Popcorn neben Pippa Platz.

Der dritte Mann zog alle drei sofort in seinen Bann. Ich muss unbedingt das Buch mal wieder lesen, dachte Pippa, Graham Greene ist wirklich ein Meister der Spannung.

Die Popcorntüte wanderte hin und her, und die Männer griffen ordentlich zu. Zusätzlich reichte Pippa nicht nur die Knabberei, sondern zweimal auch den Flachmann an Morris weiter – und wieder zurück zu Monty. Langsam breitete sich um sie ein feiner Duft nach Wee Drams bester Marke aus.

Wann immer das Wort *Whisky* im Film fiel oder einer der Schauspieler mit einem gefüllten Glas über die Leinwand flimmerte, klatschten im Parkett ein paar Leute. Monty beugte sich vor, um besser sehen zu können, und flüsterte: »Das ist die Whiskytruppe. Die sind in Ordnung.« Er machte eine Pause und fügte hinzu: »Jedenfalls drei von ihnen.«

Als auf der Leinwand der filmische Showdown in der Kanalisation Wiens ablief, war Pippa derart in das Geschehen versunken, dass sie vergaß, das Popcorn von Monty zurückzuverlangen.

Der erste Schuss hallte von den Wänden wider. Sie war so ergriffen, dass sie glaubte, den nächsten körperlich zu spüren.

Ob ich auch auf meinen besten Freund schießen könnte wie Holly Martins auf Harry Lime – wenn er mich darum bittet, weil ich ihn dadurch vor einer Exekution bewahre?, fragte sie sich atemlos, während zwei weitere Schüsse durch den Kinosaal hallten. Würde ich ihn hassen, nachdem ich erfahren hätte, dass er ein skrupelloser Verbrecher ist? Immerhin sind durch seine Gier Menschen qualvoll gestorben …

Das Wort ›Ende‹ erschien auf der Leinwand. Noch während des Abspanns ergriff Morris ihre Hand und zog sie hoch. »Und jetzt zum zweiten Teil dieses denkwürdigen Abends!«

Ohne hinzusehen, schnappte Pippa sich die Popcorntüte aus Montys Schoß, rief »Viel Spaß noch und bis morgen!« und ließ sich von Morris weiterziehen.

Am Haupteingang trafen sie auf Joanna Goldie. Während zahlreiche Menschen noch aus dem Kino strömten, begaben sich andere bereits hinein zur nächsten Vorstellung. Drei Platzanweiserinnen gingen mit Bauchläden in den Kinosaal, um den Besuchern Süßigkeiten anzubieten und Neuankömmlingen ihre Plätze zu zeigen. An der Kasse entdeckte Pippa den schönen Connor, der für sich und Brian Lockhart Karten kaufte. Der Witwer sah aus, als bereute er es bereits, sich für den Kinobesuch entschieden zu haben.

Morris folgte Pippas Blick und sagte: »So ein Hemd kann auch nur ein Engländer tragen.«

»Das sagt ausgerechnet ein Schotte. Es ist kariert – na und? Bei euch wimmelt es doch von Karos.«

Morris grinste. »Schon – aber stell dir dieses Hemd mal zu einem Kilt vor!«

»Da hast du natürlich recht.« Sie lachte. »Ein psychedelisches Testbild!«

Pippa sah den beiden Männern nach, während sie in den Saal gingen, und wandte sich an Joanna. »Der Ärmste. Der Film wird ihn hoffentlich ablenken.«

Zu ihrer Überraschung brummte Joanna nur Unverständliches, das ziemlich ungnädig klang.

»Tragisch, wenn ein romantisches Wochenende so endet«, sagte Pippa.

Joanna Goldie sah sie erstaunt an. »Wie meinst du das denn?«

Pippa berichtete, was Lockhart auf der Fähre über den Ausflug mit seiner Frau erzählt hatte. »Wir wollten gemeinsam auf ihre Rückkehr nach Hause anstoßen«, schloss sie. »Er wollte sie holen, aber da war sie schon tot. Das verursacht mir buchstäblich Alpträume.«

»Schönes Wochenende? Romantisch? Gemeinsam anstoßen?« Joanna zog die Augenbrauen hoch. »Das hat er gesagt? Eine sehr *interessante* Sicht der Dinge hat der Mann. Willst du meine hören? Du wirst staunen.«

»Ich bin gespannt.«

Joanna blickte sich um. Als das Foyer sich zur nächsten Vorstellung geleert hatte und die Platzanweiserinnen die Türen zum Saal wieder schlossen, ging Joanna mit Pippa und Morris zu den Frauen hinüber und forderte Pippa auf, die Geschichte von der Fähre noch einmal zu wiederholen.

»Mich hat nur gewundert, dass Maisie Whisky trinken

wollte«, fügte sie diesmal hinzu, »sie hatte sich kurz vorher eine Tablette gegen ihre Migräne geben lassen.«

Joanna runzelte die Stirn. »Das wird ja immer abenteuerlicher. Maisie und Migräne? Solange ich sie kannte, hatte sie nie Kopfschmerzen. Wenn ihr etwas weh tat, hieß das Brian.«

Die Platzanweiserinnen steckten die Köpfe zusammen und tuschelten miteinander, dann stießen sie sich gegenseitig auffordernd an, aber keine wollte als Erste mit der Sprache heraus.

»Also gut«, sagte Joanna schließlich. »Ich werde es sagen. Früher oder später wird sogar DI Alan Prescott darauf kommen.« Sie sah Pippa und Morris ernst an. »Es gab kein schönes Wochenende. Und ein romantisches erst recht nicht. Maisie ist Brian weggelaufen. Endlich. Sie hielt sich in Glasgow versteckt.« Sie zeigte auf eine der Platzanweiserinnen. »Bei Morvens Tante. Da ist sie sicher, dachten wir. Drei Wochen lang hat das auch gestimmt. Du verstehst?«

»Und warum erzählt Brian Lockhart dann eine so völlig andere Geschichte?«, fragte Pippa ratlos.

»Da es kein Frauenhaus in Campbeltown gibt, haben wir ihr Unterschlupf gewährt«, antwortete Morven und sah Pippa bedeutungsvoll an. »Klar, dass er damit nicht hausieren geht.«

Als Pippa begriff, was das hieß, traf die Erkenntnis sie wie ein Fausthieb in die Magengrube. Unwillkürlich presste sie die Popcorntüte an sich. »Er hat Maisie geprügelt? Seid ihr sicher?«

Die Frauen nickten, und Morris pfiff leise durch die Zähne.

»Frag Briony MacLeod, die hat so einiges mitgekriegt. Sie wohnt neben den Lockharts. Aber wie das so ist«, Joanna Goldie zuckte mit den Schultern, »Maisie blieb trotzdem bei Brian. Wie oft haben wir auf sie eingeredet, ihr Möglichkeiten aufgezeigt und unsere Unterstützung angeboten …«

»Und dann, vor einigen Wochen, hat sie plötzlich gesagt, dass es ihr reicht«, berichtete Morven. »Sie wirkte entschlossener, aber gleichzeitig noch ängstlicher als sonst, stimmt's?« Ihre Kolleginnen nickten wieder, und Morven fuhr fort: »Erst dachten wir, er ist wegen der fehlgeschlagenen Razzia ausgerastet und hat seinen Frust an ihr ausgelassen. Das hat er öfter gemacht. Aber es lag nicht an Brian. Maisie hatte sich verändert. So, als hätte sie sich endlich entliebt.«

»Sie erschien mit gepackter Reisetasche zur Arbeit«, sagte Joanna, »und zum ersten Mal bat sie uns um Hilfe. Da wir alles schon hundertmal durchgesprochen und geplant hatten, musste wir nur noch bei Morvens Tante anrufen, dann sind wir los. Auf dem Landweg.«

»Debra und Christine sind kurzfristig für uns eingesprungen«, übernahm Morven wieder und deutete auf ihre Kolleginnen. »Brian sollte glauben, dass Maisie ihre normale Schicht ableistete. Das gab uns ein paar Stunden Vorsprung.«

»Und dann?«, fragte Pippa gespannt, weil die Frauen beredte Blicke wechselten.

»Erzähl du, Debra«, sagte Joanna.

»Brian kam, um Maisie abzuholen. Das tat er immer. Um zu verhindern, dass Maisie noch mit den Kolleginnen in Floras Whiskybar einen Feierabend-Absacker trinkt«, erklärte die Angesprochene. »Der Abspann lief schon, als er aufkreuzte. Wir stellten uns dumm und sagten, Maisie hätte überhaupt keinen Dienst. Er glaubte uns natürlich nicht und stürmte wutentbrannt in den Saal. Ich habe schnell das große Licht angemacht. Natürlich hat er sich sofort zusammengerissen, denn dort saßen etliche seiner Kollegen. Vor denen wollte er sich keine Blöße geben.«

»Von da an hatten wir keine ruhige Minute mehr«, berichtete Morven weiter. »Er hat uns ständig aufgelauert und bedrängt, um herauszufinden, wo sie ist. Überall tauchte er auf. Irgendwie wusste er immer, wo er uns einzeln erwischen konnte. Wir sind dann nur noch zu zweit unterwegs gewesen. Und wir haben dichtgehalten.«

»Wie hat der Schweinehund sie gefunden?«, fragte Morris. Er sah aus, als könnte er sich nur mühsam zurückhalten, in den Saal zu gehen und Brian Lockhart zur Rede zu stellen.

»Er muss nach Glasgow gefahren sein, um sie zu suchen«, antwortete Joanna. »Unglücklicherweise hat er sie entdeckt. Wir haben keine Ahnung, wie.«

Einen Moment lang schwiegen alle. Aus dem Kinosaal hörten sie die Filmmusik und Dialogfetzen.

»Vor drei Tagen hat mich ein Mann telefonisch aufgefordert, für ihn zu arbeiten«, sagte Dr. Hasselbacher auf der Leinwand gerade. *»Ich habe abgelehnt. Dann hat er mir gedroht.«*

Bei diesen Worten musste Pippa schlucken. Auch das Thema dieses Films verlockte nicht gerade dazu, sich zurück in die abgedunkelte Sicherheit des Kinosaales zu flüchten und auf Ablenkung durch die Traumfabrik Hollywood zu hoffen.

»Ihr denkt also, Brian hat seine Frau gefunden und gezwungen, mit ihm zu kommen«, sagte sie schließlich und erinnerte sich an die auffallend blasse Maisie auf der Fähre. »Er hat sehr liebevoll von ihr gesprochen, ich war fast ein wenig neidisch. Er hat sie auch ... unbeaufsichtigt gelassen. Ich habe sie selbst mit Catriona Blakely sprechen sehen. Maisie wirkte ganz normal. Vielleicht ein wenig eingeschüchtert, aber das geht mir in Catrionas Gegenwart auch nicht anders. Die Frau ist einfach eine Klasse für sich.«

Joanna nickte. »Allerdings ist sie das. Wenn sie sich mit Maisie unterhalten hat, dann ist klar, warum Brian den Ball flachhielt. Bei ihr muckt kein Mann auf. Selbst ihren früheren Gatten hatte sie im Griff. Wenn du ihn kennenlernst, wirst du wissen, was das bedeutet.«

»Als wir sie auf der Fähre gesehen haben, wurde Maisie also gerade gegen ihren Willen zurück nach Campbeltown gebracht?«, fragte Pippa.

Wieder nickte Joanna. »Für ein paar Wochen lebte sie ohne Druck und Angst. Die Aussicht, in ihr altes, verhasstes Leben zurückzukehren, muss schrecklich gewesen sein.«

Vor Aufregung drückte Pippa die Popcorntüte noch fester an die Brust. »Ihr meint, Maisie hat die Konsequenzen gezogen und ist *freiwillig* von Bord gesprungen?«

»O nein«, sagte Morven grimmig, »wir meinen, sie wurde dazu gezwungen.«

Joanna holte tief Luft. »Oder gestoßen.«

Kapitel 13

»Gezwungen? Gestoßen?«

Mehr als diese Worte zu wiederholen war Pippa nicht möglich. Schlagartig wich die Anspannung aus ihrem Körper. Sie ließ die Arme sinken.

Die vier Frauen starrten sie überrascht an, und Joanna zeigte auf Pippas Oberkörper. »Ist das Blut?«

Pippa sah an sich hinunter. In Brusthöhe prangte ein feuchter, roter Fleck – genau an der Stelle, an die sie noch Sekunden zuvor die Popcorntüte gepresst hatte. Die Rückseite der Tüte war rot verschmiert.

»Blut«, murmelte Pippa, ohne zu begreifen. Dann kam die Erkenntnis, ihre Augen weiteten sich. »Monty!«

Morris schaltete sofort. Er zögerte keinen Moment. Im Laufen rief er über die Schulter zurück: »Ambulanz! Polizei! Türen abschließen! *Kein* Licht machen!«

Pippa ließ alles fallen und hetzte Morris nach, während Joanna die Popcorntüte mit spitzen Fingern aufhob und hinter der Kasse in Sicherheit brachte.

An der Tür zum Balkon holte Pippa Morris ein. Vorsichtig schlichen sie zu ihren alten Plätzen.

Auf der Leinwand spielte der kubanische Capitan Segura dem leicht naiven Staubsaugervertreter James Wormold den Tonband-Mitschnitt eines Telefongesprächs vor. Wormolds Freund Hasselbacher sagte darin gerade: »*... es sollte doch nur eine Warnung sein.*«

Eine andere Stimme antwortete: »*Es ist noch immer eine Warnung, Hasselbacher. Sagen Sie ihm, dass Montez tot ist.*«

Wie angewurzelt blieb Pippa im Gang stehen.

Hat der eben Monty gesagt?, dachte sie verwirrt.

Sie wagte kaum zu atmen, als Morris in die Bankreihe ging. Monty saß aufrecht in seinem Sitz, den Kopf zur Seite geneigt. Morris beugte sich über ihn, um am Hals nach Pulsschlag zu tasten. Dann drehte er sich zu Pippa um und schüttelte den Kopf.

»Ich bleibe hier«, flüsterte er ihr zu. »Geh du raus und warte auf die Ambulanz. Schaffst du das?«

Pippa nickte benommen und ging in Richtung Ausgang.

Einer der Zuschauer aus den hinteren Reihen rief entrüstet: »Rein ... raus ... was soll denn das? Könntet ihr euch mal entscheiden, ob ihr den Film sehen wollt oder nicht? Ihr seid nicht zu Hause vor der Glotze. Hier sind Leute, denen ihr die Sicht versperrt!«

Pippa unterdrückte den Impuls, den Rufer anzuschreien, dass es wichtigere Dinge gab als ungestörten Filmgenuss, aber dann atmete sie tief durch und ging langsam hinaus. Ihr war heiß. Sie schloss die Augen und lehnte die Stirn an die kühle Scheibe des Panoramafensters.

Ihre Gedanken rasten. Das Blut konnte erst an die Tüte gekommen sein, nachdem diese zum letzten Mal bei Monty gelandet war. Hatte er da schon geblutet, war er da schon tot? Warum hatte sie nicht gehört, dass der Mann neben ihr starb? Kein Husten, kein Stöhnen, kein Seufzen, nichts. Woher kam das Blut? Warum war es nur außen an der Tüte? Warum nicht auch innen? Warum hatte niemand etwas bemerkt, als während der Pause das Licht brannte? Weil unsere Reihe bis auf Monty leer war, beantwortete sie sich ihre letzte Frage selbst.

Blaues Licht zuckte durch ihre geschlossenen Lider. Sie blickte hinunter auf den Vorplatz des Kinos, wo in diesem Moment die Polizei und ein Krankenwagen vorfuhren, knapp gefolgt von Petes Aston Martin. Sanitäter hasteten mit Notfallkoffer und Trage ins Gebäude. Vor Erleichterung hätte Pippa beinahe geweint, als sie nicht nur Pete, sondern auch Rebecca aussteigen sah. Zu ihrer eigenen Verwunderung erinnerte sie sich trotz der dramatischen Situation, dass die beiden heute Akteneinsicht in den Fall des verunglückten Brennmeisters bekommen sollten.

Warum funktioniert nach einem Todesfall alles so reibungslos, dachte sie. Nie ist man *vorher* schnell genug. Rebecca wollte doch weiteres Unglück verhindern, damit es eine friedliche und fröhliche Hochzeit wird.

»Das war ein schöner Plan«, murmelte Pippa, »aber leider ein Fehlschlag.«

Als hätte Rebecca sie gehört, blickte sie hoch, und ihre Augen trafen sich. Sie bedeutete Pippa, am Fenster stehenzubleiben und auf sie zu warten. Pippa nickte automatisch. Nur ganz am Rande ihrer Wahrnehmung registrierte sie die Vorgänge in ihrem Rücken: hastige Schritte vieler Menschen, Polizisten und Sanitäter riefen knappe Anweisungen, die Platzanweiserinnen liefen hin und her, der Film wurde gestoppt, ärgerliche Proteste des Publikums.

Pippa nahm alles wie in Zeitlupe wahr. Um ruhiger zu werden, versuchte sie, sich auf die Vorgänge vor dem Kino zu konzentrieren, die gleißenden Scheinwerfer der Autos, die Blaulichter. Passanten blieben neugierig stehen und fanden sich zu aufgeregt diskutierenden Gruppen zusammen. Sie glaubte, die Fotografin Sarah MacDonald unter ihnen zu erkennen, war sich aber nicht sicher. Ein uniformierter Polizist wurde von einigen Leuten umringt, die ihn vermutlich mit Fragen bestürmten, denn er schüttelte immer wieder den Kopf. Pippa fragte sich, ob es Angehörige von Kinobesuchern waren, die herausfinden wollten, was geschehen war und ob ihre Lieben in Gefahr schwebten. Angus Todd beobachtete alles aus seinem Vauxhall, dann stieg er aus und ging aufs Kino zu. Gleich darauf blieb er plötzlich stehen, als hätte er es sich anders überlegt, drehte sich um und kletterte eilig wieder in sein Auto. Er startete den Motor und brauste ohne Licht davon. Pippa sah ihm nach und fragte sich, wie er sich wohl fühlte.

Früher waren Monty und er Freunde, dachte sie, aber das ist seit dem Fehlschlag mit der Razzia vorbei. Welche Freunde hat Angus Todd jetzt – und sind die identisch mit Montys Feinden?

Kälte kroch in ihr hoch und verursachte eine Gänsehaut. Pippa rieb mit den Händen über ihre Unterarme, um wieder warm zu werden, als ihr jemand den Arm um die Schultern legte. In der Spiegelung der Scheibe sah sie, dass es Morris war.

»Du frierst«, sagte er.

Er ließ sie los, zog seinen Shetlandpullover aus und hielt ihn ihr hin. Sein weißes Hemd erinnerte sie an ihre befleckte Bluse. Sie zögerte, den Pullover zu nehmen, und starrte auf den Blutfleck.

Er bemerkte ihren Blick. »Lass uns tauschen.«

Automatisch knöpfte Pippa die Bluse auf. Es kümmerte sie nicht, dass sie das in aller Öffentlichkeit tat. Sie fühlte sich von der Realität abgetrennt wie durch eine Nebelwand, durch die sie und die anderen sich nicht mehr gegenseitig wahrnehmen konnten.

Morris nahm ihr die Bluse ab, und Pippa streifte sich den warmen Pullover über. Er duftete nach seinem leicht würzigen Parfüm, das sie an das Aroma von Leder und Whisky erinnerte.

»Warum wolltest du die Polizei?«, fragte sie. »Warum nicht nur einen Arzt?«

Morris musterte sie einen Moment lang mit zusammengekniffenen Augen. »Weil Blut an der Außenseite der Tüte nicht auf Nasenbluten hinweist«, antwortete er schließlich. »Dann wäre das Popcorn blutig gewesen.«

Pippa ließ sich schwer auf einen der Stühle fallen, auf denen die Platzanweiserinnen sonst das Ende der Filme abwarteten. Morris stellte sich neben sie und legte ihr beruhigend eine Hand auf die Schulter. Sie schwiegen, während um sie herum weiterhin ein Chaos aus Stimmen und Hektik herrschte. Kinobesucher beschwerten sich lautstark, dass die Polizei sie erst nach dem Aufnehmen der Personalien gehen ließ.

Noch immer fühlte Pippa sich wie im ruhigen Auge eines Orkans. Sie hatte keine Ahnung, wie viel Zeit vergangen war, als DI Alan Prescott und Rebecca Davis wieder auftauchten. Prescott zog sich einen der anderen Stühle heran und setzte sich.

Er wischte sich Schweiß von der Stirn, nickte Pippa anerkennend zu und sagte: »Sehr umsichtig gehandelt.«

»Aber ich habe gar nicht …«, erwiderte Pippa leise und zeigte auf Morris.

Der winkte ab. »Es gibt Wichtigeres, als die Ehre zu haben, einen Toten als Erster zu sehen.«

DI Prescott räusperte sich. »Montgomery McManus ist tot. Ermordet. Er wurde durch die Rückenlehne seines Kinositzes erschossen«, referierte er, als würde er in einem Einsatzraum seine Leute informieren. »Das Projektil ist durch das Polster hindurch direkt in sein Herz gegangen.«

»Das kann nicht sein«, entfuhr es Morris, »dafür war viel zu wenig Blut an der Popcorntüte.«

»Die Kugel durchschlug den Flachmann in der Brusttasche seines Hemdes und wurde dadurch abgebremst. Es gibt nur eine kleine Austrittswunde. Allerdings ... es müsste durchaus nach Whisky gerochen haben ...« Prescott sah Pippa und Morris fragend an.

»Das hat es die ganze Zeit über«, flüsterte Pippa, und Morris erklärte: »Monty und ich haben mehrmals aus dem Flachmann getrunken.«

»Der Mörder hat hinter Monty gesessen und eine Waffe auf das Polster aufgesetzt. Wahrscheinlich mit Schalldämpfer«, sagte Rebecca.

»Und das soll ich nicht bemerkt haben?«, fragte Pippa entsetzt. »Ich hätte es merken müssen!«

Morris runzelte nachdenklich die Stirn. »Ich habe irgendwann einen Schatten hinter mir wahrgenommen. Ich dachte noch, wie kann man nur mitten im Showdown gehen. In einer der berühmtesten Szenen der Filmgeschichte. Dann war ich vom Geschehen auf der Leinwand wieder völlig gefangen.«

»Ich verstehe das nicht. Ich habe keinen Schuss gehört«, murmelte Pippa. Sie stutzte und fuhr fort: »Nein, falsch. Ich habe mehrere Schüsse gehört. Hintereinander. Aber ich dachte, sie fallen alle auf der Leinwand.«

»Mir ging es genauso.« Morris nickte. »Das ist die neue Anlage. Dolby-Surround-Sound. Viel lauter als die alte. Schüsse hören sich an, als würden sie direkt an deinen Ohren vorbeipfeifen. Diese Schüsse hätten von überall her kommen können. Auch vom Nebensitz.«

Pippa merkte, dass sie sich wieder aus dem Geschehen zurückzog. Das Einzige, was sie noch bewusst wahrnahm, war Morris' warme Hand auf ihrer Schulter.

Wie aus weiter Ferne hörte sie Rebecca sagen: »Pippa steht unter Schock. Sie gehört ins Bett. Pete soll sie nach Hause fahren. So schnell wie möglich.«

Pippa wollte protestieren, brachte aber nicht die nötige Energie auf.

Rebecca musterte sie besorgt. »Und dass ihr sie in diesem einsamen Haus nicht allein lasst! Heute Nacht muss jemand bei ihr bleiben.«

Sergeant Ramsay kam vorbei, und Prescott hielt ihn am Jackenzipfel fest. »Was wissen wir bisher, Ramsay? Berichten Sie!.«

Ramsay sah seinen Chef erstaunt an. »Jetzt? Hier?«

Er warf einen beredten Blick auf Pippa und Morris, aber Prescott wedelte den stummen Einwand mit der Hand weg. »Die gehören praktisch zu uns. Sie haben den Toten gefunden. Wir bewegen uns damit also innerhalb des üblichen Rahmens.«

Ramsay holte Luft und straffte die Schultern. »Bei allem Respekt, Sir – außerhalb!«

Prescott nickte. »Das obendrein, Ramsay, das obendrein.« Ein weiteres lässiges Winken, nachdem der Detective Inspector sich wie für einen Vortrag bequemer hingesetzt hatte. »Erzählen Sie schon, Ramsay. Was haben Sie herausgefunden?«

»Die beiden haben was gesehen.« DS Ramsay deutete mit dem Daumen auf die etwas abseits stehenden Boehmes.

Prescott musterte das Hand in Hand wartende Ehepaar. »Und was?«

Aber Ramsay wand sich und war nicht bereit, darüber vor unbefugten Personen zu sprechen.

Rebecca verlor die Geduld und winkte die Boehmes heran. »Sie haben uns etwas zu erzählen?«

Tanja Boehme nickte. »Wir haben in der letzten Reihe gesessen.«

»Da sitzt man so schön hoch. Man kann das ganze Kino überblicken«, fügte Jens Boehme hinzu.

Prescott horchte auf. »Was erwarteten Sie denn zu sehen außer dem *Dritten Mann*?«

Für einen Moment waren die Boehmes sichtlich aus dem Konzept gebracht, fassten sich aber nach einem kurzen Blickwechsel wieder.

»Schotten in ihrem natürlichen Habitat«, sagte Jens so spontan, dass es nur ehrlich gemeint sein konnte.

»Das Ambiente«, korrigierte Tanja mit einem tadelnden Seitenblick auf ihren Gatten. »Alles frisch renoviert, und so liebevoll.«

»Verstehe. Bestens«, erwiderte Prescott. »Dann können Sie uns alles ja ganz genau beschreiben, wenn das Drumherum für Sie wichtiger war als der Film.«

Etwas in seinem Ton erregte Pippas Aufmerksamkeit. Der Ermittler gab sich naiver, als er war, so dass die Befragten sich wie in einem harmlosen Gespräch fühlten. Eine ganz andere Strategie, als Pippa sie von Rebecca gewohnt war, aber offensichtlich ebenso erfolgreich, denn die Boehmes nickten einander zu.

»Na ja, das Licht war schon aus«, begann Tanja, »da kam noch ein verspäteter Zuschauer herein und setzte sich ganz nach vorne.«

»Das stimmt nicht ganz, Tanja. In die *zweite* Reihe«, widersprach Jens Boehme. »Ich dachte noch: jede Menge Plätze frei, und die setzt sich ausgerechnet genau hinter jemanden. Ich frage Sie: Wer tut denn so was? Ich hätte mich so hingesetzt, dass mir niemand das Blickfeld versperrt. Sie verstehen? Die aber nicht.«

»Die?«, fragte Prescott. »Eine Frau?«

»Weiblich, circa eins fünfundsiebzig, Trenchcoat, Clutch unter dem rechten Arm, Hut«, zählte Tanja rasend schnell auf. »Der Hut sah exakt so aus wie der von Harry Lime.«

»Ich sag noch zu Tanja, die nimmt es aber genau mit der

Retrospektive, kleidet sich passend zum *Dritten Mann*. Wir haben Witze gemacht, dass wir morgen im transparenten Paillettenkleid kommen.«

Tanja erklärte kichernd: »Morgen läuft *Manche mögen's heiß*. Sie wissen schon: Marilyn Monroe singt darin ganz hinreißend ihr …«

»Wieso seid ihr sicher, dass es eine Frau war?«, fiel Pippa ihr ungeduldig ins Wort. Die Aussage der Boehmes hatte sie ins Hier und Jetzt zurückgeholt.

»Sie hat den Hut abgesetzt, als sie saß«, antwortete Tanja. »Langes blondes Haar.«

Rebecca runzelte die Stirn. »Trotz der Dunkelheit konnten Sie erkennen, dass es blond war?«

»Dann müsste ich ja Augen wie eine Katze haben«, erwiderte Tanja Boehme. »Aber als sie wieder ging und die Tür öffnete, fiel das Licht von draußen herein. Da habe ich es gesehen. Blond, eindeutig.«

»Sonst nichts?«, fragte Prescott.

»Sie hatte den Hut wieder auf und trug die Unterarmtasche – unter dem Arm.«

»Ausgerechnet, als Joseph Cotton gerade auf dem Friedhof auf die schöne Alida Valli wartet!« Jens Boehme war empört. »Eine Schande, dass die einfach so an ihm vorbeigeht.«

Prescott war irritiert. »Und bitte wer sind jetzt die?«

Ramsay informierte ihn flüsternd, dass von den Hauptdarstellern des Films die Rede war. Sofort ordnete Prescott an: »Besorgen Sie den Schinken. Morgen um elf, das gesamte Team, verstanden? Wir sehen uns den Film an. Und dass mir jeder genau hinguckt. Genau wie die Boehmes.« Er sah das Ehepaar wohlwollend an. »Sie beobachten außergewöhnlich gut. Sicher wissen Sie auch, wann die Frau hereingekommen ist?«

»Allerdings.« Tanja Boehme nickte. »In der Szene mit der Katze. Perfekt in Schwarzweiß, diese Sequenz.«

Auf Prescotts fragenden Blick hin erklärte Pippa: »Die Katze gehört Harry Lime und hat nur zu ihm Vertrauen. In der besagten Szene versteckt sich der totgeglaubte Lime in einer dunklen Türnische. Die Katze läuft zu ihm und schmiegt sich an seine Knöchel. Dadurch verrät sie seinem Freund, dass Lime noch lebt.«

»Hört sich für mich eher nach einem Hund an«, sagte Prescott. »Sind Sie sicher, dass es sich um eine Katze handelt.«

Pippa nickte. »*Tod*sicher«, sagte sie und hätte sich am liebsten mit der Hand auf den Mund geschlagen, als ihr bewusst wurde, welches Wort sie gerade so gedankenlos benutzt hatte.

Die Ermittler und Rebecca gingen mit Jens und Tanja Boehme in den Kinosaal, um die Aussage der beiden vor Ort nachzuprüfen. Morris setzte sich auf Prescotts Stuhl. Pippa rückte mit ihrem näher an ihn heran und lehnte sich gegen ihn. Gemeinsam sahen sie hinaus auf die Straße.

Vor dem Kino standen Ole, Georg und Stefan von der Whiskytruppe zusammen. Sie hatten die Hände in den Hosentaschen und schienen zu warten. Bestimmt auf Dambeck, dachte Pippa und suchte den Vorplatz nach ihm ab. Sie entdeckte ihn bei Brenda Sandison. Seine Mimik und Gestik sprachen Bände: Er gab sich alle Mühe, die Frau zu umgarnen.

Aber Brenda Sandison blickte sich immer wieder hilfesuchend nach allen Seiten um. Ihr Gesicht hellte sich auf, als sie den schönen Connor und Brian Lockhart entdeckte, die gerade auf die Hafenseite wechselten und dann zu Fuß aus Pippas Blickfeld verschwanden. Brenda Sandison wollte den beiden Männern folgen, wurde aber durch Dambecks Flirtversuche daran gehindert.

»Dieser Kerl lässt aber auch keine Gelegenheit aus, eine Frau anzubaggern«, sagte Pippa. »Er hofft wohl, nach diesem Erlebnis bräuchte sie seelische Unterstützung und wäre zu allem bereit, nur um nicht allein zu sein.«

Morris lächelte schief und drückte ihre Hand. »Ich kann ihn dafür nicht verurteilen.«

Wider Willen musste Pippa grinsen. Seine Offenheit war entwaffnend.

Unten verließen Turval und Tamsin gerade das Kino und lenkten sie vom Thema ab. Turvals zuckende Schultern zeigten, dass er weinte, aber Tamsin wirkte gefasst, obwohl sie sehr blass war.

Müsste es nicht andersherum sein?, dachte Pippa zerstreut. In jedem Drehbuch würde das Mädchen hysterisch weinen, während der Mann der Stärkere zu sein hatte.

Mit der ruhigen Zweisamkeit war es vorbei, als die beiden Ermittler mit Rebecca und den Boehmes wieder auftauchten und Pete dazukam.

»Gut, dass du kommst, Pete«, sagte Rebecca. »Bring bitte Pippa von hier weg. Sofort.«

Endlich, dachte Pippa. Dann fiel ihr etwas ein. »Himmel! Jemand muss Anita benachrichtigen, so schnell wie möglich. Ich will nicht, dass sie sich erschreckt, wenn bei Archie die Polizei vorfährt, um ihm die traurige Nachricht zu überbringen.«

»Gute Idee.« Rebecca nickte. »Ich bleibe noch hier. Pete, geh du bitte zu Anita. Morris, du bleibst bei Pippa. Rühr dich nicht weg, bevor Freddy dich morgen ablösen kann.«

Pippa atmete erleichtert auf. Der liebevolle Druck von

Morris' Hand bestätigte ihr, dass er auch ohne Rebeccas Anweisungen bei ihr geblieben wäre. Sie wusste, wie sehr sie sich in dieser Nacht allein in Piper's Hush gefürchtet hätte.

Prescott und Ramsay baten die Boehmes für den nächsten Tag aufs Revier und verabschiedeten sich von ihnen. Durch das Panoramafenster konnten alle beobachten, wie das Ehepaar wenige Minuten später zu den drei Männern aus der Whiskyschule trat und von ihnen mit Schulterklopfen begrüßt wurde. Dann ging die Gruppe gemeinsam davon.

»Wir finden sie in Flora Grants Whiskybar, wenn wir sie brauchen«, sagte Ramsay sehnsüchtig. »Fast jeder, der heute Abend hier war, wird jetzt dort sitzen und Montys Tod diskutieren. Ich sollte dort unbedingt weiter ermitteln. Im lockeren Gespräch lässt sich sicherlich noch einiges erfahren. Auch von den Boehmes. Die beiden waren mir einfach zu gute Beobachter. Als hätten sie damit gerechnet, befragt zu werden.«

»Sie sehen Gespenster, Ramsay.« Prescott schüttelte den Kopf. »Außerdem: Hier schlägt Ihre große Stunde, hier werden Sie gebraucht. Die Whiskybar übernehme ich. Rebecca, kommen Sie mit? Dann können wir uns auch gleich noch über die anderen beiden Fälle unterhalten.«

Schlagartig war Pippa wieder bei der Sache. »Die anderen beiden Fälle? Welche anderen beiden Fälle?«

»Der Unfall des Brennmeisters Graham MacLeod«, antwortete Rebecca. »Und der Tod der Platzanweiserin Maisie Lockhart.«

Eingedenk der Dinge, die Pippa an diesem Abend von Maisies Kolleginnen gehört hatte, klopfte ihr Herz bis zum Hals. »Wieso das? Wieso Graham? Wieso Maisie?«

»Wir sind überzeugt, dass die Fälle zusammengehören«,

sagte Prescott ernst. »Ab sofort gelten auch diese ... Unfälle als verdächtig.«

»Aber wieso?«, wiederholte Pippa atemlos.

»Alle drei Personen wollten bei uns aussagen. Unabhängig voneinander.« Er machte eine Pause. »Über die Katzenbande.«

Kapitel 14

Am nächsten Morgen wurde Pippa von eindringlichem Klopfen geweckt und schlug die Augen auf. Unsicher, ob das Geräusch Teil ihres Traums war, horchte sie in die Dämmerung. Irgendjemand bummerte gegen die Hintertür. Ihr fielen die Ereignisse des vergangenen Abends wieder ein, und ihr Herz begann zu rasen. Doch sie beruhigte sich sofort, als sie neben sich nach Morris tastete und seine Nähe spürte – sie war nicht allein.

Dann setzte sie sich mit einem Ruck auf. Freddy, dachte sie, das ist Freddy! Er hat keinen Schlüssel. Sind die beiden Wahnsinnigen etwa durch die Finsternis gesegelt, um pünktlich zum Frühstück hier zu sein?

Sie sprang aus dem Bett, schlüpfte in ihren Bademantel und rannte die Treppenstufen hinunter.

»Ist ja gut, Freddy«, rief sie über die donnernden Schläge hinweg und riss die Tür auf. »Du kommst schon zu deinem Frühst…«

Vor Überraschung stockte Pippa mitten im Wort.

»Ich habe Sie hoffentlich nicht geweckt?«, fragte Dorcas Gunn gelassen. Ihr Lächeln war undefinierbar.

»Was wollen *Sie* denn?«

»Ihre Gastfreundschaft ist mindestens so einladend wie meine Winchester Select Gold.« Dorcas Gunn grinste anerkennend. Sie drehte sich ein wenig und präsentierte das Gewehr, das sie an einem Lederriemen quer über dem Rücken trug.

»Entwaffnet«, erwiderte Pippa schlagfertig und griff automatisch nach der Flinte. Ganz gleich, ob diese Frau von einer frühmorgendlichen Fasanenjagd kam oder grundsätzlich nie einen Schritt ohne ihren Schießprügel tat – das Ding kam Pippa nicht ins Haus.

Ich will weder Waffen sehen noch das, was sie anrichten können, dachte sie. Nie mehr.

»Her damit oder draußen bleiben.«

Ihre Besucherin zögerte kurz, übergab dann aber ohne weitere Einwände das Gewehr. Erst jetzt trat Pippa einen Schritt zur Seite, um Dorcas hereinzubitten. Die griff neben sich und nahm ein großes, flaches Paket auf, dann trat sie ins Haus.

»Ich wollte wissen, ob es Ihnen gutgeht und wie Sie den Abend gestern überstanden haben. Sie verstehen, besorgte Nachbarschaft und all das«, sagte Dorcas, während Pippa das Gewehr aus Sicherheitsgründen im Windfang deponierte und die Tür zur Küche sorgfältig wieder schloss. »Sie sollen Monty ja gefunden haben.«

Das ist natürlich wie ein Lauffeuer rumgegangen, dachte Pippa. Ich habe eigentlich keinerlei Lust, mit einer Fremden darüber zu sprechen.

Um Zeit zu gewinnen, sagte sie ganz so, wie sie es überall auf Wee Dram gehört hatte: »Ich setz dann mal den Kessel auf.«

Sollte Pippa insgeheim gehofft haben, Dorcas würde die Einladung ablehnen, so wurde sie enttäuscht. Ihre Besucherin nickte, lehnte das Paket an die Wand und machte es sich auf dem Sofa gemütlich. Sie schwieg, während Pippa den Tee aufgoss und an der Arbeitsplatte wartete, bis er durchgezogen war. Pippa füllte zwei Tassen und ging damit zu Dorcas.

»Zucker?«

Die schüttelte den Kopf und zog einen Flachmann aus der Steppjacke. »Bin Selbstversorger, vielen Dank.« Sie gab einen guten Schuss Whisky in ihre Tasse und blickte Pippa fragend an.

»Um Gottes willen, nein! Nicht um diese Zeit!«

Dorcas zuckte mit den Achseln und verschloss den Flachmann wieder. »Ich war noch nicht im Bett. Die ganze Nacht bin ich übers Moor gegangen. Bei Ihnen brannte auch lange Licht. Bis in die frühen Morgenstunden. Das Dachfenster leuchtete wie ein Fixpunkt in dunkler Nacht.« Sie trank einen Schluck und sah Pippa forschend an. »Es gab viele Gründe, nicht zu schlafen, nehme ich an.«

Pippa beschloss, die letzte Bemerkung zu überhören. Sie setzte sich Dorcas gegenüber in den ausladenden Sessel und wartete, während ihr Gast genüsslich den Tee trank und offenbar keine Eile verspürte, den wirklichen Grund des Besuchs zu nennen. Die Minuten vergingen. Pippa sehnte sich nicht nur in ihr Bett zurück – sie wünschte sich auch, dass diese unheimliche Frau endlich austrank und ging.

Plötzlich sagte Dorcas leise: »Früher habe ich oft um diese Zeit an die Hintertür geklopft. Immer nach Montys Nachtschichten in der Brennerei. Danach hatte er den ganzen Tag frei. Das haben wir zwei sehr genossen.«

Pippa sah betroffen auf. Stimmt, Monty hat vor Duncan und Anita hier gewohnt, dachte sie, aber er und Dorcas?

»Monty und Sie sind … waren befreundet?«, fragte sie mit gesenkter Stimme.

Dorcas schwieg einen Moment und sagte dann: »Freundschaft würde ich unser Arrangement nicht unbedingt nennen. Ich bin sicher, *Sie* verstehen das. Eine Frau hat Bedürfnisse.«

Pippa versuchte, ihre Verblüffung zu verbergen. Obwohl

Monty keineswegs unattraktiv gewesen war, kam diese Neuigkeit doch unerwartet.

»Ich weiß, Monty war nicht mehr der Jüngste. Aber ich mag Männer mit Erfahrung«, erklärte Dorcas, der Pippas Reaktion nicht entgangen sein konnte. »Das Angebot in meinem Alter riecht viel zu sehr nach Milchbart. Und Morris ist ja leider vergeben. Das sollte man besser akzeptieren.«

Woher weiß sie denn das schon wieder?, fragte sich Pippa und schaute unwillkürlich zur Treppe. Morris hatte recht – jeder beobachtete hier jeden. Diskretion allein reichte in Wee Dram nicht. Da war es eine Leistung, so wenig vom Privatleben preiszugeben wie Dorcas. War der Besucher in ihrem Haus vorgestern vielleicht Monty gewesen? Die beiden konnten sich wahrscheinlich schlecht zu einem Schäferstündchen in Archies Haus treffen, wenn sie ihre Affäre geheim halten wollten.

»Es wird spät«, sagte Dorcas und stand auf. Sie griff das Paket und hielt es Pippa hin. »Ich möchte Sie um einen Gefallen bitten.«

Pippa erhob sich ebenfalls. Sie nahm das Paket entgegen, das in braunes Packpapier gewickelt und nachlässig mit Paketband verschnürt war. Pippa ertastete darunter schützende Noppenfolie. Unter dem unerwartet hohen Gewicht ging sie ein Stück in die Knie und stellte es rasch ab, bevor es ihr aus den Händen gleiten konnte.

»Mein Hochzeitsgeschenk für Duncan und Anita. Würden Sie es für mich übergeben? Persönlich?« Dorcas sah Pippa ernst an und fügte eindringlich hinzu: »Legen Sie es bitte nicht einfach zu den anderen Hochzeitsgeschenken. Geben Sie es den beiden in die Hand. Versprechen Sie mir das. Es ist … zerbrechlich.« Sie seufzte und schien um Fassung zu ringen. »Wie Glück. Wie Freundschaft.«

Verdattert von diesen persönlichen Worten, konnte Pippa nur nicken.

Nachdem ihre Mission erledigt war, entspannte sich Dorcas zusehends und sah sich im Raum um. »Die kleine Österreicherin hat wirklich Geschmack. Alles sehr gemütlich. Als Monty noch hier gewohnt hat … das reinste Chaos. Darin waren wir uns sehr ähnlich.« Sie lächelte und fuhr fort: »Wenn Sie eine Vorstellung davon bekommen wollen, besuchen Sie mich doch mal. Zusammen mit Ihrem Bruder.«

Pippa nickte überrascht.

»Gut, dann morgen. Zum Frühstück. Überhaupt, Sie sollten langsam mal anfangen, das heutige vorzubereiten. Speck und Eier und jede Menge Toast. Ihr Bruder wird ausgehungert sein, wenn er eintrifft. Schlechte Neuigkeiten verlangen nach solider Grundlage im Magen.« Sie blickte auf die Uhr. »Lange kann es nicht mehr dauern. Höchstens eine halbe Stunde, dann ist er hier.«

»Freddy? Woher wissen Sie das?«, fragte Pippa, obwohl sie sich über nichts mehr wunderte, was den Informationsstand ihrer Besucherin betraf.

»Nein, hellsehen kann ich nicht. Dann würde ich so etwas wie gestern Abend verhindern, das können Sie mir glauben.« Dorcas winkte ab. »Vor einer halben Stunde habe ich Duncan und Ihren Bruder unterhalb meines Hauses vorbeisegeln sehen. Die beiden werden sich sicherlich gleich telefonisch ankündigen. Oder morsen.« Sie biss sich auf die Unterlippe und schien noch etwas sagen zu wollen. Aber stattdessen stand sie unschlüssig im Raum und machte nach wie vor keine Anstalten, ihren Besuch zu beenden.

Dass du die ganze Nacht unterwegs warst, stimmt doch überhaupt nicht, sonst hättest du das Boot nicht gesehen, dachte Pippa, du bist hier, weil du wissen willst, wie dein Geliebter gestorben ist. Und du hast alles Recht dazu.

Kurz entschlossen füllte sie die Teetassen ein zweites Mal und bat Dorcas mit einer Geste, wieder Platz zu nehmen. Sie berichtete von den Ereignissen im Kino, und das so schnörkellos, wie es die Frau war, die ihr gegenübersaß. Dorcas wärmte sich die Hände an der Tasse und hörte schweigend zu. Als Pippa davon erzählte, wie sie erst das Blut an ihrer Bluse und dann den toten Monty entdeckt hatten, verkrampfte Dorcas sich so, dass ihre Fingerknöchel weiß wurden und Pippa um die Tasse fürchtete.

Als sie geendet hatte, herrschte Stille. Dann nickte Dorcas mit versteinertem Gesicht, stand auf und stellte ihre Tasse in die Spüle. Als sie sich wieder zu Pippa umdrehte, sah sie aus wie immer. Sie schloss ihre dicke Jacke.

»Also morgen?«, fragte sie, als Pippa sie zur Hintertür begleitete.

»Zum Frühstück«, bestätigte Pippa, die viel zu neugierig auf Dorcas' Haus war, als dass sie die Einladung abgelehnt hätte. Außerdem brauchst du jetzt Gesellschaft, dachte Pippa, niemand weiß, wie sehr du um Monty trauerst, und niemand wird dich trösten.

Pippa stand an der Hintertür und blickte Dorcas nach, die in ihren Gummistiefeln mit großen Schritten in Richtung Wasserfall stapfte.

Als Pippa zurück in den Küchenbereich ging, kam Morris vollständig angezogen die Treppe hinunter.

»Ich habe auf dich gewartet, aber dann eingesehen, dass du nicht zurück unter die Decke schlüpfen wirst. Leider.« Er zog Pippa an sich. »Als Entschädigung nehme ich eine Tasse Tee. Das ganze Haus duftet danach.«

Sie lehnte sich einen Moment an ihn. Dann machte sie sich widerwillig los und holte eine Tasse aus dem Schrank.

»War das gerade die geheimnisvolle Dorcas Gunn?«, fragte er. »Wie hast du die denn dazu gekriegt, ihre Festung zu verlassen und dich zu besuchen?«

Pippa zuckte mit den Achseln. »Sie stand einfach vor der Tür. Hast du das Klopfen nicht gehört? Deinen festen Schlaf möchte ich haben.«

Sie schenkte Tee ein und entschied, ihm nichts von Dorcas und Monty zu erzählen. So leise, wie sie sich im Wohnzimmer unterhalten hatten, konnte Morris es oben im Schlafraum unmöglich gehört haben. Die Beziehung zu Monty war Dorcas' Geheimnis und sollte es bleiben.

»Sie hat ein Geschenk für Duncan und Anita vorbeigebracht. Ich soll es den beiden geben. Natürlich war sie auch neugierig zu erfahren, was gestern Abend passiert ist«, sagte Pippa. »Sie hatte gehört, dass ich … na ja …«

»Verstehe. *First Hand Information.*«

»Genau.« Da sie vermeiden wollte, über den Mord an Monty zu reden, sagte sie: »Stell dir vor, Dorcas hat mich für morgen zum Frühstück eingeladen. Also lebt sie wohl doch nicht so zurückgezogen, wie es allgemein heißt.«

»Ehrlich?«, fragte Morris überrascht. »Sie wohnt seit fünf Jahren mit ihren beiden Hunden oben auf dem Hügel in Lorn House, und die Leute sagen, es könnte keinen passenderen Namen für ihr Domizil geben.«

»Weil *lorn* einsam und verlassen bedeutet?«

Morris nickte. »Dorcas thront dort oben ganz für sich allein, hat einen Rundum-Blick über die Hügel, das Meer und das gegenüberliegende Festland, und niemand weiß etwas von menschlichem Kontakt. Je weniger sie mit den Leuten von Wee Dram und Campbeltown zu tun hat, desto mehr wird gemunkelt. Nur freitags gibt sie sich Ausgang.

Dann erscheint sie in Campbeltown wie Gulliver im Land der kleinen Menschen. In Brenda Sandisons Eisenwarenladen kauft sie ihre Wochenration an Munition und geht dann ins Ardshiel. Dort trinkt sie sieben Whisky, für jeden Tag der Woche einen, isst im Restaurant mindestens fünf Gänge und lässt sich danach von Flora Grant oder Daniel Seton nach Hause fahren. Jede Woche das gleiche Ritual. Aber sie wirkt dabei sehr gelassen und mit sich zufrieden.« Er überlegte einen Moment und fügte hinzu: »Meinst du, ich könnte morgen mitkommen? Ich wüsste zu gern, wie sie lebt.« Er sah sie so hoffnungsvoll an wie ein kleiner Junge, der unbedingt im Führerstand einer Lokomotive mitfahren will.

Zum ersten Mal seit dem vergangenen Abend konnte Pippa befreit lachen. »So spannend findest du Dorcas? Mach dich rar, und du bist ein Star – das sagt meine Oma Hetty. So wird man also interessant. Werde ich mir merken.«

Morris grinste. »Allein der Name: Dorcas Gunn! Ihr Name ist Programm.« Er öffnete den Kühlschrank. »Nach diesem Besuch brauchst du jede verfügbare Kalorie.«

Pippa schlug sich vor die Stirn. »*Gun!* Gewehr! Sie hat ihr Gewehr im Windfang vergessen! Ich muss …«

»Dann ist sie ja jetzt praktisch nackt«, unterbrach Morris amüsiert. »Aber du kannst ihr die Knarre immer noch bringen. Oder sie holt sie sich. Du setzt dich jetzt aufs Sofa, und ich mache Frühstück.«

Pippa gehorchte und sah ihm dabei zu, wie er routiniert mit den Lebensmitteln hantierte, um ein deftiges Frühstück zu zaubern. Als die geräucherten Heringe in der Pfanne brutzelten, kam Morris zu ihr herüber. Sie genoss seine Umarmung, bis es plötzlich verbrannt roch und dichte Rauchschwaden durch den Raum zogen. Während Morris fluchend aufsprang, die Pfanne vom Herd zog und den Inhalt auf einen Teller kippte, öffnete Pippa die Hintertür, um den Qualm abziehen zu lassen. Danach standen sie Hand in Hand am Herd und bewachten das Gelingen der nächsten Portion.

»Bin ich auch eingeplant, oder soll ich lieber wieder gehen?«

Pippa fuhr herum. Freddy stand breit grinsend im Raum und musterte seine Schwester in ihrem Bademantel von oben bis unten. Sein Gesichtsausdruck ließ keinen Zweifel daran, dass er wusste, was vorging.

»Du hast die Wahl«, erwiderte Morris gelassen, »entweder du deckst hier den Tisch für drei, oder ich gebe dir den Schlüssel für die Fischerhütte.«

»Kommt drauf an, wer dort am Herd steht«, sagte Freddy. »Wenn es Iona ist, entscheide ich mich für den Schlüssel.«

»Dann würdest allerdings du verschlungen statt der Heringe«, murmelte Morris, der sich wieder der Pfanne zugewandt hatte.

Pippa gab Freddy einen Begrüßungskuss auf die Wange. »Die Herrn entschuldigen mich – ich muss unter die Dusche.«

Als sie wieder nach unten kam, waren Freddy und Morris bereits im Wintergarten und ließen es sich schmecken. Während Pippa noch mit sich rang, ob sie ihren Bruder gleich mit den tragischen Neuigkeiten überfallen sollte, sagte Freddy: »Anitas Eltern haben uns im Hafen in Empfang genommen und von Montys Tod berichtet. Duncan ist tief getroffen.«

Morris nickte ernst. »Monty war eine Institution auf Wee Dram. Er hat schon für Duncans Vater gearbeitet.«

»Nach dem Frühstück will ich rüber zu Anita«, sagte

Pippa. »Und dann bei Archie nachsehen, ob ich helfen kann.«

»Da du ihn erwähnst«, Freddy unterbrach sich kurz, um seinen Teller erneut zu füllen. »Duncan wäre dir dankbar, wenn du ab heute Archies Aufgaben bei den Whiskyschülern übernehmen würdest. Falls es dir zeitlich möglich ist, die Truppe zu begleiten.«

Als Pippa den Ausdruck in Morris' Augen sah, begriff sie, dass Iona es offenbar nicht für nötig befunden hatte, ihren Cousin über die bereits bestehende diesbezügliche Vereinbarung zu informieren.

»Zumindest dieses Problem ist schon gelöst«, sagte sie zu Freddy. »Aber ich frage mich, was Dambecks Aufgabe ist. Bringt er die Gruppen nur her und genehmigt sich dann ein leckeres Tröpfchen nach dem anderen?«

»Ist das der Leiter? Dieser *BRD*?«, fragte Freddy. »Wie ich von Margit und Karl Heinz hörte, hat der sich gestern Abend Iona buchstäblich aufgedrängt, in allen Belangen bis auf weiteres auch für Monty einzuspringen. Iona hat natürlich angenommen. So kann sie die Vorbereitungen für das Begräbnis erledigen und Duncan sich auf seine Hochzeit konzentrieren. Sie ist heilfroh, dass sich jemand um die Brennerei kümmert, sagen die Unterwegers.«

Pippa runzelte die Stirn. »Was gibt es denn da zu tun? Jetzt, in der Silent Season?«

»Frag nicht mich.« Freddy zuckte mit den Schultern. »Ich bin nur der Überbringer der Nachrichten.«

Das Telefon neben dem Sofa klingelte, und Pippa ging ins Wohnzimmer hinüber. Noch immer stand die Hintertür offen und ließ das Rauschen des Wasserfalls ins Haus. Um in Ruhe telefonieren zu können, wollte Pippa sie schließen. Plötzlich galoppierte Laddie wie aus dem Nichts durch den Türspalt, schoss mit der Zielsicherheit eines Armbrustpfeils an Pippa vorbei in die Küche und sprang mit einem mächtigen Satz auf die Arbeitsfläche, unwiderstehlich angezogen vom Duft der angekohlten Heringe.

»Morris! Freddy! Eingreifen! Laddie entert die Küche!«, rief Pippa, dann nahm sie das Gespräch an und meldete sich.

»Ich bin's«, sagte Anita, »es geht um die Hochzeit. Ich ... wir denken, dass eine große Feier nicht mehr angemessen ist. Rebecca und ich rufen schon die Gäste an und sagen ab. Alle haben Verständnis, jeder hier kannte und schätzte Monty. Wer möchte schon auf seinem Grab tanzen? Von Archies Gefühlen will ich gar nicht erst anfangen.«

Und du ahnst noch nicht einmal etwas von denen der armen Dorcas, dachte Pippa.

»Ich möchte nur noch auf dem Standesamt heiraten«, fuhr Anita fort. »Im kleinen Kreis. Oder besser: im kleinst-*möglichen* Kreis, das trifft es eher.« Sie seufzte. »Bei den Clans hierzulande zählt ja selbst der Cousin sechsten Grades zur engsten Familie. Wir machen jetzt einen schönen, schlichten Empfang. Und dann, in einem halben Jahr, eine große Traufe. Am liebsten in Österreich.«

Was hat denn eine Regenrinne mit der Hochzeit zu tun?, dachte Pippa und fragte: »Hast du *Traufe* gesagt? Rechnest du mit schlechtem Wetter?«

Damit brachte sie Anita zum Kichern. »Nein, kirchliche Trauung und Taufe in einer Zeremonie, also eine Traufe. Zu viert.«

Auch Pippa musste lachen. »Das ist eine gute Lösung«, sagte sie dann. »Ist Iain McAlister schon da? Wir wollten uns vor der Besichtigung der Glen-Scotia-Brennerei bei euch treffen.«

»Er hat angerufen, dass er unterwegs ist.«

»Dann mache ich mich auf den Weg. Freddy und Morris

bringe ich gleich mit, die können euch bei den Absagen helfen.«

Freddy schleppte murrend das Geschenk von Dorcas, während Pippa und Morris Hand in Hand gingen. Laddie begleitete sie auf dem Weg zur Brennerei.

»Dieser Kater ist einfach der bessere Wachhund«, sagte Pippa. »Immer bei Fuß.«

Morris lachte. »Wahrscheinlich dufte ich noch immer so verführerisch nach Hering, dass er sich nicht von mir trennen kann.«

»Achtung!«, rief eine helle Stimme von hinten, und schon war Tamsin auf einem Mountainbike auf gleicher Höhe mit ihnen. Das Mädchen umrundete sie einmal, während sie mit hochgezogenen Augenbrauen auf die ineinander verschränkten Finger von Pippa und Morris starrte. Dann trat sie kräftig in die Pedale, warf ihnen über die Schulter einen spöttischen Blick zu und setzte ihren Weg fort.

Freddy starrte ihr verblüfft nach, wurde aber von Laddie abgelenkt, der ein paar Schritte vorauslief, sich zu ihnen umdrehte und herrisch miaute. »Wusstest du«, fragte Freddy seine Schwester, »dass jede Brennerei mindestens eine Katze hat, aber längst nicht alle einen Wachhund? Witzig, oder?«

»Gibt es in Schottland noch mehr von Laddies Kaliber? Dann glaube ich das sofort.«

»Das ist keine Glaubenssache, sondern Fakt.« Morris grinste. »Jede Brennerei braucht einen Kammerjäger. Laddie steht seit neun Jahren offiziell auf der Gehaltsliste der Wee Dram Distillery und hält dafür die Brennerei picobello mäusefrei. Die Gebäude sind warm und duften gut, dort gibt es jede Menge Gerste … Ohne Laddie würden sich dort sämtliche Mäuse der Gegend häuslich einrichten.«

»Und obwohl sein Gabentisch reich gedeckt ist, scheint

der Gute unersättlich und schnorrt sich bei jedem durch. Erfolgreich.« In Freddys Stimme schwang Respekt mit.

Pippa warf ihrem Bruder einen Seitenblick zu. »Ja, ich denke auch, dass du noch was von ihm lernen kannst.«

Freddy stutzte kurz, dann rief er entrüstet: »Also ehrlich: Ich mühe mich hier mit dem verdammten Paket ab, und du …«

»Bei dem Frühstück«, fiel Pippa ihm ins Wort, »sollte deine Energie eigentlich für zwei Pakete reichen. Du hast geschlungen, als hättest du seit Tagen gehungert.«

»Duncan hat auf unserem Segeltörn bestens für unser leibliches Wohl gesorgt, der weiß, was sich gehört«, konterte Freddy. »Und das Frühstück hat ja wohl Morris gemacht und nicht du.«

»Ich habe auch gar nicht behauptet, dass …«

»Ihr zwei seid ja wie Hund und Katze«, sagte Morris und unterbrach damit den geschwisterlichen Schlagabtausch. »Aber keiner von euch würde es bis auf die Lohnliste einer Destillerie schaffen, fürchte ich. Laddie Blackbeard allerdings gehört zu einer illustren Reihe sehr berühmter Brennereikatzen. Bei Strathisla in der Speyside gab es zum Beispiel *Dizzy*. Sie schlüpfte in Kentucky auf ein Schiff und versteckte sich in einem Container mit Bourbonfässern. Vier Wochen später torkelte sie auf dieser Seite des Atlantik in die Arme ihrer neuen Besitzer. Die Ärmste hat sich nur von Kondenswasser ernährt und war den Ausdünstungen der Fässer ausgesetzt. Diese Zähigkeit wurde belohnt. Die Belegschaft von Strathisla sammelte für die sechsmonatige Quarantänezeit und kam für alle Kosten auf, weil sie *Dizzy* unbedingt behalten wollten.«

»Tapferes Mädchen«, sagte Pippa. »Stimmt es, dass es bei einer Brennerei sogar ein Denkmal für einen *Mouser* gibt?«

»*Towser* von Glenturret«, erwiderte Morris. »Er soll über 28 000 Mäuse gefangen haben und steht für diese Leistung im Guinnessbuch der Rekorde. Unbestätigten Gerüchten zufolge hat er täglich ein Schlückchen Whisky in seine Milch bekommen. Wirklich witzig finde ich, dass seine Nachfolgerin zeitlebens nicht eine einzige Maus gefangen haben soll.«

Sie waren fast am Haupthaus angekommen. Morris deutete auf Archies Domizil am Ende der Siedlung und sagte: »Fragt Archie, der kennt zig Geschichten über berühmte Brennereikatzen.«

»Irgendwann bestimmt«, antwortete Pippa. »Aber jetzt schaue ich nur kurz bei ihm vorbei. Es geht ihm sicherlich nicht gut. Und falls er irgendwelche Hilfe braucht ...«

Während Freddy draußen wartete, betraten Pippa und Morris das Haus. Archie saß zusammengesunken am Tisch der Wohnküche, Tanja Boehme neben ihm. Sie hielt tröstend seine Hand, während ihr Gatte Jens am Herd mit dem Kessel hantierte.

»Setzt euch«, sagte Jens, als sei er dort zu Hause.

Wie beim Hasen und dem Igel, dachte Pippa erstaunt, immer, wenn ich irgendwo ankomme, sind die beiden schon da.

Sie wollte gerade Platz nehmen, als ein Polizeiwagen vor dem gegenüberliegenden Haus hielt. Gespannt blickte Pippa aus dem Küchenfenster. Prescott und zwei uniformierte Polizistinnen stiegen aus und gingen durch den Vorgarten, um bei Briony zu klingeln. Kaum eine Minute später riss Tamsin die Haustür auf, rannte an Freddy vorbei auf Archies Haus zu und kam atemlos in die Küche gestürzt.

Ohne die anderen Anwesenden zur Kenntnis zu nehmen, sagte sie: »Archie, kann ich zu dir ziehen? Turval soll zu Ronan. Mama will nicht, dass wir allein im Haus sind.«

Archie hob den Kopf. »Geht es deinem Vater schlechter?«, fragte er erschrocken. »Muss sie im Krankenhaus bleiben?«

Tamsin straffte stolz die Schultern. »Nein, sie muss ins Gefängnis. Sie wird gerade verhaftet. Meine Mutter hat Monty McManus getötet.«

Kapitel 15

Alle liefen auf die Straße und sahen fassungslos zu, wie Briony MacLeod in Handschellen von den Polizistinnen aus ihrem Haus geführt wurde.

»Handschellen?«, fragte Pippa empört. »Muss das sein?«

Freddy deutete mit dem Kopf auf Prescott, der nun ebenfalls heraustrat. »Der fackelt nicht lange. Unschlüssigkeit kann dem jedenfalls keiner vorwerfen.«

»Das ist doch Unsinn«, stammelte Archie entsetzt. »Doch nicht Briony ... niemals ...«

Pippa holte tief Luft. Wenn niemand etwas unternehmen wollte – sie würde nicht kommentarlos zusehen. Sie machte einen entschlossenen Schritt auf Prescott zu, als sie eine Hand am Oberarm spürte und unnachgiebig beiseitegezogen wurde. Pippa wollte sich erst unwillig losreißen, als sie registrierte, dass Rebecca sie festhielt und ihr mit Blicken signalisierte, ihr zu folgen.

»Du musst unbedingt eingreifen«, sagte Pippa drängend, als sie außer Hörweite der anderen waren.

»Habe ich doch gerade getan«, erwiderte Rebecca leise und sah zum Polizeiwagen hinüber.

Eine Polizistin legte Briony gerade schützend eine Hand auf den Kopf, damit diese sich beim Einsteigen ins Auto nicht den Kopf stieß. Zu Pippas Erstaunen wirkte Briony trotz der extremen Situation ruhig, beinahe gelassen.

Pippa wandte sich zu Rebecca um und fing dadurch einen beredten Blickwechsel zwischen der Ermittlerin und

Prescott auf. Dann stieg er ebenfalls ein, und der Wagen brauste davon. Turval stand mit hängenden Schultern in der offenen Haustür und blickte ihnen nach, aber Tamsin strahlte geradezu vor Stolz. Morris redete leise mit Freddy, während die Boehmes sich um Archie bemühten, der vollkommen geschockt wirkte.

Was ist denn hier bloß los? Ich verstehe überhaupt nichts mehr, dachte Pippa verwirrt.

»Rede mit Prescott! Bitte!«, sagte sie zu Rebecca. »Briony hätte wochenlang Gelegenheit gehabt, Monty umzubringen. Warum sollte sie damit warten, bis er im Kino unter zig Leuten ist? Außerdem glaubt sie nicht an Rache, sondern an Gerechtigkeit. Für sich, für ihren Mann und für ihre Kinder.« Sie holte tief Luft und fügte hinzu: »Ich habe mich lange mit ihr unterhalten, Rebecca. Sie ist nie der Meinung gewesen, dass Monty oder Archie oder Duncan oder sonst wer von Wee Dram schuld ist an der Explosion. Glaube mir, Briony wollte das Gesetz nicht selbst in die Hand nehmen.«

»Es gibt mindestens vier Personenbeschreibungen, die sehr deutlich auf sie hinweisen«, erwiderte Rebecca. »Unabhängig voneinander. Eine Absprache ist unwahrscheinlich. Mindestens zwei dieser Zeugen kennen Briony nicht persönlich.«

Pippa stöhnte innerlich. Damit waren sicher wieder diese Boehmes gemeint – ausgerechnet ihre Aussage brachte Briony MacLeod jetzt also hinter Gitter.

»Briony wirkt auf mich nicht so, als könnte sie lange mit einer Schuld wie dieser leben«, fuhr Rebecca fort. »Wahrscheinlich hätte sie sich auch ohne unser Eingreifen sehr bald gestellt. Für uns sieht es ohnehin so aus, als hätte es die Mörderin darauf angelegt, erkannt zu werden.«

Bin ich denn die Einzige hier, die begreift, was los ist?, dachte Pippa verzweifelt.

»Ja, die Person wollte erkannt werden«, sagte sie heftig. »*Als* Briony. Um von sich abzulenken. Und ihr fallt darauf rein. Als Ergebnis liegt Graham MacLeod jetzt einsam in einem Krankenhausbett, und zwei halbwüchsige Jugendliche stehen ohne Eltern da. Briony würde nie derart verantwortungslos handeln.«

Pippa bemerkte, dass Tanja Boehme neugierig herübersah, und zog Rebecca noch ein Stück weiter weg. Dann umriss sie kurz, was Briony ihr in Archies Küche erzählt hatte.

»Sie wollte sogar, dass ich ihr helfe, eine Spur zum Schuldigen zu finden«, schloss sie. »Bitte, Rebecca, ihr müsst sie danach fragen. Sie wird euch erzählen, was sie weiß und …«

»Siehst du – genau das ist das Problem«, unterbrach Rebecca, »Briony MacLeod ahnt nicht einmal, was sie weiß. Es muss aus dem, was ihr selbst belanglos erscheint, herausgefiltert werden. Dafür benötigen wir Zeit. Ungestörte Zeit.«

Pippa brauchte einen Moment, das Gesagte zu verarbeiten. »Oh«, sagte sie leise. »Prescott glaubt gar nicht an Brionys Schuld. Ihre Festnahme soll die wahren Täter in Sicherheit wiegen, richtig?« Sie schüttelte den Kopf. »Dafür nehmt ihr die arme Frau fest? Dafür muss sie in U-Haft schmoren?«

Rebecca seufzte, dann flüsterte sie in Pippas Ohr: »Damit du in deiner gerechten Empörung nicht alles verdirbst: Briony ist nicht in U-Haft, sondern in Schutzgewahrsam. Zu ihrer eigenen Sicherheit.«

»Oh«, machte Pippa wieder. »Ich verstehe. Maisie, Monty und Graham MacLeod wussten etwas über die Katzenbande. Und jetzt liegen sie im künstlichen Koma oder sind tot. Briony stand zu allen dreien in enger Verbindung. Deshalb glaubt ihr, sie weiß etwas. Und die Katzenbande denkt das auch.«

Rebecca nickte ernst. »Wir glauben, dass Briony in großer Gefahr schwebt. Immerhin hat man gestern Abend versucht, zwei Fliegen mit einer Klappe zu schlagen.«

»Indem man Montys Ermordung durch Briony inszenierte.«

»Exakt. Und die Polizei von Campbeltown tut jetzt einfach so, als hätte sie den Köder geschluckt. Allerdings weiß nur Prescott, wohin Briony wirklich gebracht wird.«

»Gib zu, das war deine Idee.«

Rebecca wiegte den Kopf. »Die meisten Leute unterschätzen den guten Inspector. Großer Fehler.«

»Und ich dachte, sein Motto lautet: *Alles, was rechtlich vertretbar ist und zum Erfolg führen kann, ist auch einzusetzen – so lange das nicht bedeutet, dass ich mich selbst in Bewegung setzen muss.*«

»Zugegeben, er hat eine spezielle Taktik, die Arbeit zu verteilen. Das in Kombination mit seinen unorthodoxen Methoden stößt nicht immer auf Zustimmung in anderen Dienststellen«, Rebecca grinste zufrieden, »aber es ist ganz in meinem Sinne. Nachdem wir gestern in der Whiskybar bis in die frühen Morgenstunden auf diese Gemeinsamkeit angestoßen hatten, wurden meine Ideen sozusagen wie von selbst zu seinen.«

»Gut gemacht.«

Rebecca nickte. »So kann ich am Sonntag mit ruhigem Gewissen nach England zurückfahren. Wenigstens einmal tut Schottland ohne Widerspruch, was wir Engländer wollen.«

Die Straße hatte sich geleert, die Leute waren in ihre Häuser zurückgekehrt, und die Boehmes begleiteten Archie zurück in sein Heim. Nur Morris wartete noch auf Pippa.

»Lass uns gehen«, sagte Pippa zu Rebecca, »wir wollen uns doch nicht ausfragen lassen, was wir zwei so lange zu besprechen hatten.«

Pippa und Rebecca gingen in Richtung Haupthaus, und Morris schloss sich ihnen an.

»Iain McAlister wartet bei Anita und Duncan auf mich«, sagte Pippa, »der Manager von Glen Scotia. Wir wollen heute mit der Whiskygruppe seine Brennerei besichtigen, für sie soll das Programm normal weiterlaufen. Fehlte gerade noch, dass Duncan und Iona sich auch noch mit Beschwerden oder finanziellen Rückforderungen von dieser Seite herumplagen müssen.«

Rebecca nickte. »*The Show must go on* – und so lange die Show Ärger von unserem Brautpaar fernhält, bin ich dabei.«

Im Wohnzimmer des Haupthauses waren alle versammelt. Der von den Ereignissen sichtlich mitgenommene Duncan saß am Tisch; sein Freund Iain redete leise mit ihm. Freddy, Pete Wesley und die Brauteltern beobachteten, wie Anita Dorcas Gunns Geschenk auspackte und ein großes Ölgemälde in einem verschnörkelten Goldrahmen zutage förderte. Gemeinsam hievten sie es auf den Kaminsims, um es genauer zu betrachten.

In unausgesprochenem Übereinkommen konzentrierten sich alle auf das Bild, um nicht über Brionys Verhaftung reden zu müssen.

Das Gemälde zeigte eine Nacht an den Ufern von Kintyre. Ein voller Mond warf blaues Licht auf eine düstere Szenerie; das einzig Helle waren winzige Tupfer im Hintergrund, die eine Herde Schafe andeuteten. Zwischen zwei hohen Felsnasen, die weit ins Wasser ragten, dümpelte eine Dreimastbark. Ein mit vielen Fässern beladenes Ruderboot steuerte das Schiff an. Am Ufer rollten drei dunkel gekleidete Männer weitere Fässer für die nächste Ladung zum Wasser. Wo die Felsnasen an Land zusammentrafen, bildeten sie eine hoch aufragende Barriere, zwischen der schemenhaft ein Höhleneingang zu erkennen war.

»Ich kann mich nicht entscheiden, was hässlicher ist: der Rahmen oder das Gemälde«, sagte Karl Heinz Unterweger.

Iain McAlister kam zum Kamin und musterte das Bild. »Es wird ungefähr aus der Wende vom 19. zum 20. Jahrhundert stammen. Da war Kintyre die Hochburg des Schmuggels. Vielleicht ist es sogar vom bekanntesten Maler unserer Gegend: Archibald MacKinnon. Ist genau sein Stil. Bilder von ihm locken zwar keine Kunstdiebe ins Haus, aber in Campbeltown würde sich jeder über solch ein Geschenk freuen. Da sind wir Lokalpatrioten. Schöne Idee von Dorcas.«

Morris trat einen Schritt näher und sah genauer hin. »Die abgebildete Landschaft grenzt an das Gelände von Wee Dram. Das Gemälde zeigt ›Sankt Kevins Bett‹.« Er deutete auf den Höhleneingang. »Der Legende nach hat der Heilige in dieser Felsenhöhle wochenlang gefastet und geschlafen, wenn ihn die Bewohner von Kintyre mal wieder an seinem Glauben zweifeln ließen. Während einer dieser Rückzugsphasen hat er den Plan gefasst, unsere Kapelle bauen zu lassen, und die Idee mit dem Partnertausch entwickelt.«

»Hier wird Partnertausch praktiziert?«, fragte Margit Unterweger entrüstet. »Kirchlich sanktioniert?«

McAlister klärte sie über diese Tradition auf, und Karl Heinz drohte Duncan scherzhaft mit dem Finger. »Nimm dich in Acht, mein Sohn! Dieser keltische Heilige hat dafür gesorgt, dass wir Männer als austauschbar gelten. Verhalten wir uns lieber so, dass unsere Herzensdamen nichts an uns auszusetzen haben.«

»Ich bitte darum!« Anita seufzte theatralisch. »Wisst ihr eigentlich, wie Duncan mich hergelockt hat? Die pure Idylle, hier passiert nie etwas, hat er gesagt. Leere Versprechungen!«

Am Tisch hob Duncan den Kopf. »Vielleicht sollten wir doch lieber in deine Heimat ziehen, Anita. Nach Deutschlandsberg, oder gleich zu deinen Eltern nach Plutzerkogel«, sagte er leise. »Hier setzt jedenfalls jemand alles daran, dass ich aufgebe. Die schrecklichen Ereignisse begannen erst, nachdem ich mich für die Brennerei entschieden habe.«

Anita schüttelte den Kopf. »Unsinn. Wir beide haben nur genauer hingesehen – alle anderen sind doch schon betriebsblind. Das passiert schon mal, wenn alles reibungslos läuft. Iona, Jock und Monty haben schlicht zu lange nichts mehr hinterfragt. Wir haben nur den Finger in eine Wunde gelegt, von der niemand wusste, dass es sie gab.«

»Anita hat recht – du darfst dir nicht die Schuld ...«

Rebecca brach ab, weil in diesem Moment ein lautes Klappern ertönte. Pippa und Freddy sahen sich erschrocken an.

»Die Katzenklappe«, erklärte Margit Unterweger und lächelte erfreut, »mein Freund Laddie will seine tägliche Massage.«

Der Kater kam in den Raum geschlendert und steuerte zielstrebig die Brauteltern an. Nachdem er einmal um die Beine der beiden gestrichen war, warf er sich vor ihnen auf den Rücken.

»Zuerst ich!«, rief Margit, ging auf die Knie und massierte Laddies Bauch, was lautes Schnurren auslöste.

»Ich verstehe das einfach nicht«, sagte Margit, »sein Rücken ist nass, aber sein Bauch ganz trocken. Wieder einmal. Wie macht er das nur? Schwimmt er auf dem Rücken durch den Bach?« Sie beugte sich über den Kater und gurrte: »Sag mal, bist du Rückenschwimmer? Trainierst du für Katzenolympia?«

Laddie miaute, hielt Margits Hand sanft mit den Pfoten fest und knabberte spielerisch an ihrem Zeigefinger.

Anita beobachtete die Szene wehmütig. »Laddie wird euch vermissen, wenn ihr am Sonntag fahrt. Ganz zu schweigen von mir. Nach unseren Flitterwochen seid ihr alle nicht mehr hier, und Duncan und ich ...« Sie biss sich auf die Unterlippe.

»Könnt ihr nicht noch bleiben, Margit?«, fragte Rebecca.

Karl Heinz schüttelte bedauernd den Kopf. »Jetzt brummt bei uns das Geschäft. Weihnachtsartikel verkaufen sich nun mal zu Weihnachten am besten. Außerdem finden wir für unsere Kurse so schnell keine Ersatzdozenten: Kochen, Backen, Dekoration ... Um den Verkauf könnte ich mich allein kümmern, aber sie erklärt Basteleien deutlich besser als ich.«

Rebecca zuckte gleichmütig mit den Schultern. »Dann muss unsere Haushüterin Pippa so lange gebucht werden, bis ihr wiederkommen könnt.«

Pippa sah überrascht zu Rebecca hinüber und verstand, dass es ihr um mehr ging als um eine Alltagshilfe für Anita.

»Aber das ist ja eine wunderbare Idee!«, rief Margit. »Mein Mann und ich übernehmen selbstverständlich die Kosten. Pippa kann hier im Haupthaus wohnen oder in Piper's Hush bleiben. Es wäre mir eine große Beruhigung, wenn Anita bis zur Niederkunft Unterstützung hätte.«

»Toll«, murmelte Freddy nur für Pippas Ohren, »wenn das nicht ungerecht ist. Darf im Schlaraffenland bleiben und kriegt auch noch Geld dafür.«

Pippa zögerte nicht, das Angebot anzunehmen. »Dann

müssen sich meine Kollegen Tatjana und Abel eben noch etwas länger allein um unsere anderen Agenturaufträge kümmern.«

Die Arbeit rennt mir endlich einmal nach: erst dank Iona und jetzt durch Anitas Eltern, dachte sie. So habe ich auch genug Zeit, die Übersetzungen zu machen, um die Anita und Duncan mich gebeten haben. Außerdem geht es mir wie Laddie: Ich habe ebenfalls nichts gegen tägliche Streicheleinheiten.

Sie verkniff sich ein Lächeln und tauschte einen Blick mit Morris, den Freddy natürlich bemerkte.

Da sie flapsige Kommentare ihres Bruders verhindern wollte, wandte sie sich an Duncan. »Ich habe überhaupt noch nichts über euren Segeltörn gehört.«

Sein Gesicht hellte sich sofort auf. »Freddy war großartig. Er hat mir im wahrsten Sinne des Wortes über jede Untiefe hinweggeholfen. Ich bin weit davon entfernt, zu sagen: Alles ist gut. Aber sollten bei Anita während der Hochzeitsreise plötzlich die Wehen einsetzen, kann ich sie jetzt problemlos nach Kintyre hinüberschippern, obwohl auch vor Sanda ein Wasserstrudel lauert. Aber der erscheint mir jetzt nicht mehr so bedrohlich.« Er sah Pete, der sich die gesamte Zeit auffallend zurückgehalten hatte, herausfordernd an. »Na, was ist, Hellseher? Dürfen Anita und ich uns auf eine ungestörte Woche freuen?«

Pete grinste, ging zum Tisch und signalisierte Anita mit einer Geste, gegenüber von Duncan Platz zu nehmen. Er holte ein Päckchen Karten aus der Jackentasche, teilte es und gab den Brautleuten je eine Hälfte, um sie von ihnen mischen zu lassen. Dann nahm er die Stapel wieder entgegen, legte sie vor dem jeweils anderen ab und fächerte sie mit großer Geste auf. Fasziniert beobachteten alle, wie er daraufhin Daumen und Zeigefinger an die Stirn legte.

»Ich sehe zwei Menschen, die richtig gewählt haben«, verkündete er nach einer kleinen Weile. »Sie werden ihr ganzes Leben lang Herzkönig und Herzdame füreinander sein.«

Er bat Duncan und Anita, die Augen zu schließen und eine Karte aus ihrem Kartenfächer zu wählen. Die folgten seinen Anweisungen gutgelaunt, dann drehten sie die gezogenen Karten um: Anita hielt den Herzkönig in der Hand, Duncan die Herzdame.

Alle klatschten begeistert Beifall, aber Rebecca sagte: »Ich kenne dich in- und auswendig, Pete Wesley. Gestehe: Dahinter steckt einer deiner faulen Tricks.«

Wesley verdrehte die Augen, nahm die Karten auf und warf sie andersherum wieder auf den Tisch: Bei Duncan lagen ausschließlich Herzdamen, bei Anita Herzkönige.

»Darf ich mir die mal borgen?«, fragte Freddy sofort. »Ich wüsste da die eine oder andere Herzdame, die ich mit diesem Trick gerne von mir überzeugen würde.«

Alle lachten befreit, denn Petes Taschenspielertrick und Freddys Bemerkung hatten die dringend benötigte Entspannung gebracht.

»Du Schummler«, sagte Pippa.

Pete Wesley zuckte mit den Schultern. »Ich spiele nur mit den Erwartungen, den Wünschen und der Leichtgläubigkeit der Menschen. So erfahre ich alles, was sich zu wissen lohnt.« Ernster fuhr er fort: »Auf genau die Art und Weise habe ich meine Aufgabe gelöst. Mein Hochzeitsgeschenk für Anita und Duncan.«

Wieder fasste er in seine Jackentasche. Diesmal zog er ein zusammengefaltetes Blatt Papier heraus.

»Ihr wolltet wissen, welchen Bewohnern von Wee Dram ihr bedingungslos vertrauen könnt. Ich habe mit allen geredet. Auch mit deiner Familie, Duncan. Nur für ein Gespräch mit Catriona Blakely ergab sich keine Gelegenheit.«

Duncan winkte ab. »Die ist ohnehin die meiste Zeit in Glasgow und kommt nur selten her.«

»Gut«, sagte Pete. »Dann ist diese Liste das Endergebnis.«

Er faltete das Blatt auseinander und legte es für alle sichtbar auf den Tisch.

Es war blütenweiß.

Kapitel 16

Laut hupend fuhr ein Bus vor das Haupthaus und durchbrach die betroffene Stille, die sich angesichts der Bedeutung des leeren Blattes ausgebreitet hatte.

»Das gilt uns, Iain.« Pippa sah auf die Uhr. »Schlag eins – pünktlich wie die Maurer, unsere Whiskytruppe. Oder so durstig.«

»Ich bin euch gerade jetzt sehr dankbar, dass ihr die Gruppe übernehmt, Pippa. Das gibt Anita und mir Zeit, in Ruhe über Petes Einschätzung nachzudenken.« Duncan faltete den Papierbogen so sorgfältig zusammen, als könnte er auf diese Weise mit seiner Botschaft abschließen.

»Solltet ihr zwei noch weitere Einzelheiten erfahren wollen, stehe ich jederzeit zur Verfügung«, sagte Pete.

Duncan nickte. »Wir kommen bestimmt darauf zurück.« Er blickte in die Runde und fügte hinzu: »Übrigens sind Iains Führungen durch die Brennerei sowohl legendär als auch selten. Jeder sollte die Möglichkeit nutzen, einmal daran teilzunehmen.«

»Das nenne ich mal einen eleganten Rauswurf«, bemerkte Pete anerkennend.

»Also mir soll es recht sein!« Freddy leckte sich die Lippen. »Gibt es am Ende der Besichtigung eine Verkostung? Und ist für mich noch ein Plätzchen frei, Iain?«

Iain McAlister kratzte sich am Kopf, als müsse er angestrengt nachdenken. »Wenn wir unsere Produktion sofort hochfahren, sollte es auch für dich reichen.« Er lächelte, als

Freddy sich hastig an ihm vorbei durch die Tür drängte. Dann sah er die anderen auffordernd an und deklamierte wie ein professioneller Kirmes-Ausrufer: »Sonst noch jemand? Einmalige Gelegenheit zur Besichtigung der Glen-Scotia-Brennerei! Persönliche Führung durch den Chef! Wer will noch mal, wer hat noch nicht?«

»Ich kann leider nicht«, sagte Morris. »Ich bin mit Sarah MacDonald verabredet. Wir wollen die Fotos sichten, die wir gestern geschossen haben.« Er gab Pippa einen Kuss und winkte in die Runde. »Ich bin spät dran. Wir sehen uns.«

Rebecca bemerkte Pippas Enttäuschung, als Morris den Raum verließ, und lächelte. »Dafür kommen Pete und ich mit. Zwei von uns ergeben doch sicher so etwas wie einen Morris.«

Als Pippa einstieg, hatte ihr Bruder den Bus bereits fest im Griff. Musik erklang aus den Lautsprechern, und er erklärte der Reisegruppe, dass sie *The Midden* hörten, die ehemalige Band seines Freundes Duncan Blakely, heute stolzer Besitzer der Wee-Dram-Brennerei. Die Stimmen dreier Sängerinnen intonierten einen schottischen Folksong, und Freddy hatte keine Mühe, die Whiskytruppe zum Mitsingen zu animieren, so begeistert war er selbst von der Musik.

»*My heart's in the highlands*«, dröhnte sein Bass durch den Bus und riss alle mit.

»Iona hat mir jede CD der Band geschenkt. Sie hält viel von Duncans Stimme und seinen Fertigkeiten als Gitarrist«, sagte Bert-Rüdiger Dambeck betont freundlich. »*Musik* machen kann er, sagt sie immer.«

Um ein Haar hätte Pippa das unausgesprochene *im Gegensatz zu Whisky* mit einer schnippischen Bemerkung quittiert, aber Freddy war so in seinem Element, dass er den Seitenhieb Dambecks nicht registrierte. Fröhlich erklärte er: »Ganz Ihrer Meinung, Herr Dambeck. Wirklich schade, dass die Brennerei ihm jetzt keine Zeit mehr lassen wird, mit den Mädels Musik zu machen. Dieses Lied haben die drei schon vor Wochen zusammen mit Duncan eigens für morgen eingeübt und aufgenommen. Das wird Anitas Hochzeitsgeschenk! Alle Hochzeitsgäste bekommen eine Kopie.«

In der Zwischenzeit war auch Iain McAlister eingestiegen. Die rothaarige Marion sprang sofort auf und bot ihm ihren Platz neben Dambeck an. Sie wirkte erleichtert, als der Brennereimanager ihr Angebot annahm. Während der Fahrt nach Campbeltown warf die Frau immer wieder grimmige Blicke auf Dambeck, ließ sich dann aber von der guten Laune der anderen anstecken und lachte über Georgs Schilderung seines Versuchs, Laddie mit einem Stück Räucherlachs vom Sofa des Ferienhauses zu locken.

Aha, da schnorrt sich der Kater durch, wenn er die heimatlichen Anlaufstellen durchhat, dachte Pippa und hoffte, dass Laddie wenigstens heute Nachmittag im Haupthaus blieb, um Duncan und Anita etwas abzulenken.

»Wir haben ja gestern Abend einiges verpasst, wie es scheint«, sagte Harald gerade und holte Pippa damit in die Gegenwart zurück.

»Gott sei Dank«, fügte Gabi hinzu und schüttelte sich. »Ich ziehe indisches Essen einem Mord jederzeit vor.«

»Und trotzdem wart ihr schon voll informiert, als wir euch nach dem Kino getroffen haben«, sagte Ole. »Woher wusstet ihr so schnell, was passiert war?«

Pippa wechselte einen Blick mit Rebecca. Beide lehnten sich ein Stück vor und spitzten die Ohren, um trotz der Musik kein Wort zu verpassen.

Gabi runzelte die Stirn. »Diese ... wie heißt sie doch gleich ... diese Whiskyexpertin ...«

»Iona MacKinnon«, platzte Pippa spontan heraus und biss sich auf die Unterlippe, weil sie damit ihr Interesse an der Unterhaltung allzu deutlich bekundet hatte.

»Genau! Diese Iona! Sie saß mit ein paar Leuten am Nebentisch und redete über ihre Whiskyexporte nach Deutschland. Klang eher nach einem Arbeitsessen als nach einem entspannten Abend.« Gabi zwinkerte Pippa verschwörerisch zu. »Manchmal hört man eben mit, ob man will oder nicht. Und dann kam plötzlich dieser ... hach ...« Sie seufzte.

»Schönling. Lackel. Verhinderter California Dream Boy«, soufflierte Harald.

»... dieser unglaublich attraktive junge Mann herein«, fuhr Gabi fort, ohne sich durch den Einwurf beirren zu lassen. »Blass wie die Wand und sichtlich unter Schock, aber trotzdem Charisma zum Niederknien. Er stürzte auf Iona MacKinnon zu und erzählte, was im Kino passiert war. Ein wenig unzusammenhängend, aber laut genug, dass ihn jeder im Restaurant mühelos verstand.«

»In seinem Schlepptau war noch ein anderer Typ. An sein Gesicht kann ich mich kaum erinnern, dafür aber umso besser an sein fürchterliches kariertes Hemd. Ach so – und diese hübsche Pummelige war noch dabei, die vorgestern bei unserer Kutterfahrt mit auf dem Boot war«, fügte Harald hinzu. »Sah für mich ganz so aus, als ob der Schönling um sie wirbt. Oder?«

Er sah seine Gabi an, die bestätigend nickte. »Er hat immer wieder nach ihrer Hand gegriffen.«

Rebecca lehnte sich im Sitz zurück und holte ihr Zigarettenetui aus der Jackentasche. Sie entnahm eine Zigarette, ließ das Etui geräuschvoll zuschnappen und rauchte trocken. »Sieh an, da hätten wir ja Brenda Sandison, Brian Lockhart und den schönen Connor«, sagte sie so leise, dass nur ihre unmittelbare Umgebung es hören konnte. »Darauf, dass sie nach Montys Tod zuerst in ein Restaurant statt nach Hause gehen, sind wir nicht gekommen.«

»Ihr wolltet die drei noch mal sprechen?«, fragte Pippa.

Rebecca nickte. »Connor hatte Sergeant Ramsay gegenüber eine Unterhaltung zwischen Monty und Angus Todd vor dem Kino erwähnt. Das interessierte mich, weil mir etliche Zeugen unabhängig voneinander versicherten, dass die beiden seit der missglückten Razzia keinerlei Kontakt mehr haben. Kein Blick, kein Wort.«

»Connor will Angus und Monty zusammen gesehen haben?« Pippa runzelte die Stirn. »Ich war vor dem Film die ganze Zeit in Montys Nähe und hätte das Gespräch mitbekommen müssen. Hab ich aber nicht. Wann soll denn das gewesen sein?«

Pete beugte sich an Rebecca vorbei zu Pippa und sagte: »Kann es sein, dass du von deiner Begleitung abgelenkt warst? Hattest du wirklich die gleiche Aufmerksamkeit für Monty wie für Morris?«

Freddy hatte sich in die Reihe vor ihnen gesetzt und die letzten Bemerkungen mitgehört. Jetzt flüsterte er Pippa grinsend zu: »Die Frage sollte wahrscheinlich nicht lauten, wer bei dir war, sondern ob du immer ganz bei dir warst …«

Pippa knuffte ihren Bruder. »Unsinn, Monty saß die ganze Zeit neben mir. Ich bin ganz sicher.«

»Er ist nicht vielleicht mal kurz auf die Toilette gegangen?«, fragte Rebecca. »Oder hat sich mit jemandem unterhalten?«

Pippa schloss kurz die Augen und ließ den Abend im Kino noch einmal innerlich Revue passieren. Dann sagte sie: »Wir sind gemeinsam zum Kino gefahren und gemeinsam hineingegangen. Dabei hat er sich mit niemandem außer uns unterhalten. Später sind wir Monty auf den Kinobalkon gefolgt, aber vorher waren wir tatsächlich kurz getrennt. Morris und ich haben im Foyer diskutiert, welchen Film wir sehen wollen. Währenddessen waren Monty und Joanna einige Meter entfernt von etlichen Leuten umringt.« Sie nickte. »Ihr habt recht. Da kann er mit jedem aus Campbeltown ein Schwätzchen gehalten haben. Aber höchstens fünf Minuten. Und ich habe Angus Todd zu keinem Zeitpunkt *im* Kino gesehen.«

»Sondern?«, fragte Rebecca sofort.

»Draußen, vor dem Kino«, sagte Pippa. »Morris und Monty waren schon auf dem Balkon, als ich noch oben vom Gang aus den Ausblick genossen habe. Da habe ich Angus entdeckt. In seinem Vauxhall. Allein. Er stieg aus und ging einige Schritte auf den Eingang zu, drehte dann aber um, sprang wieder ins Auto und fuhr weg. Aber er war da.«

»Und das ist das Problem: Es sind immer alle da, wenn hier etwas los ist.« Rebecca stieß ein Seufzen aus. »Dieser Ort ist wie eine verdammt große Familie, in deren Adern Whisky fließt statt Blut.«

»Warum fragt die Polizei nicht einfach Angus Todd, ob es stimmt, was dieser Connor erzählt hat?« Freddy sah von Pippa zu Rebecca. »Niemand ist leichter zu finden als er. Sein Vauxhall steht doch immer unten am Wasser bei Morris' Hütte.«

»Ja, immer. Bloß heute nicht.« Rebecca stopfte die Zigarette ärgerlich zurück ins Etui. »Und seine Frau hat keine Ahnung, wo er steckt.«

In Campbeltown angekommen, bog der Bus in die High Street ein. Dambeck griff nach dem Mikrofon und verkündete: »Links sehen Sie die altehrwürdigen, frisch renovierten Gebäude der berühmten Brennerei Glen Scotia!«

Die Mitglieder der Whiskytruppe drängten aus dem Bus

und versammelten sich vor dem dreistöckigen, weißgetünchten Gebäudekomplex. Als Letzte ging Pippa an Dambeck vorbei und sah ein ihr wohlbekanntes Ehepaar wartend am Straßenrand stehen.

»Und rechts sehen Sie das Ehepaar Boehme, das sich offensichtlich auch zur Führung eingefunden hat!«, sagte sie zu Dambeck, der prompt seine Lippen zusammenpresste.

»Diese Schnorrer!«, fauchte er. »Nichts bezahlen, aber sich immer dranhängen.«

Während alle anderen, inklusive Freddy, dem Brennereimanager durch das große schmiedeeiserne Eingangstor folgten, blieb Rebecca stehen und hielt Pippa und Pete zurück. »Ich muss unbedingt eine Zigarette rauchen und brauche Gesellschaft.«

Es gibt also noch weitere Neuigkeiten, die nicht für fremde Ohren bestimmt sind, dachte Pippa.

Iain McAlister begrüßte seine Besucher: »Herzlich willkommen bei Glen Scotia. Unsere Brennerei wurde 1832 gegründet ...« Er führte die Gruppe auf das Gelände und war bald nicht mehr zu hören.

»Worum geht es? Maisie oder Monty?«, fragte Pippa.

Rebecca blies eine Rauchwolke aus. »Weder noch. Graham MacLeod. Ab jetzt sitzt ein Polizist an seinem Bett. Briony bleibt in Obhut der Polizei, bis der Fall aufgeklärt ist. Ich habe ihr versprochen, dass ich Graham ab und an besuche, bis ich abreise.« Sie wedelte den Qualm mit der Hand beiseite.

Verdutzt sah Pippa von ihr zu Pete. »Was soll das nützen?«

»Sie planen, ihn langsam aus dem künstlichen Koma zu holen. Er braucht besonderen Schutz. Und es würde Briony beruhigen, von einer neutralen Person Nachrichten über ihren Mann zu bekommen.«

Pippa nickte. »Verstehe. Auch, was Tamsin und Turval angeht, richtig? Schweben die beiden etwa auch in Gefahr?«

Rebecca inhalierte tief, bevor sie antwortete: »Prescott hat die zwei ständig im Auge.«

Du meine Güte, wo bin ich hier nur reingeraten, dachte Pippa alarmiert. »Rebecca, Pete: Ernsthaft, das alles ist eine Nummer zu groß für mich. Das klingt nicht mehr nach Privatfehden oder Racheakten, das hört sich an wie …«

»Organisiertes Verbrechen«, vervollständigte Pete. »Deshalb wollten wir unbedingt allein mit dir reden. Du musst uns versprechen, dass du keine Alleingänge unternimmst. Wann immer dir etwas seltsam erscheint, rede mit Prescott oder ruf uns an und frag um Rat. Niemand anderen, hörst du?«

Sofort protestierte Pippa: »Aber Morris …«

»*Niemanden*«, fiel Rebecca ihr barsch ins Wort.

Erst als Pippa erneut nickte, war die Kommissarin zufrieden. Sie zündete sich eine weitere Zigarette an und sagte: »Ich bin dann mal weg. Verabredung mit Prescott.« Mit einem Lächeln fügte sie hinzu: »Ich werde Briony von dir grüßen und ihr erzählen, dass du wie eine Löwin für sie gekämpft hast und mir nichts anderes übrigblieb, als dich einzuweihen. Sonst hättest du zu ihrer Ehrenrettung noch eine dieser berühmten deutschen Bürgerinitiativen gegründet.«

In der Brennerei fanden Pippa und Pete die Gruppe um einen riesigen Bottich versammelt, in dem eine zähe, breiige Masse von einer riesigen Rührvorrichtung in Bewegung gehalten wurde.

»Hier, beim Maischen, wird das Malzschrot mit heißem Wasser vermischt«, erklärte Iain McAlister gerade auf Englisch. »Dieser runde Bottich ist ein *mash tun*. Er ist entweder aus Gusseisen oder Edelstahl und wird mit einem kupfernen Deckel verschlossen, damit die Hitze optimal gehalten werden kann. Diese Maischbottiche haben einen perforierten Boden, durch den das Ergebnis dieses Prozesses, das *wort*, abfließen kann.«

Während alle anderen seinen Ausführungen gespannt lauschten, konnte Pippa sich nicht konzentrieren. Sie hielt sich etwas abseits, um gedanklich die Ereignisse der letzten Stunden zu sortieren.

»Pippa, wir brauchen dich mal als Übersetzerin«, rief Freddy zu ihr herüber und ließ sie aufschrecken. »Was hat Iain gerade gesagt? Diese Kessel haben einen perforierten Boden, durch den das *Wort* abfließen kann?«

Aller Augen waren auf sie gerichtet, und Pippa war froh, sich vorbereitet zu haben. »*Wort* bedeutet Würze. Die Würze ist das Ergebnis des Maischens. Von hier aus wird sie zur Fermentation weitergeleitet.«

»Witzig: Am Anfang war das Wort – zumindest in der Whiskyherstellung«, sagte Freddy. »Kann ich das mal probieren, Iain?«

McAlister nickte zögernd. »Bist du sicher? Das hier ist noch weit entfernt davon …«

Freddy winkte lässig ab. »Ich will jede einzelne Stufe des Whiskymachens verkosten.«

»Dann wirst du das Endergebnis in der Tat besonders zu schätzen wissen.« Er reichte Freddy einen Becher mit einer gelbmilchigen Flüssigkeit. »Du solltest es dir vielleicht noch mal überlegen …«

Pippa kannte ihren Bruder: Jetzt wollte er keinen Rückzieher machen. Er trank mit großen Schlucken und wischte sich dann mit dem Handrücken den Mund ab. Da alle ihn erwartungsvoll ansahen – Iain mit hochgezogenen Augenbrauen –, nickte er mit Kennermiene und sagte: »Gar nicht schlecht.«

Ole streckte die Hand nach dem Becher aus. Er nahm ebenfalls einen kräftigen Schluck und verzog sofort das Gesicht. »Das ist ja widerlich! Was hast du denn für einen kranken Geschmack, Freddy?«

Trotz seiner eindeutigen Reaktion wollten jetzt alle probieren, aber niemand war begeistert; einige schüttelten sich sogar.

Pippa nutzte die lebhafte Diskussion der Gruppe mit Iain McAlister über den Geschmack des Gebräus, um Pete ein paar Schritte beiseitezuziehen. »Es lässt mir keine Ruhe, Pete. Hast du wirklich auf ganz Wee Dram keinen Menschen gefunden, dem Anita und Duncan vertrauen können?«

Pete nickte ernst. »Niemanden. Ich habe mit sämtlichen Bewohnern gesprochen und dann mit allen Familienmitgliedern, bis auf Catriona. Eine derart zugeknöpfte Familie habe ich selten erlebt. Egal, was ich versucht habe – sie blieben verschlossen wie Austern. Schließlich habe ich mir Hectors Söhne vorgenommen.«

Pippa schlug sich die Hand vor den Mund. »Sag, dass du das nicht getan hast.«

»Ich weiß, das ist grenzwertig, weil sie minderjährig sind. Deshalb habe ich ihnen einfach die Karten gelegt und prophezeit, ihr Vater würde über kurz oder lang herausfinden, dass sie heimlich in den Ruinen auf dem Friedhof rauchen. Damit das nicht passiert, haben sie ausgepackt – es sprudelte nur so.«

»Das ist Erpressung.«

»Das ist *effektiv*.« Pete grinste. »Sie haben zwar gesagt, sie würden ohnehin nie mehr zum Friedhof gehen, aber trotzdem hat das Rauchen als Druckmittel genügt. Stell dir vor: Die Jungs wollen gesehen haben, wie um Mitternacht ein Geist aus dem Grab aufgestiegen ist. Jetzt glauben sie, der heilige Kevin ist hinter ihnen her.«

»Und jetzt auch noch du«, sagte Pippa trocken. »Das wäre mir auch das ganze Rauchen nicht wert.«

»Jedenfalls habe ich erfahren, dass die Ehe ihrer Eltern alles andere als rosig ist. Es wird in letzter Zeit viel gestritten.«

»Haben die Jungs erzählt, worüber ihre Eltern uneins sind?«

»Geld. *Fehlendes* Geld. Hectors Geschäfte laufen zurzeit nicht besonders. Außerdem geht es immer wieder um Iona. Rose besteht darauf, dass sie endlich auszieht.«

Da die Gruppe zum Gärbottich weiterging, unterbrach Bert-Rüdiger Dambeck die Unterhaltung der beiden Freunde. Er bat Pippa, die Ausführungen des Brennereimanagers direkt zu übersetzen, damit keine Verständnisprobleme aufkommen konnten.

Wieso muss ich das eigentlich machen? Wenn Dambeck selbst die Fachbegriffe nicht kennt – wer dann?, dachte Pippa. Schon komisch, dass dieser Mann, der doch angeblich problemlos Graham MacLeods Posten übernehmen kann, mich für eine Brennereiführung braucht. Sieht ganz so aus, als würde ihn die Anwesenheit der Boehmes tatsächlich unter Druck setzen und verunsichern.

»Die eigentliche Fermentation findet im sogenannten *washback,* einem Gärbottich, statt«, übersetzte sie Iains Ausführungen. »Wenn das *wort* den Gärtank etwa zu zwei Dritteln füllt, wird die Hefe zugefügt, und aus dem *wort* wird *wash* oder *beer.* Durch die Aktivität der Hefezellen entsteht dabei zum einen der Alkohol und zum anderen Kohlendioxid. Ist die Fermentation abgeschlossen, haben wir einen Alkoholgehalt von fünf bis acht Prozent.«

Tanja Boehme hörte aufmerksam zu und schaute dann in die brodelnde Flüssigkeit. »Eine ganz schön brisante Mischung: Alkohol ... Kohlendioxid ...« Sie sah Dambeck nachdenklich an.

Iain nickte ernst. »Wer dort hineinfällt, übersteht keine Minute unbeschadet.«

Tanja Boehme riss in gespieltem Entsetzen die Augen auf. »Dann werden wir alle sehr vorsichtig sein müssen, wenn wir nächste Woche unseren eigenen Whisky brennen.«

Ihr Kommentar riss Dambeck aus seinem brütenden Schweigen. »Das hier ist eine geschlossene Gruppe«, sagte er triumphierend. »Tut mir leid für Sie. Wirklich. Sie können nicht dazukommen.«

Jens Boehme lächelte. »Also, aus unserer Sicht sind Sie derjenige, der dazukommt, denn wir haben den Kurs bereits bei unserem Aufenthalt im letzten Jahr gebucht, direkt bei Duncan.«

»Sie machen die Whiskyschule schon zum zweiten Mal? Dann frage ich mich, wie viele Jahre Sie noch brauchen, um den Prozess endlich zu verstehen«, blaffte Dambeck. »Es wird allmählich Zeit, Ihre Plätze anderen zu überlassen.«

Bei Jens Boehmes lässiger Reaktion musste Pippa sich zusammenreißen, um nicht laut loszulachen: Er gähnte und drehte Dambeck den Rücken zu. Wieder fragte sie sich, welche Fehde das Mainzer Ehepaar mit Dambeck wohl auszufechten hatte.

Die anderen hatten den Wortwechsel erstaunt verfolgt. Freddy lenkte aber die Aufmerksamkeit wieder auf sich und brachte alle zum Lachen, als er fragte: »Darf ich das hier auch probieren?«

Spontan bildete sich eine Warteschlange, weil die gesamte Whiskytruppe kosten wollte.

Pete trat von hinten an Pippa heran und raunte ihr ins Ohr: »Die Boehmes und diesen selbstherrlichen Dambeck habe ich bisher nicht unter die Lupe genommen. Die Zeit war einfach zu kurz, um auch noch die *Besucher* von Wee Dram zu durchleuchten. Ich glaube, das war ein Fehler.«

Kapitel 17

Als Pete die Boehmes und Dambeck in einem Atemzug nannte, fühlte Pippa sich bestätigt: Diese drei verband keine angenehme Vorgeschichte, denn die Feindseligkeit zwischen ihnen war weder zu übersehen noch zu überhören. Sie spürte Beklemmung bei der Vorstellung, ohne ihre Freunde die gesamte nächste Woche mit diesen Leuten zu verbringen. Nur der Gedanke an Morris entspannte sie wieder.

»Welchen Eindruck hast du von Morris?«, fragte sie deshalb Pete.

Der Profiler zuckte mit den Schultern. »Ganz nett so weit, allerdings zu wenig Eigeninitiative, finde ich. Er wehrt sich nicht gegen günstige Gelegenheiten, wird aber selbst nicht aktiv.«

Pippa schluckte. Sie hielt große Stücke auf Petes Fähigkeit, Menschen treffsicher zu beurteilen. Sah sie selbst Morris durch eine rosarote Brille? »Kannst du etwas deutlicher werden?«, fragte sie.

»Wie ich schon sagte, Morris ist wirklich nett. Aber kann man mit ihm auch Pferde stehlen? Oder eine Krise bewältigen? Dazu müsste er Stellung beziehen, kämpfen, Einsatz zeigen. Ich fürchte, bisher hat er noch nichts gefunden, wofür es sich lohnte, seinen bequemen wissenschaftlichen Kokon zu verlassen und anderen seine Ecken und Kanten zu zeigen. Ich bin sicher, er hat welche. Nur langweilige Menschen sind glatt. Und wenn er langweilig wäre, würdest du dich nicht für ihn interessieren.«

»Was könnte ihn deiner Meinung nach aus sich herauslocken?«

»Ich habe keine Ahnung. Kann sein, dass er Erfüllung in seinem Forschungsgebiet findet. Die Geschichte der Kelten, oder? Als ich mit ihm über dieses Thema sprach, haben seine Augen geleuchtet. Da zeigte er echte Leidenschaft.«

In der Zwischenzeit hatte sich die Gruppe um zwei riesige Kupferbrennblasen geschart, die auf Betonstützen ruhten und in halber Höhe von einer Art Laufsteg aus Metall umgeben waren, der einen Blick durch ihre schmalen Sichtfenster erlaubte.

Fast automatisch übersetzte Pippa Iains Vortrag über Rohbrand, Feinbrand und Kondensator, während sie gleichzeitig versuchte, Petes Einschätzung von Morris zu verdauen. Sie war erst wieder ganz bei der Sache, als der Brennereimanager die Gruppe eine steile Metalltreppe hinunterbat. Dambeck bot der rothaarigen Marion an, ihr beim Hinabsteigen der schmalen Stufen behilflich zu sein. Zu Pippas Amüsement verzog die Frau das Gesicht und demonstrierte eindrucksvoll, dass sie keineswegs auf Hilfe angewiesen war, indem sie zwei Stufen auf einmal nahm und als Erste zu Füßen der Brennblasen stand. Obwohl die Schiebetür zum Hof geöffnet war, roch es hier unten angenehm nach dem frischen Destillat.

Iain führte die Gruppe zu einem gläsernen, mit einem Messingrahmen eingefassten Behälter und sagte: »Das ist der *Spirit Safe* ... Pippa, hilf mir mal.«

»Leider habe ich für *Spirit Safe* keine wirklich gute deutsche Übersetzung gefunden«, erklärte Pippa. »Vielleicht Brandtresor, weil das junge Destillat hindurchfließt. Alternativ Roh- oder Raubrandsafe.«

Freddy drängte sich durch die Gruppe neben Iain. »Das

ist das junge Destillat? Zeit für die Verkostung der nächsten Stufe!«

Die anderen Gruppenmitglieder signalisierten, dass sie ebenfalls probieren wollten, aber Iain zeigte grinsend auf das große Vorhängeschloss an der Seite des Glasbehältnisses.

»Ab hier untersteht die Herstellung unseres Whiskys der Kontrolle der Zoll- und Steuerbehörde Ihrer Majestät! Jeder Liter wird gezählt und überwacht, damit wir auch ja keinen Penny Steuern zu wenig bezahlen.«

Die Mitglieder der Gruppe warfen sich erstaunte Blicke zu, und Stefan sagte: »Ich dachte immer, die Kontrolle beginnt beim Befüllen der Fässer.«

Ein grimmiges Lachen sorgte dafür, dass sich alle umdrehten. Ein schlanker alter Mann mit weißem Haarschopf war durch das Schiebetor getreten. »Beim Befüllen der Fässer, junger Mann? Dann könnte der Fiskus nicht mal die Hälfte der ihm zustehenden Steuern kassieren, so viel Whisky würde bis dahin verschwinden.«

»Wenn ich also schmuggeln wollte, müsste ich den neuen Brand abzweigen, bevor er durch den *Spirit Safe* gelaufen ist?«, fragte Pippa.

Der alte Mann nickte. »Oder gleich schwarzbrennen.«

»Es lohnt sich nicht, das Gebräu in diesem Stadium zu stehlen«, dozierte Dambeck, »es schmeckt nicht besonders gut. Erst durch die Lagerung im Fass wird richtiger Whisky daraus.«

Der alte Mann warf ihm einen undefinierbaren Blick zu. »Also, ich weiß auch einen guten *Spirit*, ein geistvolles junges Destillat, zu schätzen. Aber es stimmt, Holz und Reifung sind für 60 bis 80 Prozent des Geschmacks eines Malt Whiskys verantwortlich.«

»Ich habe dazu mal einen schönen Spruch gelesen«, sagte

Jens Boehme. »*Bis zum Fass ist der Whisky eine Raupe – aber das Holz verleiht ihm die Flügel und macht aus ihm den Schmetterling.*«

»Kann ich dann bitte einen Schluck aus jedem Fass probieren? Ich liebe Schmetterlinge im Bauch!«, rief Freddy und wandte sich an die Gruppe. »Wie sieht es mit euch aus?«

Das kollektive Nicken der anderen sprach eine deutliche Sprache.

Iain McAlister lachte. »Dann gehen wir jetzt zum Lagerhaus, damit Freddy und Sie alle einen wirklich guten Eindruck von der letzten Phase der Whiskyherstellung bekommen. Über den Hof, bitte. Herr Dambeck kann vorausgehen, er kennt sich aus.«

Während die Gruppe die Halle verließ, schlug Iain seinem Besucher freundschaftlich auf die Schulter. »Was führt dich her, Jock? Was kann ich für dich tun?«

Das ist also Duncans Großvater, dachte Pippa. Er muss um die achtzig sein, wirkt aber deutlich jünger. Ich frage mich, warum er nicht zu seiner Tochter Catriona gezogen ist, sondern ausgerechnet zu ihrem Ex. Aber vielleicht wollte er auf Kintyre und in der Nähe von Wee Dram bleiben …

Jock Blakely holte ein großes Kuvert unter seiner Jacke hervor und überreichte es Iain, der es nur zögerlich annahm. »Das möchte ich dir gerne geben. Sieh es dir in einer ruhigen Minute an und denk darüber nach. Aber ich sage dir gleich: Ich erwarte ein Ja.« Ohne eine Reaktion abzuwarten, drehte er sich um und ging über den Hof davon.

Iain drehte das Kuvert unschlüssig in seinen Händen. Dann seufzte er und hielt es Pippa hin. »Kannst du das bis nachher in deine Tasche stecken?«

Sie verstaute den Umschlag und folgte Iain zum Lagerhaus. Seine Miene hatte sich verfinstert, und er ging stumm neben Pippa her.

»Schlechte Nachrichten?«, fragte sie vorsichtig.

»Nein«, brummte Iain, »jedenfalls nicht für mich.«

Das Tor des Lagerhauses war mit mehreren Schlössern gesichert, und es dauerte eine Weile, bis Iain alle geöffnet hatte.

»Der nächste Tresor?«, fragte Georg. »Das ist ja, als würden wir Fort Knox besichtigen.«

Alle lachten, und auch Iain lächelte. »So etwas Ähnliches«, sagte er. »Allerdings ist das Gold hinter dieser Tür flüssig und schmeckt deutlich besser.«

Selbst mit Beleuchtung war es im Lagerhaus schummrig. Sie blickten auf zahllose liegende Fässer in langen Reihen mehrstöckiger Metallgerüste, die sich ins Halbdunkel der Halle erstreckten.

Pippa legte den Kopf in den Nacken. »Die Regale sind ja turmhoch!«

»Sechs … sieben … *acht* Lagen!«, sagte Gabi beeindruckt. »Nichts als Whisky!« Sie stieß ihren Mann an. »Wir sollten uns hier einschließen lassen, was meinst du?«

Harald grinste. »Aber vorher müssen wir noch rausfinden, wie wir den Spund aus dem Loch kriegen!«

»Auch zu diesem Tresor habe ich den Schlüssel«, sagte Iain und kniete sich neben ein Fass in der untersten Etage des Regals. Der Deckel war mit dem Namen der Brennerei, dem Datum der Destillierung und einer Nummer beschriftet. Iain deutete darauf. »Jedes Fass ist unter einer eigenen Nummer registriert und so immer eindeutig identifizierbar.«

Mit einem langstieligen Holzhammer schlug er mehrmals kräftig auf jede Seite des Spundlochs, bis der Pfropfen sich wie von selbst löste. Er zog ihn heraus und ließ ihn in der Gruppe herumgehen, damit alle daran schnuppern konnten. Delikater Duft nach Whisky und Torf breitete sich aus, der einige der Gruppe genießerisch stöhnen ließ.

»Das hier war einmal ein Sherryfass. Unser Whisky bewohnt es seit nunmehr vierzehn Jahren. Der Likörwein hat während seiner Lagerzeit Spuren im Fass hinterlassen, und das kommt jetzt unserem Destillat zugute«, erklärte Iain. »Es verleiht ihm Geschmack und Farbe.«

»Nimmt man immer benutzte Fässer?«, fragte Marion.

Ehe Iain etwas erwidern konnte, antwortete Dambeck: »Immer. Ganz gleich ob Bourbon, Sherry, Port oder Rum – der Whisky profitiert stets von seinem Vorgänger. Das Holz enthält Aromen, die vom Whisky freigesetzt werden und sich mit ihm verbinden.«

Pete trat hinter Pippa und flüsterte ihr ins Ohr: »Wann immer dieser Mann den Mund aufmacht, klingt es wie auswendig gelernt. Er ist nicht mit dem Herzen dabei.«

»Ich habe mich auch schon gefragt, warum er überhaupt mit Gruppen nach Kintyre kommt, wenn er doch jede Gelegenheit nutzt, sie anderen Leuten aufzubürden«, erwiderte Pippa leise.

Pete nickte. »Meine Theorie ist, dass dahinter der Wunsch steckt, Iona zu imponieren – und sie für sich zu gewinnen.«

»Na, meinen Segen haben die beiden.«

Sie wandten ihre Aufmerksamkeit wieder Bert-Rüdiger Dambeck zu, der gerade referierte: »Wichtig für den späteren Geschmack des Whiskys sind nicht nur Art und vorheriger Inhalt des Fasses, sondern auch Bauart des Lagerhauses, geographische Lage der Brennerei, das Klima, in dem das Destillat reift, und die Dauer der Lagerung.« Er deutete auf ein aufrecht stehendes Fass, auf dem Verkostungsgläser warteten. »Gleich werden Sie selbst feststellen, wie unterschiedlich die Inhalte der diversen Fässer schmecken. Sie werden überrascht sein.«

Inzwischen hatte Iain eine armlange, dünne Kupferröhre geholt, die an einem Ende sehr spitz zulief.

»Ich habe hier einen *Valinch*«, sagte er.

»Das ist ein Stechheber. Mit ihm kann man eine Probe direkt aus den Tiefen eines Fasses entnehmen. Der Valinch hat an jedem seiner Enden ein Loch«, erklärte Pippa, während Iain die Röhre mit der Spitze voran durch das Spundloch ins Fass tauchte. »Die Flüssigkeit steigt in der Röhre auf. Mit dem Daumen verschließt Iain jetzt die Öffnung auf der anderen Seite. Dadurch entsteht ein Vakuum, das den Whisky in der Röhre hält.«

Als Iain das erste Glas füllte, war ein kollektives »Aaah!« von der erwartungsvollen Gruppe zu hören. Geschickt ließ er den Whisky in weitere Gläser rinnen, bis die Tür zum Lagerhaus knarrend aufging und Ronan MacPhie eintrat, einen identischem Umschlag wie Jock Blakely in den Händen. Iain nickte MacPhie einen Gruß zu, übergab den Stechheber an Dambeck und bat ihn, mit der Verkostung fortzufahren. Dann ging der Brennereimanager zu seinem neuen Besucher hinüber.

Jens Boehme trat zu Pippa und raunte: »Ausgerechnet der soll weitermachen? Bei den Dutzenden Besichtigungen, die Tanja und ich schon gemacht haben, kam es noch niemals vor, dass ein Brennereimitarbeiter den Valinch aus der Hand gegeben hat!«

»Warum nicht? Ist es denn nicht üblich, dass man es mal probieren darf?«, fragte Pippa erstaunt.

»Nein, das ist eine große Ehre. Immerhin befinden wir uns hier ja in einem *bonded warehouse*, also von der Steuerbehörde überwacht. Jeder Tropfen ist registriert und kostet Geld. Dass wir nicht aus abgefüllten Flaschen, sondern aus einem Fass verkosten dürfen, ist bereits außergewöhnlich. Wenn Dambeck jetzt etwas falsch macht, verplempert er Whisky für viele, viele Euro.« Jens Boehme sah sich um und fügte leise hinzu: »Ich halte ihn nicht für so geübt, wie er sich gibt. Vor uns wird er sich keine Blöße geben wollen. Es sollte mich sehr wundern, wenn er den Mumm hätte, das zu riskieren.«

Tatsächlich hielt Dambeck die Kupferröhre in der Hand, als wäre sie aus dünnem Glas. Er wirkte überrumpelt und schien fieberhaft nach einer Lösung zu suchen. Endlich gab er sich einen Ruck und sagte betont munter: »Ich weiß ja, wie es geht. Das soll jetzt mal jemand machen, der sonst keine Gelegenheit dazu hat.« Er blickte sich um und reichte die Röhre an Tanja Boehme weiter.

»Sag ich doch: Feigling«, murmelte Jens Boehme und warf Pippa einen beredten Blick zu.

Sieh an, dachte Pippa, damit hat er sich geschickt aus der Affäre gezogen. Wenn das mal nicht gleichzeitig ein Versuch ist, Tanja Boehme vorzuführen …

Die fasste gerade an das spitze Ende der Röhre und verzog überrascht das Gesicht. »Das ist ja richtig gefährlich! Kein Wunder, dass es *Stech*heber heißt!«

Sie senkte die Röhre ins Spundloch und zog sie wieder hinaus, aber ihr Daumen rutschte vom Verschlussloch. Als sich dadurch kostbarer Whisky aus dem Valinch über das Fass ergoss, stöhnte die Gruppe entsetzt auf, und Tanja Boehme errötete.

»Nun, Frau Boehme«, sagte Dambeck, »*Ihr* Anteil an dieser Verkostung sickert wohl gerade durch das Holz ins Fass zurück. Wirklich bedauerlich.«

Pippa sah, dass Ronan gerade den Umschlag an Iain

übergab, aber dennoch Tanja Boehmes Missgeschick registriert hatte.

Der alte Herr trat neben sie und sagte: »Ah – diese Lady hat ein Herz für Engel!« Ritterlich unterstützte er sie bei ihrem zweiten Versuch, Whisky aus dem Fass zu ziehen, und erklärte: »Während der Lagerzeit atmet der Whisky durch das poröse Holz und verdunstet pro Jahr etwa zwei Prozent seines Volumens.«

»Bei vierzehn Jahren Lagerung, wie bei unserem Stöffchen hier, ist das nicht gerade wenig«, fiel Dambeck ihm ins Wort und sah sich beifallheischend um. »Und die Tanja Boehmes dieser Welt steigern das noch.«

»Wir Schotten nennen diesen Verlust *the angel's share*«, fuhr der alte Herr fort, ohne Dambeck auch nur eines Blickes zu würdigen, »der Anteil für die Engel. Sie trinken also in himmlischer Gesellschaft, gnädige Frau.«

Galant verneigte er sich vor Tanja Boehme, die sichtlich erleichtert war. Alle klatschten Beifall, und besonders die Damen der Gruppe waren hingerissen.

Wie wunderbar, dass er Tanja aus ihrer Verlegenheit hilft und gleichzeitig Dambeck diesen erbärmlichen Triumph nimmt, dachte Pippa gerade, als Freddy in ihr Ohr flüsterte: »Ob der alte Charmeur Kurse gibt?« Laut sagte er: »Dürfen wir jetzt probieren?«

»Aber gerne – *Slàinte!*«, sagte Iain. Er deutete auf die gefüllten Probiergläser und forderte die Gruppe damit auf, zuzugreifen.

Während alle mit der Verkostung beschäftigt waren, bekam Pippa von Iain auch das zweite Kuvert mit der Bitte um Aufbewahrung in die Hand gedrückt. Als sie ihre Tasche öffnete, sah Ronan den anderen Umschlag und quittierte das mit einem fragenden Blick in Richtung Iain.

»Wie du siehst, bist du bereits der Zweite«, sagte dieser. »Habe ich heute noch jemanden vom Stiftungsrat zu erwarten?«

Ronan zuckte mit den Schultern. »Das weiß ich nicht«, erwiderte er leise, »aber ich bin sicher, Graham hätte dir seinen Umschlag ebenfalls gebracht.«

Pippas Neugier wuchs – zu gerne hätte sie gewusst, was die Kuverts enthielten. Auch Dambeck hatte bei der Übergabe neugierig den Hals gereckt. Während die Gruppe von Iain zu einem Fass geführt wurde, dessen Inhalt bereits seit 21 Jahren reifte, kam der Reiseleiter an Pippas Seite. »Habe ich schon meiner Freude darüber Ausdruck verliehen, in Ihnen eine so entzückende Unterstützung zu haben?«, fragte er. »Besonders unter diesen überaus lästigen Umständen. Gemeinsam werden wir die Truppe schon bei Laune halten. Mein Kompliment übrigens: Ihre Übersetzungen der Fachausdrücke sind hervorragend. Für einen Laien haben Sie sich erstaunlich schnell in die Materie eingearbeitet.«

Innerlich schnappte Pippa nach Luft. Laie! Das konnte die professionelle Übersetzerin lässig wegstecken, aber Montys Tod als lästigen Umstand zu bezeichnen, war schlicht geschmacklos.

Nachdenklich sah sie auf das Glas Whisky in ihrer Hand, lächelte eisig und fragte Dambeck laut genug, dass es auch ihre direkte Umgebung hören konnte: »Brennt Whisky, wenn man ihn ins Gesicht bekommt?«

»Auf die Augen zielen«, empfahl Marion trocken.

Dambeck rang sichtlich um Fassung und kippte seinen Whisky auf ex hinunter.

Ronan MacPhies Gesicht zeigte deutlich, was er von jemandem hielt, der den kostbaren Tropfen auf diese Weise konsumierte. Er schüttelte den Kopf, stellte sich zu Pippa und fragte: »Hat sich das Rätsel um den Hochzeitswhisky für Duncan und Anita mittlerweile gelöst?«

Ehe Pippa antworten konnte, ergriff Dambeck einmal mehr das Wort, ohne angesprochen zu sein. »Da bin ich besser informiert als die Trauzeugin«, verkündete er. »Dieses Problems habe ich mich höchstpersönlich angenommen. Ich handle vorwiegend mit Sammlerflaschen, ›Antik-Whisky‹ sozusagen. Ich besitze noch Abfüllungen aus der Zeit, als Duncans Vater Besitzer von Wee Dram war. Die bekommt das Brautpaar, zusammen mit Sammlerflaschen aus Brennereien Campbeltowns, die seit Jahrzehnten geschlossen sind. Hat mich einige Mühen gekostet, die aufzutreiben.«

»Die müssen ein Vermögen gekostet haben«, warf Ole ein, der interessiert zugehört hatte.

Dambeck zwinkerte – etwas zu anzüglich für Pippas Geschmack. »Für Iona MacKinnon ist mir nichts zu schwer und nichts zu schwierig.«

Pete hat recht, er möchte Iona unbedingt gefallen, dachte Pippa und musste grinsen, als Tanja Boehme betont harmlos fragte: »Hat er gesagt: zu *schmierig*?«

Dambeck würdigte Tanja keines weiteren Blickes, sondern mahnte zum Aufbruch, da man im Ardshiel Hotel mit dem Abendessen auf die Gruppe warte. Die Aussicht auf gutes Essen und die Tatsache, dass er sich hervorragend mit den Damen der Whiskytruppe verstand, veranlassten Freddy dazu, sich ihnen anzuschließen. Als auch Pete ihr mitteilte, er wolle zu Rebecca auf die Polizeistation gehen, war Pippa erleichtert: Endlich ergab sich für sie die willkommene Gelegenheit, mit Iain allein zu sprechen.

Nach der Abfahrt des Busses trug sie gemeinsam mit Iain die benutzten Gläser in sein Büro. Sie holte die Umschläge aus der Tasche und legte sie auf seinen Schreibtisch, dann nahm sie ein Geschirrtuch, um die Gläser abzutrocknen, die er in der Kochnische spülte.

»Bist du überhaupt nicht neugierig?«, fragte sie schließlich und deutete mit dem Kopf in Richtung Schreibtisch.

Iain schüttelte den Kopf. »Diese Umschläge kennt jeder hier. Und jeder hofft, irgendwann einmal der Adressat zu sein.«

»Aber du nicht?«

Er stellte das letzte Glas auf das Abtropfgitter. »Nicht unter diesen Umständen.«

»Jetzt mach es nicht so spannend, Iain!«

Der Brennereimanager trocknete sich die Hände ab, dann öffnete er Ronans Umschlag. Gespannt sah Pippa über seine Schulter dabei zu, wie er eine Urkunde herauszog, auf der er als Ronans Nachfolger in den Stiftungsrat berufen wurde – unter der Voraussetzung, dass er der Ernennung zustimmte.

Iain schien sich darüber allerdings nicht zu freuen.

»Ist das nicht eine große Ehre für dich?«, fragte sie verwundert.

»Eine Ablehnung hat es in der Geschichte des Stiftungsrates noch nie gegeben«, sagte er leise.

»Das glaube ich gerne. Ich hätte nicht gedacht, dass ein Mann wie Ronan zu Lebzeiten freiwillig seinen Sitz aufgibt.«

»Freiwillig? Nein. Das ist ein Freundschaftsdienst. Er will Jock vor einer großen Dummheit bewahren, indem er mir die Möglichkeit gibt, *sein* Angebot anzunehmen – und nicht Jocks.«

»Du meinst …«

Pippa riss den zweiten Umschlag auf und entnahm ihm eine beinahe identische Urkunde. Lediglich der Name des scheidenden Mitglieds unterschied sich: Hier war es Jock Blakely.

»Jock will seinen Sitz im Stiftungsrat dir geben anstatt seinem eigenen Enkel«, sagte sie entsetzt. »Das kann nur heißen, dass er Duncan nichts zutraut ...«

Iain nickte. »Oder viel zu viel ...«

Kapitel 18

Als Pippa am nächsten Morgen vor die Haustür trat, war die Landschaft mit Raureif bedeckt. Die überfrorenen Hügel glitzerten in der Morgensonne und ließen das Wasser des Firth of Clyde unnatürlich blau wirken. Pippa zog ihre geringelte Pudelmütze weit über die Ohren, schlenderte ein paar Schritte in Richtung Wasserfall und sah sich um. Außer einer schwachen Rauchsäule unterhalb des höchsten Berges gab es kein anderes Zeichen menschlichen Lebens als Piper's Hush.

Ihr Blick fiel auf die silbernen Scheiben des Windspiels, die durch den Frost aneinanderklebten, als hätte die Kälte sie mitten in der Bewegung erstarren lassen. Sie hatte sich gerade entschlossen, es endlich abzunehmen, als Freddy und Morris aus dem Haus kamen.

»Ah, da seid ihr ja. Ich bin sicher, Dorcas freut sich über pünktliche Frühstücksgäste«, sagte Pippa und verschob ihr Vorhaben auf später.

Die drei stiegen die Treppe zur Straße hinauf, aber oben blieb Freddy plötzlich stehen und presste sich mit verzerrtem Gesicht die Hände auf den Bauch.

»Wartet auf mich. Ich muss …« Er drehte sich um und hastete zurück zum Haus.

Morris blickte ihm nach. »Immer noch? Der Ärmste.«

»Sprich es ruhig aus: Durchfall«, erwiderte Pippa und lehnte sich an ihn. »Schade, dass du nicht mitkommst. Was kann denn so wichtig sein, dass du jetzt sofort zu Iona musst?«

»Irgendetwas ist schiefgelaufen mit dem Hochzeitsgeschenk, das Dambeck besorgen wollte. Zwar hat er beteuert, alles rechtzeitig hinzubiegen, aber sicherheitshalber hat sie einen Plan B, bei dem ich ihr helfen soll. Da wir uns alle für das Geschenk zusammengetan haben, ist das nur recht und billig.« Er zog Pippa an sich. »Glaub mir, ich würde dich viel lieber zu Dorcas begleiten. Du musst mir versprechen, mir später alles haarklein zu erzählen: wie es dort aussieht, was geredet wurde und vor allem, was es zu essen gab. Falls ihr beide dieses denkwürdige Ereignis unbeschadet übersteht, versteht sich.«

»Ich werde schwärmen – ganz gleich, wie es war.« Sie lachte und deutete dann auf die Rauchsäule auf dem Hügel. »Sieh mal, da brennt was.«

»Das wird Archie sein. Im Winter fackelt er manchmal Dornengestrüpp ab, damit es seinen Mädels nicht in die Quere kommt.«

»Verstehe. Er will nicht, dass sie sich verletzen. Ich schätze, die Arbeit mit den Mädchen hält ihn in diesen Tagen aufrecht.«

Morris schloss sie fester in die Arme. »Wenn es dich beruhigt, schau ich später noch mal bei ihm vorbei.«

Pippa bedankte sich für das Angebot gerade mit einem Kuss, als Freddy wieder oben an der Treppe auftauchte und stöhnte: »Ich weiß nicht, was ich schlimmer finde: meine ständigen Sitzungen auf der Keramik oder eure Turtelei.«

»Freu dich doch einfach mit uns. Freude soll heilend wirken. Außerdem: Jetzt gehört Pippa wieder ganz dir, wir sehen uns später«, entgegnete Morris.

Er gab Pippa noch einen Abschiedskuss, schlug Freddy freundschaftlich auf die Schulter und ging in Richtung Brennerei davon. Während Pippa ihm nachsah, stiefelte Freddy bereits den Berg hinauf.

»Musst du so rennen?« Pippa hatte alle Mühe, ihn einzuholen. Sie war außer Atem, als es ihr schließlich gelang.

»Vielleicht kannst du dir vorstellen, dass ich möglichst schnell in die Nähe der nächsten Toilette kommen möchte?«, sagte Freddy missmutig, ohne seine Schritte zu verlangsamen.

»Ich frage mich, ob die anderen Teilnehmer der Besichtigung ähnliche Beschwerden haben. Allerdings waren die ja schlau genug, immer nur ein Probierschlückchen zu nehmen«, neckte Pippa ihren Bruder.

»Ich habe eben einen empfindlichen Magen«, gab dieser zurück. »Aber red nur weiter, das lenkt ab.«

»Dann sag mir, was du davon hältst, dass Jock seinen Platz im Stiftungsrat nicht an Duncan weitergibt.«

»Gut durchdacht, würde ich sagen.« Freddy stöhnte leise und ging noch einen Schritt schneller. »Iona kriegt den Sitz ja auch nicht. So gibt es keinen Neid zwischen den beiden. Ein diplomatisches Meisterstück.«

Verdutzt blieb Pippa stehen. »Du meinst, es geht überhaupt nicht darum, Duncan zu brüskieren? Jock will nur weiteren Streit zwischen seinen Enkeln verhindern? Gut möglich.«

Freddy eilte unverdrossen weiter. »Dass ich auch unbedingt dieses Zeug trinken musste«, schimpfte er, »dieses dämliche *wort* ... diese verdammte Würze! Iain hätte mich davon abhalten müssen, er kennt doch bestimmt ihre Wirkung ...«

Pippa rannte hinter ihrem Bruder her und holte ihn erst auf Höhe der Ferienhäuser ein. »Verdammt, Freddy, ich habe schon Seitenstechen! Du bist schneller als eine Gewehrkugel!« Wieder blieb sie stehen. »Mist, Dorcas' Gewehr! Wir haben vergessen, es mitzunehmen!«

Freddy hielt inne und sagte: »Sei mal kurz still! Hörst du das?«

Aus einem der Häuser drang Musik.

»Das muss Duncans frühere Band sein«, fuhr er fort. »Sie sind gestern eingetroffen. Er hat es nicht übers Herz gebracht, ihnen abzusagen. Er will wenigstens drei Schotten dabeihaben, denen er vertrauen kann, hat er gesagt.«

Sie lauschten den glockenhellen Stimmen, bis das Knallen eines Auspuffs den Genuss störte: Daniel Setons roter Kastenwagen kam den Berg hinaufgeschaukelt und bremste direkt vor ihnen. Brenda Sandison, Flora Grant und Joanna Goldie stiegen aus, winkten und marschierten gleich auf Dorcas' Haus zu.

Daniel kletterte vom Fahrersitz, stellte sich zu Pippa und Freddy und hörte der Musik zu. »Das sind sie. *The Midden.* Hazel, Meggan und Kate Reid. Die drei Mädels singen einfach wunderbar. Ich bin ein Riesenfan.« Er warf einen Blick auf seine Armbanduhr und murmelte: »So früh zu stören und um ein Autogramm zu bitten, gehört sich trotzdem nicht.«

»Ich sehe die Band auf der Hochzeit«, sagte Pippa. »Wenn du willst, besorge ich dir Autogramme.«

Die Augen des jungen Postboten leuchteten. »Super! Und … auch ein paar Fotos vielleicht?«

Pippa nickte. »Auch ein paar Fotos.«

»Super! Wie kann ich mich revanchieren?« Er dachte kurz nach. »Ich weiß: Ich nehme dich mal auf meine Tour mit. Den ganzen alten Schmugglerweg hinunter bis zum südlichen Ende von Kintyre. Von der Straße über die Klippen hat man herrliche Ausblicke. Wäre das was für dich?«

Pippa nickte hocherfreut. »Ginge das Montagmorgen? Da ist die Whiskytruppe noch auf Islay und Jura, um dort Brennereien zu besichtigen. Ich habe frei.«

»Gebucht!« Daniel Seton grinste. »Über den Preis werden wir uns dann schon einig.«

Ehe die verdutzte Pippa reagieren konnte, war er bereits wieder ins Auto gestiegen und startete den Motor.

»Wir sehen uns!«, rief er. Dann verabschiedete er sich mit einem geräuschvollen Kavaliersstart und raste die Straße entlang zu seinem nächsten Kunden.

Pippa folgte Freddy und den anderen zur Haustür, die gerade von Dorcas geöffnet wurde. Smith und Wesson saßen wachsam wie chinesische Tempelhunde rechts und links der Türpfosten.

Dorcas begrüßte ihre Gäste mit einem Handschlag. »Bitte durch den Flur bis in den Wintergarten!«

Pippa ging als Letzte hinein und sagte: »Ich habe Ihr Gewehr vergessen. Tut mir leid.«

Dorcas Gunn winkte ab und lächelte hintergründig. »Ich hole es mir, wenn ich es brauche. Und so lange stellen Sie es am besten ans Kopfende Ihres Bettes. Da ist es sicherer als am Eingang.«

Pippa sah sich um und verstand, was Dorcas mit ihrer Andeutung bezüglich der Unordnung in ihrem Haus gemeint hatte: Es sah aus wie bei einem Trödler, der seit Jahren kein einziges Teil verkauft hatte. Walfischzähne, zerbeulte Milchkannen, altes Mobiliar, Dudelsäcke, undefinierbare Metallgegenstände voller Rost – im langen Hausflur stand und lag alles wild durcheinander.

»Das sieht ja bunter aus als in der Asservatenkammer meines Reviers!«, sagte Freddy begeistert. »Sammeln Sie für eine Ausstellung alter heimatlicher Gebrauchsgegenstände, Dorcas?«

Für eine Sekunde lang musterte Dorcas ihn mit zusammengekniffenen Augen, dann antwortete sie: »Man weiß nie, wofür man etwas gebrauchen kann. Aber eine Ausstellung wäre eine gute Idee. Hier hat wirklich jedes Stück eine Geschichte.«

Sie ging ihnen voraus durch den engen, düsteren Flur. Als Freddy sich mit einem Stöhnen zusammenkrümmte und sich verzweifelt umsah, erfasste Dorcas die Situation blitzschnell.

»Das Büfett ist im Wintergarten, fangen Sie und die anderen Damen ruhig schon einmal an. Ich kümmere mich um unseren Patienten mit der interessanten Gesichtsfarbe«, sagte sie zu Pippa und zog Freddy in die entgegengesetzte Richtung.

Pippa blickte ihnen besorgt nach, aber Flora Grant, die am Ende des Flures wartete, lächelte beruhigend. »Dorcas hat immer alles im Griff. Ich würde mich doch sehr täuschen, wenn ihr das nicht auch bei Ihrem Bruder gelingen würde.«

Zusammen mit Flora betrat Pippa den Wintergarten. Das Panorama verschlug ihr den Atem. »Ich dachte, die Aussicht von Piper's Hush sei kaum zu überbieten, aber von hier aus ...« Sie ging zu einem Teleskop, das am mittleren Fenster stand, und sah hindurch. »Hier ist bestimmt nicht nur der Blick in die Sterne atemberaubend. Diese Insel dort drüben scheint zum Greifen nah.«

Brenda Sandison warf einen kurzen Blick in die von Pippa angezeigte Richtung. »Das ist Ailsa Craig. Die Insel ist unbewohnt.«

»Waren Sie schon mal bei Dorcas zu Besuch?«

»O nein, niemand war bisher hier eingeladen. Dieses Frühstück ist in der Geschichte von Lorn House einzigartig.«

Flora Grant und Joanna Goldie inspizierten inzwischen das beeindruckende, liebevoll geschmückte Frühstücksbüfett. Gerade von der kantigen Dorcas Gunn hätte Pippa diese weibliche Note in der Dekoration nie erwartet, aber sie zeigte dadurch eine neue Facette, die Pippa gut gefiel.

»*Full scottish breakfast*, meine Damen«, sagte Flora Grant. »Es fehlt an nichts: Würstchen, *black pudding*, gebratene Champignons, Schinken und Eier, Porridge, Toast, Marmelade, geräucherter Fisch ... und sogar eine Käseauswahl für unsere Gäste aus Deutschland. Wunderbar.« Sie probierte ein Stück Fisch und fuhr fort: »Bin ich die Einzige, die es nicht überrascht, dass die Einladung zu diesem Zeitpunkt erfolgt?«

Brenda Sandison kicherte. »Bist du nicht. Ich hatte sogar mit dem gesamten Stiftungsrat gerechnet und nicht nur mit seiner weiblichen Hälfte.«

Pippa sah die Frauen der Reihe nach an. »Sie meinen, Dorcas will sich mit einem üppigen Frühstück bei Ihnen einschmeicheln, damit man sie für einen Sitz in Erwägung zieht? Ich dachte, die Regeln besagen, dass man Gälisch können und durch ein scheidendes Mitglied benannt werden muss.«

Joanna Goldie zuckte mit den Achseln. »Mit den Gälischkenntnissen ist es bei den meisten von uns nicht weit her. Da kann Dorcas durchaus mithalten.«

»Viel wichtiger ist, dass Monty ständig von ihrem profunden Whiskywissen geschwärmt hat«, fügte Flora Grant hinzu. »Und schließlich *trainiert* Dorcas jeden Freitag in meiner Bar.«

Brenda Sandison nickte. »Und häufig war Monty dabei. Die beiden haben über jedes Geschmacksdetail diskutiert, über die Vorzüge oder Nachteile einer Altersangabe ... kein Aspekt wurde ausgelassen. Wer etwas über Whisky lernen wollte, hat sich einfach dazugesetzt und ihnen zugehört.«

»An manchen Abenden ließ ich ihnen einfach meinen

Schlüssel da und ging ins Bett, weil sie kein Ende fanden«, sagte Flora Grant.

»Das heißt also, Dorcas hätte eine echte Chance, für Graham MacLeods Sitz im Stiftungsrat in Erwägung gezogen zu werden?«, fragte Pippa in Erinnerung daran, dass auch die Altherrenriege dieses Problem bei ihrem nächsten Treffen diskutieren wollte.

Joanna Goldie zeigte aufs Büfett. »Bei diesem Frühstück, meine Liebe? Natürlich!«

»Die bedauernswerte Briony hat momentan andere Sorgen, als sich um Grahams Nachfolge Gedanken zu machen. Nach den Regeln könnte sie stellvertretend für ihn an den Sitzungen teilnehmen, aber ...« Brenda zuckte vielsagend mit den Achseln. »Stattdessen bat sie uns um eine Liste mit Vorschlägen, wer das für sie übernehmen könnte.« Wohlwollend betrachtete sie die Fülle der Leckereien auf dem Tisch. »Und unter diesen Umständen würde uns Dorcas' Name wahrscheinlich als Erstes einfallen.«

Joanna Goldie nickte bestätigend und fragte: »Ist das Catering von dir, Flora?«

Die Hotelchefin schüttelte den Kopf. »Nein, aber ich hätte es auch nicht besser gekonnt. Das muss Dorcas selbst gemacht haben. Meine Hochachtung.«

»Spitzendeckchen und Rosenblüten auf dem Büfett? Dorcas?«, fragte Joanna. »Wer soll das denn glauben?«

»Könnte sein, dass wir ihr etwas zur Hand gegangen sind«, sagte Tanja Boehme, die gerade mit ihrem Gatten in den Wintergarten kam. Sie stellte eine riesige Kanne Tee aufs Büfett. »Das meiste war allerdings bereits fertig, als wir eintrafen.«

Pippa traute ihren Augen kaum – gab es irgendeinen Ort in dieser Gegend, wo das Mainzer Ehepaar nicht auftauchte? »Ich dachte, Sie beide wären heute Morgen mit bei der Besichtigung der Springbank-Brennerei«, sagte sie verblüfft.

Jens Boehme schüttelte den Kopf. »Wir gehen heute Nachmittag vielleicht mit auf die Wanderung zum Crosshill Loch.«

»Aber eigentlich wollen wir uns mal rarmachen und Dambeck ein wenig in Sicherheit wiegen.« Tanja Boehme kicherte. »Ständige Präsenz führt zu Gewöhnung. Wir glauben an die Taktik kleiner, feiner Nadelstiche.«

»Es ist nicht zu übersehen, dass Sie einander nicht riechen können«, sagte Pippa. »Was haben Sie nur gegen ihn?«

»Wir warten auf Schadensersatz«, sagte Tanja. »Und so lange er nicht bereit ist, den zu zahlen, sorgen wir dafür, dass er uns nicht vergisst.«

Pippa horchte auf. »Schadensersatz? Darf ich fragen, wofür? Hatten Sie eine Reise bei ihm gebucht, und er hat den Vertrag nicht eingehalten?«

»O nein, dann würden wir kaum einen derartigen Aufstand machen«, erklärte Jens Boehme. »Dieser Mann handelt mit Whisky aus längst geschlossenen Brennereien. Im Fass und in der Flasche. Absolute Raritäten. Seine unabhängigen Abfüllungen, *BRDs Tropfenfänger*, gelten als außergewöhnlich und sind auf Auktionen und Messen heißbegehrte Sammlerobjekte. Vor einiger Zeit haben wir durch einen Zwischenhändler eine exorbitant teure Flasche aus seinem Katalog erworben – laut Etikett am Tag von Tanjas Geburt gebrannt.«

Tanja Boehme nickte. »Wir wollten die Flasche nicht etwa in die Vitrine stellen und damit angeben. Nein, wir haben sie an meinem vierzigsten Geburtstag geöffnet, um sie zusammen mit unseren Freunden zu genießen. Raten Sie mal, was passiert ist: Alle spuckten den Fusel sofort wieder aus! Er war ungenießbar!«

»Kann Whisky denn verderben?«, fragte Pippa erstaunt.

»Von wegen – es war eine verdammte Fälschung!« Jens Boehme schnaubte. »Billiger Rachenputzer mit Zuckercouleur! Wir hatten schon davon gehört, aber nie damit gerechnet, selbst einmal eine solche Flasche zu erwischen. Können Sie sich vorstellen, wie enttäuscht wir waren?«

»Seither suchen wir nach einem Weg, Dambeck Betrug nachzuweisen und Entschädigung zu bekommen«, schloss Tanja Boehme.

»Aber dazu ist er nicht bereit«, sagte Pippa.

»Nicht nur das: Er ist sogar so dreist, zu behaupten, wir hätten den Whisky getrunken und wollten *ihn* betrügen, um so unser Geld zurückzubekommen. Das muss man sich mal vorstellen! Dass wir Zeugen haben, interessiert ihn nicht. Er sagt, sie wären unsere Freunde und würden natürlich für uns lügen.« Boehme verstellte die Stimme und parodierte Dambeck gekonnt: *»Das lasse ich mir von Ihnen nicht gefallen, Herr und Frau Boehme. Ich habe einen guten Namen, den ich mit allen Mitteln verteidigen werde.«*

Pippa dachte an die Flaschen, die Dambeck für Duncans Hochzeit besorgen wollte. »Kann denn fünfzig Jahre nach der Schließung einer Whiskybrennerei der in Flaschen abgefüllte Whisky noch trinkbar sein?«, fragte sie.

Die drei Damen vom Stiftungsrat hatten interessiert zugehört, und jetzt meldete Flora Grant sich zu Wort. »Whisky reift nur im Fass – nicht in der Flasche. Wenn der Korken hält und die Flasche gut verkapselt ist, können Sie den Whisky noch hundert Jahre später genießen. Ohne Qualitätsverlust.«

Brenda Sandison nickte. »Vor einigen Jahren hat man im ewigen Eis Flaschen der Arktisexpedition von Ernest Shackleton entdeckt. Der Mann hatte Stil: Zum Proviant gehörten 25 Kisten Whisky – das war 1908. Als man ab 2004 das Basislager restaurierte, fand man einige Flaschen davon – eine Sensation. Man hat sie geöffnet und verkostet. Der Whisky soll wunderbar geschmeckt haben. Selbst Replika dieses Whiskys werden mittlerweile hoch gehandelt.«

»Replika?«, fragte Pippa. »So etwas wie eine Kopie? Ich dachte immer, es ginge Sammlern um Originalabfüllungen.«

»Vorweg: Es gibt Sammler, die sich alles andrehen lassen – man muss es ihnen nur als echte Gelegenheit präsentieren und andeuten, dass die Flasche eine gute Geldanlage ist«, erklärte Flora Grant. »Aber ich kenne viele, die wirklich mit dem Herzen dabei sind. Wenn du etwas über echte Leidenschaft wissen willst, komm in mein Hotel und sieh dir meine Vitrinen an. Ich beschäftige mich mit meinen Schätzen wie andere mit ihrer Briefmarkensammlung oder wertvollen Erstausgaben von Büchern.« Sie lächelte und fuhr fort: »Und ich schließe nicht aus, jede dieser Flaschen einmal zu öffnen und den Genuss entsprechend zu zelebrieren. Mit guten Freunden.«

»Vor denen du dich nach einer solchen Ankündigung nicht retten könntest!« Joanna lachte. »An dem Tag hätten wir alle Zeit.«

»Bei den Shackleton-Replika ging es aber, meiner Meinung nach, um mehr als nur darum, Sammlerflaschen zu schaffen«, nahm Brenda den ursprünglichen Faden wieder auf. »Man wollte rekonstruieren, was den Expeditionsteilnehmern damals geschmeckt hat, so etwas schaffen wie eine Erinnerung an den Geschmack vergangener Zeiten und Interessierten die Möglichkeit geben, dies nachzuerleben. Einen solchen Whisky zu komponieren ist eine hohe Kunst, das können nur Experten.«

»So jemand wie Iona«, bestätigte Joanna. »Jemand mit einem außergewöhnlichen Geruchs- und Geschmackssinn.«

Flora nickte zustimmend. »Wenn eine Iona MacKinnon eine limitierte und signierte Abfüllung auf den Markt bringt, finden sich sofort Käufer.«

Allmählich begann Pippa zu verstehen: Einige Sammler waren bereit, viel Geld für eine besondere Flasche auszugeben, aber die meisten von ihnen hatten nie vor, den Inhalt zu probieren ... es sei denn, sie hießen Boehme und wollten den Whisky tatsächlich trinken. »Wenn Sie sagen: *hoch gehandelt*, dann reden wir von ...«, fragte Pippa neugierig.

»Es beginnt beim Gegenwert eines Kurztrips nach Mallorca und reicht bis zum schicken Mittelklassewagen mit allen Schikanen«, sagte Flora Grant. »Für eine einzige Flasche. Tendenz steigend.«

Pippa war beeindruckt, aber ehe sie dem Ausdruck verleihen konnte, tauchte Dorcas endlich auf.

»Na, unterhalten sich alle gut?«, fragte sie. »Ihr esst ja gar nicht! Bitte, greift doch zu.« Während die anderen sich auf die Köstlichkeiten stürzten, zog sie Pippa zum Fenster. »Ich habe Ihrem Bruder eine Wärmflasche gemacht und ihn auf das Sofa gepackt, das der Toilette am nächsten ist.«

Pippa runzelte besorgt die Stirn. »Sollten wir einen Arzt holen?«

»Das bekommen wir schon wieder hin – mit viel schwarzem Tee und Haferkeksen. Und meiner speziellen Medizin. Er braucht nur ein wenig Ruhe, und die kann ich ihm hier bieten.« Dorcas zögerte und fuhr fort: »Wie ist eigentlich mein Geschenk bei Duncan und Anita angekommen?«

»Es steht auf dem Kaminsims im Wohnzimmer«, antwortete Pippa diplomatisch.

Dorcas nickte zufrieden. »Das ist gut. Man sollte es sich immer wieder ansehen. Ganz genau.« Sie deutete hinaus auf die Felsspalte, die ihr Grundstück von Wee Dram abgrenzte. »Es zeigt diese Stelle dort unten am Wasser. Bis heute sehr schwer zugängliches Gebiet.« Sie wandte sich an ihre anderen Gäste. »Bitte, lasst es euch schmecken. Ihr entschuldigt mich – ich habe einen Patienten zu versorgen.«

Mit einer großen Tasse Tee verließ sie den Wintergarten.

Joanna Goldie sah ihr nach. »Wenn mich nicht alles täuscht, kommt dein Bruder heute nicht mehr hier weg, Pippa. Und vermutlich will er das auch gar nicht.«

»Es geht ihm wirklich schlecht. Er musste bei unserer Besichtigung von Glen Scotia ja auch unbedingt einen ganzen Becher Würze trinken«, erklärte Pippa. »Und das fesselt ihn jetzt ans Haus. Ein Wunder, dass er den Weg hier herauf geschafft hat.«

»Würze hat das angerichtet, wie interessant. Würde man die wohl aus einem Whiskycocktail rausschmecken?«, fragte Brenda Sandison verträumt. »Connor liebt Mixgetränke ... und ich liebe es, Männer ans Haus zu fesseln.«

Flora verdrehte die Augen. »Wenn du willst, dass Connor sich in dich verliebt, musst du ihm nur die monatlichen Einnahmen deines Eisenwarenhandels zeigen.«

»Und ihm gleichzeitig versprechen, dass er nicht arbeiten muss, wenn er den Laden betritt«, warf Joanna Goldie ein.

Brenda Sandison schien ihren Freundinnen die für Connor wenig schmeichelhaften Bemerkungen nicht übelzunehmen. »Das war der alte Connor«, sagte sie. »Der neue unterstützt mich, wo er kann – und ist absolut zuverlässig. Habt ihr euch nicht gefragt, wieso ich heute hier sein kann? Genau! Connor steht im Laden – und das hat er mir vorgeschlagen, nicht etwa umgekehrt. Maisies Tod hat ihn verändert. Er hat ihn tief getroffen.«

Joanna Goldie nickte. »Uns alle.«

»Connor braucht jemanden zum Reden. Warum er mich dazu auserwählt hat, weiß ich nicht. Aber ich genieße es. Und ich werde dafür sorgen, dass ich die Auserwählte bleibe.«

Flora Grant und Joanna Goldie wechselten einen Blick. »Also, ich hätte keine große Lust, mir seine Frauengeschichten anzuhören«, sagte Flora Grant dann.

»Von wegen!« Brenda Sandison lächelte triumphierend. »Er redet in letzter Zeit nur von seiner Arbeit und davon, dass er an Graham MacLeods Stelle hätte sein können, wäre er an dem Tag pünktlich zur Arbeit erschienen.« Sie kostete die Situation sichtlich aus, als sie fortfuhr: »Heute Nacht hat er mir übrigens erzählt, dass es eine Verhaftung gegeben hat: zwei mutmaßliche Mitglieder der Katzenbande. Auf frischer Tat ertappt.«

Pippa hätte nicht sagen können, was mehr Aufmerksamkeit erregte: die Neuigkeit der Verhaftung oder die Tatsache, dass Connor offenbar die Nacht bei Brenda Sandison verbracht hatte.

»Der Tipp kam von Hector MacKinnon«, berichtete diese weiter. »Er wollte für seine Whiskysammlung zwei wertvolle Flaschen erstehen, aber die Angebote dieser sogenannten Privathändler waren ihm nicht geheuer. Er hat Brian Lockhart eingeweiht, und der hat Prescott informiert. Dann hat sich einer von Brians Kollegen von der Küstenwache als Sammler ausgegeben, sich mit den Händlern verabredet und …« Mit hochgezogenen Augenbrauen sah sie bedeutungsvoll in die atemlos lauschende Runde.

»… und ihnen eine Falle gestellt«, vervollständigte Flora Grant begeistert.

Brenda Sandison nickte. »Und die ist prompt zugeschnappt.«

»Wen haben die belastet?«, fragte Jens Boehme elektrisiert. »Das sind doch sicher nur kleine Fische, oder? Was haben sie über die Hintermänner gesagt?«

»Das wusste Connor auch nicht genau. Nur, dass diese angeblichen Händler ihre Lieferungen immer per Post bekommen. Und dass sie per Handy angekündigt werden. Von einer dunklen Frauenstimme, die technisch verzerrt wurde.« Brenda Sandison pickte mit spitzen Fingern ein Würstchen vom Büfett und biss genießerisch ab. Mit gesenkter Stimme fuhr sie fort: »Wenn man den Gerüchten glauben darf, die seit heute Nacht auf Kintyre kursieren, dann sitzen wir sechs gerade mitten in der Höhle der Löwin.«

Kapitel 19

Als Daniel Seton am Ende seiner Auslieferungsrunde zurückkam, um die Damen des Stiftungsrates abzuholen, rang Pippa mit sich: Einerseits bot sich gerade eine bequeme Möglichkeit, nach Campbeltown zu kommen, andererseits lag Freddy tief schlafend auf dem Sofa und machte nicht den Eindruck, als könnte man ihn problemlos wecken. Zudem wäre die geplante Wanderung in seinem Zustand vermutlich ohnehin nicht zu bewältigen.

Zögernd zog Pippa ihre Jacke an. »Ich muss leider los, ich habe einen Termin in Campbeltown«, sagte sie zu Dorcas, »Verpflichtungen der Whiskytruppe gegenüber. Wir wollen zum Crosshill Loch wandern.«

Sie fühlte sich nicht recht wohl dabei. Konnte sie einfach mit Daniel fahren und Freddy hierlassen?

»Ihr Bruder stört mich nicht. Wenn ich ihn wieder in Piper's Hush abliefere, wird er gesund sein, versprochen«, sagte Dorcas, als sie Pippas besorgten Blick auf Freddy bemerkte. »Meine Medizin wirkt Wunder. Hier – für spätere Behandlungen.«

Sie gab Pippa einen Zettel mit dem Rezept eines Zaubertranks, der in der Hauptsache aus heißer Milch, frischem Ingwer und einem guten Schuss Whisky bestand.

Brenda Sandison überflog die Zutatenliste. »Stimmt, das hilft – zumindest, alles Unerfreuliche zu vergessen.«

Dorcas lächelte. »Genau so ist es. Machen Sie sich keine Sorgen, Pippa. Freddy Bolle ist bei mir in besten Händen.«

Pippa gab sich einen Ruck und folgte den anderen zu Setons Gefährt. Der junge Mann lehnte wartend an der Motorhaube, winkte Dorcas Gunn zu und rief: »Nicht vergessen! Ich komme später vorbei, dann kannst du den Rest deines Versprechens einlösen!«

In seinem üblichen halsbrecherischen Tempo schaukelte er sie den Hügel hinunter nach Wee Dram. In Sichtweite von Angus Todds Stammplatz hielt er an, um Joanna Goldie aussteigen zu lassen.

Die sah zur leeren Parkbucht hinüber und sagte: »Seltsam, mir fehlt richtig etwas, seit Angus hier nicht mehr steht. Irgendwie ist die Landschaft nicht mehr ... vollständig.«

Brenda Sandison nickte. »Seit Monty getötet wurde, ist er hier nicht mehr aufgetaucht. Die Polizei sucht ihn, denn ...«, sie machte eine Pause, um die anderen bedeutungsvoll anzusehen, »es heißt, er habe über den bevorstehenden Verkauf der gefälschten Flaschen an Hector MacKinnon Bescheid gewusst.«

»Dieser dumme Mann lernt einfach nicht dazu.« Joanna Goldie seufzte. »Das sieht doch jetzt wieder so aus, als stünde er auch diesmal auf der falschen Seite.«

Sie stieg aus und winkte zum Abschied.

»Nächster Halt: Campbeltown, Ardshiel Hotel!«, verkündete Daniel Seton und gab Gas. Ohne weitere Zwischenstation raste er die schmale Straße entlang, bis sie ihr Ziel erreicht hatten.

Pippa und Brenda Sandison verabschiedeten sich von Flora Grant und gingen gemeinsam bis zur Hauptstraße des Städtchens.

»Besuch mich doch mal in meinem Laden.« Brenda Sandison deutete eine Querstraße hinunter. »Ich muss los – viel Spaß beim Bummeln!«

Langsam schlenderte Pippa die Main Street entlang und hing ihren Gedanken nach. Sie war sich nicht sicher, ob sie die Andeutungen der Stiftungsdamen richtig verstanden hatte; offenbar wurde Dorcas nicht nur als unnahbare Nachbarin, sondern auch als potentielle Schmugglerin und Whiskyfälscherin gehandelt. Es war beinahe so, als machte gerade das ihre Attraktivität aus. Brenda hatte Parallelen zu Ronan MacPhie gezogen. Er galt allgemein als der beste und kenntnisreichste Schwarzbrenner der Gegend, ohne dass irgendjemand daran Anstoß nahm. Im Gegenteil: Ronan war überall beliebt und geachtet. Seine Tätigkeit hatte ihm sogar den Weg in den Stiftungsrat des heiligen Kevin geebnet, weil er mit den Erzeugnissen keine schmutzigen Geschäfte machte, sondern seine Freunde zum Selbstkostenpreis mit ausgesprochen leckeren Tröpfchen versorgte.

In der Hauptgeschäftsstraße reihte sich ein Laden an den nächsten. Hier schien die Zeit stehengeblieben zu sein: Kein Neubau und keine Supermarktkette störte den Eindruck beinahe dörflicher Atmosphäre. Die Häuser mit ihren Erkern, Sprossenfenstern und in angenehmen Farben lackierten Rahmen der Ladentüren und Schaufenster wirkten anheimelnd. Ganz gleich, ob Metzger, Blumenladen, Bank oder Pub – jede Fassade war liebevoll und einladend gestaltet.

Vor einem altmodischen Süßwarenladen, dessen Auslage unzählige Gläser mit verlockendem Inhalt präsentierte, blieb Pippa stehen. Kurz entschlossen betrat sie den Laden, um sich Fudge zu kaufen, das ihr die kommenden langen Winterabende versüßen sollte. Sie war nicht erstaunt, dass eine Glocke bimmelte, als sie die Ladentür öffnete.

Als sie ihr Karamellkonfekt bezahlte, fiel ihr ein, dass sie mit Lesestoff unterversorgt war. Sie hatte nicht mit einem längeren Aufenthalt auf Wee Dram gerechnet und deshalb ganz gegen ihre Gewohnheit keine Bücher in den Koffer gepackt.

»Können Sie mir einen guten Buchladen empfehlen?«, fragte sie die Verkäuferin.

Die junge Frau nickte. »Gleich um die Ecke, in der Cross Street, gibt es *The Old Bookshelf*, einen Laden mit neuen und antiquarischen Büchern. Dort können Sie herrlich stöbern. Die Buchhändlerin hat Ahnung und wird Ihnen gute Tipps geben können. Es gibt sogar Krimis, die hier auf Kintyre spielen. Die würde ich Ihnen empfehlen, darin werden Sie einiges aus dieser Gegend wiedererkennen.«

Pippa bedankte sich für den Hinweis.

Fudge, heißer Tee und Bücher, dachte sie, klingt himmlisch.

Sie folgte der Wegbeschreibung und stand kurze Zeit später vor dem Buchladen, über dessen Schaufenster eine sonnengelbe Markise ausgerollt war. Der Name des Geschäfts stand in metallenen Jugendstil-Lettern direkt an der Fassade. Innen herrschte gemütliches Durcheinander, denn die vollgestopften einfachen Holzregale bildeten eine Art literarisches Labyrinth mit engen Gängen und verwinkelten Sackgassen. Als Pippa sich ratlos umsah, wurde sie von einer Frau mit langen blonden Haaren und einem runden, freundlichen Gesicht angesprochen. Die Buchhändlerin gab ihr eine kurze Einweisung, wo sie welche Genres finden konnte. Danach wandte sie sich Kunden zu, die an der Kasse auf sie warteten.

In Berlin würde man diese Menge an Büchern auf einer zehnmal so großen Ausstellungsfläche präsentieren, dachte Pippa, als sie an den Regalen entlangging, aber das wäre lange nicht so einladend.

Sie arbeitete sich bis in den hinteren Teil des Geschäfts vor, wo sie Werke von Jane Austen, Charles Dickens und D.H. Lawrence fand. In einem angrenzenden Raum blieb sie stehen, als sie *Der dritte Mann* von Graham Greene entdeckte.

Automatisch zog sie den schmalen Band aus dem Regal und blätterte ihn auf. Schlagartig standen ihr nicht nur die Bilder des Abends und Montys Tod wieder deutlich vor Augen, sondern auch Dorcas' Besuch am Morgen danach.

Es gibt zwei Möglichkeiten, dachte Pippa, entweder hatte sie wirklich ein Verhältnis mit Monty, oder sie ist gekommen, weil sie erfahren wollte, welche Gerüchte über sie in Umlauf sind.

Ohne den Text wirklich zu registrieren, blätterte Pippa in den Seiten des Buches, während ihre Gedanken um die außergewöhnliche Frau vom Hügel kreisten. Hatte sie ihr mit dem Frühstück Sand in die Augen streuen wollen, während sie in Wahrheit lediglich an Pippas Wissensstand interessiert war? Ging es um Grahams vakanten Sitz im Stiftungsrat oder doch um Millionen schmutzigen Geldes? Wer ging hier für Schmuggel und Whiskyfälschungen über Leichen? Tatsächlich Dorcas? Und falls ja – hinter welchen ehrbaren Fassaden verbargen sich ihre Komplizen?

Während des Frühstücks hatte Dorcas nichts unternommen, um für sich zu werben – sie war praktisch nicht dabei gewesen. Den größten Teil der Zeit hatte sie ihre Gäste sich selbst überlassen, während sie sich um Freddy kümmerte oder endlose Telefonate führte. All das war, wie die Frau selbst, höchst undurchsichtig.

Geschickte Taktik oder Ausdruck der Tatsache, dass Dorcas' Fähigkeiten im zwischenmenschlichen Bereich schlicht unterentwickelt waren? Von all ihren Besuchern hat jetzt nur Freddy die Gelegenheit, sie näher kennenzulernen, dachte Pippa.

Gerade wollte Pippa das Buch zurück ins Regal stellen, als sich im Nachbargang Leute näherten und jemand sagte: »Gestern Nacht, das hat die Katzenbande verärgert. Darauf kannst du wetten, Hector. Du musst jetzt vorsichtig sein. Du hast Familie.«

Wie elektrisiert hielt Pippa den Atem an und rührte sich nicht. Das war Brian Lockhart. Sie hatte zwar lediglich auf der Fähre mit ihm gesprochen, aber sein englischer Akzent war unverkennbar. Eine Welle der Abneigung stieg in ihr auf, als sie daran dachte, was sie von Joanna über ihn und Maisie gehört hatte. Sprach Brian auf der anderen Seite des Regals mit Hector MacKinnon?

»Übertreibst du jetzt nicht ein wenig, Brian?«, antwortete eine tiefe, sonore Stimme. »Nichts wird so heiß gegessen, wie es gekocht wird. Ich habe keine Angst vor der Katzenbande.«

»So habe ich auch mal geredet.« Brian Lockhart schnalzte mit der Zunge. »Und jetzt ist Maisie tot. Das hat mir die Augen geöffnet. Ich habe diese Leute unterschätzt. Fälscher ... Schmuggler ... das klingt nicht sehr gefährlich, oder? Aber das sind sie. Brandgefährlich.«

»Hör bitte auf Brian, wenn du schon nicht auf mich hören willst«, bat eine Frauenstimme, die Pippa sofort als die von Iona identifizierte.

»Die haben ihre Augen überall«, sagte Lockhart eindringlich. »Sie wissen längst, woher der Wind weht und warum zwei ihrer Leute verhaftet wurden. Sie wissen, dass der Tipp von dir kam, Hector.«

Pippa überlegte krampfhaft, wie sie sich jetzt noch bemerkbar machen konnte, ohne als Lauscherin an der Wand zu erscheinen, als Iona schon weitersprach.

»Heute Morgen waren deine Reifen zerstochen! Was muss denn noch passieren, damit du begreifst, dass dies kein Spiel ist?«

»Das kann ein Dummejungenstreich gewesen sein«, gab Hector MacKinnon zurück.

»Du solltest auf Iona hören: Es war kein Streich, sondern eine Warnung.« Halt suchend griff Pippa nach dem Regal hinter sich, als sie jetzt auch noch Morris' Stimme hörte. »Deine Reifen wurden nicht auf der Straße zerstochen, sondern in deiner Garage. Ohne dass die Alarmanlage sich meldete! Das waren keine Kinder.«

Pippa biss sich auf die Unterlippe. Wie peinlich, wenn ausgerechnet er sie beim Lauschen erwischen würde!

»Es kommen Menschen zu Tode, die sich auf irgendeine Weise mit der Katzenbande anlegen«, fauchte Iona. »Aber mein Herr Vater muss mal wieder den Helden spielen.«

»Nanu – plötzlich so besorgt? Sonst kenne ich solche Töne von dir nur, wenn es um deine Mutter geht.« Die Ironie in Hector MacKinnons Stimme war unüberhörbar.

»Die würde in dieser Situation allerdings zuerst an ihre Familie denken«, erwiderte Iona. »Damals wie heute weiß sie, was wichtig ist. Sie ist zu klug, um sich in Gefahr zu bringen!«

»Wolltest du nicht schon längst einmal mit deiner Familie Urlaub machen?«, fragte Morris. »Pack Rose und die Kinder ins Auto – und dann fahrt ein paar Tage weg.«

Nach einer kurzen Stille meldete sich Brian Lockhart wieder zu Wort. »Diese Leute verteidigen ihre Interessen, denn es geht um sehr viel Geld. Die lassen sich ihre Pläne nicht durchkreuzen. Von niemandem. Mach nicht den gleichen Fehler wie ich.«

Hector MacKinnon seufzte. »Ich denke darüber nach, versprochen. Jetzt lasst uns bitte dieses Thema beenden.

Morris soll endlich sein Buch kaufen, und dann holen wir das Hochzeitsgeschenk ab.«

Niemand widersprach, und dann hörte Pippa an Morris' Stimme, dass er sich auf das Ende des Regals zubewegte.

»Ga … Ge … hier finde ich ihn nicht. Greene muss auf der anderen Seite stehen.«

Ehe Pippa reagieren konnte, kam Morris um das Regal herum und sah sie. Er riss überrascht die Augen auf und wollte etwas sagen, aber sie legte bittend den Zeigefinger auf ihre Lippen. Er verstand sofort und grinste. Mit zwei schnellen Schritten war er bei ihr und gab ihr einen Kuss, aber Pippa konnte die Anwesenheit der Leute auf der anderen Seite des Regals nicht verdrängen. Sie machte eine Handbewegung, die ihn zur Eile aufforderte.

Prompt rief Iona ungeduldig: »Wie lange brauchst du denn noch, Morris?«

Morris unterdrückte ein Lachen. »Hab bereits alles gefunden, was ich so brauche!«, antwortete er und küsste Pippa erneut, die sich aus seinen Armen befreite und ihm den Roman von Graham Greene in die Hand drückte. Morris winkte mit sichtlichem Widerstreben zum Abschied und ging zurück zu den anderen.

Pippa wartete, bis sie hörte, dass die Gruppe den Laden verließ. Sie hätte sich von der Buchhändlerin gern noch ein Buch empfehlen lassen, aber die war intensiv mit Kunden beschäftigt. Also entschied Pippa sich, später wiederzukommen.

Als sie aus dem Geschäft trat, sah sie die anderen vier gerade noch um die nächste Ecke biegen. Während sie selbst die Straße hinunterschlenderte, klingelte ihr Handy.

»Wo bist du gerade?«, fragte Rebecca Davis ohne weitere Vorrede, nachdem Pippa sich gemeldet hatte. »Kannst du zum Polizeirevier kommen? So schnell wie möglich?«

Als Rebecca ihr die Adresse nannte, stellte Pippa fest, dass sie den gleichen Weg nehmen musste wie Morris und seine Begleiter. Sie bog um die Ecke und sah, wie er und die anderen einen Whiskyladen namens *Cadenhead* betraten.

Pippa beschleunigte ihre Schritte und suchte nach dem Straßenschild, das ihr bestätigte, dass sie die *Longrow* hinunterging und damit die richtige Richtung eingeschlagen hatte. Sie erinnerte sich, dass Brenda Sandison ihr erzählt hatte, dies sei auch der Name eines Whiskys, der noch immer in Campbeltown gebrannt wurde, und dass ihr eigener Laden ganz in der Nähe jener Brennerei zu finden sei. Wie aufs Stichwort kam Pippa an einem Laden vorbei, über dem in verschnörkelter Schrift *Sandison's Ironmongery* stand. Neugierig trat Pippa ans Schaufenster und stellte amüsiert fest, dass sich die Auslage und das Innere des Geschäfts auf den ersten Blick nicht wesentlich von Dorcas Gunns Flur unterschieden.

Sie wollte weitergehen, als die Ladentür aufflog und Connor herausstürzte.

»Pippa! Schön, dich wiederzutreffen. Ist das Frühstück bei Dorcas schon beendet? Die halbe Stadt beneidet euch darum.« Suchend blickte er die Straße entlang. »Dann wird Brenda ja auch bald auftauchen, und ich kann Feierabend machen.«

Pippa runzelte die Stirn. »Ist sie denn noch nicht da? Daniel hat uns beide vorhin bei Flora abgesetzt. Soweit ich weiß, wollte Brenda direkt zu dir.«

Connor lächelte erfreut. »Dann ist sie bestimmt noch in unserem bevorzugten Fish&Chips-Shop und holt uns etwas Leckeres zum Mittagessen. Freitags bietet Ronan dort nämlich immer seine Seeschnecken an.« Genießerisch rollte er mit den Augen. »Mit Knoblauch und Whisky gebraten. Solltest du unbedingt probieren. Eine Delikatesse.«

»Hört sich gut an.«

»Aber du musst dich frühzeitig anstellen. Die Schlange vor dem Laden ist so lang, dass vielleicht schon ausverkauft ist, bevor du an der Reihe bist.«

Als ihr Handy erneut klingelte, entschuldigte Pippa sich und ging langsam weiter. Wider Erwarten war es nicht Rebecca, um sie zur Eile zu mahnen, sondern Freddy.

»Schwesterherz!«, sagte er gutgelaunt. »Erwarte mich nicht zur Wanderung – unterwegs gibt es mir zu wenige Toiletten. Es geht mir zwar viel besser, aber freier Wildbahn fühle ich mich noch nicht gewachsen. Ich lasse mich lieber von Dorcas noch etwas pflegen.«

»Das tust du nicht«, erwiderte Pippa alarmiert. »Da du auf dem Weg der Besserung bist, kannst du auch nach Hause gehen. Diese Frau ist unberechenbar.«

»Unberechenbar?« Freddy lachte. »Finde ich nicht. Eher unorthodox.«

»Dann schicke ich Pete zu euch. Zur Sicherheit.«

»Untersteh dich! Ich kann es durchaus allein mit ihr aufnehmen. Wir wollen jetzt morsen üben. Und heute Nacht darf ich ihr Teleskop ausprobieren. Ein beeindruckendes Ding. Bei dem Sternenhimmel hier bestimmt ganz großartig.«

»Du willst über Nacht bleiben? Bist du wahnsinnig? Du weißt nicht, auf was du dich da einlässt!« Pippa zögerte, dann fuhr sie fort: »Freddy, sie wird mit den Whiskyfälschungen in Verbindung gebracht.«

»So ein Unsinn! Sie ist selber Sammlerin. Dorcas hat eine riesige Vitrine mit wertvollen Flaschen. Sie hat sich sogar Panzerglas davorsetzen lassen. Keine Flasche jünger als vierzig Jahre. Sie nennt das ihren Finger-weg-Schrank. Also ehrlich, von den Tröpfchen würde ich gerne mal das eine oder andere verkosten.«

Wenn das nicht passt, dachte Pippa. Dorcas besitzt Sammlerflaschen. Eine ganze Vitrine voll. »Hast du mal gefragt, wie sie an diese Flaschen gekommen ist?«

»Hat sie mir erzählt, ganz von sich aus: Internet, Händler, Versteigerungen ... wo man diese Seltenheiten eben findet.«

»Nicht von Dambeck?«

»Du meinst die *Tropfenfänger* dieses aufgeblasenen Whisky-Experten? Die sind ihr viel zu teuer, sagt sie.«

»Darauf hätte ich alle meine Kappen, Hüte und Mützen verwettet, dass sie das behauptet. Was, wenn sie eigene Fälschungen herstellt, in schöne alte Flaschen füllt und verscherbelt? Andauernd bekommt und verschickt sie Pakete – das allein ist doch schon verdächtig! Und wovon kann sie die enormen Preise für die seltenen Flaschen ihrer Sammlung zahlen? Von der Schafzucht? Oder dem Verkauf von Wild, das sie erlegt? Benutze mal deinen Grips, Brüderchen.«

Freddy schwieg einen Moment, dann sagte er: »Dann ist es erst recht wichtig, dass ich hierbleibe und ein wenig spioniere. Akribische Ermittlungen – schließlich bin ich Polizist. Over and out.«

Ohne ihre Antwort abzuwarten, beendete er das Gespräch.

Na warte, dachte Pippa, dir hetze ich noch heute den Profiler unseres Vertrauens auf den Hals ...

Im zweckmäßig eingerichteten Empfangsbereich des Polizeireviers stand Sergeant Stuart Ramsay hinter dem Tresen und begrüßte sie freundlich. Er führte sie in einen kleinen Raum mit hellgelben Wänden und leuchtend blauem Teppichboden, direkt neben dem Eingang. Schmale Fenster knapp unterhalb der Decke spendeten Tageslicht.

Rebecca, Pete und Detective Inspector Prescott saßen dort an einem Tisch, vor sich ein Laptop und etliche dicke Ordner mit Fotos.

Als Pippa und Ramsay in der Tür erschienen, sagte Prescott: »Na endlich. Pippa, wir begleiten Sie bei der Wanderung. Eine hervorragende Gelegenheit, der Gruppe und ihrem Leiter aufs Maul zu schauen. Unser guter Sergeant hier spricht sogar Deutsch. Ramsay – Ihre Laufschuhe.«

Der Sergeant seufzte ergeben und ging.

Prescott winkte Pippa, sich zu setzen. »Ich gehe davon aus, dass Sie durch die unermüdliche Kintyre-Buschtrommel bereits besser über die Vorkommnisse der letzten Nacht informiert sind als die Polizei.«

Pippa berichtete kurz, was Brenda Sandison erzählt hatte, und der Inspector nickte zufrieden.

»Kaum zu glauben, aber wir haben tatsächlich noch einen kleinen Wissensvorsprung. Sie können uns helfen, den auszubauen, Pippa. Ihre Kollegen hier haben es schon hinter sich.« Er schob ihr einen der Ordner zu. »Hier haben wir Fotos ... unsere Verbrecherkartei sozusagen. Mit der können Sie anfangen. Ich möchte, dass Sie uns jede Person nennen, die Sie während Ihres Aufenthaltes auf Kintyre schon einmal gesehen haben.«

Beim Betrachten der Fotos – zunächst in den Ordnern, dann auf dem Laptop – stutzte sie zweimal: Ronan war wegen Schwarzbrennerei erfasst und Connor aufgrund einer ausufernden Schlägerei, bei der es um eine Frau gegangen war.

Mit einem Ohr hörte sie dabei Rebecca zu, die referierte: »Ich habe die offiziellen Akten von Neil und Alice Blakelys Segelunfall mit den Berichten des *Campbeltown Courier* verglichen. Hector MacKinnon wurde nach dem

Unglück vom ganzen Ort angefeindet, denn es war allgemein bekannt, dass die Idee, den Corryvreckan zu durchsegeln, von ihm stammte. Also gab man ihm auch die Schuld, aber Hector wehrte sich. Immer wieder wies er darauf hin, dass er und seine Frau ihr eigenes Leben aufs Spiel gesetzt hatten, um wenigstens Duncan zu retten. Dennoch blieb ein Makel an ihm haften, durch den auch seine erste Ehe mit Catriona Blakely zerbrach. Das wird zumindest allgemein als Grund angenommen.«

»Einen Moment bitte, Rebecca«, unterbrach Pippa den Bericht und studierte konzentriert das Foto eines jungen Mannes auf dem Bildschirm des Laptops. Dann deutete sie darauf. »Der da, den habe ich schon mal gesehen.«

Prescott musterte sie aufmerksam. »Tatsächlich? Wo?«

»Das war auf Arran. Ein Picknick mit der Whiskytruppe. Brenda Sandison war an Bord des Kutters, weil sie sich auf der Insel mit einem Mann treffen wollte. Ein ... Blind Date, wenn ich Archie richtig verstanden habe. Das war dieser Mann. Ganz sicher.«

Prescott wechselte einen Blick mit Rebecca. Dann sagte er zufrieden: »Interessant. *Höchst* interessant. Ausgerechnet diesen jungen Mann haben wir heute Nacht festgenommen. Er gehört zur Katzenbande.«

Kapitel 20

Gemeinsam machten sich Detective Sergeant Stuart Ramsay und Pippa auf den Weg zum Treffpunkt, der mit der Whiskytruppe vereinbart war. Als sie am Hinweisschild zum Krankenhaus vorbeikamen, dachte Pippa mit Bedauern an Graham MacLeod und seine Frau Briony, die ihn nun nicht mehr täglich besuchen konnte.

Das alles wegen dieser verdammten Katzenbande, dachte sie erbost, während sie den Hügel hinaufstapften, die Gier dieser Verbrecher greift in das Leben so vieler Menschen ein und zerstört es. Aber ich lasse mich von euch nicht einschüchtern – ich nicht!

Die Wut verlieh ihr Energie, und sie konnte leicht mit Sergeant Ramsays langen Schritten mithalten.

»Erzählen Sie mir etwas von der Gruppe, Frau Bolle«, sagte er, »ist irgendjemand von denen mit Bert-Rüdiger Dambeck befreundet?«

»Wir hatten beschlossen, Vornamen zu benutzen, Stuart«, erinnerte Pippa ihn. »Es soll doch niemand misstrauisch werden, dass du an der Wanderung teilnimmst.« Sie kniff die Augen zusammen und musterte ihn. »Wobei ich mich gerade frage … wie gut sprichst du eigentlich Deutsch?«

Plötzlich sah Ramsay aus wie ein kleiner Junge, der mit den Fingern im Marmeladenglas erwischt worden war. »Äh, um ehrlich zu sein …«

»Also gar nicht.«

»Ich hatte als Teenager einen Brieffreund in München,

der Englisch lernen wollte. Und ich Deutsch. Ein paar Sachen weiß ich noch: *Guten Tag* und *Auf Wiedersehen* zum Beispiel.« Er zog die Stirn kraus und dachte angestrengt nach. »Und *Weißwörscht* und *Knödel* und *Häx'n.*«

»Das würde für ein Gespräch mit Freddy völlig reichen«, Pippa lachte. »Und es kommt einem Deutsch-Intensivkurs verdächtig nahe.« Sie stutzte und fuhr fort: »Also ehrlich, warum wirst du mit auf die Wanderung geschickt, obwohl du die Gespräche der Whiskygruppe gar nicht verstehen kannst? Ich würde nicht damit rechnen, dass sie deinetwegen aus Höflichkeit Englisch sprechen.« Angesichts seiner Verlegenheit musterte sie ihn argwöhnisch. »Moment mal ... da steckt doch mehr dahinter? Raus mit der Sprache, oder ich verweigere jegliche Mitarbeit.«

Ramsay wand sich wie ein Aal und wich ihrem bohrenden Blick aus.

»Die Wahrheit, Stuart Ramsay!«, forderte Pippa streng.

Ramsay zuckte schuldbewusst zusammen. »Ich ... äh ... soll auf dich aufpassen. Der Chef will verhindern, dass dir etwas passiert.«

»Wieso?«, fragte Pippa verblüfft. »Denkt Prescott etwa, dass jemand aus der Gruppe ...« Dieser Gedanke kam ihr absurd vor.

Ramsay zuckte mit den Schultern. »Prescott will einfach nicht, dass du ohne Schutz bist, sagt DI Rebecca Davis.«

Daher weht der Wind, dachte Pippa. »Und hat DI Davis auch gesagt, wie lange ich beschützt werden soll?«

»Nein, DI Davis nicht. Aber der Profiler. Mister Wesley.«

Pippa verdrehte die Augen. »Na prima. Und was meint *Mister Wesley*?«

»Bis alles geklärt ist, hat er gesagt. Auf jeden Fall aber während der kommenden Woche, wenn du mit der Gruppe in der Brennerei bist.«

»Und wie soll das gehen? Hatte Mister Wesley dazu auch einen Vorschlag? Du kannst doch nicht eine ganze Woche ununterbrochen an meiner Seite sein. Du hast doch auch mal Feierabend.«

Ramsay grinste treuherzig. »Also, alle drei fanden, da wir beide doch ungefähr in einem Alter sind und ja auch gemeinsame Interessen haben, könnte man daraus eine wirklich passende Tarnung stricken.«

Pippa brauchte einen Moment, um die Information zu verdauen. »*Wie bitte*? Wir sollen uns als *Paar* ausgeben?«

»Super Idee, oder?«, entgegnete Ramsay strahlend.

»Ja, hervorragend. Fehlt nur noch, dass du auch noch zu mir nach Piper's Hush ziehst.«

Da dem Sergeant die Ironie in Pippas Stimme entging, sagte er begeistert: »Du bist also einverstanden. Also von meiner Seite ... ich habe ganz und gar nichts dagegen.«

Energisch schüttelte Pippa den Kopf. »Hübsch ausgedacht und gut gemeint – aber nein. In Großbuchstaben.«

»Aber du sollst nicht allein ...«

Pippa hob die Hand, um ihn zu unterbrechen. »Ich bin nicht allein. Ich habe bereits einen ständigen Begleiter. Aber ich verspreche dir, ich werde mich immer dann bei dir melden, wenn der für mich keine Zeit hat und ich keine Lust habe, Solitär zu spielen.«

»Das sagst du meinem Chef und deinen Freunden bitte selbst«, erwiderte Ramsay. »Ich setze mich da nicht in die Nesseln.«

»Es muss doch niemand erfahren«, sagte Pippa. »Wir zwei bleiben einfach via Handy in ständiger Verbindung. Und wenn ich mich mal, sagen wir ... länger als drei Stunden nicht bei dir melde und du mich nicht erreichst, darfst du gerne Alarm schlagen. Aber das wird nicht passieren – ihr überschätzt meine Abenteuerlust gewaltig.«

»Da habe ich aber ganz anderes gehört.«

Er sah sie erwartungsvoll an, aber Pippa hatte keine Lust, darauf einzugehen. Stattdessen fragte sie: »Kennst du eigentlich Angus Todd? Persönlich, meine ich?«

»Klar. Hier kennt jeder jeden oder ist über irgendeine Ecke verwandt. Meine Tante Betty zum Beispiel, Angus' Frau, ist die Cousine zweiten Grades der Stiefschwester meiner Schwägerin.«

»Engster Familienkreis also«, kommentierte Pippa trocken.

Ramsay bewies erneut, dass er gegen Ironie immun war, und nickte betrübt. »Ganz genau. Deshalb habe ich das Drama seiner unehrenhaften Entlassung aus dem Staatsdienst auch hautnah miterlebt. Böse Geschichte.«

»Du glaubst also nicht an Angus' Schuld?«

»Natürlich nicht! Dreißig Jahre lang war Angus mit seinem Job nicht nur zufrieden – er war stolz darauf. Und dann soll er plötzlich auf die Seite der bösen Buben gewechselt sein?«

»Geld hat schon so manchen Sinneswandel unterstützt.«

Ramsay schnaubte. »Bei jemandem, dem Geld etwas bedeutet, vielleicht. Aber so ist Angus nicht. Er und seine Betty waren zufrieden mit dem, was er verdient hat. Sie haben sich das Haus am Nordende der Bucht gekauft, und da wollten sie nie weg. Nicht einmal in Urlaub sind sie gefahren, im Gegenteil. Angus wird schon nervös, wenn er den heimatlichen Hafen auch nur für den Einkauf seines jährlichen neuen Tweedanzugs verlassen muss. Nicht einmal ein neues Auto wünscht er sich, denn er liebt seinen alten, klapprigen Vauxhall heiß und innig. Seine größte Sorge ist, dass die Behörden den Wagen irgendwann wegen Fahruntüchtigkeit stilllegen.«

»Du glaubst, er wurde reingelegt?«

»Ich glaube, dass die Katzenbande sich den harmlosesten Beamten gesucht hat, den sie finden konnte, um ihm die Sache in die Schuhe zu schieben«, erwiderte der Sergeant. »Allerdings haben sie nicht damit gerechnet, dass sich Harmlosigkeit und Hartnäckigkeit nicht zwangsläufig gegenseitig ausschließen.«

»Hartnäckigkeit?« Pippa sah ihn erstaunt an. »Er sitzt jeden Tag an einer einsamen Landstraße im Auto. Wie soll das seiner Sache helfen?«

»Er sagt damit allen: Seht her, ich verstecke mich nicht. Ich bin immer noch da. Und ich vergesse nicht.«

Da könnte tatsächlich etwas dran sein, dachte Pippa, unter diesem Aspekt habe ich seinen Sitzstreik bisher noch nie betrachtet. »Und warum ausgerechnet dort? Mitten in der Stadt würde er doch von viel mehr Leuten gesehen.«

»Weil er von dort den besten Blick auf den Firth of Clyde hat und damit genau auf die Stelle, wo die Küstenwache bei der Razzia das vermeintliche Schmugglerschiff aufbrachte.«

»Ach, das war genau gegenüber von Wee Dram?«, fragte Pippa. »Das wusste ich nicht.«

Ramsay schüttelte den Kopf. »Stimmt auch nicht ganz. Es war genau gegenüber von Piper's Hush – aber da kann Angus ja nicht stehen, weil es Privatgelände ist.«

Pippa schluckte. Man geht also davon aus, dass die Boote der Schmuggler direkt an meinem Fenster vorbeifahren, dachte sie. Eine beunruhigende Vorstellung.

Während ihrer Unterhaltung hatten sie den Hügel bezwungen und erreichten schnaufend den Treffpunkt: ein einsames Gehöft, wo zwei Hunde bellten, als ginge es um ihr Leben. Die Whiskytruppe war vollzählig bis auf das Ehepaar Boehme und begrüßte Pippa mit großem Hallo. Einige musterten Ramsay neugierig, da sie den Sergeant von den Befragungen nach Montys Tod kannten.

»Das ist Stuart, ein Freund von mir«, stellte Pippa ihn auf Englisch vor. »Er bietet uns die Gelegenheit, unser Englisch zu trainieren. Leider spricht er bis auf wenige Worte überhaupt kein Deutsch.«

Stuart nickte grinsend. »*Weißwörscht*«, sagte er, wofür er begeisterten Applaus erntete. Er verneigte sich.

Gleich hinter dem Gehöft öffneten sie das Gatter, das den Beginn des Wanderweges auf den Beinn Ghuilean und zum Crosshill Loch markierte. Während sie dem Weg folgten, unterhielten sich die Mitglieder der Gruppe lebhaft über ihre vormittäglichen Aktivitäten: Sie hatten zwei Brennereien besichtigt, erst Springbank und dann Glengyle, die jüngste von allen. In keiner von beiden hatten sie jedoch eine Whiskyprobe direkt aus dem Fass genießen dürfen.

In gemächlichem Tempo wanderten sie den Wiesenweg entlang, vorbei an Schafweiden, die von niedrigen alten Mauern oder windschiefen Zäunen umgeben waren. Bert-Rüdiger Dambeck manövrierte sich unauffällig an Pippas linke Seite, da die rechte von Ramsay besetzt war.

Er nickte dem Sergeant zu und sagte: »So, wir wandern also unter Polizeischutz. Gibt es dafür einen besonderen Grund?«

Ramsay legte demonstrativ den Arm um Pippas Schultern.

»Stuart hat heute frei. Da habe ich ihn gefragt, ob er nicht Lust hat, mitzukommen.«

Pippa grinste innerlich, als Dambeck nachdenklich Ramsays Hand taxierte, die wie selbstverständlich auf ihrer Schulter ruhte.

»Sie hatten ja heute Morgen auch frei, Pippa«, sagte er dann. »Wie war denn Ihr Frühstück bei der Exzentrikerin Dorcas Gunn?«

Das hättest du wohl gern, dass ich jetzt richtig auspacke,

dachte Pippa, aber darauf kannst du lange warten. »Sehr lecker. Ein echtes *full Scottish Breakfast.* Ich brauchte nicht mal Mittagessen.«

»Soso.« Dambeck nickte beinahe abwesend. »Ich bin ihr ja schon häufiger selbst begegnet. Auf Versteigerungen, wissen Sie? Sie hat mich ein paarmal überboten und völlig überteuerten Whisky erstanden. *Ich* weiß, wann ich aufzuhören habe, ihr fehlt da wohl der Einblick. Ist aber offenbar für sie kein Problem. Sie scheint Geld wie Heu zu haben.«

Er machte eine Kunstpause. Obwohl Pippa sonst auf seine Vorträge gut verzichten konnte und momentan lieber in Ruhe die Landschaft genossen hätte, horchte sie nun doch auf.

»Sie soll ja eine große Sammlung haben«, plapperte Dambeck weiter. »Aber ohne erkennbare Systematik zusammengetragen. Offensichtlich kauft sie einfach nach persönlichem Geschmack. Genau wie diese Hotelbesitzerin.«

»Das ist doch der Sinn eines Hobbys, es nach seinen persönlichen Vorlieben zu pflegen«, gab Pippa zu bedenken.

Dambeck lächelte gönnerhaft. »Das ist die typische Sicht eines Laien. Sammeln will gekonnt sein, wenn man sich eine sichere Geldanlage schaffen will. Das geht nicht ohne fundiertes Hintergrundwissen. Einfach so zusammenkaufen, was einem gefällt, das kann jeder Idiot. Ein Fachmann würde zum Beispiel niemals …«

Himmel hilf, dachte Pippa, die sich mit einem seiner gefürchteten Monologe konfrontiert sah. Georg fing ihren flehenden Blick auf, verstand und zwinkerte ihr zu.

Mit zwei raschen Schritten war er neben Dambeck. »Ich hätte eine Frage an Sie als Experten, wenn Sie gestatten.«

Bei dem Wort ›Experte‹ verflog Dambecks anfängliche

Verärgerung ob der Unterbrechung umgehend. Leutselig neigte er sich Georg zu. »Stets zu Diensten, wo drückt denn der Schuh?«

»Wenn Sie so viel in Schottland herumkommen, haben Sie doch bestimmt schon so einiges über die Katzenbande gehört, nicht wahr?«

Dambeck zwinkerte irritiert. »Das kann man nicht verhindern, wenn man in dieser Branche arbeitet«, erwiderte er.

»Dann können Sie mir sicher erklären, warum gemunkelt wird, sie hätten sich ausgerechnet Kintyre als Operationsbasis ausgesucht.« Georg sah ihn erwartungsvoll an und fuhr fort: »Hier gibt es doch längst nicht so viele Brennereien wie zum Beispiel in der Speyside, oben im Hochland.«

Dambeck war sichtlich aus dem Konzept gebracht. »Nun ja – in jeder Branche gibt es schwarze Schafe«, sagte er schließlich. »Umso wichtiger ist es, sich genau anzusehen, bei wem und was man kauft. Sollten Sie sich einmal für eine wirklich außergewöhnliche Flasche interessieren, wenden Sie sich vertrauensvoll an mich. Ich stehe Ihnen mit Rat und Tat zur Seite. An frühere Teilnehmer meiner Reisen vergebe ich sogar Sonderrabatte von bis zu 5 Prozent. Und bei mir können Sie nichts falsch machen, ich lege allergrößten Wert auf Echtheit und Qualität.«

Perfekt ums eigentliche Thema herumgeredet, dachte Pippa und wartete neugierig ab, ob Georg noch einmal nachbohren würde.

Aber da erreichten sie eine abgeschiedene Talsenke mit einem See, und Dambeck wandte sich von Georg ab. Er klatschte in die Hände und rief: »Meine sehr verehrten Damen und Herren, darf ich um Ihre Aufmerksamkeit bitten? Dies ist das berühmte Crosshill Loch. Kein See wie jeder andere. Mitnichten! Sehen Sie genau hin, was können Sie am anderen Ende erkennen?«

Wie alle anderen spähte Pippa über die Oberfläche des zwischen Hügeln und Felsen eingebetteten Sees. Der gegenüberliegende Uferstreifen unterschied sich deutlich vom ansonsten naturgegebenen Umriss der Wasserfläche: Er verlief schnurgerade.

Ursula kniff die Augen zusammen, um besser zu sehen. Dann sagte sie: »Sieht aus wie eine Staumauer!«

»Das haben Sie sehr gut erkannt, bravo.« Dambeck sprach mit der fast weißhaarigen Ursula, als wäre sie eine Erstklässlerin, die zum ersten Mal eine einfache Rechenaufgabe gelöst hatte. »Wie ich bereits sagte, stehen wir nicht an einem x-beliebigen See. Das Crosshill Loch ist ein Reservoir, das eigens angelegt wurde, um Wasser für die Brennereien Campbeltowns bereitzustellen.« Er blickte triumphierend in die Runde. »Wie Sie alle in den letzten Tagen gelernt haben, wird für die Produktion von Whisky bei so gut wie jedem Herstellungsschritt viel Wasser benötigt. Vom Mälzen bis zum Abfüllen in die Flaschen – aus diesem See hier kommt es. Wasser für das Wasser des Lebens.«

Er stellte seinen Rucksack auf die Erde, um einen Krug sowie eine leere Flasche herauszuholen. Er drückte die Gegenstände Marion und Stefan in die Hand und deutete auf den See. »Bitte abfüllen.« Dann wandte er sich wieder der Gruppe zu. »Freuen Sie sich auf eine einzigartige Verkostung.«

Ole sah sich verdutzt um. »Hier? Auf dem Weg?«

Dambeck schüttelte den Kopf. »Hier kommt man nur am bequemsten ans Wasser heran. Der Picknickplatz ist weiter oben auf dem Hügel. Dort werden wir unsere Fassstärkenwhiskys von Wee Dram und Glen Scotia mit dem Wasser verdünnen, aus dem es hergestellt wurde.«

Marion und Stefan kamen zurück und präsentierten die Flasche mit dem Wasser: eine trübe Brühe mit allerlei Schwebstoffen.

»Ich weiß ja nicht«, sagte Harald zweifelnd, »wenn ich an Freddys derzeitige Unpässlichkeit denke ... Ich glaube, mir reicht das Wasser, das bereits im Whisky enthalten ist!«

Die anderen Gruppenmitglieder lachten und gingen dann hinter Dambeck her den Hügel hinauf. Ohne zu merken, dass die Gruppe bald zurückfiel, schwadronierte er: »Das Crosshill Loch wurde übrigens bereits in der ersten Hälfte des vorletzten Jahrhunderts angelegt. Man hat Dokumente gefunden, die das Jahr 1868 tragen. Es gibt tatsächlich einige interessante Geschichten ...«

»Jetzt auch noch Geschichtsunterricht? Ohne mich«, sagte Ole und stieß den neben ihm gehenden Stefan in die Seite. »Los – wer zuerst oben ist! Wer macht mit?«

Die beiden rannten los, und Sergeant Ramsay folgte ihnen. Mühelos zog er mit ein paar großen Sätzen an ihnen vorbei, lauthals angefeuert von Pippa.

»Einen echt netten Kerl hast du dir da angelacht«, sagte Marion und grinste, bevor sie – im Chor mit Pippa, Ursula und Gabi – ebenfalls »Stu-art! Stu-art!« skandierte.

»Verräterin«, brummte Harald seiner Gattin ins Ohr.

Gabi drehte sich erstaunt zu ihm um. »Wieso? Du läufst doch gar nicht mit!«

»Da merkt man mal wieder die gute Ausbildung der Pol...«, sagte Dambeck gerade zum siegreichen Stuart Ramsay, als der Gruppenleiter erstarrte. Pippa folgte seinem Blick hinüber zu den Picknickbänken, wo das Ehepaar Boehme bei einer Mahlzeit saß und ihnen jetzt vergnügt zuwinkte.

»Huhu, Herr Dambeck!«, rief Tanja Boehme. »Überraschung! Wir haben den Weg von Wee Dram herüber genommen!«

Jens Boehme deutete auf einen Picknickkorb. »Möchte jemand? Echtes deutsches Brot, Zwiebeln und Spundekäse – alles aus Mainz mitgebracht. Passt hervorragend zu Whisky.«

Die anderen setzten sich zu den Boehmes, aber Dambeck rührte sich nicht vom Fleck und sah aus, als stünde er kurz vor einem Schlaganfall. Er schäumte vor Wut.

Die verstehen wirklich was von Folter, dachte Pippa, ich kann kaum glauben, dass es wirklich nur um Schadensersatz für eine einzige Flasche Whisky gehen soll ...

Sie stellte sich etwas abseits, um in Ruhe das außergewöhnliche Panorama zu genießen. Von hier aus überblickte man nicht nur die Bucht von Campbeltown und Davaar Island, sondern auch die Atlantikseite der Halbinsel Kintyre.

Stuart Ramsay gesellte sich zu ihr und zeigte nach Nordwesten. »Sieh mal, heute kann man sogar die Inseln Jura und Islay erkennen. Und natürlich C'town zu unseren Füßen.«

»Es wirkt wie das Dorf einer Modelleisenbahn«, sagte Pippa überwältigt. »Das muss die schönste Aussicht auf ganz Kintyre sein.«

Ramsay strahlte sie an. »Siehst du, dein Profiler hatte recht: Wir passen hervorragend zusammen – so oft, wie wir einer Meinung sind.«

Pippa verdrehte die Augen.

Nach und nach kamen die Mitglieder der Gruppe dazu, jeder mit einem Glas Whisky in der Hand. Auch sie bewunderten das Panorama, das sie dazu inspirierte, einen Toast auf Campbeltown auszubringen.

»*Slàinte*, Campbeltown!«, sagte Georg, und alle tranken andächtig.

Die rothaarige Marion schob sich an Pippa heran und murmelte: »Gewährst du mir Asyl vor Dambeck? Ich wüsste zu gern, was der Mann von mir will. Ich passe doch gar nicht in sein Beuteschema! Mit fünfzig bin ich dem doch viel zu alt!«

»Du besitzt nicht zufällig eine wertvolle Whiskysammlung?«, fragte Pippa leise zurück.

Marion sah sie verwirrt an. »Nein. Ich bin hier, weil ich die Chefsekretärin eines großen Whiskyimporteurs bin. Diese Reise ist ein Geschenk zu meinem zwanzigjährigen Betriebsjubiläum.«

»Lass mich raten«, warf Jens Boehme ein, »Import-Export von Alkoholika aller Art. Und Dambeck ist noch kein Geschäftspartner.«

»Ganz im Gegenteil«, erwiderte Marion. »Wir vertreiben schon lange die *BRD-Tropfenfänger*. Sehr lange. Herr Dambeck wird sogar als einer der möglichen Nachfolger meines Chefs gehandelt.«

»Sieh da. Als einer von vielen also.« Boehme zog die Augenbrauen hoch. »Da greift man schon mal zu kreativen Methoden, um sich besser zu positionieren.«

»Du meinst, dass er deshalb …« Marion schüttelte den Kopf. »Das hat er gar nicht nötig. Er hat ein spezielles Ass im Ärmel: seine Firma. Die würde in unserer aufgehen, wenn er gewählt wird. Du musst zugeben: Das ist ein weit besserer Trumpf, als einer Chefsekretärin den Hof zu machen.«

»Doppelt genäht hält besser«, sagte Boehme.

Interessant, Dambeck will höher hinaus, dachte Pippa. Kein Wunder, dass er da gerne auch noch einen Brennmeistertitel in der Vita hätte. Deshalb hat er sich also angeboten, für Graham MacLeod einzuspringen. Er hält sich alle Türen offen: Marion, Iona, Wee Dram, diese große Firma ... ganz schön umtriebig.

»Sie sind doch von hier, junger Mann«, sagte Ursula zu Stuart Ramsay. »Es soll in Campbeltown früher mehr als dreißig legale und illegale Brennereien gegeben haben. Sieht man davon heute noch etwas?«

»Hier hat fast jedes Haus mit Whisky-Geschichte zu tun«, erwiderte Ramsay stolz und zeigte ihnen ein paar Gebäude unten im Tal. »Das waren auch mal Brennereien. C'town wurde früher *Whiskyopolis* genannt, Welthauptstadt des Whiskys. Manche nannten es sogar *Spiritville*. Die Namen der alten Brennereien sind nicht vergessen. Sie haben bei Kennern besonderen Klang: Benmore, Dalintober, Albyn, Lochruan, Meadowburn, Ardlussa, Glenside, Dalaruan, Lochhead ... um nur einige zu nennen.«

Dambeck war Marion gefolgt und hatte die letzten Worte aufgeschnappt. »Wie Sie heute bei Springbank gehört haben, lässt diese Brennerei einige der großen, alten Namen wieder aufleben: Hazelburn und Longrow.«

Ramsay warf ihm einen undefinierbaren Blick zu und sagte: »Stimmt. Vom Geist dieser Zeit ist noch so einiges übrig.« Er blickte hinunter auf das Crosshill Loch und fügte hinzu: »Apropos Geist: In diesem See ist im Jahre 1931 Duncan MacCallum, der damalige Besitzer der Glen-Scotia-Brennerei, unter mysteriösen Umständen ertrunken. Jetzt kehrt sein Geist während der Nachtschicht regelmäßig in die Brennerei zurück und sorgt dafür, dass Glen Scotia ein wahrhaft geistvolles Getränk bleibt.«

Allgemeines Aufstöhnen in der Gruppe bewies, dass er mit dieser Geschichte einen Treffer gelandet hatte.

»Man weiß es nicht genau, aber es wird angenommen, dass er sich aus Kummer über finanzielle Probleme seiner

Destillerie das Leben nahm«, verkündete Dambeck pompös. »Fehlkalkulationen, schlechte Investitionen ... Er hat Fehler gemacht und dafür bezahlt.«

»Selbsttötung aus Ehrgefühl!« Tanja Boehme musterte Dambeck nachdenklich. »Solche Konsequenzen ziehen oft nur diejenigen, die unfreiwillig in etwas hineingeraten sind und dennoch mit ihren Schuldgefühlen nicht leben können. Die übernehmen eben noch Verantwortung.«

»Wenn es einen solchen Ehrenkodex heute noch gäbe«, sagte Georg, »müssten wir rund um unsere Glaspaläste Sprungtücher installieren, damit noch der eine oder andere Banker übrigbleibt.«

»Du willst einen schottischen Gentleman doch wohl nicht mit diesen gewissenlosen Egoisten vergleichen!«, warf Ursula ein.

Harald hatte sich während der Diskussion das Wasserreservoir aufmerksam angesehen. »Kommt es mir nur so vor, oder ist bis zur Dammkrone ganz schön viel Platz?«, fragte er. »Hat es in letzter Zeit nicht genug geregnet?«

»Wenn Engel reisen ...«, sülzte Dambeck, »es ist eben so gutes Wetter, weil Sie alle hier sind.«

Stuart Ramsay quittierte die Bemerkung mit einem Grinsen. »Sie haben in dieser Woche tatsächlich Glück. Vor dem ersten Frost ist es hier oft besonders schön. Wenn dann Vollmond ist, schlägt das Wetter um, und die Herbststürme kommen. Könnte sein, dass Sie Kintyre nach Ihrer Rückkehr von Islay bereits ganz anders erleben werden.« Er runzelte die Stirn. »Aber es stimmt: Der Wasserspiegel ist äußerst niedrig, obwohl es in diesem Sommer mehr als genug geregnet hat. Das sehen wir von der Polizei gar nicht gern.«

»Was hat denn die Polizei mit der Wasserknappheit des Sees zu tun?«, fragte Harald. »Wird das Wasser geklaut?«

Ramsay ließ sich mit seiner Antwort Zeit. Er positionierte sich so, dass sich die Mitglieder der Truppe im Halbkreis um ihn versammeln konnten. Als er alle im Blick hatte, sagte er: »Zu wenig Wasser im Crosshill Loch bedeutet zu viel Whisky.«

»Oh«, entfuhr es Gabi. »Heimlich gebrannt! Ich verstehe: zu wenig Wasser gleich illegaler Whisky.«

Stuart Ramsay nickte. »Und wenn das so dramatische Ausmaße annimmt wie in den letzten Jahren, dann arbeiten Steuerbehörde, Küstenwache und wir eng zusammen, um das Loch in der Pipeline zu finden ...«

»... denn irgendwo muss das Wasser schließlich bleiben«, ergänzte Pippa.

Dambeck winkte ab. »Das scheint mir doch ein wenig zu dramatisch dargestellt. Immerhin gibt es hier ein weitverzweigtes Leitungssystem, das früher zu sämtlichen Brennereien führte. Da kann schon mal was unbemerkt versickern.«

»Heute gibt es aber nur noch vier Brennereien, die das Wasser nutzen«, führte Ramsay weiter aus, ohne sich von Dambecks Einwurf im mindesten irritieren zu lassen. »Wenn es also in eine fünfte – illegale – fließt, werden wir das über kurz oder lang entdecken. Und damit auch die Schmuggler und die Fälscher.«

Die Gruppe hatte seinen Ausführungen atemlos gelauscht. Jetzt fragte Ole: »Was bringt mehr Geld: Schmuggel oder Fälschungen?«

Jens Boehme sah Dambeck an. »Was meinen Sie, Herr Dambeck? Ich würde sagen: wenn man beides kombiniert.«

Kapitel 21

Seit einer halben Stunde führte Dambeck die Gruppe den Weg zum Beinn Ghuilean hinauf. Nach Boehmes provokanter Frage hatte sich die Laune des Reiseleiters deutlich verschlechtert. Eilig und ohne spürbaren Enthusiasmus brachte er die zuvor groß angekündigte Verkostung hinter sich, um dann sofort zum Aufbruch zu drängen. Jetzt marschierte er an der Spitze der Gruppe und gab ein strammes Marschtempo vor. Nur Ole lief neben ihm; die anderen trödelten hinterher.

Rechts und links des Wanderweges wuchsen Heidekraut sowie halbhohe Sträucher wie Stechginster und Sumpfmyrte, die jetzt, im Winter, ohne Laub und nur an ihren bräunlichen, wie verdorrt wirkenden Samenständen erkennbar waren.

Schräg vor Pippa wanderten die Boehmes Hand in Hand. Jens Boehme deutete mit dem Kopf auf Dambeck. »Da hat es jemand aber ganz eilig, nach Hause zu kommen.«

Tanja kicherte und sagte: »Allerdings. Dem reicht es für heute, schätze ich.«

Und ich kann ihn sogar verstehen, dachte Pippa, er spürt den Gegenwind aus der Gruppe. Selbst wenn er seine lehrerhafte Art mal ablegt und sich ehrlich um sie bemüht, nimmt ihm das niemand mehr ab. Für jemanden, der schon seit Jahren Reisen und Schulungen organisiert, wirkt er einfach nicht souverän genug. Warum tut er sich – und den Teilnehmern – das nur immer wieder an?

Sie ließ sich zurückfallen, bis sie neben Ramsay ging, der sich mit Marion und Ursula unterhielt.

»Ich würde niemals zwischen Juli und Mitte August in die Highlands fahren«, sagte er gerade. »Da regnet es ständig. Aber im Mai, wenn das frische Grün kommt, oder im September, wenn die Heide blüht, ist es oft überwiegend sonnig. Und an unserem Nationalfeiertag, dem Saint Andrew's Day, da ist es zwar eisig kalt, aber das meistens bei strahlendem Sonnenschein.«

»Andreastag, ist das nicht der 30. November?«, fragte Ursula interessiert.

Ramsay nickte. »Ja, noch drei Wochen, dann ist es so weit. Saint Andrew ist Schottlands Schutzpatron und Nationalheiliger. Deshalb ist der Tag ein Feiertag. In Campbeltown ist dann einiges los: ein Umzug mit der örtlichen Dudelsackband und festliches Essen. Flora organisiert jedes Mal ein großartiges *Ceilidh*, einen Abend mit Live-Musik, traditionellen schottischen Tänzen, Gedichtrezitationen und jeder Menge gutem Whisky.«

»Der heilige Andreas gehört aber nicht euch allein«, sagte Ursula, »er ist auch der Schutzheilige der Fischer ... und aller Liebenden!«

Marion warf Pippa einen bedeutungsvollen Blick zu. »Und des Ehestandes, soweit ich weiß. In meiner Heimat zählt diese spezielle Nacht wie Weihnachten und Silvester zu den sogenannten Losnächten. Wenn ich einen bestimmten Mann im Visier hätte, könnte ich ihn in so einer Nacht an mich binden, heißt es. Oder erst einmal herausfinden, wer es überhaupt ist. Dazu gibt es verschiedene Bräuche.«

»Ach, tatsächlich?« Ramsay war sichtlich neugierig. »Zum Beispiel?«

»Eine Semmel in drei Bissen essen«, antwortete Marion,

»und wer dir danach als Erster oder Erste begegnet – Bingo!«

Ramsay zwinkerte Pippa zu. »Das probieren wir aus, was meinst du? Die Andreasnacht feiern wir gemeinsam, dann bist du ja noch hier. Früher werden Anitas Babys hoffentlich nicht kommen.«

Marion und Ursula kicherten und stießen sich an. »Sie wollen das Schicksal manipulieren, junger Mann«, sagte Ursula dann. »Sich gegenübersitzen und die Semmel essen gilt aber nicht!«

Sie hakte sich bei Marion unter und zog sie weiter, so dass Pippa allein mit Ramsay zurückblieb, der sie erwartungsvoll anstrahlte.

Du spielst das Spiel der Frischverliebten für meinen Geschmack ein wenig zu gut, Stuart Ramsay. Zeit für ein anderes Thema.

»Ihr verdächtigt Dambeck, richtig?«, fragte Pippa. »Das nennst du also auf mich aufpassen, indem du ihn derart provozierst? Erstklassige Taktik, ihn auf uns wütend zu machen.«

»Wir haben Dambeck schon seit einiger Zeit im Visier«, erwiderte Ramsay ungerührt. »Wann immer er eine Gruppe durch Schottland führte, hörte man hinterher von Aktivitäten der Katzenbande. Es hat lange gedauert, aber irgendwann haben wir das Muster erkannt. Seine Tarnung als Reiseleiter ist zwar perfekt, aber nach Wee Dram ist er einmal zu oft gekommen.« Er seufzte. »Nur leider reicht das nicht. Wir müssen noch herausfinden, was genau passiert, wenn er hier ist. Und wir müssen es ihm nachweisen können. Der zweite Grund, weshalb ich während der Whiskyschule an deiner Seite sein soll.«

»Ist es nicht äußerst unklug, ihm so deutlich zu signalisieren, dass ihr ihn verdächtigt?«

Ramsay schüttelte den Kopf. »Im Gegenteil. Genau das ist ab heute meine Aufgabe. Pete Wesley sagt, Dambeck wirkt nervös und ist wahrscheinlich kurz davor, die Nerven zu verlieren. Da sollen wir den Hebel ansetzen, ordentlich Druck ausüben. Wenn er wirklich zur Katzenbande gehört, muss er sich jetzt bald mit seinen Komplizen in Verbindung setzen. Und dabei macht er hoffentlich den entscheidenden Fehler, der uns weiterhilft.«

Einen Moment lang gingen sie schweigend nebeneinanderher, während Pippa diese Eröffnung zu verdauen versuchte. Schließlich sagte sie leise: »Ihr wollt ihm die Daumenschrauben ansetzen, weil es bereits Tote und Verletzte gegeben hat.«

»Wir müssen etwas tun, wenn wir weitere Opfer verhindern wollen. Es wird höchste Zeit. Wir können nicht einfach abwarten, was als Nächstes passiert.«

Natürlich könnt ihr das nicht, dachte Pippa, aber ich verstehe noch immer nicht, wie das alles zusammenhängt. »Wieso sind denn ausgerechnet seine Besuche auf Wee Dram besonders verdächtig? Er ist mit seinen Gruppen doch außerdem in zig anderen Brennereien. Worauf gründet sich euer Verdacht genau?«

Ramsay senkte die Stimme. »Wie du vorhin erlebt hast, fällt selbst einem Laien der niedrige Wasserspiegel des Crosshill Loch auf. Fakt ist: Das Reservoir enthält nur halb so viel Wasser, wie es sollte. Wir haben die alten Tunnelsysteme und Wasserleitungen nach Campbeltown mehrmals überprüft. Alle waren trocken, bis auf die Leitungen, die Wasser führen dürfen. Aber nach Wee Dram ist doppelt so viel Wasser geflossen, wie die Brennerei nach Ionas Angaben verarbeitet hat.«

Wie vom Donner gerührt blieb Pippa stehen, als ihr die überzähligen Fässer in Duncans Lagerhäusern einfielen.

Hatten Pete oder Rebecca der örtlichen Polizei etwa davon erzählt?

»Was ist los mit dir?«, fragte Ramsay, der sich erstaunt zu ihr umdrehte. Er hatte erst nach ein paar Schritten bemerkt, dass Pippa nicht mehr an seiner Seite war.

Sie ging weiter und sagte entrüstet: »Ihr könnt nicht ernsthaft annehmen, dass Wee Dram mit der Katzenbande gemeinsame Sache macht.«

»Was würdest du an unserer Stelle denken?« Ramsay sah sie ernst an. »Wir haben Briony genau zugehört. Was sie zu berichten wusste, haben wir mit Angus Todds Aussagen verglichen. Wir sind zu dem Schluss gekommen, dass Monty seine Hände mit im Spiel hatte, und nehmen an, dass er nach Grahams Unfall aussteigen und vielleicht sogar auspacken wollte. Und das konnte die Katzenbande nicht zulassen.«

Pippa spürte einen Kloß im Hals. Monty ein Komplize der Katzenbande? Bei der bloßen Vorstellung kamen ihr die Tränen. Verstohlen wischte sie sich mit der Hand über die Augen.

Es wird Archie umbringen, wenn er von dem Verdacht erfährt, dachte sie. Freunde und Vertrauen, das ist doch eine Einheit. Wenn das nicht mehr zusammengehört, zieht es einem die Füße weg. Das sehen wir doch gerade bei Duncan.

»Was ist mit Iona und den anderen Mitarbeitern von Wee Dram?«, fragte sie nervös. »Oder denen, die auf Wee Dram nur wohnen? Steckt noch jemand mit drin?«

»Das soll ich alles in der nächsten Woche herausfinden«, erwiderte Ramsay. »Verstehst du jetzt, warum es so enorm wichtig ist, dass wir beide … harmonieren?«

Pippa nickte ergeben. Es gefiel ihr zwar nicht, aber sie begriff die Notwendigkeit.

»Aber was Iona angeht, kann ich dich beruhigen«, fuhr er fort. »Sie ist sauber, so viel steht fest. Als Einzige hatte sie Monty von Anfang an in Verdacht. Deshalb verweigerte sie ihm nach Grahams Unfall den Posten des Brennmeisters.«

»Da ist Dambeck natürlich die bessere Wahl!« Pippa schnaubte empört. »Mit ihm hat sie den Bock zum Gärtner gemacht.«

Ramsay biss sich auf die Unterlippe und wich ihrem Blick aus.

»O nein!«, rief Pippa, als sie begriff, was seine Reaktion zu bedeuten hatte. »Ihr habt Iona darum gebeten, stimmt's?«

Ramsay grinste verlegen. »Eine Iona MacKinnon kann man zwar um etwas bitten, aber sie hat ihren eigenen Kopf. Letztendlich macht sie, was sie für richtig hält. In diesem Fall ist sie allerdings überzeugt, uns beweisen zu können, dass wir mit Dambeck auf der falschen Fährte sind. Sie ist der Meinung, dass das fehlende Wasser sozusagen *bergauf* fließt …«

Er sah sie abwartend an, und sie murmelte: »Wieder einmal Dorcas Gunn also.« Lauter fügte sie hinzu: »Aber hättet ihr das verdammt noch mal nicht auch mit Duncan besprechen können? Dann ginge es Anita und ihm jetzt deutlich besser, so kurz vor ihrer Hochzeit und der Geburt der Zwillinge. Hast du überhaupt eine Ahnung, wie viel Sorgen die zwei sich machen?«

»Duncan einzuweihen war keine Option. Er hätte das Whiskyseminar unter diesen Umständen niemals zugelassen, wie du …«

»Ja, das weiß ich!«, unterbrach Pippa ihn brüsk. »Er würde sich auf solche Spielchen nicht einlassen!«

»Er hätte alles abgesagt und uns damit um die Chance gebracht, die Schuldigen aufzuspüren«, sagte Ramsay.

»Pippa, mach dich von der romantischen Vorstellung frei, dass wir es hier mit ein paar lustigen Kumpanen zu tun haben, die sich für den Eigenbedarf ein Schnäpschen brennen. Das sind Verbrecher.«

»Das habe ich verstanden, keine Sorge«, gab Pippa heftiger zurück, als sie eigentlich wollte. Leise fuhr sie fort: »Aber warum grillt ihr nicht einfach Dambeck und kommt so zum Ziel?«

»Weil solche Organisationen stets gut funktionierende Räderwerke sind«, erklärte Ramsay ruhig. »Alles greift perfekt ineinander, nur weiß das einzelne kleine Rädchen nicht, was außerhalb seines eigenen Aufgabenbereichs passiert. In so einem geheimen Netzwerk kennt niemand den anderen. Wen sie nicht mehr brauchen, der wird ausgeschaltet. Wir sind sicher, dass Dambeck mit faulen Flaschen gehandelt hat, aber wir wissen weder, ob er über die Organisation als solche Bescheid weiß, noch, ob er führende Leute kennt.«

»Und was hofft ihr, zu erreichen?«

»Wir wollen provozieren, dass Dambeck seine Befehlsgeber warnt und dadurch Unruhe stiftet. Daraufhin könnte es sein, dass die Kommandoebene der Katzenbande ihre Strategie ändert, um wieder in sicheres Fahrwasser zu kommen. Wir wollen, dass die Schmuggler sich gezwungen sehen, aktiv große Mengen Whisky zu bewegen. Dann werden wir zuschlagen. Wenn sie den ungeordneten Rückzug antreten und angesichts der drohenden Gefahr ihre Fässer eilig abtransportieren wollen, haben wir die Chance, sie auf frischer Tat zu ertappen und alles zu beschlagnahmen.«

»Ihr wisst von Duncans überzähligen Fässern.« Pippa seufzte enttäuscht. »Pete hat also geredet. Schöner Freund.«

Ramsay schüttelte den Kopf. »Das war Rebecca Davis.

Diese Frau ist Detective Inspector, Pippa, welche Wahl hatte sie denn? Sie muss und sie will sich an die Gesetze halten. Abgesehen davon hat sie Duncan damit einen riesigen Dienst erwiesen. Denk doch mal nach: Hätte er im Beisein einer Polizistin davon erzählt und um eure Hilfe gebeten, wenn er etwas mit der Sache zu tun hätte? Natürlich nicht! Nun wird ihn niemand mehr verdächtigen.«

Ein großes Hallo in der Gruppe vor ihnen erregte ihre Aufmerksamkeit. Mit hoch erhobenem Schwanz kam Laddie Blackbeard aus dem Heidekraut stolziert und warf sich hin, um sich kraulen zu lassen. Schnurrend ließ er sich die Streicheleinheiten gefallen, sprang aber sofort auf, als Tanja Boehme ein Stückchen Lachs aus ihrem Picknickkorb hervorzauberte und es hoch in die Luft hielt. Laddie erhob sich auf die Hinterbeine und reckte sich zu beeindruckender Größe, als er mit den Vorderpfoten die verlockende Beute zu erwischen versuchte. Plötzlich schnellte er in die Luft und erwischte das Objekt seiner Begierde im Flug mit einem blitzschnellen Prankenhieb. Seine Geschicklichkeit versetzte die Damen der Gruppe in Begeisterung, und der große Kater genoss sichtlich die Zuwendung, die ihm zuteilwurde. Auch Pippa bückte sich, um ihn zu streicheln. Deshalb bemerkte sie das Eintreffen von Archie und Tamsin erst, als diese die Gruppe schon fast erreicht hatten.

Mit seinem üblichen genervten Blick musterte das Mädchen alle, während Archie freundlich grüßte und sich erkundigte, wohin sie unterwegs seien.

Als Tamsin von der Wanderung hörte, verzog sie das Gesicht. »Ihr seid den ganzen Weg hierher zu Fuß gelaufen? Ich dachte, ihr habt einen Bus. Voll uncool, den nicht zu benutzen.«

»Warum sollen nur wir unsere wunderschöne Landschaft genießen?«, sagte Archie mahnend zu ihr, woraufhin Tamsin mürrisch mit den Schultern zuckte. Archie zwinkerte Pippa zu. »Endlich kann ich mich bei dir für die Filme revanchieren. Wer möchte ein Foto?« Er hob die Polaroidkamera, die vor seiner Brust baumelte.

Gut gelaunt posierte die Gruppe für mehrere Aufnahmen.

»Er muss aber auch mit drauf«, sagte Marion und kniete sich neben Laddie. Die anderen Damen taten es ihr nach.

»Sieh da, unser Pirat gibt den handzahmen Stubenkater und Charmeur.« Archie grinste und schoss weitere Bilder, die er gutmütig an die begeisterten Frauen verteilte.

Auch Pippa kniete am Boden, als ihr Blick auf die Stelle im Heidekraut fiel, wo Laddie gelauert hatte, bevor er sich zu ihnen gesellte. Das winterlich-graubraune Heidekraut glänzte feucht und rötlich. Unwillkürlich fasste sie hin. Eine rote Substanz blieb an ihren Fingern haften.

»Das ist Blut«, sagte sie erschrocken. Sie beugte sich über den neben ihr liegenden Laddie, um ihn zu untersuchen. »Bist du verletzt, Laddie? Blutest du irgendwo?«

Archie hatte sie gehört und winkte ab. »Hier befindet sich Laddies bevorzugtes Restaurant. Da oben leben Unmengen Feldmäuse. Er wird sich gerade den Bauch vollgehauen haben.«

»Katze müsste man sein«, murrte Tamsin. »Laddie muss wenigstens nicht warten, bis Archie die Baked Potatoes fertig hat. Wir sind schon den ganzen Nachmittag hier oben unterwegs. Ich habe echt Hunger. Aber von irgendwoher taucht immer wieder irgendein Schaf auf, das fotografiert werden muss.« Sie warf einen beredten Blick auf die Gruppe. »Echt uncool.«

Tatsächlich entdeckte Pippa zwar an Laddies Ohren und

am Hals ein wenig Blut, aber nirgends eine Wunde, und so stand sie beruhigt wieder auf. Archie reichte ihr ein zerknittertes weißes Stofftaschentuch, mit dem sie sich die Hände säuberte.

Als sie danach das Tuch einstecken wollte, um es zu Hause zu waschen, nahm Ramsay es ihr ab.

»Das schmuggle ich in die Polizeiwäscherei«, sagte er grinsend. »Die kennen sich mit Blut bestens aus.«

Als sie weitergingen, schlossen sich Archie und Tamsin der Gruppe an. Pippa freute sich, Archie in so guter Laune zu erleben. Stolz zeigte er ihr Fotos seiner ›Mädchen‹.

»Ich habe ein neues Projekt«, erzählte er, »aktuelle Fotos von allen Schafen. Tamsin ist meine Assistentin. Meine Mädchen werden ja auch älter und verändern sich. Da ist es besser, man macht mal ein neues Porträt. Einen neuen Pass braucht man ja auch ab und zu.«

Und es ist eine Aufgabe, die ablenkt, fügte Pippa in Gedanken hinzu. Dieses Projekt und die Tatsache, dass er sich um Tamsin kümmern musste, während Briony dazu nicht in der Lage war, schienen ihm Kraft zu geben.

Sie gelangten auf ein Plateau und standen an der Wegkreuzung, von der aus man Wee Dram und die Ferienhäuser erreichte. Der Blick reichte über das gesamte Gelände der Brennerei und darüber hinaus.

Dambeck nickte Pippa steif zu. »Ich bedanke mich für Ihre heutige Unterstützung«, sagte er förmlich. »Unsere Wege trennen sich hier. Wir gehen zu den Ferienhäusern weiter. Sie wollen sicherlich gleich heim nach Piper's Hush. Wir sehen uns dann nächste Woche, am ersten Seminartag. Wenn wir von unserem Ausflug zurück sind.«

»Der erste Seminartag …« Archie kicherte. »Das Mälzen unter Connors Anleitung. Traditionell das Highlight für die Damen.«

»Ich liebe Mälzen!« Gabi schloss genießerisch die Augen und wurde prompt von ihrem Gatten in die Seite geknufft.

Die Whiskytruppe verabschiedete sich von Pippa, die ihnen bis zum Wiedersehen viel Spaß wünschte.

Archie, Tamsin und Stuart nahmen die Einladung der Boehmes an, bei ihnen im Ferienhaus zu Abend zu essen, aber Pippa lehnte dankend ab.

»Ich möchte in Piper's Hush sein, falls Anita und Duncan mich brauchen. Morgen ist die Hochzeit«, sagte sie.

Sie winkte den anderen zum Abschied. Amüsiert registrierte sie, dass Laddie sich ihnen wie selbstverständlich anschloss, so als hätte er das Wort ›Abendessen‹ ganz genau verstanden.

Pippa sah den Boehmes und ihren Gästen noch einen Moment lang nach und machte sich dann an den Abstieg. Da Piper's Hush in einer Senke lag, erspähte sie von dem Haus trotz ihrer Bemühungen nur einen Teil des Daches und den vorgebauten Windfang. Als sie ein mehrmaliges Aufblinken bemerkte, fragte sie sich kurz, ob das Windspiel am Vorbau sich bewegte und die letzten Sonnenstrahlen reflektierte.

Gut möglich, dachte sie, es könnte aber auch der Widerschein einer künstlichen Lichtquelle aus dem Haus sein. Das würde bedeuten, Freddy ist daheim.

»Freddy, du braver Junge«, sagte sie leise, »du bist also zu Hause und nicht über Nacht bei Dorcas. Ich schätze, das habe ich Petes Überredungskünsten zu verdanken.«

Pippa merkte plötzlich, wie hungrig sie war, und ging schneller. Sie freute sich darauf, gemeinsam mit Freddy zu kochen, und hoffte, dass Morris rechtzeitig kam, um mit ihnen zu essen. Ein warmes Abendessen, danach eine heiße Tasse Tee mit viel Milch auf dem Sofa, nette Gesellschaft ...

konnte man den Tag vor dem großen Ereignis besser ausklingen lassen?

So schnell die hereinbrechende Dunkelheit es zuließ, kletterte sie die Treppe am Wasserfall hinunter und rannte auf das Haus zu.

Als sie es fast erreicht hatte, blieb sie stocksteif stehen: Alles war dunkel. Niemand war im Haus – und das Windspiel war verschwunden.

Kapitel 22

Grübelnd durchstöberte Pippa die zahlreichen Taschen ihrer Wachsjacke nach dem Haustürschlüssel. Sie konnte sich nicht vorstellen, einer optischen Täuschung aufgesessen zu sein: Das Windspiel hatte eindeutig Licht reflektiert, und jetzt war es weg.

Pippa trat einen Schritt zurück und starrte auf die leere Stelle am Dach des Windfangs.

Wer hat das Mobile entfernt?, dachte sie verwirrt. Duncan? Anita?

Ihr wurde unangenehm bewusst, dass sie mutterseelenallein vor einem einsam gelegenen Haus stand. Prompt kam ihr die Besorgnis der Polizei in den Sinn, sie könnte in Gefahr sein. Unwillkürlich blickte Pippa hinter sich und schloss dann schnell die Tür auf. Sie wollte gerade Licht machen, als ihr etwas durch die Beine huschte. Erschrocken schrie sie auf.

In einer einzigen hektischen Bewegung knallte sie die Tür zu und schlug gleichzeitig mit der anderen Hand auf den Lichtschalter. Dabei stieß sie etwas um, das scheppernd zu Boden fiel.

Das Licht flammte auf. Mit klopfendem Herzen stand Pippa da und versuchte, sich zu beruhigen. Sie atmete erleichtert durch, als sie Laddie sah. Er saß neben Dorcas Gunns umgekipptem Gewehr und sah aus wie die personifizierte Harmlosigkeit.

»Laddie! Musst du dich so ranschleichen? Einer von uns

könnte jetzt tot sein! Stell dir nur vor, das Gewehr wäre losgegangen.«

Sie schloss die Haustür ab. Erst dann bückte sie sich, streichelte den erwartungsvoll schnurrenden Kater und hob vorsichtig die Waffe auf.

»Wir sollten froh sein, dass Dorcas hiermit umzugehen weiß und die Flinte gesichert hat.«

Ganz im Gegensatz zu mir, dachte Pippa mit schlechtem Gewissen, wie konnte ich nur so leichtsinnig sein und das Ding unbewacht hier stehenlassen?

Sie nahm den Vorfall als Warnung und holte sofort nach, was sie längst hätte tun sollen: Wie Dorcas ihr geraten hatte, trug sie das Gewehr ins Obergeschoss und deponierte es am Kopfende ihres Bettes.

Nachdem sie in bequeme Jogginghosen und Strickjacke geschlüpft war, ging sie wieder nach unten. Sie musste lachen, als sie Laddie auf dem Sofa vorfand. Er beherrschte die Technik, sich so auf einem Dreisitzer zu platzieren, dass daraus ein Einsitzer wurde. Obwohl seine Augen fast geschlossen waren, registrierte er genau, dass Pippa sich näherte. Er reagierte darauf mit lautem Schnurren, das sich zum Grollen einer herannahenden U-Bahn verstärkte, als sie sich auf die Sofakante setzte und ihn hinter den Ohren kraulte. Sie wollte sich auf diese Weise etwas Platz erschmeicheln. »Ich dachte, die Brennerei hat jetzt eine Luxus-Katzenklappe und von dir wird erwartet, dass du um diese Zeit dort Dienst tust, Laddie«, sagte Pippa. »Stattdessen machst du hier auf meinem Sofa Silent Season und willst verwöhnt werden. Aber bei deiner imposanten Erscheinung – wer würde es da wagen, dir diesen Wunsch auszuschlagen.«

Gedankenverloren streichelte sie den Kater und nahm nur am Rande wahr, dass er zwar einen feuchten Rücken, aber einen vollkommen trockenen Bauch hatte. Gleichzeitig griff sie mit der freien Hand nach dem Telefon und wählte die Nummer des Haupthauses.

Als Rebecca Davis sich meldete, sagte Pippa: »Hallo, Rebecca! Hast du den Telefondienst übernommen?«

Die Polizistin lachte. »So etwas Ähnliches. Anita ist erschöpft und hat sich bereits hingelegt, um sich für den großen Tag auszuruhen. Und wenn ich jemals aufgeregte Brauteltern gesehen habe, dann Margit und Karl Heinz. Sie sind mit Duncan im Ardshiel, um sich zu vergewissern, dass für morgen alles perfekt vorbereitet ist.«

»Als wäre das bei Flora Grant nötig.«

»Reine Beschäftigungstherapie, wenn du mich fragst.«

»Oder sie wollen mal von euch beiden Intriganten weg«, knurrte Pippa.

»Detective Sergeant Stuart Ramsay ...« Rebecca seufzte. »Er hat ausgepackt, richtig?«

»Damit habt ihr nicht gerechnet?«, fragte Pippa. »Du weißt doch: Wahrhaft Liebende erzählen sich alles.«

»Und wahre Freunde treffen die richtige Auswahl. Deshalb soll ich dir von Pete sagen, dass er sich noch einmal mit Jock unterhalten hat. Er hat ihn in der Whiskybar des Ardshiel Hotels getroffen, natürlich rein zufällig.«

»*Natürlich*«, kommentierte Pippa ironisch. »Aber ich dachte, die komplette Familie wäre verschlossen wie Austern. Womit hat Pete ihn erpresst? Heimliches Rauchen zieht ja vermutlich in Jocks Alter nicht mehr.«

»Ich habe lieber nicht genau nachgefragt.« Rebecca gluckste. »Pete hat wohl angedeutet, dass er von Hectors finanziellen Engpässen weiß und sich fragt, warum ausgerechnet er es sich leisten konnte, wertvolle Whiskyflaschen von diesen dubiosen Männern zu erwerben. Wenn das Geld knapp ist, kauft man Gerste normalerweise als Brot und nicht in flüssiger Form.«

»Stimmt«, warf Pippa ein, »das hat mich auch gewundert.«

»Jock hat sich fürchterlich aufgeregt und seinen Schwiegersohn vehement verteidigt«, berichtete Rebecca weiter. »Wie sich herausstellte, besorgt Hector MacKinnon häufig Spezialitäten für den Stiftungsrat, aber niemals für sich selbst. Er trinkt keinen Tropfen Alkohol. Bei dieser aktuellen Sache war er wohl in Jocks Auftrag unterwegs.«

»Findest du es nicht erstaunlich, wie gut sich die beiden verstehen? Ich frage mich, was Catriona von dieser engen Freundschaft zwischen Vater und Exmann hält.«

»So viel ist klar: Catriona und Hector bekämpfen sich noch immer«, sagte Rebecca. »Angeblich hat Jocks Tochter ihrem Exmann nie verziehen, dass er bei der Scheidung das Sorgerecht für Iona erstritten hat. Nicht, dass diese ihm das gedankt hätte – ganz im Gegenteil. Sie revanchierte sich bei ihrem Vater mit permanenter Opposition und idealisierte ihre Mutter dafür umso stärker. Und Catriona soll das durch materielle Großzügigkeit auch noch stark gefördert haben.«

Stimmt, Hector war im Buchladen von Ionas plötzlicher Sorge um ihn eindeutig überrascht, dachte Pippa.

»Hector und seine Tochter haben sich wohl nie besonders gut verstanden«, fuhr Rebecca fort. »Es ist allen ein Rätsel, warum Iona bis heute nicht aus dem gemeinsamen Heim ausgezogen ist und auch, warum Hector sie trotz des ständigen Kriegszustandes offenbar noch immer bei sich haben will.«

»Auf jeden Fall scheint es Catriona seit der Scheidung nicht gerade schlechtzugehen«, sagte Pippa.

»Prescott glaubt, dass sie ihrem Mann die Hosen ausgezogen hat.« Rebecca kicherte. »Finanziell natürlich. Und dann hat ausgerechnet Jock seinem Schwiegersohn unter die Arme gegriffen, damit der wieder auf die Beine kommt.«

»Das hätte mich an Catrionas Stelle aber auch sauer gemacht«, antwortete Pippa entrüstet. »Sie ist immerhin seine Tochter. Warum steht er nicht auf ihrer Seite? Weil er statt ihrer lieber noch seinen Sohn hätte?«

»Jock ist einer vom alten Schlag«, sagte Rebecca. »Frauen in Führungspositionen kommen in seiner Welt nicht vor. Mit ihm als Vorgesetztem wäre ich heute noch nicht Inspector.«

»Welche Schlüsse zieht Pete daraus?«

»Das kann er dir selbst sagen, er kommt gerade aus dem Bad.« Sie schnalzte anerkennend mit der Zunge. »Welch blendende Erscheinung – du solltest ihn sehen. Da braucht kein Mensch mehr künstliches Licht.«

Pippa hörte, wie Pete im Hintergrund fragte: »Sehe ich besser aus, wenn ich so posiere? Oder vielleicht lieber so?« Es folgten ein dumpfer Knall und ein Schmerzensschrei von Pete.

Rebecca lachte los und keuchte: »Das hättest du sehen müssen, Pippa! Wo ist eine Kamera, wenn ich sie brauche? Unser Pete hatte schon eine Menge verrückter Ideen, aber mit nassen Füßen eine Pirouette zu versuchen, ist selbst für ihn …«

Den Geräuschen nach versuchte er Rebecca, die sich lachend wehrte, den Hörer wegzunehmen. Schließlich gelang es ihm.

»Glaub ihr kein Wort, ich bin einfach nur ausgerutscht«, sagte Pete ins Telefon. »Pippa, setz schon mal den Kessel auf, wir kommen dich gleich besuchen. Und mach Gurkensandwiches und Bagel mit Lachs und Frischkäse. Und nicht zu wenig. Auf einer Skala von eins bis zehn gebe ich meinem Hunger eine Zwölf!«

Doch bevor Pippa etwas erwidern konnte, hatte er bereits aufgelegt.

Als ihre Gäste eintrafen, warteten im Wintergarten schon herzhafte *Cheese&Onion*-Toasts, Bagel und Tee, in dem der Löffel aufrecht stehen konnte. Pete setzte sich vorsichtig und griff sich mit einem unterdrückten Stöhnen an die Hüfte.

»Das Ergebnis der verunglückten Pirouette«, flüsterte Rebecca und zwinkerte Pippa zu, während sie Tee einschenkte. Pippa lehnte sich entspannt zurück und lächelte. In Gesellschaft ihrer Freunde fühlte sie sich deutlich wohler im Haus. Während sie zu Abend aßen, schaute sie immer wieder zur kleinen Brücke über den Bach, an der eine kleine Laterne den Weg zur Fischerhütte wies. Wo mochte Morris sein? Sie erinnerte sich nicht, ob sie sich konkret für den Abend verabredet hatten, hoffte aber, dass er noch vorbeikommen würde.

Pippa sah, dass Pete ihre Blicke aus dem Fenster jedes Mal verfolgte. Als er zu reden begann, befürchtete sie schon einen Kommentar, aber stattdessen sagte er: »Thema Jock Blakely. Manche Menschen werden mit dem Alter weicher, bei Jock sehe ich das nicht. Er scheint stattdessen immer verbissener, unbelehrbarer zu werden. Seine Tochter und er stehen sich nicht nahe, und das wird sich auch nicht mehr ändern. Damit es nicht kracht, gehen sie auffallend höflich miteinander um. Das verlangt ihnen einiges an Selbstbeherrschung ab. Faszinierend.«

»Du hast Jock und Catriona zusammen gesehen?«, fragte Pippa erstaunt.

»Ich saß mit ihm im Ardshiel, als sie hereinkam. Sie wollte zwei Flaschen Whisky auf den Geschenketisch für die Hochzeit stellen. Floras Reaktion nach zu urteilen, waren das seltene und kostbare Exemplare. Jock musste sich schwer zusammenreißen, als er Catriona mit den Flaschen sah. Er bekam einen hochroten Kopf vor unterdrückter Wut. Es war seine Idee, dass alle Familienmitglieder alten Whisky schenken. Als Grundstock für eine außergewöhnliche Sammlung der Brautleute.« Er nahm sich einen Toast und biss mit großem Appetit hinein. Offenbar schmeckte es ihm, denn Pippa erntete ein anerkennendes Nicken.

»Ihr Geschenk gefiel ihm nicht? Seltsam«, sagte Pippa. »Sie hat damit doch genau das getan, was er vorgeschlagen hat.«

Rebecca antwortete, da Pete sich ganz aufs Essen konzentrierte. »Sie scheint ihm nichts recht machen zu können. Vielleicht nimmt er ihr übel, dass sie den Segelunfall überlebt hat und sein Sohn Neil sterben musste. Ich behaupte nicht, dass Jock das bewusst ist ... Viele Menschen merken gar nicht, wo und warum sie Ressentiments aufbauen.«

Pippa schenkte allen Tee nach. Dann setzte sie sich wieder und schüttelte den Kopf. »Ich glaube nicht, dass der Unfall der Grund ist. Möglicherweise hat die unterschiedliche Behandlung der Geschwister schon viel eher angefangen. Immerhin hat Jock seinem Sohn Neil die Brennerei schon sehr früh überschrieben. Was hat Catriona damals wohl bekommen?«

Pete kaute und spülte den Bissen mit einem großen Schluck Tee herunter. Dann sagte er: »Das kann ich dir beantworten. Es war die berühmte Whiskysammlung der Familie. Unglaublich wertvoll und über Generationen zusammengetragen. Genauer gesagt: seit Gründung der Brennerei vor 170 Jahren.«

Seine Tasse war schon wieder leer. Statt sich selber nachzugießen, hielt er sie Pippa entgegen, die seiner nonverbalen Aufforderung mit einem Lächeln nachkam.

»Eine unbezahlbare Whiskysammlung hört sich für mich nicht gerade nach ungerechter Aufteilung an«, sagte Rebecca.

Pete nickte. »Wohl wahr. Jock hat darauf gebaut, dass Catriona in einem der Häuser auf dem Gelände von Wee Dram ein Besucherzentrum einrichtet. Mit einem Whiskymuseum und der exklusiven Sammlung als besonderer Attraktion. Ein solches Museum hätte Whiskyfreaks aus der ganzen Welt nach Campbeltown gelockt. Allerdings ...«

Er machte eine Kunstpause und lehnte sich zurück. Seine betont lässige Pose litt ein wenig darunter, dass er erneut das Gesicht verzog, weil sich die Prellung an seiner Hüfte bemerkbar machte. Dennoch grinste er erwartungsvoll und sagte: »Na, die Damen? Wo bleibt euer Einsatz?«

Pippa und Rebecca warfen sich einen beredten Blick zu. Dann sagten sie synchron: »Allerdings?«

»Red schon, Pete«, fügte Rebecca hinzu. »Lass uns nicht betteln.«

Mit der Wirkung hochzufrieden, nickte Pete. »Sie hat alles verscherbelt und sich vom Erlös der Sammlung ein sehr schönes edwardianisches Haus in Glasgow gekauft. Inklusive farbiger Mosaik-Fenster und handgeschnitzter Türrahmen. In irgendeinem Stadtteil, in dem die feine Gesellschaft wohnt.«

Kein Wunder, dass Jock sauer auf sie ist, dachte Pippa. »Im West End, Catriona hat mir von dem Haus erzählt. Charakteristisch für den Stadtteil sind wohl auch die außergewöhnlich vielen Katzen, die dort leben.«

Als leidenschaftliche Katzennärrin wusste Rebecca Bescheid. »Das kann nur Hyndland sein. Nicht schlecht. Das muss man erst mal bezahlen können, die Sandstein-Stadtvillen dort kosten ein Vermögen. Was war denn das für eine Sammlung, bitte schön?«

»Jede Brennerei, die es mal in Campbeltown gegeben hat, war mit mindestens einer Flasche vertreten«, erwiderte Pete. »Eine wirklich bemerkenswerte historische Sammlung, wenn man bedenkt, dass viele dieser Brennereien bereits in den zwanziger und dreißiger Jahren eingemottet oder für immer stillgelegt wurden.«

»Und davon ist nichts mehr übrig?«, fragte Rebecca.

Pete nickte. »Keine einzige Flasche. Die Sammlung wurde auseinandergerissen und in alle Winde verstreut.«

»Deshalb wurde er so wütend, als Catriona mit ihrem Geschenk aufkreuzte«, sagte Pippa nachdenklich. »Ausgerechnet sie, die eine über Jahrzehnte aufgebaute Sammlung zerstört hat, schleppt jetzt zwei Flaschen an, um zur Gründung einer neuen beizutragen. Das muss ihn richtig gefuchst haben.«

Pete nickte erneut. »Ganz genau. Und jetzt darfst du dreimal raten, wen Catriona seinerzeit beim Verkauf der Blakely-Sammlung mit im Boot hatte.«

Pippa klappte der Unterkiefer nach unten. »Bert-Rüdiger Dambeck etwa?«

Pete schlürfte genüsslich seinen Tee und weidete sich an Pippas Reaktion. Dann fuhr er fort: »Worauf gründet sich also Dambecks Reputation in der Whiskywelt? Genau, auf diese alte Wee-Dram-Sammlung. Die berühmteste und beste, die es in Schottland je gegeben hat.«

»Und ausgerechnet der nistet sich hier ein und hat auch noch ein Auge auf Iona geworfen«, sagte Rebecca. »Das war dann wohl das endgültige Aus für die Vater-Tochter-Beziehung.«

»Ich nenne das eine klassische Lose-lose-Situation«, kommentierte Pete grinsend.

Wie traurig für Jock und Catriona, dachte Pippa und blickte zum wiederholten Mal hinüber zur Fischerhütte. Sie begann, sich Sorgen zu machen. Wo blieb Morris? Und hoffentlich war mit Freddy alles in Ordnung …

Sie wandte sich wieder Pete und Rebecca zu. »Wenn du so ausgiebig mit Jock geplaudert hast, Rebecca damit beschäftigt war, DI Prescott zu suggerieren, was er tun und lassen will – und ich mit Ramsay über die Heide stapfte … wer hat sich dann bitte schön um Freddy gekümmert?«

Schuldbewusst zog Pete den Kopf ein. »Das wollte ich dir gerne persönlich sagen, deshalb sind wir ja überhaupt hergekommen.«

Sofort war Pippa alarmiert. »Los, rede, Pete Wesley, wenn dir dein Leben lieb ist.«

»Ich war nicht bei Dorcas. Dazu hatte ich keine Zeit mehr.«

»So viel habe ich mir bereits selbst zusammengereimt«, fauchte Pippa. Sie wandte sich an Rebecca, aber die hob beide Hände.

»Ich wasche meine Hände in Unschuld. Aber ich wollte mir Petes kleinlaute Beichte nicht entgehen lassen, deshalb bin ich mitgekommen.«

Pippa funkelte Pete an. »Erzählen. Jetzt. Ausführlich. Nicht rumeiern.«

»Also, wie ich schon sagte«, Pete räusperte sich umständlich, »hatte ich keine Zeit, selbst zu Dorcas zu fahren. Und nach unserem Gespräch in der Glen-Scotia-Brennerei dachte ich mir, aktiviere ich doch einfach Morris. Ruf ihn zu Hilfe – dann kann er sich mal bewähren. Du musst zugeben, damit wäre doch jedem geholfen gewesen. Und außerdem …«

»Nicht ablenken!«, unterbrach Pippa ihn unerbittlich.

»Wie soll ich sagen«, Pete seufzte, »Morris hat erstaunlich schnell zugesagt, zu Dorcas zu gehen und nach Freddy zu gucken.«

»Na und?«, fauchte Pippa. »Ist doch gut.«

Der Profiler warf ihr einen für ihn ungewöhnlich vorsichtigen Blick zu. »Zu schnell für meinen Geschmack. So, als hätte ich ihm endlich einen Vorwand geliefert, sie zu besuchen. Ich hatte kaum meine Bitte geäußert, dass er Freddy nach Hause bringen soll, da war er buchstäblich schon unterwegs nach Lorn House.«

»Und?« Pippa verstand noch immer nicht, worauf Pete hinauswollte.

»Seitdem habe ich von ihm nichts mehr gehört«, erwiderte er.

Pippa verschränkte die Arme vor der Brust. »Jetzt sind also Freddy *und* Morris in der Höhle der Löwin. Bravo. Wen wollen wir als Nächstes loswerden? Schicken wir doch noch mehr Leute hin.«

»Das ist es ja«, sagte Pete. »Ich wollte dann heute Abend selbst nach dem Rechten sehen. Ich habe bei Dorcas geklingelt, *Sturm* geklingelt. Alles war hell erleuchtet – aber es hat mir niemand geöffnet. Nur die Hunde haben gebellt, dass man es eigentlich bis runter ins Tal hätte hören müssen. Das rief die Boehmes auf den Plan. Sie kamen sogar aus dem Haus, um nachzusehen, für wen die Hunde diesmal ihr Konzert gaben.«

»Und?«, rief Pippa aufgeregt. »Hast du mit ihnen gesprochen? Haben sie etwas gesehen?«

Pete schüttelte den Kopf. »Die haben dort noch nie jemanden hineingehen sehen. Jedenfalls nicht bis zu eurem denkwürdigen Frühstück heute Morgen.«

»Was Pete dir auf zwar schonende, aber verworrene Art und Weise beizubringen versucht«, schaltete Rebecca sich ein, »ist sein Verdacht, dass Morris schon länger eine Schwäche für Dorcas hat und jetzt endlich die Gelegenheit sah, sich ihr zu nähern. Aber Freddy ist sein Konkurrent, und deshalb wird heute Abend keiner der beiden mehr hier auftauchen. Bruder weg, Freund weg.«

Pippa zuckte mit den Schultern. »Macht nichts. Ich habe immer noch Sergeant Ramsay«, sagte sie leichthin und kicherte innerlich über das sichtliche Erstaunen ihrer Freunde.

Kapitel 23

Wie Schuljungen, die man bei einem Streich erwischt hatte, saßen Morris und Freddy nebeneinander auf dem Sofa und ließen sich von Pippa mit Alka-Seltzer verarzten.

»Was habt ihr euch nur dabei gedacht?« Pippa stemmte die Hände in die Hüften. »Wenn wir nicht alle in zwei Stunden bei klarem Verstand auf dem Standesamt sein müssten, würde ich euch jetzt gnadenlos leiden lassen!«

»Wir wollen ja nicht heiraten«, murrte Freddy, »da müssen wir schließlich nicht gut aussehen.«

»Mit einem einzigen Alka-Seltzer bekämen wir das auch nicht hin.« Pippa schnaubte. Am liebsten hätte sie die beiden durchgeschüttelt.

»Bitte weiter grimmig gucken und Vorwürfe machen, Pippa«, sagte Morris kleinlaut. »Dein strahlendes Lächeln wäre jetzt zu viel für meine verquollenen Augen.«

»*Augen* ginge ja noch.« Freddy rieb sich stöhnend die Schläfen. »Mein Darm ist wieder in Ordnung, aber jetzt fühlt sich mein Hirn an wie ein zu weiches Spiegelei. Innen gelbe Masse und drum herum nichts als Glibber.«

Wider Willen musste Pippa lachen. »Das kommt davon, wenn man den Mund zu voll nimmt – im wahrsten Sinne des Wortes. Ich würde mich keinesfalls mit Dorcas auf so etwas einlassen.«

»Wir haben sie doch nur gefragt, ob wir von jedem ihrer offenen Whiskys einen Schluck probieren dürfen!«, begehrte Morris auf. »Konnten wir ahnen, dass sie 125 offene Flaschen im Schrank hat?«

»Genau!« Freddy nickte etwas zu heftig und zuckte zusammen. »Gott sei Dank hatte Morris von *Schluck* gesprochen – und Dorcas die eins vor der fünfundzwanzig gnädig gestrichen.«

Morris sah Pippa treuherzig an. »Ich erinnere mich noch genau an den Plan, dich anzurufen, um zu sagen, dass es später wird. Und dann war es plötzlich acht Uhr morgens, und wir wurden von Dorcas geweckt.«

»Immerhin wolltest du anrufen«, erwiderte Pippa. »Für mich zählt schon der gute Wille. Aber jetzt ab in die Fischerhütte. Duschen und feinmachen. Ich bin Trauzeugin. Ich will die Erste auf dem Standesamt sein – und ihr kommt mit. Verstanden?«

Ächzend quälte Morris sich aus dem bequemen Sofa hoch und küsste Pippa, die anerkennend feststellte, dass er keine Alkoholfahne hatte. Dann verabschiedete er sich mit dem Versprechen, geschniegelt und gebügelt bereitzustehen, wenn sie und Freddy ihn abholen kamen.

Als er gegangen war, funkelte Pippa ihren Bruder an. »Und du? Du warst auch nicht in der Lage, anzurufen? Du wusstest doch, dass ich mir Sorgen mache!«

Überrascht riss ihr Bruder die Augen auf. »Wieso? Das verstehe ich nicht. Es war doch alles klar! Wir haben schließlich miteinander gemorst!«

»Gemorst? Wann soll denn das gewesen sein? Und wo?«

»Gestern, als es dunkel wurde. Wenn man oben in der Nähe von Dorcas' Haus auf dem vorderen Felsen steht, hat man direkte Sicht hinunter auf Piper's Hush.«

Das war also das blinkende Licht, das ich vom Plateau unterhalb des Beinn Ghuilean gesehen habe, dachte Pippa.

»Dorcas ist am Nachmittag mit mir in die Bucht hinuntergestiegen. Wir haben uns die Höhle von ›Kevins Bett‹ angesehen«, fuhr Freddy fort, ohne ihr Erstaunen zu registrieren. »Alles ist genau wie auf dem Bild, das sie Duncan und Anita geschenkt hat, da hat sich seit hundert Jahren nichts geändert. Sogar einen Bootssteg gibt es noch, allerdings recht verfallen. Wir hatten Taschenlampen dabei, damit wir wenigstens ein kleines Stück weit in die Höhle hineingehen konnten. Und als wir kurz vor Einbruch der Dunkelheit zurückkehrten, warst du gerade noch zu erkennen, wie du draußen am Vorbau mit dem Windspiel hantiert hast. Wie hast du es bloß hingekriegt, damit Lichtsignale zu geben?«

Wer auch immer das war – ich ganz sicher nicht, dachte Pippa beunruhigt. Ihr Herz klopfte heftig, aber sie zwang sich zur Ruhe. »Das konntet ihr von da oben sehen?«

»Dorcas hat mich darauf aufmerksam gemacht«, erwiderte Freddy. »*Guck mal*, hat sie gesagt, *deine Schwester übt sich im International Telecommunication Standard. Komm, wir schicken ihr eine Nachricht.*«

Pippa lief es kalt über den Rücken. Es war also tatsächlich jemand Fremdes am Haus gewesen! Falls Duncan, Anita oder einer ihrer anderen Freunde etwas zu morsen hätten, würden sie es von der Anhöhe aus tun, auf der Wee Dram lag. Außerdem: wozu und an wen?

Sie entschied spontan, dieses Rätsel im Moment noch für sich zu behalten.

Gleich ist die Hochzeit, dachte sie, alles andere sollte zurückstehen, bis die beiden in den Flitterwochen sind. Am Abend ist immer noch Zeit, diese Entwicklungen im Detail mit Rebecca, Pete und Freddy zu besprechen.

Um sich nicht zu verraten, fragte sie betont fröhlich, als wollte sie ihn testen: »Was habe ich denn gemorst? War es wenigstens verständlich?«

»Du hast die internationalen Zahlen geübt. Ich dachte,

aha, mit dem Alphabet ist sie schon durch, und jetzt sind die Zahlen dran.«

»Ach. Und welche habe ich gemorst?«

Freddy verdrehte die Augen. »Was ist das hier, eine Prüfung? Also, zig Einser. Ich habe zu Dorcas gesagt: *Also, die Eins kann sie. Jetzt bringen wir ihr mal eine andere bei.* Dann habe ich gemorst: *Bin morgen neun Uhr zu Hause.*«

Pippa schluckte. »Und was habe ich geantwortet?«

»*Sei pünktlich!*«

Nachdem Pippa ihren Bruder ins Bad geschickt hatte, ließ sie sich für einen Moment der Ruhe aufs Sofa fallen. Wer mochte Freddy in ihrem Namen geantwortet haben? Und schlagfertig noch dazu? Da hatte sich jemand nicht aus der Ruhe bringen lassen. Jemand, der wirklich abgebrüht sein musste.

Ihre Finger ertasteten etwas Hartes zwischen den Sofakissen, und sie zog es heraus. Es war Morris' Graham-Greene-Buch.

Das wird er heute wohl kaum vermissen, dachte sie, ließ es auf dem Sofa liegen und ging nach oben ins Schlafzimmer. Es wurde Zeit, sich für die Hochzeit anzukleiden.

»Haushüten gut und schön«, murmelte sie, »aber in Zukunft keine einsam gelegenen Häuser mehr. Beim nächsten Mal schaue ich vorher auf die Landkarte und informiere mich über die Bevölkerungsdichte.«

Pippa war froh, dass Morris vorgeschlagen hatte, ab Montag zu ihr zu ziehen, damit sie nach Freddys Abreise nicht allein im Haus bleiben musste.

Sie holte das von den Kasulke-Schwestern eigens für sie entworfene Samtkleid in dunklem Grün aus dem Schrank. Im Fach über der Kleiderstange lag der extravagante Faszinator, den die Schneiderinnen dazu kreiert hatten.

Mit einem Lächeln dachte Pippa an das Atelier der beiden bereits verrenteten Damen im obersten Stockwerk der Transvaalstraße 55. Ihre Entwürfe erfreuten sich nicht nur in der Hausgemeinschaft größter Beliebtheit. Seit Pippas Großmutter Hetty ebenfalls in Berlin wohnte, waren drei Generationen Bolle-Frauen zufriedene Kundinnen bei den Kasulkes, die trotz ihres fortgeschrittenen Alters immer wussten, was modern war. Als Pippa sie um eine passende Kopfbedeckung für die Hochzeit gebeten hatte, waren die Schwestern sich schnell einig. »Heutzutage trägt man einen Faszinator, meine Liebe«, wurde sie belehrt, also bezogen die Schneiderinnen einen breiten Haarreifen mit dem Samtstoff des Kleides und besetzten ihn an einer Seite mit einer funkelnden Brosche aus Strass. Von dieser aus bildeten dunkelgrün schimmernde Federn fächerförmig eine kleine Kappe, die sich eng um Pippas Stirn und Oberkopf schmiegte.

Sie schlüpfte ins Kleid und schlang ihre langen roten Haare zu einem lockeren Knoten, der tief im Nacken saß. Dann setzte sie den Faszinator ins Haar und begutachtete sich im Spiegel.

Seltsam, dachte sie, heute denke ich zum ersten Mal an Berlin. Dort lebe ich, dort habe ich meine Familie, dort ist mein ruhender Pol. Obwohl ich erst eine Woche hier bin, scheint dieses Leben unheimlich weit weg, denn hier gibt es Morris. Beschwingt drehte sie sich vor dem Spiegel hin und her, bis sie merkte, dass Freddy mit ihr sprach.

»Entschuldige, ich war in Gedanken«, sagte sie verlegen.

»Kann ich mir vorstellen.« Er kicherte und fuhr fort: »Sollen wir noch kurz vor die Tür gehen und Fangen üben, damit du den Brautstrauß ergatterst?«

»Wie du weißt, bin ich noch immer verheiratet und habe deshalb kein Recht auf den Strauß. Du bist es doch, der sich darüber freut, dass das italienische Recht drei Jahre vom Einreichen der Scheidung bis zum endgültigen *finito* vorsieht. Noch etwas mehr als ein Jahr, dann sind Leo und ich endgültig Vergangenheit.«

Freddy seufzte. »Leider, und dann ist es vorbei mit meinen kostenfreien Urlauben beim Schwager in Florenz.«

»Schmarotzer.« Pippa knuffte ihren Bruder gegen den Arm.

Freddy rieb sich grinsend die schmerzende Stelle. »Also, wenn ich es recht bedenke, habe ich in der Toskana ohnehin mittlerweile alles gesehen. Die Umstellung auf Schottland erfolgt also gerade rechtzeitig.«

Pippa lachte, griff sich ein Kissen vom Bett und warf es nach ihm.

Freddy fing es auf und drückte es an sich, als wäre es eine geliebte Frau. »Dann könnte ich auch Dorcas öfter sehen. Tolle Frau«, sagte er verträumt. »Ich weiß gar nicht, was die anderen haben. Ich finde sie sehr offen und unterhaltsam.«

Lächelnd betrachtete Pippa ihren hochgewachsenen blonden Bruder, der in seinem geliehenen Smoking mehr als vorzeigbar aussah.

»Oho, kannst du da mal etwas konkreter werden?«

»Sie hat ganz freiwillig erzählt, sogar von sich und Monty«, berichtete Freddy hörbar begeistert. »Und warum sie so gut morsen kann. So haben Monty und sie miteinander kommuniziert. Auf diese Art erfuhr sie, wann er von der Nachtschicht kommen würde. Und ob sie ihn besuchen sollte. Sie haben zwar beide ein Handy, aber auf dem Berg und auf der Heide gibt es kein Netz.« Er nickte und bekräftigte: »Ja, Dorcas und ich haben uns hervorragend unterhalten.«

»Das freut mich. Ehrlich. Aber findest du es nicht seltsam, dass Dorcas urplötzlich so viel zugänglicher ist als vorher?«

Freddy sah sie ehrlich erstaunt an. »Hat sich vorher nicht gelohnt. Ich war ja nicht da!«

»Jetzt mal ernsthaft. Ich möchte alles wissen, was du über sie und das einsame Haus dort oben auf dem Hügel erfahren hast.«

Mühsam riss Freddy sich von seinem Spiegelbild los und wandte sich Pippa zu. »Also: Ich habe auf dem Sofa übernachtet. Als ich aufgewacht bin, habe ich mich weiter schlafend gestellt und Dorcas beim Telefonieren zugehört. Sie hat zwei voneinander unabhängige Leitungen. Ein schnurloses Telefon trägt sie ständig bei sich. Sie hat mit einem Auktionshaus verhandelt und war mit dem Ergebnis so zufrieden, dass sie fröhlich vor sich hin summte. Dann rief ein Futtermittelhersteller an, der sich an dieses Gespräch noch lange erinnern wird. Offenkundig war sie mit der letzten Lieferung nicht zufrieden.« Er kicherte. »Wenn er das nach ihren Worten nicht verstanden hat, war er schwerhörig. Gerettet hat ihn nur, dass das andere Telefon klingelte, denn Dorcas hat das Gespräch mit ihm sofort beendet. Sie stürzte zu einem alten schwarzen Wählscheibentelefon an der Wand und hat abgenommen.«

»Wie hat sie sich gemeldet?«

»Komisch, dass du das fragst – gar nicht! Alles, was sie sagte, war: *Wann?* Und dann noch: *Klappt.*«

»Was passierte danach?«, fragte Pippa neugierig.

»Sie hat aufgelegt.«

»Aha, da hast du's!« Pippa schnippte mit den Fingern. »Sie steckt mit der Katzenbande unter einer Decke. Auf der zweiten Leitung sagen sie ihr, wann die nächste Lieferung kommt ... oder gebraucht wird.«

»Tatsächlich? Und sie redet mit denen, während ich auf

dem Sofa liege und mithören könnte? Höchst unwahrscheinlich. Hör endlich auf, Dorcas zu verdächtigen. Du bellst den falschen Baum an, glaub mir.«

Pippa zögerte kurz, dann erzählte sie ihm, dass auch DI Ramsay und damit die Polizei von Campbeltown so dachte. »Dann sind wir ja wohl ein ganzes Rudel irregeleiteter Bluthunde«, schloss sie.

An Freddys Gesicht sah sie, dass er zwischen Bestürzung und Empörung schwankte. »Du wirst dich wohl nächste Woche noch einmal bei ihr einladen müssen, um dir selbst ein Bild zu machen. Bei der Gelegenheit kannst du gleich herausfinden, was es mit dem Zimmer auf sich hat, dessen Schlüssel sie am Gürtel trägt.« Er grinste und fuhr fort: »Dass sie dort Schmuggelware versteckt, glaube ich nicht. Aber ich bin doch neugierig, warum der Raum abgeschlossen ist.« Mit dem Daumen deutete er auf das Kopfende des Bettes. »Ein durchschlagendes Argument hast du ja, um bei ihr aufzutauchen.«

»Wichtiger ist jetzt, dass du dir endlich Schuhe anziehst. In zwanzig Minuten sind wir mit Iain verabredet, und vorher müssen wir Morris abholen.«

Als Morris aus seiner Haustür trat, verschlug es Pippa den Atem.

Der Schotte trug traditionelle Kleidung: einen Kilt mit rotgrundigem Tartan-Karo, darüber den *Sporran*, eine kleine Ledertasche, die mit einer Kette um die Hüften gegürtet wurde. Dazu eine kurze schwarze Jacke mit Revers, schwarze Weste und ein weißes Hemd mit schwarzer Fliege. Die typischen Schnürschuhe und wollene Kniestrümpfe mit doppeltem Umschlag komplettierten seinen Aufzug. Aus seinem rechten Strumpf ragte der Griff eines Schmuckdolches.

»Na, wenn du kein Bilderbuchschotte bist. Bis hin zum Dudelsack«, sagte Freddy grinsend. »Müsst ihr den immer bei euch tragen, wenn ihr im Kilt seid?«

Morris lachte und schüttelte den Kopf. »Ich bin der offizielle Hochzeitsmusikant. Duncan ist ja beschäftigt.« Dann gab er Pippa einen Kuss. »Wunderbar siehst du aus.«

»Du stehst also auf Wachsjacke zum Samtkleid?«, erwiderte sie betont lässig, um ihre Freude über sein Kompliment zu verbergen. In Freddys Anwesenheit scheute sie davor zurück, ihre Gefühle Morris gegenüber allzu deutlich zu zeigen. »Und du ... ich bin beeindruckt.«

Prompt sah Freddy amüsiert zwischen den beiden hin und her. »Wie sieht es aus – können wir? Seid ihr fertig mit dem Austausch von Liebenswürdigkeiten? Ich denke, wir einigen uns darauf, dass unser Anblick eine Augenweide ist. Wobei meine Erscheinung nicht unwesentlich zum attraktiven Gesamtbild beiträgt.«

Auf dem Weg zum Gatter hakte sich Morris bei Pippa ein und zog sie näher zu sich heran. »Hast du mein Buch gefunden? Das von Graham Greene?«

»Alles in Ordnung«, antwortete Pippa. »Das ist bei mir in guten Händen. Aber ich warne dich: Wenn du nicht aufpasst oder es zu lange vernachlässigst, geht es einfach in meinen Bestand über.«

Morris lachte herzlich und sah erleichtert aus. »Du kannst es gerne behalten. Es hat seinen Dienst getan.«

Schon vom Gatter aus sahen sie Iain an seinem Geländewagen lehnen und auf sie warten. Gut gelaunt stiegen alle ein; die Männer überließen Pippa den Beifahrersitz. Plötzlich brauste Petes Aston Martin mit hoher Geschwindigkeit an ihnen vorbei, und Pippa schaffte es gerade noch, Rebeccas Winken zu erwidern.

»Warum ich so früh auf dem Standesamt sein will, weiß ich«, murmelte Pippa, während sie dem davonrasenden Wagen nachsah, »aber was treibt euch derart an?«

Iain sah in seiner schottischen Tracht nicht weniger schmuck aus als Morris, allerdings wirkte er sehr nervös.

Als sie ihn danach fragte, sagte er: »Ich bin immerhin Duncans Trauzeuge und muss eine Rede halten. Ich bin sehr aufgeregt. Willst du mal hören?«

Pippa nickte.

»Also, ich dachte, ich beginne damit, dass Anita und Duncan sich durch Shakespeare kennengelernt haben. Und dann … der große Barde hat ja schon alles zum Thema Liebe gesagt. Ich dachte, ein paar Zitate …«

»So leicht kommst du nicht davon«, erwiderte Pippa. »Viel zu unpersönlich. Ein wenig mehr von dir sollte schon noch dabei sein.«

Iain McAlister seufzte. »Das hat meine Frau Shelley auch gesagt. Ich habe also für den Anfang noch eine Alternative verfasst.« Ohne den Blick von der Straße zu nehmen, holte er einen Zettel aus seinem *Sporran* und reichte ihn Pippa.

Sie faltete das Blatt auseinander und las vor: »*Es war einmal in einem fernen Land mit vielen Bergen. Dort wurde ein schönes Mädchen mit einer Leidenschaft für das Theater geboren. Viele Jahre studierte sie Rolle um Rolle ein, bis eine Einladung sie in das Land rief, in dem nicht nur der größte Dramatiker aller Zeiten geboren wurde, sondern auch ein Junge, der ihre Leidenschaft teilte. So unterschiedlich die beiden auch waren – ihre Bewunderung für Shakespeare führte sie zusammen.* Das ist wirklich schön.«

»Findest du?« Erfreut sah er sie von der Seite an. »Und dann wollte ich mit Version eins weitermachen.«

Pippa lachte. »Wird bei Shakespeare auch an irgendeiner Stelle seiner Werke Whisky getrunken?«

»Soweit ich weiß, nicht. Aber unser Nationaldichter Robert Burns redet immer nur von Liebe und Whisky.«

»Wenn du beides noch einbaust, hast du eine wunderbare Rede, Iain.«

»Also meine dritte Version«, sagte Iain zufrieden und konzentrierte sich wieder ganz auf den Verkehr.

Auf der Rückbank unterhielten Freddy und Morris sich angeregt, seit der letzten Nacht hatten sie sich offenbar viel zu erzählen. Immer wieder sah Pippa verstohlen in den Rückspiegel. Sie gestand sich ein, verliebt zu sein, als Morris sie dabei ertappte und ihre Blicke sich begegneten.

Wenn hier schon große Dichtkunst zitiert wird, dachte Pippa, sage ich es mal mit Goethe: *Zum Augenblicke dürft' ich sagen: Verweile doch, du bist so schön …*

Als sie ihr Ziel erreichten, hatte sich am Standesamt bereits eine beachtliche Anzahl von Schaulustigen versammelt.

»Sieht aus, als wäre die gesamte Belegschaft der Wee Dram Distillery hier«, sagte Iain, als er den Wagen abgestellt hatte und sie ausgestiegen waren. »Und außerdem halb Campbeltown.«

Sie gingen auf das am Hafen gelegene Haus zu, ein Sandsteingebäude mit Balkonen, Erkern und einem verzierten Spitzgiebel über dem Eingang. Ein weißes Zwiebeltürmchen mit Sprossenfenstern, das an die Leuchttürme der Küsten Kintyres erinnerte, krönte das Dach. Iain und Morris begrüßten auf dem Weg ins Gebäude einige der Wartenden mit einem Nicken oder einem schnellen Handschlag im Vorbeigehen.

Im großen, hellen Trauzimmer hingen zahlreiche goldgerahmte Landschaftsgemälde, die Pippa an Dorcas' Geschenk für das Brautpaar erinnerten. Joanna Goldie legte zusammen mit einer zarten, blonden Frau, die Pippa als Rose MacKinnon wiedererkannte, letzte Hand an die Blumendekoration. Die Sträuße bestanden aus langstieligen roten Amaryllis und Farnblättern, die Rose in großen Vasen arrangierte. Der Blumenschmuck verlieh dem ansonsten nüchternen Raum eine heitere und festliche Atmosphäre.

»Eine schöne Kombination«, sagte Pippa zu Joanna. »Die strenge Amaryllis und der schwingende Farn …«

Joanna nickte. »Rose ist eine echte Künstlerin in diesen Dingen. Sie hat ein Händchen für schöne Arrangements. Da Briony nicht da ist, helfe ich aus.«

Pippa wandte sich an Rose MacKinnon, die gerade vorbeikam. »Der Blumenschmuck ist absolut ungewöhnlich. Sehr schön.«

Die zierliche Frau errötete und gab ihr die Hand. »Pippa, nicht wahr? Ich freue mich, dich kennenzulernen. Warte, ich habe einen Strauß für dich.«

Sie ging aus dem Raum, und Pippa dachte: Diese grazile Person muss neben Ionas Vater wirken wie eine Ballerina neben einem Basketballspieler – und neben Catriona wie ein kleines Mädchen.

Langsam füllten sich die Stuhlreihen mit Gästen. Pippa bekam von Rose ein schmales Gebinde aus einer tiefroten Amaryllis und zwei Farnblättern, das zum grünen Kleid eine spektakuläre Wirkung erzielte und von Morris mit einem anerkennenden Nicken quittiert wurde.

»Unser Einsatz, Pippa. Es geht los«, sagte Iain und führte sie am Arm durch den Mittelgang zum Tisch des Standesbeamten. Dort warteten sie auf den Einzug von Duncan und Anita, die jetzt den Raum betraten.

Duncan schritt stolz in einem leuchtend blau und grün

karierten Kilt durch den Mittelgang auf Pippa zu, am Arm Anita, die in einem dunkelgrünen Taftdirndl neben ihm strahlte. Wegen ihrer Schwangerschaft trug sie kein Schnürmieder, sondern eine Schleife im Tartankaro ihres zukünftigen Gatten direkt unter der Brust. Statt eines Schleiers zierte ein Blumenkranz aus Farn und Heidekraut ihr offenes blondes Haar.

Hinter ihnen gingen die Brauteltern: Margit in einem prachtvollen Brokatdirndl und Karl Heinz in einem festlichen Trachtenanzug mit einer farblich auf das Kleid seiner Frau abgestimmten Brokatweste.

Wie glücklich sie alle aussehen, dachte Pippa gerührt, Duncan platzt gleich vor Freude.

Pippa nahm Anitas Brautstrauß entgegen und erwiderte das Lächeln der Braut. Dann setzten sich alle, und die Zeremonie begann. Da die Trauzeugen rechts und links des Standesbeamten positioniert waren, hatte Pippa freien Blick auf die Hochzeitsgesellschaft.

Auf der rechten Seite der Stuhlreihen hatten Iona und ihre Familie Platz genommen, während Catriona Blakely sich auf die linke Seite zu den Brauteltern gesellt hatte. Mit leichtem Nicken erwiderte sie den Gruß ihrer Tochter Iona. Obwohl Catriona schlicht und elegant gekleidet war, zog ihre Erscheinung Aufmerksamkeit auf sich. Auch Freddy drehte sich mehrmals nach ihr um.

Auf der Suche nach Pete und Rebecca ließ Pippa ihren Blick über die Anwesenden wandern, konnte sie allerdings nirgends entdecken. Dafür erregte ein wenig dezentes Winken von Stuart Ramsay ihre Aufmerksamkeit, der einen Platz in der letzten Reihe ergattert hatte.

Pippa unterdrückte ein Grinsen und konzentrierte sich wieder auf die Zeremonie.

Als der Standesbeamte das Brautpaar fragte, ob sie einander das ganze Leben lang begleiten und unterstützen wollten, sah Pippa unwillkürlich zu Morris hinüber. Er hatte mit seinem Dudelsack neben der Tür Position bezogen, da er den Auszug der Frischvermählten musikalisch begleiten sollte. Während Duncan und Anita einander das Jawort gaben und die Ringe tauschten, blickte Morris Pippa ernst an.

Dann nickte er ihr kaum merklich zu, als gebe er ihr das gleiche Versprechen.

Kapitel 24

Unter winterlichem Sonnenschein bewegte sich der Zug der Hochzeitsgäste durch ein Spalier von Schaulustigen die Straße hinunter zum Ardshiel Hotel. Gegen die kühle Temperatur hatte Anita sich eine Stola im Muster von Duncans Kilt um die Schultern gelegt. Das frischgebackene Ehepaar strahlte mit den Brauteltern um die Wette. Auch Pippa fühlte sich beschwingt und ließ Morris, der die Gesellschaft mit seinem Dudelsack anführte und mit sichtlichem Vergnügen spielte, kaum aus den Augen. Kichernd imitierten ihn die Söhne von Iain und Hector, und mit fünf Kindern an seinen Fersen glich Morris ein wenig dem Rattenfänger von Hameln.

Pippa wandte sich suchend nach ihrem Bruder um und entdeckte ihn weiter hinten im Zug zwischen Iona und Catriona. Ihr fiel auf, dass nicht alle Menschen am Straßenrand dem Brautpaar Glückwünsche zuriefen. Einige standen schweigend da und blickten Duncan grimmig an. Pippa hoffte, dass sein Glück groß genug war, um diese unverhohlene Feindseligkeit zu übersehen. Auch Brionys Kinder waren unter den Schaulustigen: Tamsin hatte trotzig die Arme vor der Brust verschränkt, während Turvals ganze Körperhaltung Niedergeschlagenheit ausdrückte.

»He! Bitte alle zu mir sehen!«, rief Sarah MacDonald, die als Hochzeitsfotografin fungierte. Sofort hielt der Hochzeitszug. Die Gäste stellten sich zusammen und lächelten in die Kamera. Als Pippa einen Arm um ihre Taille spürte, wusste sie, auch ohne hinzusehen, dass Morris neben ihr stand.

Ich sollte vielleicht nicht glücklicher wirken als die Braut, dachte Pippa, aber ich kann nicht anders.

Links hinter ihr hatten Rose und Hector MacKinnon sich in die Gruppe eingereiht, und Pippa bemerkte sofort die gereizte Stimmung des Ehepaars.

Während die Gesellschaft fröhlich durcheinanderredete, zischte Hector: »Was soll das heißen, du kannst hier gerade nicht weg? Seit Jahren liegst du mir in den Ohren, dass du gerne mal in den Urlaub fahren willst. Jetzt bin ich endlich einverstanden, und du weigerst dich? Was soll das?«

»Wir können Harris und Lewis nicht einfach mitten im Jahr aus der Schule nehmen«, erwiderte Rose ruhig.

»DI Prescott hat gesagt, darüber bräuchten wir uns keine Gedanken zu machen. Er klärt das mit der Schule.«

»Gut, dann fahr du mit den Jungen«, sagte Rose gelassen, aber sehr bestimmt. »Das halte ich sogar für eine gute Idee. Dann könnt ihr drei endlich Zeit miteinander verbringen. Das passiert ohnehin viel zu selten. Ich bleibe auf jeden Fall hier.«

Oho, dachte Pippa, diese kleine, zarte Frau ist ein zäher Brocken, das hätte ich ihr nicht zugetraut.

Hector MacKinnon offenbar auch nicht. »Sag mir jetzt *bitte*, was das soll!« Die vor ihm stehenden Brauteltern drehten sich erstaunt zu ihm um, und Hector fuhr mit gesenkter Stimme fort: »Was hast du denn hier schon zu tun? Nenn mir einen Grund, weshalb wir nicht alle zusammen wegfahren können.«

»Lächeln, Hector, lächeln«, entgegnete Rose sanft, »wir wollen Duncan und Anita doch nicht die Hochzeitsbilder ruinieren, nicht wahr?«

Erneut musste Pippa Rose MacKinnon innerlich Respekt zollen, wie furchtlos sie sich ihrem so dominant wirkenden Gatten entgegenstellte.

Sarah MacDonald arrangierte die Gruppe neu, und nun konnte Pippa die MacKinnons sehen. Ihr fiel auf, dass Roses Blick über die Schulter der Fotografin hinweg zu Daniel Seton und Dorcas Gunn ging, die nebeneinander standen und die Hochzeitsprozession verfolgten. Genau in dem Moment winkte Daniel herüber. Pippa konnte nicht feststellen, wem sein Gruß galt: ihr selbst? Rose? Oder ganz jemand anderem aus der Festgesellschaft?

Für Hector MacKinnon hingegen stellte sich diese Frage nicht. »Ist er es? Unser *Postillion*? Willst du wegen dieses Bürschchens nicht wegfahren? Oder ist es einer der anderen Kerle hier?« Er versteifte sich, als nun auch noch Connor zu Daniel Seton trat und beide Männer zu ihnen herübersahen.

Himmel, dachte Pippa. Es dreht sich beim schiefhängenden Haussegen der MacKinnons nicht nur um Geld … Hoffentlich geht es bald weiter, sonst feiern wir heute nicht nur eine Hochzeit, sondern steuern auch noch auf eine Scheidung zu.

In diesem Moment erklärte Sarah MacDonald die Fotosession für beendet und kündigte an, nach dem Festessen noch mehr Bilder zu machen. Die Gesellschaft zog weiter, und Pippa drehte sich noch einmal um. Connor und Daniel unterhielten sich miteinander, aber Dorcas Gunns Blick ruhte auf Rose MacKinnon.

Dich hat Rose angesehen?, dachte Pippa. Was immer um mich herum geschieht – immer hast du deine Finger im Spiel.

Als der Zug von der Uferstraße in Richtung Ardshiel Hotel abbog, warteten Rebecca und Pete an der Straßenecke. Wie selbstverständlich reihten die beiden sich ein und nahmen Pippa in die Mitte.

»Schön, wenn ihr euch daran erinnert, dass ihr wegen einer Hochzeit auf Kintyre seid«, sagte Pippa und hob sofort die Hand, um jeden Kommentar im Keim zu ersticken. »Und damit das klar ist: Bis heute Abend will ich nichts von all dem hören. Dann können wir gerne neue Erkenntnisse austauschen, aber jetzt wird gefeiert. Verstanden? Ab jetzt: kein Wort.«

»Glaubst du ihr das?«, fragte Pete Rebecca über Pippas Kopf hinweg.

Rebecca zuckte mit den Achseln. »Könnte ich, klar. Aber ich könnte es auch ignorieren. Das mache ich immer mit Falschaussagen.«

»Okay.« Pippa seufzte. »Ihr habt Zeit bis zum Eingang des Hotels, aber dann ist Schluss. Also: Warum seid ihr so früh losgebraust und taucht erst jetzt hier auf?«

Pete und Rebecca wechselten einen triumphierenden Blick, und Pippa verdrehte die Augen.

»Redet schon. Ich kann das Hotel bereits sehen.«

»Die Kollegen haben einen Stechheber gefunden«, sagte Rebecca. »In einem Kaninchenbau, oben auf der Heide. Ganz nah am alten Friedhof.«

Pippa stutzte. »Komische Methode, Kaninchen aufzuscheuchen.«

Pete und Rebecca wechselten einen Blick, dann sagte er leiser: »An seiner Spitze klebte Blut. Und das gehört keinem Kaninchen.«

Pippa zog unwillkürlich scharf die Luft ein. »Angus ist also tot? Ist es Angus' Blut?«

Pete legte die Hand auf ihren Arm. »Das wissen wir nicht. Von ihm fehlt weiterhin jede Spur.«

»Auf der Heide, sagt ihr? Nicht weit vom alten Friedhof? Merkwürdiger Zufall.« Pippa blieb stehen und erzählte von dem Blut in Laddies Fell, das sie beim Streicheln entdeckt hatte. »Hoffentlich hat DI Ramsay das Taschentuch noch nicht waschen lassen. Dann könntet ihr einen DNA-Abgleich machen lassen.« Pippa blickte sich suchend um, aber der Sergeant war nirgends zu sehen.

Pete holte sein Handy aus der Tasche. »Ich rufe Prescott an, der soll sich darum kümmern.«

»Wie seid ihr denn überhaupt auf die Idee gekommen, da oben zu suchen?«, fragte Pippa, während Pete telefonierte.

»Archie hatte uns die Orte genannt, an denen Angus sich in letzter Zeit rumgetrieben hat. Daraufhin haben wir drei eine diskrete Suchaktion organisiert. Nur zwei, drei Mann mit Spürhunden«, erklärte Rebecca.

»Um die Parkbucht am Meer herum, die Umgebung des alten Friedhofs und den Parkplatz des Restaurants Muneroy in Southend, an der Südspitze von Kintyre.«

»Das zufällig der Treffpunkt der Altherrenriege ist, zu der auch Monty gehörte. Gemeinsam mit Archie, Jock und Ronan«, sagte Pete und steckte dabei sein Handy wieder ein. »Sie essen dort, spielen Karten – und drehen die Welt ein kleines Stück weiter in ihre Richtung. Allerdings ist Angus seit seiner unehrenhaften Entlassung nicht mehr dort aufgetaucht.«

Aber Archie Drummond hat Angus gebeten, wieder an den Zusammenkünften teilzunehmen, erinnerte sich Pippa, da waren wir auf dem Weg zur Kuttertour und meiner ersten Begegnung mit der Whiskytruppe.

»Angus ist nicht kürzlich mal wieder zu einem Treffen gekommen?«, fragte Pippa.

Rebecca schüttelte den Kopf. »Francis Hill, Betreiberin des Dorfladens sowie Wirtin, Bäckerin und Köchin des Muneroy in Personalunion, ist sich ganz sicher, dass Angus weder das Geschäft noch das Restaurant betreten hat. Zu keiner Zeit. Das hätte sie bemerkt. Sie ist immer da, wenn geöffnet ist.«

»Archie wird der Polizei auch in Zukunft helfen. Seit Monty tot ist und Briony verhaftet, ist er wie verwandelt. Viel entschlossener. Er will heute Nachmittag sogar seine Kumpel aushorchen«, ergänzte Pete. »Könnte sein, dass wir ihm einen Tipp gegeben haben, wie er das anstellen soll.«

Pippa sah den Profiler fragend an, aber der schüttelte lächelnd den Kopf. »Meine Lippen sind versiegelt.«

»Endlich mal. Und ich hoffe, das bleiben sie auch für den Rest des Tages«, sagte Pippa. »Nur eins möchte ich noch wissen. Weiß Angus' Frau Bescheid?«

»Sie ist außer sich vor Sorge«, antwortete Pete. »Wir waren eben bei ihr, um mit ihr zu reden. Deshalb sind wir auch so spät dran. Wir wollten nicht weg, bevor der Hausarzt und eine Verwandte eintrafen, die sich dann weiter um sie kümmern konnten.«

»Das habt ihr gut gemacht«, sagte Pippa versöhnt. »Und jetzt bitte: Polizeifunk ausschalten, okay? Wir werden im siebten Himmel unseres Brautpaares erwartet.«

Die U-förmige Hochzeitstafel war im großen Gesellschaftsraum des Hotels aufgebaut. An der Stirnseite saß das Brautpaar, Anita auf der linken Seite flankiert von ihren Eltern, Duncan rechts davon mit Jock und Iain. Der linke Seitenarm begann mit Pippa, dann folgten Iona, Morris und Freddy; ihnen gegenüber hatte die Brautmutter Catriona, Pete und Rebecca platziert. Der rechte Seitenarm gehörte den MacKinnons, mit der Familie von Iain McAlister auf der Innenseite.

Geschickt gemacht von Margit, dachte Pippa, Catriona sitzt mit dem Rücken zu ihrem Exgatten, kann sich aber doch jederzeit dem Brautpaar zuwenden. Bei diesen delikaten Familienverhältnissen war die Sitzordnung sicher keine leichte Aufgabe gewesen.

Der erste Gang bestand aus einer von Ronan zubereiteten *Cullen Skink*. Sie nahm sich fest vor, das Rezept für diese köstliche Suppe aus Kartoffeln und geräuchertem Fisch von ihm zu erbitten, um das Gericht nachkochen zu können. Dann folgten seine berühmten mit Whisky gebratenen Seeschnecken.

Als die Teller abgetragen wurden, erhob sich Iain und klopfte an sein Glas. Während ihn alle Gäste erwartungsvoll ansahen, raunte Iona in Pippas Ohr: »Auf dieser Hochzeit ist wirklich alles anders. Duncan hat Iain gebeten, seine Rede so früh zu halten, damit er mit seiner Frischangetrauten noch im Hellen das Ziel der Hochzeitsreise erreicht.« Sie sah Pippa gespannt an und fuhr fort: »Du weißt nicht zufällig, wohin sie wollen? Die beiden haben ja ein Riesengeheimnis daraus gemacht.«

Pippa, ärgerlich darüber, dass sie Iains Rede nicht ungestört lauschen konnte, schloss pantomimisch ihren Mund ab und warf einen imaginären Schlüssel weg. Sollte Iona doch darüber grübeln, ob es bedeutete, dass sie es ebenfalls nicht wusste – oder ob es eine Aufforderung war, den Mund zu halten.

Iona starrte sie einen Moment lang verdutzt an, dann zuckte sie mit den Schultern, beugte sich über den Tisch zu ihrer Mutter und sagte: »Sie weiß es auch nicht.«

Das denkst du, dachte Pippa, empört darüber, wie wenig Aufmerksamkeit Iona der Rede des Trauzeugen schenkte – und dass sie es Pippa dadurch ebenfalls schwermachte, ihm zuzuhören. »… und während Duncan bei mir eine Menge über Whisky lernte«, erzählte Iain gerade, »erfuhr ich von ihm alles über Österreich und die wunderbaren Frauen, die es dort gibt. Denn nachdem er seine Anita für sich gewonnen hatte, gab es für ihn neben Whisky nur noch dieses eine Thema ...«

Zu Pippas Unwillen neigte Iona sich erneut zu ihr. »Das stimmt allerdings. Duncan kennt wirklich kein anderes Thema mehr. Ein richtiger Langweiler ist er geworden. Aber es wird so weitergehen, wie das immer ist. Erst kann man nicht voneinander lassen und denkt an nichts anderes mehr. Dann wird es alltäglich, dann schwierig, dann kommt der Streit, und dann geht man auseinander. Ich sage dir, Pippa: Nur Vernunftehen halten, Ehen zwischen zwei Partnern statt zwischen Verliebten. Man braucht etwas, das einen zusammenschweißt. Genau so, wie mich und Duncan die Wee-Dram-Brennerei verbunden hat.«

Pippa presste die Lippen aufeinander, um zu signalisieren, dass sie keinerlei Konversation wünschte. Überdies fand sie das Thema mehr als unpassend.

»Sieh dich doch mal um«, fuhr Iona unverdrossen fort, »siehst du hier auch nur ein glückliches Paar? Meine Eltern sind geschieden, und die zweite Ehe meines Vaters ist auch nicht der Rede wert. Jedenfalls, wenn man weiß, wie oft Rose sich heimlich aus dem Haus schleicht.«

Bemerkenswert, dass du die anderen Anwesenden vollkommen ignorierst, dachte Pippa. Was ist mit Iain und seiner Familie? Oder Margit und Karl Heinz?

Sie traute ihren Ohren kaum, als Iona hinzufügte: »Du lebst auch gerade in Scheidung, hat Morris erzählt. Ich habe so einiges über dich gehört, wenn wir uns getroffen haben ...«

Demonstrativ drehte Pippa sich ein wenig mehr in Richtung Iain – in der Hoffnung, so ihren Ärger verbergen und gleichzeitig Iona endlich stoppen zu können. Entnervt musste sie sich eingestehen, dass dieser Versuch vergeblich war.

»Meine Mutter hat recht«, tuschelte Iona weiter, »wir Frauen müssen uns viel mehr durchsetzen. Glaubt heutzutage tatsächlich noch jemand, dass unser Glück von einem einzigen Mann abhängt? Wir leben doch nicht mehr im 19. Jahrhundert! Wenn ein Mann nicht in der Spur laufen will, wird er eben ausgetauscht gegen einen anderen, der sich besser anpasst.« Sie goss sich und Pippa Wein nach und flüsterte: »Machen wir uns nichts vor – *ich* sollte heute neben Duncan sitzen. Aber wenn er diesen kleinen Umweg unbedingt braucht – bitte. Ich habe Zeit. Und ich weiß mich so lange anderweitig zu beschäftigen.«

Pippa nahm ihr Glas und leerte es in aller Seelenruhe. Dann drehte sie sich zu Iona um und sagte leise: »Schlechte Verliererin.«

Iains Rede war zu Ende, und alle applaudierten. Dennoch verstand Pippa die Antwort ihrer Sitznachbarin, die hintergründig lächelte und raunte: »Wen meinst du? Dich oder mich?«

Wütend stürzte Pippa sich auf den Hauptgang: Fasan, wie jedes der bisher gereichten Gerichte eine Premiere für sie. Während sie versuchte, das Geflügel zu genießen, gingen ihr Ionas Bemerkungen im Kopf herum. Wollte die Frau einen Streit mit ihr anzetteln? Iona wusste doch, dass Anita und Duncan zu ihren engsten Freunden gehörten. Welcher Teufel ritt sie bloß? Pippa versuchte ab und an, Blickkontakt zu Morris aufzunehmen, aber Iona wusste das zu verhindern. Oder war es Zufall, dass Iona sich immer dann zu ihrer Mutter vorbeugte, wenn Pippa über den Tisch zu Morris blickte, sich aber prompt zurücklehnte, wenn sie es hinter den Stuhllehnen versuchte?

Immerhin bekam sie mit, dass Morris sich angeregt mit Hazel, Meggan und Kate unterhielt, den Sängerinnen von

The Midden. Die drei Schwestern fragten nach seinem Repertoire auf dem Dudelsack und boten ihm an, er könnte Duncan bei ihren Auftritten ersetzen.

Morris wehrte lachend ab. »Ich gönne mir zwar ein Sabbatjahr, aber das ist bereits verplant. Musik ist für mich nur ein Ausgleich. Für Tourneen habe ich leider keine Zeit. Aber ich würde heute gerne ein paar Stücke mit euch zusammen spielen. Ich höre, ihr habt alle Gäste in die Lounge eures Ferienhauses eingeladen, um dort Musik zu machen und weiterzufeiern.«

Die Sängerinnen stimmten begeistert zu, aber Iona sagte: »Aber dann hat das Brautpaar ja nichts davon. Ich finde, ihr solltet gleich nach dem Essen etwas für uns alle spielen. Hier gibt es Whisky, genug zu essen und später auch noch etwas ganz Besonderes zu feiern. Das verspreche ich euch.«

Mit diesen Worten erhob sich Iona, ergriff Pippas Glas und ließ es mit ihrem eigenen zusammenklingen. Die munter plaudernde Hochzeitsgesellschaft wurde ruhig und wandte sich ihr neugierig zu.

»Die Sitte ist, dass die beiden Trauzeugen die Reden halten und das Brautpaar hochleben lassen«, verkündete sie, »aber Pippa war so freundlich, dieses Privileg an mich abzutreten. Pippa – vielen Dank dafür.«

Pippa schnappte nach Luft   sie hatte nichts dergleichen getan. Als sie nach rechts schaute, fing sie Morris' erstaunten Blick auf. Pippa zuckte lächelnd mit den Achseln und nahm sich vor, trotz Ionas unerwarteter Rede als Nächste das Wort zu ergreifen.

»Lieber Duncan«, fuhr Iona unterdessen fort, »deine Anita weiß wohl so einiges nicht aus deiner Vergangenheit, sonst hättest du sie kaum so leicht überreden können, dir nach Wee Dram zu folgen. Deshalb übernehme ich die Aufgabe, sie umfassend darüber zu informieren, was sie an deiner Seite wirklich zu erwarten hat.«

Obwohl Iona einen leichten, fröhlichen Ton anschlug, hielt Pippa unwillkürlich den Atem an. Derlei Scherzreden waren zwar bei Hochzeiten durchaus üblich, und einige der Gäste kicherten schon erwartungsvoll, aber Duncan zog die Stirn kraus und schien alles andere als entspannt zu sein.

»Viele in diesem Raum wissen, dass der Platz an Duncans Seite immer mir zugedacht war«, sagte Iona mit einem Lächeln. »Oft habe ich mir in den letzten Jahren vorgestellt, wie in unserer Ehe die Fetzen – pardon: die Whiskygläser – fliegen. Ich bin sicher, Duncan hatte ähnliche Gedanken und hat sich deshalb statt einer Frau mit ausgereifter Wurftechnik lieber eine gesucht, die viel Theater macht.«

Das Bonmot erntete einiges Gelächter, aber Margit kniff sichtlich verärgert die Lippen zusammen. Pippa registrierte das, denn sie hatte sich besorgt zur Stirnseite der Tafel umgedreht, um zu sehen, ob Anita Beistand benötigte. Aber die glückliche Braut schmiegte sich an Duncan und lachte mit.

»Seit frühester Kindheit waren Duncan und ich ein Herz und eine Seele«, fuhr Iona fort. »Natürlich waren wir nicht immer mit allem einverstanden, was der andere tat. Aber *eine* Drohung zog immer – nämlich die, dass er oder ich uns jemand anderen suchen würden, sobald der heilige Kevin uns dazu Gelegenheit gab.« Mit sanftem Lächeln sah sie sich in der Runde um. »Da einige der hier Anwesenden nicht von Kintyre stammen, erkläre ich gerne das Bäumchen-wechsel-dich-Spiel, das dieser gute Mann in unseren Breiten eingeführt hat: Wer seinen Partner umtauschen möchte, geht am 3. Januar um Mitternacht zur Kapelle. Zusammen mit anderen Unzufriedenen läuft man mit verbundenen Augen so lange um das Gebäude, bis man jemanden vom anderen Geschlecht greifen kann. Den hält man fest – und verbringt mit ihm das nächste Jahr.«

Verhaltenes Gelächter kam auf, aber Jock musterte Iona aus zusammengekniffenen Augen und sagte: »Das ist doch eine alte Geschichte ...« Er sah aus, als würde er seiner Enkelin am liebsten den Mund verbieten. Falls er das tatsächlich vorhatte, war es zu spät, denn sie redete bereits weiter.

»Um diese ebenso ungewöhnliche wie einzigartige Chance nutzen zu können, muss man natürlich erst einmal verheiratet sein. Nun, Duncan und Anita haben für sich mit dem heutigen Tage diese Voraussetzung geschaffen – ich muss es noch tun, denn ich kann unser Brautpaar auf keinen Fall allein in Richtung alte Ruine ziehen lassen, wenn sie genug voneinander haben.«

Mittlerweile war es mucksmäuschenstill geworden. Niemand lachte mehr. Alle starrten Iona an.

»Allerdings: Einen Mann zu finden, der Duncan ebenbürtig ist und ihm sowohl an Musikalität als auch an Whiskykenntnissen das Wasser reichen kann, ist wahrlich nicht leicht. Ich bin aber in der glücklichen Lage, so einen Mann schon seit Jahren zu kennen. Ich habe ihn lange zappeln lassen, aber nun habe ich mich entschieden, sein Werben zu erhören. Und weil ich nicht dafür bekannt bin, wichtige Dinge auf die lange Bank zu schieben, schlage ich vor, in drei Wochen, am Tag des heiligen Andreas, zu heiraten. Ich finde, der schottische Nationalfeiertag ist der perfekte Termin. Ladies and Gentlemen, trinken Sie mit mir auf meine Verlobung ...«, sie ergriff ihr Glas, erhob es und wandte sich nach rechts, »... mit Morris Tennant.«

Kapitel 25

»Mistbiene«, fluchte Duncan.

Karl Heinz warf einen Blick in den Rückspiegel. »Zu klein und zu harmlos. Es müsste was mit Hörnern sein.«

»Gewitterziege«, sagte Anita.

Pippa saß stumm auf dem Beifahrersitz des Hochzeitsautos, mit dem das Brautpaar zum Boot des kleinen Inselhotels auf Sanda chauffiert wurde.

Karl Heinz hieb mit der Hand auf das Lenkrad. »So ein raffiniertes kleines Biest!«

»Das war sie früher«, entgegnete Duncan. »Heute ist sie ein großes raffiniertes Biest.«

»Der arme Morris«, sagte Anita mit einem Seufzen.

»Armer Morris?« Karl Heinz schnaubte vor Wut. »Hat er sich gewehrt? Nein! Er hat es einfach geschehen lassen!«

»Aber er sah gar nicht glücklich aus, als wir ihm gratuliert haben«, wandte Anita ein.

»Wie sollte er auch?« Karl Heinz sah über den Rückspiegel seine Tochter an. »Immerhin hat Iona ja nicht nur ihre bevorstehende Heirat bekanntgegeben, sondern obendrein angekündigt, dass sie demnächst alle um die Kirchenruine hetzen wird, um sich irgendeinen anderen Mann zu fangen.«

Anita seufzte wieder. »Nicht irgendeinen Mann. Meinen Mann.«

Wie durch eine Nebelwand nahm Pippa das Gespräch

der anderen wahr. Den Rest des Hochzeitsessens hatte sie wie in Trance hinter sich gebracht. Ihr Dessert war unberührt geblieben. Eigentlich ein Fall für Freddy, aber ihr Bruder hatte kein Verlangen danach. Er starrte Morris an, als wäre er Ungeziefer, das man zertreten müsste. Pippa fand Freddys Bedürfnis, sie zu rächen, zwar rührend, bat ihn aber mit flehentlichem Blick, sich zurückzuhalten. Iona hatte es schon so geschafft, die allgemeine Aufmerksamkeit auf sich zu lenken und dem Brautpaar das Fest zu verderben.

Morris hatte jeglichen Blickkontakt vermieden, bis Rebecca fragte: »Wieso ist Stuart eigentlich nicht hier? Alle durften ihre Partner mitbringen – wieso nicht Pippa?«

Pippa verstand, warum Rebecca diese provokante Frage stellte: Sie wollte ihr eine kleine Genugtuung verschaffen und Morris eins auswischen. Aber Pippa fühlte sich damit nicht wohl, denn Morris starrte Rebecca auf diese Bemerkung hin fassungslos an, um dann Pippa anzusehen, die nicht anders konnte, als sich abzuwenden.

Bei der Erinnerung daran schluckte sie und blickte aus dem Autofenster, als wollte sie sich die Landschaft ansehen.

»Darf ich ihm was tun?«, hatte Freddy gefragt, als er Pippa vor das Hotel führte, um mit den anderen Hochzeitsgästen das Brautpaar mit großem Hallo in die Flitterwochen zu entlassen. »Sowohl zu einer zünftigen österreichischen als auch einer zünftigen schottischen Hochzeit gehört bestimmt eine ordentliche Prügelei. Ich wäre also gleich mehrfach verpflichtet ...«

Pippa hatte nur stumm den Kopf geschüttelt und sich bemüht zu lächeln, als sich alle unverheirateten Frauen in Position stellten, um den Brautstrauß zu fangen.

Gegen die hochgewachsene Iona hatte jedoch keine andere eine Chance, und Pippa war das gestöhnte *Auch das noch!* von Morris nicht entgangen.

Beim Gedanken daran verzog Pippa den Mund. Morris hatte bei der gesamten Aktion zwar nicht glücklich ausgesehen, aber ihr gegenüber auch keinerlei Erklärungsversuch unternommen. Ihr einziger kurzer Blickkontakt war seine Reaktion auf Rebeccas Erwähnung von Stuart Ramsay gewesen, und so blieb Pippa mit ihren Fragen allein: Hatte Morris sie benutzt, um sich vor seiner Ehe noch einmal auszutoben? Oder hatte Iona ihn überrumpelt, und er hatte es nicht gewagt, sich zu wehren?

Petes Einschätzung von Morris hat den Nagel auf den Kopf getroffen, dachte Pippa. Auch vorhin hat er die peinliche Situation blitzschnell erfasst und mir aus der Not geholfen. Als Karl Heinz mit dem Hochzeitsauto vorgefahren war, hatte er mit Margit und Rebecca die Köpfe zusammengesteckt. Dann hatten die drei Pippa statt der Brautmutter auf den Beifahrersitz des Autos bugsiert, das die Brautleute in die Flitterwochen bringen sollte.

Pippa hatte Margits Platz dankbar angenommen und nur auf einer Nebendatei bedauert, dass jetzt *The Midden* mit Morris und einigen Gästen ohne sie zum Ferienhaus ziehen würden, um dort gemeinsam Musik zu machen. Jetzt auch noch gefühlvolle schottische Musik, dachte sie, und ich würde schwarzsehen für meine Contenance.

»Du musst hier links abbiegen, rechts geht es zur Spitze der Halbinsel«, sagte Duncan zu Karl Heinz und begann, die Melodie von *Mull of Kintyre* zu summen.

Prompt kam Pippa die Fahrt vom Flughafen zur Fähre in den Sinn, als sie Morris gerade begegnet war und fröhlich gemeinsam mit ihm, Freddy und Catriona dieses Lied gesungen hatte …

Um sich abzulenken, betrachtete sie die Landschaft. Im Gegensatz zum felsigen Ufer bei Wee Dram sah sie hier feinkörnigen Sandstrand und Wiesen.

»Seht mal! Auf dem Felsen!«, rief Anita plötzlich entzückt und zeigte auf Seehunde, die sich träge in der Wintersonne räkelten.

»Davon wirst du auf Sanda Island viele sehen«, sagte Duncan, »dort gibt es eine eigene Seehundkolonie. Die Besitzer tun alles, um die Ursprünglichkeit der Insel zu erhalten, du wirst begeistert sein. Sanda ist ein wahres Kleinod der Natur.«

»Wenn ich mit dir dort bin, hat die Insel alles, was ich mir von Schottland wünsche«, erwiderte Anita leise und küsste ihren frischgebackenen Ehemann.

Duncan bat seinen Schwiegervater, auf einem kleinen Parkplatz anzuhalten, dann zeigte er auf eine Anhöhe links von ihnen. »Dort oben ist ein besonderer Ort, Pippa, den musst du unbedingt sehen. Der Sage nach hat dort Columba, der berühmteste unserer keltischen Heiligen, zum ersten Mal schottischen Boden betreten. Seine Füße haben im Felsen einen Abdruck hinterlassen.«

Echte Freunde muss man in der Not nicht bitten. Die bieten ihre Hilfe an. Du bist so ein Freund, Duncan, dachte Pippa, als sie und die anderen ausstiegen, selbst an deinem Hochzeitstag ist es dir wichtig, mich von meinen düsteren Gedanken abzulenken.

Ein steiler Pfad mit einfachem Holzgeländer und einzelnen steinernen Stufen schlängelte sich durch struppiges Gras und führte sie die Anhöhe hinauf. Jetzt war Pippa froh, dass Karl Heinz einen Umweg über Piper's Hush gefahren war, um ihr Gelegenheit zu geben, sich umzuziehen.

»Es sieht wirklich wie Abdrücke aus«, sagte Anita und

stellte einen Fuß in die schuhförmige Vertiefung eines verwitterten, moosigen Steins.

Pippa folgte ihrem Beispiel. »Mindestens Schuhgröße 47. Ich dachte, die Leute waren damals kleiner.«

»Die keltischen Heiligen lebten offenbar auf großem Fuß«, scherzte Anita. »Da drüben gibt es noch einen Naturbrunnen in einem Felsvorsprung, der auch nach Columba benannt ist.«

»Das war wenigstens einer, der nicht so durchgeknallte Ideen hatte wie unser Kevin«, knurrte Duncan.

Karl Heinz beschirmte mit der Hand die Augen gegen die Sonne und zeigte über das Wasser. »Hier hat Columba zum ersten Mal schottischen Boden betreten, sagst du? Ist das Land dort hinten denn schon Irland?«

Duncan nickte. »Ein Katzensprung. Geradezu unwiderstehlich nahe für Schmuggler aller Zeiten. Nirgends sonst ist Schottland einem anderen Land so nahe wie hier.« Mit einem Grinsen fügte er hinzu: »England zählt nicht. Das haben wir ja eingemeindet.«

»Kein Wunder, dass die Katzenbande hier ihren Geschäften nachgeht«, murmelte Pippa nachdenklich. »Man ist schnell in Irland und auf der offenen See. Ideal.« Sie wandte sich ihren Freunden zu und sagte: »Würdet ihr es mir übelnehmen, wenn ich noch etwas bleibe und ihr ohne mich weiterfahrt? Die frische Luft tut mir gut.«

»Geh einfach in diese Richtung weiter, und du kommst nach Southend«, erwiderte Anita. »Am Restaurant Muneroy fährt der Bus nach Campbeltown ab. Der letzte geht kurz nach 17 Uhr, den solltest du nicht verpassen.«

Duncan und Karl Heinz verabschiedeten sich und kehrten schon zum Auto zurück, während Anita noch blieb und Pippas Hände ergriff. »Pippa, wenn du morgen lieber zurück nach Berlin möchtest … Ich an deiner Stelle würde bestimmt abreisen wollen. Duncan und ich sind uns einig: Wir übernehmen ab Montag die Whiskytruppe und holen die Flitterwochen nach. Es macht uns wirklich nichts aus.«

Pippa schüttelte den Kopf. »Auf gar keinen Fall. Ich werde da sein, so lange ihr mich braucht. Ihr könnt euch absolut auf mich verlassen. Ich *will* hierbleiben.«

»Tapferes Mädchen«, sagte Anita strahlend und gab Pippa einen Kuss auf die Wange.

Von der Anhöhe aus sah Pippa auf den Parkplatz hinunter. Anita drehte sich unten noch einmal um und winkte ihr zu, dann stieg sie ein, und das Auto fuhr weg. Pippa atmete erleichtert auf. Es hatte sie angestrengt, die Fassung zu bewahren, und sie war froh, allein zu sein. Sie schlenderte zur Quelle, einer Vertiefung in einem mit Pflanzen bewachsenen Felsen, in der es leise gurgelte.

Während sie weiterging, blickte sie hinüber nach Sanda. Die kleine Insel erhob sich aus dem Wasser wie der Rücken eines Wals. Von Anita wusste sie, dass Sanda alles zu bieten hatte, was man sich für eine Woche Zweisamkeit nur wünschen konnte: ein romantisches Hotel mit ausgezeichneter Küche, Spazierwege zu einem idyllisch gelegenen Leuchtturm sowie eine pittoreske Kirchenruine.

Pippa seufzte, als ihr bewusst wurde, wie sehr sie Anita und Duncan darum beneidete, eine Woche lang ganz füreinander da zu sein. Sie straffte die Schultern und reckte das Kinn.

»Ich lasse mich von Liebeskummer nicht unterkriegen«, murmelte sie entschlossen. »Ich kenne Morris erst seit einer knappen Woche. Und ich habe hier eine Aufgabe zu erledigen. Also Brust raus, Zähne zusammenbeißen – und damit fertig werden.«

Energischen Schrittes marschierte sie los. Der Weg nach

Southend führte sie vorbei an Weiden, der imposanten Ruine eines Herrenhauses und schließlich an einem mächtigen, dem Verfall preisgegebenen weißen Hotelkomplex.

Der Ausblick aus den Hotelzimmern aufs Meer muss atemberaubend gewesen sein, dachte Pippa. Schade, ebenso vorbei wie meine Freundschaft mit Morris.

»Pippa! Pippa! Hier!«

Erstaunt drehte Pippa sich um. Sie hatte die ersten Gebäude des Ortes erreicht und sah Catriona Blakely in der offenen Tür eines Hauses, das direkt am Wasser stand.

»Hatten Sie auch keine Lust, mit der Musik nach Wee Dram weiterzuziehen?«, rief sie und winkte Pippa zu sich.

Nur aus Höflichkeit folgte Pippa der Aufforderung, näher zu kommen. »Ich war sicher, Hector und Rose würden mitgehen. Da habe ich lieber verzichtet«, sagte Catriona und zwinkerte verschwörerisch. »Für die Dauer eines Essens kann ich die Nähe meines Exgatten ertragen. Darüber hinaus schlägt sie mir auf den Magen. Kommen Sie doch herein. Ich mache uns einen Kaffee.«

Vergeblich suchte Pippa nach einer Ausrede, um nicht ausgerechnet jetzt mit Ionas Mutter plauschen zu müssen. Doch die Alternative war, wenige Meter weiter an der Bushaltestelle ewig lange auf den nächsten Bus zu warten, und das erschien ihr keine plausible Begründung für eine Ablehnung. Außerdem wäre echter italienischer Kaffee tatsächlich eine willkommene Abwechslung.

»Espresso?«, fragte sie hoffnungsvoll.

Catriona Blakely nickte lächelnd. »Stark, pechschwarz und bittersüß.«

Kurze Zeit später fand sich Pippa in einem Wohnzimmer wieder, das einem Hochglanzmagazin für stilvolle Landkultur entsprungen schien. Sie saß in einem gut gepolsterten Sessel, schaute aus bodentiefen Fenstern hinaus aufs glitzernde Wasser und genoss heißen italienischen Kaffee feinster Qualität.

Selbst den Kaffee kriegt sie perfekt hin, dachte Pippa und schloss für einen Moment erschöpft die Augen. Das Brennen hinter den Lidern ließ allmählich nach, und ihr heftiges Herzklopfen konnte sie jetzt auf den starken Espresso schieben.

Pippa hörte Catriona herankommen und sah sie an. »Ein sehr geschmackvolles Haus. Gehört es Ihnen?«

Catriona schüttelte den Kopf. »Schön wär's. Es ist ein Ferienhaus. Ich habe es nur für die Woche meines Aufenthaltes hier gemietet.« Mit amüsiertem Lächeln fügte sie hinzu: »Bei meiner Tochter und meinem Vater konnte ich ja schlecht wohnen, und auf Wee Dram war alles belegt. Morgen reise ich ab. Zurück nach Glasgow.«

Sie stellte einen Teller mit Shortbread und eine zierliche Etagere mit erlesenen Pralinen auf den Beistelltisch.

Pippa raffte all ihren Mut zusammen und sagte: »Das war ja eine Überraschung vorhin. Wussten Sie bereits von Ionas und Morris' Verlobung?«

»O ja. Sie waren gestern hier und haben es mir erzählt.«

Und danach hat leider eine Wette mit Dorcas um 125 Schlucke Whisky dazu geführt, dass Morris heute Morgen vergaß, seine eigene Verlobung zu erwähnen, logisch, dachte Pippa sarkastisch.

»Aber ich habe es schon länger geahnt«, plauderte Catriona weiter. »Iona hatte in letzter Zeit verdächtig viele Geschäftstermine in und um Oxford. Außerdem: Warum hat Morris gerade jetzt sein Sabbatjahr genommen und verbringt es in der Fischerhütte auf Kintyre, obwohl ihm die ganze Welt offensteht? Ich denke, die beiden werden zunächst dort und später in Piper's Hush wohnen, wenn es wieder frei ist. Es wird auch Zeit, dass Iona bei ihrem Vater auszieht, sonst kommt es zwischen ihr und Rose doch noch zum Eklat.«

»Mit Rose?«, fragte Pippa, die nichts mehr über Iona und Morris als Paar hören wollte. »Sie kommt mir so sanft vor.«

»Sie meinen im Vergleich zu Iona? Ich weiß, Rose wirkt eher wie Hectors Tochter und nicht wie seine Ehefrau. Sie ist nur ein Jahr älter als Iona, wussten Sie das? Das ist bestimmt nicht leicht für sie.« Sie machte eine Pause und fügte nachdenklich hinzu: »Und alles andere auch nicht. Als Hector und ich während meiner Schwangerschaft nach einem Namen für unser Baby suchten, hatte ich die Idee, dem Kind den Namen einer schottischen Insel zu geben. Iona heißt nach der Insel des heiligen Columba. Wäre sie ein Junge geworden, wollten wir ihn nach einer Insel der nördlichen Hebriden nennen.«

Beinahe erschrocken sagte Pippa: »Harris oder Lewis.«

»So ist es. Hector hat meinen Traum mit seiner zweiten Frau weitergelebt.«

Und damit gezeigt, wie sehr er noch an Catriona hängt, dachte Pippa betroffen. Meine Güte, was für eine Familie. Arme Rose.

Als könnte Catriona ihre Gedanken lesen, sagte sie: »Hector MacKinnon ist alles andere als ein pflegeleichter Zeitgenosse. Bei ihm weiß man nie, woran man ist. Er fällt eine Entscheidung, und andere müssen dann mit den Konsequenzen leben.«

In diesem Moment klingelte es. Catriona runzelte die Stirn, sichtlich verärgert über die Unterbrechung. Sie ging zur Tür und öffnete sie weit genug, dass Pippa den Besucher sehen konnte. Pippa winkte Daniel Seton zu. Den

Postboten schien ihre Anwesenheit in diesem Haus zu erstaunen.

»Also, ich ... äh, ich hätte da ... hm ... Ihre Post, gnädige Frau«, stammelte er.

»Beeilen Sie sich«, fauchte Catriona ungnädig. »Wie Sie sehen, habe ich einen Gast.«

Unwillkürlich wich der junge Mann einen Schritt zurück, und Pippa eilte zur Tür, um schlichtend einzugreifen.

Daniel Seton übergab Catriona einen großen braunen Umschlag, der weder frankiert noch verschlossen war.

Wem hat er denn da wieder einen Gefallen getan, dachte sie amüsiert, gegen einen entsprechenden Obolus selbstverständlich.

Als Catriona zurück ins Haus trat, sagte Pippa: »Hallo, Daniel. Bleibt es bei unserer Verabredung am Montag?«

»Montag?«, fragte er verwirrt, dann erinnerte er sich und grinste. »Ach so, klar, du willst die Runde mitfahren. Allerdings warte ich noch auf die Autogramme von *The Midden*.«

»Die habe ich noch nicht. Aber ich hole sie mir, wenn ich später mit dem Bus nach Campbeltown zurückfahre.«

»Ich nehme dich mit, wenn du in einer Stunde im Muneroy bist. Dort beende ich meine Nachmittagsrunde und trinke etwas, bevor ich heimfahre.«

Pippa sagte zu, schloss die Tür und setzte sich wieder an ihren Platz am Fenster. Catriona stand an der Theke der offenen Küche und mixte sich einen Gin Tonic, in den sie einige Eiswürfel fallen ließ.

»Auch einen?«, fragte sie liebenswürdig.

Pippa schüttelte den Kopf. »Aber ich würde noch einen Espresso nehmen.«

Während Catriona ihn zubereitete, fragte Pippa: »Wem ist Iona ähnlicher: Ihnen oder Hector?«

»Iona ist eine Kategorie für sich«, sagte Catriona lächelnd. »Sie hat Hectors Geduld und sein geschäftliches Geschick, wenn sie etwas erreichen möchte. Aber von mir hat sie ihren starken Willen und den Ideenreichtum. Zusätzlich besitzt sie die Cleverness, alles, was sie will, so einzufordern, dass man es ihr nicht abschlagen kann. Das hat sie Hector *und* mir voraus.« Sie seufzte und fuhr fort: »Sie hat sich immer eingeredet, Duncan zu lieben. Aber es waren nur ihr Beschützerinstinkt und Mitleid. Diese Konstellation wäre nie gutgegangen. Darauf kann man kein glückliches Leben aufbauen.«

Pippa runzelte die Stirn. »Beschützerinstinkt? Mitleid? Was meinen Sie?«

Catriona trug den Espresso zu Pippa hinüber und setzte sich in den zweiten Sessel. Ohne zu antworten, nippte sie an ihrem Drink.

Aber Pippa ahnte, worum es ging. »Der Segelunfall, nicht wahr? Was ist damals wirklich passiert?«

»Wie ich schon sagte: Hector trifft Entscheidungen. Einsame Entscheidungen. Anschließend versuchen alle, die Scherben wieder zusammenzukleben. In diesem Fall ein ganzes Leben lang. Unsere Ehe ist daran gescheitert. Und Duncan brauchte Jahre, um nach Wee Dram zurückzukehren.«

Sie blickte hinaus aufs Meer und trank einen Schluck. Bei der Erwähnung von Duncan begann Pippas Herz, aufgeregt zu klopfen, aber sie hütete sich, Catriona zum Weitererzählen zu drängen.

Endlich sprach sie weiter. »Wir haben wunderbare Segeltouren gemacht. Manchmal mit einem, an mehreren Tagen mit zwei Booten. Weder unsere *Creation* noch die *Wee Dram* meines Bruders waren groß genug, dass alle darauf übernachten konnten.« Catriona schwieg erneut einen Moment, fuhr dann aber fort: »Diesmal war Duncans Geburtstag der Anlass für den Törn. Er hatte sich von seinen Eltern einen Segelkurs gewünscht, aber die beiden fanden, dafür wäre er zu jung, und schenkten etwas anderes. Deshalb war der Junge bockig und fuhr aus Protest auf unserem Boot mit. Er lamentierte, sein Vater fände eine Schramme an der *Wee Dram* schlimmer als einen Arbeitsunfall in der Brennerei.« Catriona lächelte. »Duncan hatte schon immer einen Hang zu künstlerischer Übertreibung. Aber es stimmte, Hector war in solchen Dingen viel entspannter als Neil. Für ihn war die *Creation* zum Vergnügen da. Und da es Duncans sehnlichster Wunsch war, endlich einmal ein Boot zu steuern, wollte er dem Jungen zum Geburtstag die Freude machen. Ohne es mit Neil und Alice abgesprochen zu haben, ließ er Duncan ans Ruder und wies ihn ein. Als Neil das sah, wurde er sehr wütend. Er schrie zu uns herüber, wir sollten seine Erziehung nicht untergraben. Duncan ist schier ausgerastet. *Nie darf ich etwas tun, was Spaß macht! Iona kriegt immer alles und ich nichts!*, brüllte er zurück.« Sie seufzte und trank einen Schluck. »Böse Worte flogen hin und her. Auch Neil und ich haben uns in die Haare bekommen ... Der stellt sich aber wirklich an, dachte ich, Hector und ich stehen doch die ganze Zeit dabei. Was soll schon passieren? Trotzdem war es nicht richtig ... Auf jeden Fall achtete niemand mehr auf den Kurs, so sehr haben wir gestritten. Keiner von uns merkte, dass wir in den Corryvreckan gerieten. Dann geschah das Unglück.«

Catriona schien einen Moment zu brauchen, um sich zu sammeln.

»Aber wenn Duncan auf Ihrem Boot war und nicht auf dem gekenterten ...« Pippa war verwirrt. »Es heißt doch, Hector habe ihn aus dem Wasser gerettet.«

Catriona nickte. »Das stimmt auch. Als Duncan sah, was er angerichtet hatte … es war eine Kurzschlusshandlung. Das Boot ist gekentert … seine Eltern … Er ist mitten in den Strudel gesprungen.«

Pippa verstand noch immer nicht. »Wollen Sie damit sagen, er ist ihnen hinterhergesprungen?«

Wieder nickte Catriona. »Neil hatte verlangt, dass wir längsseits kommen. Duncan sollte auf die *Wee Dram* überwechseln. Ein deutlich gefährlicheres Manöver, als den Jungen ans Steuer zu lassen. Aber Neil wollte keine Kompromisse mehr. Er wollte den Segeltörn abbrechen, als Strafe für Duncans Aufsässigkeit. *Jetzt ist Schluss mit lustig. Jetzt wird nach Hause gesegelt*, sagte er. Da hat Duncan gebrüllt, dass er viel lieber unser Sohn wäre, und hat in seinem Zorn das Ruder herumgerissen. Ganz plötzlich.« In Erinnerung daran schloss Catriona kurz die Augen, dann sagte sie leise: »Er hat die *Wee Dram* gerammt. Absichtlich. Das und der Corryvreckan – das war zu viel für das Boot.«

Es herrschte Stille im Raum. Minuten vergingen.

Schließlich sagte Catriona: »Duncan hat danach eine Weile im Koma gelegen und dann eine Wasserphobie entwickelt. Alles, damit er sich nicht mehr an diesen Tag erinnern musste. Den Tag, an dem seine Eltern starben – durch ihn.«

Kapitel 26

Nachdenklich ging Pippa die Dorfstraße entlang zum *Muneroy Imperium*, wie Catriona es nannte.

Noch immer war Pippa in Gedanken bei dem, was Catriona ihr über den verhängnisvollen Unfall erzählt hatte – eine gänzlich andere als die ›offizielle‹ Version, die auch in den Akten der Polizei zu finden war. *Ich weiß gar nicht, was in mich gefahren ist – ich habe noch nie mit einem Dritten über diesen Tag gesprochen*, hatte Catriona gesagt. Ob das bedeutete, dass nicht einmal Jock Blakely die Wahrheit kannte? Und hieß das im Umkehrschluss, er verweigerte Duncan den Sitz im Stiftungsrat nicht wegen des Unfalls? Von Catriona zu Stillschweigen verpflichtet, würde Pippa ihn zu ihrem Bedauern nicht danach fragen können.

Die gesamte Familie braucht dringend eine Therapie, dachte sie, dieser unselige Pakt des Schweigens kann nicht gesund sein. Sicher, Duncan sollte geschützt werden, denn er hatte kein anderes Ventil als seine Musik und das Theater. Ob er sich überhaupt an die ganze Wahrheit erinnert? Nicht umsonst gibt es ja das Phänomen des gnädigen Vergessens, mit dem Traumatisierte sich schützen.

Pippa sah Catriona vor sich, die den Kopf schüttelte und sagte: »Auch Iona weiß nicht, was damals geschehen ist, denn sie war gerade unter Deck, um Duncans Schwimmweste zu holen.« Dann seufzte sie und fuhr fort: »Ich weiß wirklich nicht, warum ich Ihnen das alles erzähle. Aber diese Woche war in vielerlei Hinsicht so außergewöhnlich … da plaudert man eben nicht nur aus dem Nähkästchen, sondern öffnet auch die Tresore.«

Diesen Worten hatte sie das Kompliment folgen lassen, dass Pippas offenes und vertrauenswürdiges Wesen bestimmt viele Menschen dazu veranlasse, ihr das Herz auszuschütten, da man sich bei ihr sicher fühle. »Aber an wen wenden Sie sich, wenn Sie schwer an etwas tragen?«

»An meine Freundin Karin«, hatte Pippa geantwortet. »Wir wohnen in Berlin im gleichen Mietshaus und sehen uns fast täglich. Allerdings sind wir nicht immer der gleichen Meinung. Das ist sehr heilsam. Es bringt uns zum Nachdenken und erspart den Psychiater.«

Pippa blieb stehen und fluchte leise. Catriona und ich wollten unsere Adressen austauschen, dachte sie. Ich habe ihr zwar meine aufgeschrieben, aber vergessen, mir ihre geben zu lassen …

Das Muneroy befand sich in einem einstöckigen, langgestreckten Gebäude und bestand aus einem Gemischtwarenladen und dem angrenzenden Tea Room. Die weiß getünchte Fassade mit den Sprossenfenstern wirkte einladend. Vergeblich hielt Pippa auf dem Parkplatz nach Daniels rotem Posttransporter Ausschau, aber dafür entdeckte sie ein wohlbekanntes Auto mit Mainzer Kennzeichen.

Ein Tag ganz ohne die Boehmes soll mir wohl nicht vergönnt sein, dachte Pippa, als sie den Laden betrat, um sich nach Daniel Seton zu erkundigen.

»Guten Tag, Pippa Bolle«, sagte die Verkäuferin und deutete in den Restaurantbereich. »Daniel lässt grüßen, und Sie sollen dort auf ihn warten. Er fährt nur kurz die alte Frau Shuttleworth mit ihren Einkäufen nach Hause.«

Verblüfft schüttelte Pippa der ihr völlig unbekannten Frau die ausgestreckte Hand.

»Francis Hill, stets zu Diensten, wenn es um Kalorien geht«, fuhr diese strahlend fort. »Was halten Sie von einem mittelgroßen *Sponge-Cake*, gefüllt mit heißen Himbeeren und einer doppelten Portion Sahne? Ich puste die Kalorien vorher runter, dann ist er leicht wie eine Feder. Darf ich Ihnen dazu Tee bringen? Oder lieber Kaffee? Wie ich Miss Shuttleworth kenne, muss Daniel ohnehin noch ein Regal anbringen oder eine defekte Glühbirne ersetzen. Und das wird er auch tun. Gegen eine milde Gabe.«

»Gut, gerne Tee ...«, erwiderte Pippa überrumpelt, »aber ... kennen wir uns?«

Francis Hill grinste. »Sie kennen Brenda und Daniel und Ronan und Jock und Archie und Duncan – und die kenne *ich*. Alle kehren bei mir ein. Was glauben Sie, wie viele Beschreibungen ich von Ihnen schon bekommen habe? Und irisch-rot – das merkt man sich. Solche Haare hat nicht jeder. Das war also reines Ausschlussverfahren.«

Diese fröhliche Frau ist Balsam für die Seele, fand Pippa und ließ sich von Francis Hill ins Restaurant führen. Der Raum spiegelte seine Besitzerin perfekt wider: Er war äußerst gemütlich und mit erstaunlich viel witzigem Nippes vollgestellt. Ein selbstgemaltes Schild an der Wand verkündete: *Wir kochen, was Sie essen wollen, wenn Sie ordern, was wir kochen können – und wir servieren es mit einem kostenlosen Lächeln.* Auf einem anderen stand: *Verwöhnen Sie sich mit unserem hausgemachten Kuchen – hier gibt es nur Kalorien, die Sie noch liebenswerter machen, als Sie ohnehin schon sind (denn sonst wären Sie nicht unser Gast ...).*

Einige der Tische waren besetzt, und Pippa entdeckte am Ende des Raumes Archie und Jock mit mehreren anderen Leuten.

Francis Hill folgte ihrem Blick und sagte: »Die Altherrenriege leckt sich die Wunden. Sie besprechen gerade Montys Beisetzung. Schlimme Sache.« Mit gesenkter Stimme fuhr sie fort: »Sie diskutieren schon seit Stunden darüber, dass Archie unbedingt seine Mädchen mit zur Beerdigung bringen will.«

»Sind die anderen dagegen?«, fragte Pippa.

Die Wirtin schüttelte den Kopf. »Das nicht. Aber die Sicherung des ausgehobenen Grabes ist ein Problem. Was, wenn eins der Mädchen hineinspringt? Aber setzen Sie sich doch. Ich bin gleich wieder da.«

Pippa musste sich auf die Unterlippe beißen, um nicht zu lachen. So komisch es in ihren Ohren klang – für Archie war das ein Problem, das es zu lösen galt.

Sie ging zum Tisch der Männer, um sie zu begrüßen. Archie sah aus, als hätte er geweint. Neben ihm und Jock hatten sich Ronan und DI Alan Prescott eingefunden – und die Boehmes. Sämtliche Herren hatten ein Glas Whisky vor sich stehen. Als Pippa gebeten wurde, sich zu ihnen zu setzen, nahm sie zwischen dem Inspector und Tanja Boehme Platz.

»Nanu, kein Whisky diesmal?«, fragte Pippa leise angesichts der Teetasse, die vor Tanja Boehme stand.

»Chauffeurin«, raunte die Mainzerin. »Bezahlt in Naturalien. Für den Kuchen hier würde ich jeden der Herren einzeln nach Hause *tragen.* Zu Fuß.«

»Ich bin überrascht, Sie beide hier zu treffen. Ich dachte, Sie würden den Ausflug der Gruppe nach Islay und Jura mitmachen.«

Tanja Boehme warf ihrem Gatten einen undefinierbaren Blick zu. Er lächelte und antwortete: »Nicht nötig, wir haben unsere Mission erfüllt. Wir machen jetzt nur noch Urlaub.«

Pippa bedauerte sehr, das Thema nicht vertiefen zu können, und lauschte dem Gespräch am Tisch, das sich weiter um Archies Schafe bei Montys Beisetzung drehte.

»Ich hätte da einen Vorschlag«, sagte sie. »Warum treibt ihr sie nicht einfach in die Ruine des heiligen Kevin und stellt während der Zeremonie einen Schafszaun davor? Dann sind die Mädchen ganz in der Nähe und können zuschauen, sind aber sicher. Ich glaube nicht, dass der heilige Kevin etwas dagegen hätte. Er scheint mir ohnehin recht unkonventionell gewesen zu sein.«

»Darauf hätten wir auch selbst kommen können.« Jock nickte ihr anerkennend zu. »Wenn wir sie von Smith und Wesson hineintreiben lassen, trampeln sie auch nicht über die Beete ... *Gräber.* Ich bin sicher, Dorcas ist gerne behilflich.«

Archies betrübtes Gesicht hellte sich auf. »In der Ruine durften sie noch nie grasen. Das wird ihnen gefallen.«

»Dann bleibt nur noch zu klären, welche der Mädchen dabei sein dürfen«, warf Ronan ein. »Für alle ist in der Ruine kein Platz.«

»Moment!« Archie nahm einen Stoffbeutel, der an seiner Stuhllehne hing, und kippte den Inhalt auf den Tisch. Eine Flut von Polaroidfotos ergoss sich über die Platte. »Ich wollte sowieso nur eine Abordnung mitnehmen. Aber ihr müsst mir bei der Auswahl helfen. Ich kann es irgendwie keiner so richtig abschlagen ...«

Mit heiligem Ernst beugten sich alle über die Bilder, als Francis Hill in Begleitung Daniels mit Pippas Bestellung am Tisch erschien. »Verdient haben es alle«, sagte der junge Postbote mit Blick auf die Porträts der Schafe, »aber dreihundertfünfzig Schafe überstimmen selbst Morris' Dudelsack-Lamento.«

Wie die anderen beschäftigte Pippa sich ausgiebig mit den Fotos. Gerade wollte sie ein Cotswoldsschaf namens

Hermine nominieren, als Tanja Boehme der Runde eines der Bilder zeigte und sagte: »Das ist ja merkwürdig. Was hat denn ein *Valinch* auf dem Bild zu suchen? Benutzt du den etwa als Schäferstock, Archie? Das muss doch unbequem sein. Schäferstöcke sind normalerweise viel länger.«

Aufpassen, dachte Pippa, jetzt darf ich mich nicht verraten.

Über ihren Kummer hatte sie vollkommen vergessen, dass Archie den Auftrag hatte, bei der Altherrenriege unauffällig den *Valinch* ins Spiel zu bringen. Nun war ihr auch klar, warum DI Prescott heute in dieser Runde erschienen war. Ein schneller Augenkontakt mit ihm bestätigte ihr: Er war nicht als Nachfolger Montys in der Riege oder in seiner Funktion als Stiftungsratsmitglied hier, sondern um Informationen und Reaktionen zu sammeln.

Archie nahm das Bild und studierte es ausgiebig, als sähe er es zum ersten Mal. »Der Stechheber ist mir gar nicht aufgefallen, als ich Tilda Swaledale fotografierte. Ich hatte nur Augen für sie. Sie ist gut getroffen, oder?«

Jens Boehme stand auf und sah ihm über die Schulter: »Tatsächlich – da liegt ein *Valinch* im Heidekraut. Wer wirft denn so etwas weg? So teuer, wie die sind …«

»Den hole ich mir«, verkündete Ronan. »Vor ein paar Monaten habe ich beim Seeschneckensuchen am Ufer von Davaar Island ein ganz brauchbares Schlangenrohr gefunden. Wenn das so weitergeht, habe ich bald eine zweite Destillier…« Sein Blick fiel auf Prescott, und er wandte sich hastig an Archie. »Kannst du dich erinnern, wo du Tilda fotografiert hast?«

»Ja, denk nach«, sagte Daniel Seton. »Ich will den Stechheber auch! Und ich bin schneller als Ronan. Hey, Ronan, ich verkaufe ihn dir! Wie viel gibst du mir dafür?«

Während alle lachten, starrte Archie grübelnd auf das

Foto. »Also, das kann wirklich überall gewesen sein. Tamsin und ich sind gestern über das gesamte Estate gelaufen. Ihr wisst ja, die Mädchen treiben sich auf der Suche nach Futter auf der ganzen Heide herum.«

Die Unterhaltung brach schlagartig ab, als eine rüstige Mittsechzigerin in praktischer Kleidung und Blockabsatz-Schuhen à la Maggie Thatcher energischen Schrittes das Restaurant betrat, Connor MacKenzie im Schlepptau. Beide wirkten überaus besorgt.

Die Frau baute sich vor dem Tisch auf und blickte vorwurfsvoll in die Runde. »Hier sitzt ihr also alle zusammen: die Polizei und Angus' sogenannte Freunde. Habt ihr es schön gemütlich?«

Jock sprang auf und bot ihr seinen Stuhl an. »Setz dich, Betty. Francis, bitte einen Tee für Betty.«

»Ich will mich nicht setzen«, herrschte die Frau ihn an. »Und ich will ganz sicher keinen Tee trinken, während mein armer Angus da draußen irgendwo in seinem Blut liegt, zusammengeschlagen von der Katzenbande. Warum ist von euch niemand auf der Suche nach ihm?«

Das ist also Betty, Angus Todds Gattin, dachte Pippa und musterte die unglückliche Frau unauffällig.

»Bestimmt machst du dir ganz unnötige Sorgen«, sagte Jock. »Er ist schließlich nicht zum ersten Mal über Nacht weg.«

»Er ist nie länger als eine Nacht weggeblieben«, gab Betty Todd zurück. »Und dann hat er mir immer gesagt, warum und wohin er geht. Jetzt sind es schon drei Nächte ohne Lebenszeichen von ihm. Und da soll ich mir keine Sorgen machen, Jock?«

»Brenda ist auch verschwunden, das kann doch kein Zufall sein«, fügte Connor hinzu und wandte sich an Pippa. »Du scheinst die Letzte zu sein, die sie nach dem Frühstück bei Dorcas noch gesehen hat. Sie ist nie im Laden aufgetaucht, hat mich aber angerufen, kurz nachdem du gegangen bist. Ich sollte das *Geschlossen*-Schild in die Tür hängen und nach Hause gehen. Das habe ich gemacht, obwohl ich mich schon sehr wunderte. Seitdem habe ich nichts mehr von ihr gehört. Das war gestern. Gestern Mittag. Das ist doch nicht normal! Ich habe sie schon überall gesucht.«

»Du hast doch vermutet, sie will in den Fish&Chips-Shop«, erwiderte Pippa. »Ronan, war sie bei Ihnen, um Seeschnecken zu holen?«

Ronan schüttelte den Kopf. »Gestern gab es keine. Meine gesamte Ausbeute war verplant für das Hochzeitsessen.«

»Also weißt du, Connor, das könnte mit dir zu tun haben«, warf Daniel Seton ein. »Vielleicht will sie dir nicht begegnen.«

»Wie meinst du das?«, fauchte Connor.

Daniel Seton druckste herum, dann sagte er: »Ich habe Brenda gestern Nachmittag noch gesehen. Aber du möchtest bestimmt nicht hier ... vor aller Ohren ...«

Am Arm zog er Connor in die entgegengesetzte Ecke des Raumes und redete auf ihn ein. Plötzlich schnappte Connor nach Luft und sackte mit hängendem Kopf auf einen Stuhl.

»Sieh einer an«, sagt Francis Hill leise. »Da meint es der schöne Connor zum ersten Mal ernst, und dann läuft ihm die königliche Post den Rang ab.«

»Jaja, wirklich tragisch«, meldete Betty Todd sich verärgert wieder zu Wort. »Aber mein Angus ist in den Fängen der Katzenbande, da bin ich mir sicher.« Sie deutete auf DI Prescott. »Unternimm was. Bring mir meinen Angus zurück. Lebendig.«

»Wo sollen wir denn deiner Meinung nach suchen?«, fragte Prescott freundlich.

»Bei Rose MacKinnon«, antwortete sie wie aus der Pistole geschossen. »Frag sie, warum sie immer sofort das Haus verlässt, sobald alle anderen weg sind. Frag sie, wohin sie dann fährt. Frag sie auch gleich, warum sie so viel Geld auf der hohen Kante hat.«

Daniel Seton gesellte sich wieder zu ihnen, während Connor bleich und wie unter Schock noch immer auf dem Stuhl verharrte.

Francis hat recht: Brenda hat es Connor tatsächlich angetan, dachte Pippa, und sie mag ihn auch. Da ist was faul. Niemand ändert von einem Tag auf den anderen seine Meinung, wenn es um Liebesdinge geht. Gestern war sie doch noch Feuer und Flamme für Connor!

Pippa verzog kurz das Gesicht, als ihr Morris einfiel.

Gut, ich korrigiere mich, dachte sie. Es ist eines, was man sagt, etwas anderes, was man tut ... und noch etwas ganz anderes, was man ehrlich fühlt.

Mittlerweile hatte Betty Todd die ungeteilte Aufmerksamkeit aller am Tisch, auch wenn Jocks Miene verkniffen aussah.

»Wusstet ihr, dass Rose erst vor kurzem die Hypothek für das riesige MacKinnon-Haus abgelöst hat? Komplett?«, fragte sie gerade triumphierend. »Für ein so großes Haus braucht man viel Geld. Das schüttelt man nicht einfach aus dem Ärmel. Und jeder hier am Tisch weiß, dass Hectors Geschäfte alles andere als glänzend laufen. Jock hat das immer wieder beklagt.«

Prescott wandte sich an Jock. »Weißt du etwas darüber?«

Der alte Mann wand sich unbehaglich, dann antwortete er: »Rose hat geerbt. Das Geld hat sie vollständig ins Haus gesteckt. Ich habe ein wenig dazugegeben – gegen Wohnrecht. Deshalb bin ich dort eingezogen.«

Betty Todd schnaubte. »Erbe – papperlapapp. Das haben Angus und ich nachprüfen lassen. Hat uns eine ganze Stange Geld gekostet. Rose hat nichts geerbt. Allerdings bekommt sie regelmäßig größere Summen auf ein separates Bankkonto überwiesen. Von Dorcas Gunn.«

Damit hatte sie eine echte Bombe platzen lassen, und die Reaktionen am Tisch waren entsprechend. Blicke wurden gewechselt, einige der Anwesenden zogen scharf die Luft ein.

»Betty, hör sofort auf, solche Gerüchte in die Welt zu setzen«, raunzte Prescott indessen. »Und was ihr getan habt, war illegal, das weißt du so gut wie ich. Wenn du noch ein Wort sagst, muss ich den Polizisten rauslassen.«

»Wenn uns keiner hilft, hat Angus gesagt, dann müssen wir uns eben selbst helfen«, schoss Betty Todd verärgert zurück. *»Ich will meinen guten Ruf zurück*, hat er gesagt. Das geht nur mit Beweisen, und die haben wir in wochenlanger, ununterbrochener Beobachtung unserer Verdächtigen mühevoll gesammelt. Angus auf der Landstraße vor Wee Dram, ich per Feldstecher und Teleobjektiv von der anderen Seite des Campbeltown Loch. Von unserem Wohnzimmerfenster hat man freien Blick auf den MacKinnon-Palast. Und deshalb weiß ich: Angus wird vermisst, weil wir beide der Wahrheit zu nahe gekommen sind. Diejenigen, die Monty getötet haben, haben jetzt Angus in ihrer Gewalt. Dafür lege ich meine Hand in jedes Feuer: Die MacKinnons und die Blakelys haben meinen Mann auf dem Gewissen – in mehr als nur einer Hinsicht. Sie sind die Katzenbande. Und die ach so harmlose Rose ist ihre Anführerin.«

Kapitel 27

Mann, bin ich froh, dass wir da raus sind. Ich dachte, die schlagen sich jeden Moment die Köpfe ein«, sagte Daniel Seton. »Jock stand kurz vor einem Tobsuchtsanfall.«

»Das war aber auch starker Tobak«, erwiderte Pippa. »Betty hat schließlich ihn und seine gesamte Familie öffentlich beschuldigt.«

Sie fuhren die einspurige, kurvenreiche Küstenstraße entlang, und gerade hielt Daniel in einer Ausweichbucht, um einem entgegenkommenden Fahrzeug Platz zu machen. Nachdem er den Fahrer mit einem Nicken gegrüßt hatte, gab er wieder Gas.

»Vielleicht haben Jock und Monty ja geahnt, was Betty und Angus treiben. Dann würde es mich nicht mehr wundern, dass die Vertrauensbasis zerrüttet war«, sagte er.

»Aber es zeigt, wie sehr Betty von Angus' Unschuld überzeugt ist«, gab Pippa zu bedenken.

»Sie ist seine Frau, da ist das ja wohl normal. Wenn nicht sie, wer dann? Aber von Unschuld allein wird niemand satt.« Er schüttelte den Kopf. »Er wurde unehrenhaft entlassen – ohne Aussicht darauf, hier jemals wieder eine ordentliche Anstellung zu finden und Geld ins Haus zu bringen. Und in dieser Situation nehmen sie eine Hypothek auf, um eine Detektei bezahlen zu können? Ich fasse es nicht.«

»Genau das meine ich. Ist nicht gerade das ein Beweis

für seine Unschuld? Niemand, der wirklich Mist gebaut hat, würde so etwas tun.«

Daniel Seton zuckte mit den Schultern. »Könnte auch ein gewieftes Ablenkungsmanöver von Angus sein. Für Betty, damit sie nicht an ihm zweifelt. Sie hat zu Hause die Hosen an.«

Stimmt, man hat mir ja sogar erzählt, dass Angus tagein, tagaus im Auto sitzt, um den Beschimpfungen seiner Frau zu entgehen, dachte Pippa, aber von Betty kennen wir jetzt eine ganz andere Version.

Sie erreichten eine Anhöhe, und Pippa sah aus dem Seitenfenster zurück ins Tal.

»Kannst du einen Moment anhalten?«, rief sie. »Das ist ja atemberaubend. Diese Aussicht würde ich gerne genießen.«

Daniel hielt in der Einfahrt zu einer Viehweide. »Von mir aus«, sagte er. »Aber mach nicht zu lange. Ich habe heute noch einiges zu erledigen.«

Pippa nickte, und sie stiegen aus. Das Panorama war überwältigend: Die Straße führte den Hügel hinunter in Richtung Küste. Die wenigen Häuser, Sanda in der Ferne: Alles war in goldschimmerndes Abendlicht getaucht.

Daniel beugte sich ins Auto und holte einen Feldstecher aus dem Handschuhfach, den er Pippa gab. »Damit siehst du sogar die Schafe auf dem gegenüberliegenden Festland. Ich habe ihn immer dabei. Für Vogelbeobachtung und so.«

Pippa blickte hindurch, und plötzlich war Southend ganz nah. Sie bewegte den Feldstecher weiter zum Dorfrand und hatte unversehens das Ferienhaus von Catriona Blakely im Visier. Gerade trat Catriona aus der Haustür und ging zu einem Wagen, der rückwärts aus ihrer Garage setzte. Sie nahm auf dem Beifahrersitz Platz, und der Mann am Steuer beugte sich zu ihr. Er trug ein buntkariertes Hemd.

Sieh an, dachte Pippa, die erlauchte Dame tröstet den frischgebackenen Witwer mit einem Kuss. Das ging aber schnell. Auf der Fähre sah es noch nicht so aus, als ob Lockhart und sie ... aber da sah ja vieles ganz anders aus.

Pippa setzte den Feldstecher ab und drehte sich zu Daniel um. »Du kriegst hier doch bestimmt so einiges mit, wenn du deine Runden machst.«

»Wenn ich mal meinen Job verliere, weil niemand mehr Briefe schreibt oder Pakete verschickt, kann ich immer noch Erpresser werden.« Der junge Postbote grinste. »Oder ich schreibe meine Memoiren. Einen Titel hätte ich schon: *Die erotische Form der Halbinsel Kintyre und ihr Einfluss auf die Bewohner.*«

Pippa lachte, dann fragte sie: »Was hältst du von Catriona Blakely?«

Daniel pfiff anerkennend durch die Zähne. »Ein Rasseweib. Wenn die sich mal mit Dorcas Gunn messen müsste ... wer weiß, was dabei herauskäme.«

»Das Ende der Welt, wie wir sie kennen?«, fragte Pippa trocken und hob den Feldstecher wieder an die Augen. »Hat Catriona eigentlich ... ich meine, ist sie alleinstehend?«

Daniel zuckte mit den Schultern. »Keine Ahnung. Sie lebt ja in Glasgow. Da gibt es bestimmt jemanden, aber hier? Vor Hectors Augen? Möglichst noch jemand, den er kennt? Das bezweifle ich.«

Dann weiß ich jetzt mehr als du, dachte Pippa, und vielen Dank noch mal, dass du mir den Feldstecher genau im richtigen Moment geliehen hast. *Dir* ist dieser buntkarierte Vogel entgangen.

Dann fiel ihr Blick auf eine Wegkreuzung kurz vor Southend. Der Fahrer, den Daniel gegrüßt hatte, als sie vorhin in der Ausweichbucht warteten, stand jetzt neben einem parkenden Auto und hielt ein Schwätzchen. Pippa stutzte und stellte die Schärfe nach.

Das ist ja Stuart Ramsay, dachte sie, ist er etwa meinetwegen hier? Der nimmt seine Aufgabe aber wirklich ernst ...

»Wir müssen weiter. Um diese Tageszeit kommt man wegen des Gegenverkehrs nur im Schneckentempo voran, weil man andauernd anhalten muss, um Autos vorbeizulassen«, sagte Daniel Seton. »Eine echte Geduldsprobe.«

Sie stiegen ein, und er fuhr los.

»Verstehe. Du hättest hier lieber eine Autobahn als diese einspurige Küstenstraße. Schon eine offizielle Eingabe gemacht?« Pippa sah ihn von der Seite an.

Daniel schüttelte lachend den Kopf, und sie fuhr fort: »Würde in deinen Memoiren auch etwas über Brionys Familie stehen?«

»Bilderbuchfamilie. Da hat alles gestimmt. Jedenfalls bis zu dieser verdammten Explosion. Kein Wunder, dass Briony sich an Monty rächen wollte. Durch ihn hat sie ihr harmonisches und glückliches Leben verloren. Ich hoffe, dass sich die Anschuldigungen gegen sie als Unsinn erweisen und Graham endlich aufwacht. Das wäre ein Kapitel mit einem spektakulären Happy End.«

Er bremste ab, und sie rumpelten langsam über ein Viehgitter, das in die Straße eingelassen war, um die Schafe am Weglaufen zu hindern. Die Fugen zwischen den metallenen Streben machten es den Tieren unmöglich, mit ihren schmalen Hufen das Gitter zu überqueren.

»Hast du schon gehört, dass Jock seinen Sitz im Stiftungsrat aufgeben will?«, fragte Pippa weiter. Sie wechselte sicherheitshalber das Thema, um nicht versehentlich die wahren Hintergründe von Brionys Verhaftung auszuplaudern.

»Überrascht mich nicht.« Daniel Seton nickte. »Die Sache mit Monty sitzt Jock in den Knochen. Kein Wunder, dass er sich zurückzieht. Und jetzt auch noch Bettys Anschuldigungen. Da würde ich mir auch das nächstbeste Mauseloch suchen.«

»Ronan sucht ebenfalls einen Nachfolger.«

»Was? Das glaube ich nicht.« Er war ehrlich erstaunt. »Es sei denn, Ronan hat beschlossen, morgen zu sterben.«

»Bist du gar nicht neugierig, wer die Nachfolge der beiden antreten soll?« Pippa sah ihn gespannt von der Seite an.

Daniel winkte ab. »Hör bloß auf. Absolut nicht. Ich habe schon genug Scherereien mit dem Stiftungsrat. Besser gesagt: durch ein weibliches Mitglied …«

Pippa hielt den Atem an. »Doch nicht etwa Brenda?«

»Natürlich Brenda!« Er verzog das Gesicht. »Brenda, die sich bei mir zu Hause wechselweise die Augen ausheult oder mit ihren scharfen Fingernägeln die Tapete von der Wand kratzt. Connor kann mir dankbar sein, dass sie sich bei mir abreagiert und nicht *an ihm*. Sonst würde er mit ein paar frischen Narben im hübschen Gesicht auf seine große Tour starten.« Daniel wich gekonnt einem riesigen Schlagloch aus und fuhr fort: »Wusstest du, dass der schöne Name Brenda aus dem Roman *The Pirate* von Sir Walter Scott stammt? Er hat den Namen eigens für dieses Buch erfunden und ihn berühmt gemacht. Es lohnt sich immer noch, dieses Buch zu lesen. Als Verbeugung vor den Brendas dieser Welt.«

Geschicktes Ablenkungsmanöver, Daniel Seton – aber nicht geschickt genug, dachte Pippa. Du vergisst wohl, mit wem du es hier zu tun hast …

Entschlossen, sich nicht vom Thema abbringen zu lassen, sagte sie: »Nach eurem Gespräch im Ardshiel wirkte

Connor, als hätte er einen Geist gesehen. Was hast du zu ihm gesagt?«

»Dass er es vermasselt hat natürlich. Mit einer Frauengeschichte«, erwiderte Daniel. »Und dass ein Suchtrupp überflüssig ist. Brenda wird nicht zu ihm zurückkehren. Sie ist stinksauer.« Nach einer Pause fügte er hinzu: »Ich wette, du kannst dir denken, wegen welcher Frau.«

Das soll ich mir denken können?, grübelte sie verständnislos, aber dann dämmerte es ihr: die Hochzeitsprozession nach der Trauung. Hectors Eifersucht wegen Roses Blick, der aber keineswegs Daniel Seton gegolten hatte, sondern ...

»Rose und Connor? Die Rose, die laut Betty immer ihr Haus verlässt und irgendwohin verschwindet, sobald sie sich unbeobachtet glaubt?«

Daniel nickte. »Das geht schon eine ganze Weile mit den beiden. Und ich habe es langsam satt, ständig unfrankierte Briefchen zwischen ihnen hin und her zu fahren.«

»Unfrankiert – vielleicht«, sagte Pippa. »Aber du als unbezahlter Liebesbote? Das übersteigt mein Vorstellungsvermögen.«

Daniel lächelte geschmeichelt, dann sagte er: »Die beiden sollten mal lieber an ihre Zukunft denken.« Daniel runzelte die Stirn. »Rose mit Hector und Connor in Brendas warmem Nest. Und stattdessen? Bettys unsägliche Anschuldigungen! Weil sie sich alles falsch zusammenreimt! Ich werde Sergeant Ramsay bitten, seiner ältlichen Tante Betty zu erklären, dass sie zu viel Phantasie hat. Und dass es für die Heimlichkeiten einer Frau und das Verschwinden einer anderen noch andere Gründe geben kann als kriminelle Machenschaften.«

Verbissen starrte er auf die Straße und fluchte leise, weil er ein weiteres Mal dem Gegenverkehr ausweichen musste.

»Und wer muss für deinen selbstlosen Aufklärungseinsatz zahlen?«, fragte Pippa leichthin.

Daniel feixte. »Darüber mache ich mir schon die ganze Zeit Gedanken. Und sobald es mir einfällt, leg ich los.«

Er gab heftig Gas und steuerte rasant von der Ausweichbucht zurück auf die Straße.

»Kommen wir zu dir«, sagte Pippa. »Da hier jeder etwas zu verbergen hat, machst du bestimmt keine Ausnahme. Raus damit. Erspar mir die Mühe, andere über dich auszufragen.«

Er sah sie erschrocken an, entspannte sich aber sofort wieder und grinste. »Dein Bruder, oder? Lass mich raten: Er hat sich in Dorcas' verbotenes Zimmer geschlichen. Einmal Schnüffler, immer Schnüffler.«

Pippa erinnerte sich an Freddys Hinweis zum Schlüssel an Dorcas' Gürtel und fragte harmlos: »In Dorcas' Haus gibt es ein verbotenes Zimmer? Davon hat sie gar nichts gesagt.«

»Natürlich nicht! Sie wird kaum auf die Tür zeigen und sagen: *Das ist ein verbotenes Zimmer. Niemand darf hinein.*« Er schüttelte lachend den Kopf. »Sinn ist doch, dass niemand davon weiß! Übrigens ist es die mittlere der Türen, die vom Hausflur abgehen.«

Passend zum Thema hatten sie gerade Dorcas' Haus passiert und kamen nun an den Ferienhäusern vorbei. Mittlerweile war es dunkel, aber vor den Häusern standen eine ganze Reihe gutgelaunte Menschen. Pippa hörte schottische Folkmusik aus dem Domizil von *The Midden* schallen. Im Vorbeifahren glaubte sie Rebecca zu erkennen, mit einer brennenden Zigarette in der Hand und umringt von Mitgliedern der Whiskytruppe: Stefan, Harald und Gabi.

Ehe sie sich vergewissern konnte, waren sie schon vorbei.

Das kann nicht sein, dachte Pippa, die Whiskytruppe ist seit heute Morgen auf Islay. Obwohl ich nichts getrunken habe, glaube ich Dinge zu sehen ... es war ein anstrengender Tag. Es wird Zeit, dass ich ein wenig Ruhe und wieder einen klaren Kopf bekomme.

Daniels ärgerliche Stimme riss sie aus ihren Gedanken. »Hat sie wohl um den Finger gewickelt, dein Herr Bruder. Damit ist es amtlich: Dorcas hat einen eigenartigen Geschmack, was Männer angeht. Und dabei hatte sie mir hoch und heilig geschworen, dass niemand etwas davon erfährt.«

Pippa horchte auf: Wovon sollte niemand etwas erfahren? Um mehr herauszufinden und Daniel in dem Glauben zu lassen, sie sei längst eingeweiht, sagte sie mit scherzhaftem Unterton: »Tja, manchmal sind Geheimnisse nicht so sicher, wie man glaubt. Du kannst offen zu mir sprechen.«

Daniel seufzte theatralisch und raste für Pippas Geschmack viel zu schnell den Hügel hinunter bis zur Treppe neben dem Wasserfall. Dort bremste er abrupt und schaltete die Innenbeleuchtung des Autos ein.

Mit einem frechen Grinsen wandte er sich Pippa zu. »Bist du wirklich bereit dafür?«

Sie nickte ernsthaft. »Voll und ganz. Und keine großen Schnörkel. Mir reichen die nackten Tatsachen.«

»Kriegst du – postwendend.«

Daniel kletterte in den hinteren Teil des Fahrzeugs und wühlte in einer Tasche. Mit einem großen Umschlag von der Art, wie er einen an Catriona übergeben hatte, kam er zurück und ließ sich wieder in seinen Sitz fallen.

Auch wenn die Leute sich nicht mehr schreiben – für große, geheimnisvolle Umschläge haben sie offenbar nach wie vor jede Menge Verwendung, dachte Pippa amüsiert.

Unschlüssig drehte Daniel das Kuvert in den Händen, als

würde ihn der Inhalt nervös machen. Selbst im schwachen Licht der Innenbeleuchtung sah Pippa, dass er errötete.

»Ich ... äh ... ich suche ja ständig nach Einnahmequellen«, sagte er schließlich. »Der Job als Postbote bringt wirklich nicht genug ein, um sich irgendwann gepflegt aus dem Staub zu machen. Und eine andere Arbeit, die besser bezahlt ist ...« Er zuckte mit den Achseln und machte eine Pause. Dann fuhr er fort: »Connor hat mich darauf gebracht. Er lässt Sarah ständig Porträts von sich schießen, die er dann im Internet zur Partnersuche nutzt. Auf diesen Single-Plattformen. Aber Connor sieht auch aus wie ein Hollywoodstar, sagt Brenda immer. Jedenfalls wirken seine Suchanzeigen auf scheinbar jede Frau überzeugend, ganz gleich welchen Alters, welcher Hautfarbe, welcher Weltanschauung. Beneidenswert.«

»Du hast also Fotos machen lassen, um eine Freundin zu suchen?«, fragte Pippa.

»Was?« Daniel starrte sie verblüfft an. »Das wüsste ich aber! Ich will mein Geld nicht teilen, ich will welches *verdienen*. Sarah macht das zwar richtig gut, aber nicht ohne Bezahlung.«

»Aber Dorcas macht das ohne Bezahlung?«

Daniel zuckte mit den Schultern. »Na ja. Ich habe ihr eine ganze Menge Gefallen getan. Da kommt sie mit zwölf künstlerisch wertvollen Aufnahmen als Dankeschön gut weg, finde ich.«

»Ich habe sogar schon einmal etwas von ihr gesehen.« Bei der Erinnerung daran musste Pippa lachen. »Das war ... wie soll ich sagen ... anders als das, was ich von Sarah kenne.«

»Ja, Dorcas macht ulkiges Zeugs. Fotos von vergammelten Kühlschränken mit Jens Boehme obendrauf, verkleidet als alter Römer. Oder von einem Valinch, der eine riesige, blutige Leber durchbohrt, brrr ...« Er schüttelte sich. »War natürlich keine menschliche Leber, aber die Botschaft ist klar: zu viel Whisky – Leber tot.«

»Daniel ... die Fakten!«, mahnte Pippa ungeduldig.

Der junge Postbote hob den Umschlag. »Genau den gleichen habe ich Catriona heute gebracht, hast du ja gesehen. Sie nimmt ihn mit nach Glasgow und leitet ihn an eine ... äh ... Filmproduktion weiter. Die Fotos sind meine Bewerbung.«

Er übergab ihr das Kuvert und nickte ihr aufmunternd zu. Neugierig griff Pippa hinein und holte einen Packen großformatiger Hochglanzabzüge heraus. Wie sie beim Durchblättern der Bilder rasch feststellte, gab es nur ein Motiv: Daniel Seton im Adamskostüm. Lediglich die Accessoires wechselten: Mal schnupperte er verträumt an einem Whiskyglas, mal diente ein Valinch als Vergleichsmaß für seine Proportionen südlich der Gürtellinie, mal schmiegte er sich an eine Brennblase wie ein Pin-up-Girl an ein heißes Motorrad.

»Wenn die Filmleute mich nicht wollen, kann ich die Bilder immer noch als Whiskykalender herausgeben, meint Dorcas.«

Pippa unterdrückte ein Grinsen. Sie musste allerdings zugeben, dass Dorcas den jungen Mann gekonnt in Szene gesetzt hatte – die zwölf Fotos waren wirklich erotisch.

»Du brauchst dich nicht hinter Connor zu verstecken, finde ich«, sagte Pippa.

»Weil bei diesen Bildern niemand auf mein Gesicht achten wird, meinst du wohl«, erwiderte er gut gelaunt. »Aber danke für das Kompliment.«

»Hast du keine Angst, dass die Leute hier dich aufziehen werden, falls aus den Fotos tatsächlich mal ein Kalender wird?«

»Mir doch egal. Ich will weg von hier. Ich will endlich keine Angst mehr um meinen Job haben. Ich will mir was leisten können. Ich will Geld. Für Geld tue ich alles. Und die Konsequenzen …«

Was Daniel darüber dachte, verdeutlichte er durch eine Geste, die jede weitere Erklärung überflüssig machte: Er hob den Mittelfinger.

Ein wenig verzagt stapfte Pippa auf ihr Haus zu. Da sie ungern allein sein wollte, während oben auf dem Hügel alle fröhlich feierten, wahrscheinlich inklusive eines frisch verlobten Paares, hatte sie Daniel zum Abendessen eingeladen. Zu ihrem Bedauern hatte er abgelehnt – mit der nachvollziehbaren Begründung, dass Brenda kochen wolle und er ihr zudem einiges über seine Begegnung mit Connor berichten müsse.

Immerhin hatte er ihr eine Taschenlampe geliehen, und als sie schon beinahe am Haus war, sah sie oberhalb der Haustür zwei Katzenaugen aufleuchten. Pippa richtete die Lampe auf die Dachrinne, in der Laddie lag. Offenbar wartete er auf jemanden, der ihm die Tür öffnete, damit er sein Fressen einfordern konnte.

Als sie aufschloss, war er schon neben ihr und spazierte in den Windfang.

»Na, wie liegt sich's in der Regenrinne?«, fragte Pippa, »hattest du mal Lust auf einen nassen Bauch statt eines nassen Rückens? Aber wenigstens lässt du mich heute nicht allein. Braver Kater.«

Sie stellte ihm in der Küche einen gut gefüllten Napf hin und kochte sich selbst einen Tee, wild entschlossen, es sich so gemütlich wie möglich zu machen.

Pippa seufzte. Diesen Abend hatte sie sich wahrlich anders vorgestellt. Was sie jetzt brauchte, war klar: etwas Leckeres zu essen, ein gutes Buch, ein warmes Getränk und eine schnurrende Katze, die sie streicheln konnte …

Sie sah sich nach Laddie um, der ein blankes Näpfchen hinterlassen hatte, und entdeckte ihn auf dem Sofa. Unschlüssig trampelte er auf dem Polster herum, als könnte er sich nicht entscheiden, wo er liegen wollte. Er ließ sich immer nur halb nieder und stand wieder auf. Da sein Fell feucht aussah, holte Pippa ein Küchenhandtuch. Vielleicht war ihm die Nässe unangenehm, und er konnte sich deshalb nicht entspannen?

Als sie näher kam, sah sie den Grund für seine Unruhe: Morris' Buch, *Der dritte Mann* von Graham Greene, lag ihm im Weg. Sie nahm es vom Sofa, und sofort rollte Laddie sich zusammen. Pippa setzte sich neben ihn und schlug das Buch auf.

Das Buch über wahre Freundschaft, auch wenn das Gegenüber diese Freundschaft nicht immer verdient, dachte Pippa. Sie sah die Szene vor sich, in der Harry Lime, bereits angeschossen, seinen alten Weggefährten Martins mit den Augen bittet, ihn mit einem Gnadenschuss vor der Festnahme zu bewahren.

Es muss Martins viel Überwindung gekostet haben, ihm diesen letzten Wunsch zu erfüllen. Schmerzhaft, gegen die eigenen Gefühle und Überzeugungen antreten zu müssen und sich dennoch durchzuringen, einen solchen Liebesdienst zu erweisen. Für ihn war es härter als für Harry Lime – denn Martins verlor dadurch obendrein die Frau, die er liebte.

Als Pippa endlich weiterblättern wollte, fiel ihr auf, dass jemand mit Bleistift etwas auf der Innenseite des Buchdeckels vermerkt hatte. Im schwachen Licht der Deckenlampe war die Schrift kaum zu erkennen, also schaltete sie die Lampe am Sofa an und las:

Liebe Pippa,

ganz gleich, was in den nächsten Stunden und Tagen passiert: Es geschieht, weil ich dein Freund bin und an uns glaube.

Vertrau mir.

Morris.

Kapitel 28

Die Nachricht ließ Pippa keine Ruhe. Auch nachdem sie die Worte mehr als ein Dutzend Mal gelesen hatte, verstand sie nicht, was Morris ihr wirklich sagen wollte.

»Was soll das?«, murmelte sie, während sie schon in ihre Wachsjacke schlüpfte. »Ich will keine kryptische Notiz, ich will Erklärungen.«

Sie band sich einen Schal um und warf noch einen Blick zurück auf den tief schlafenden Laddie. Im Windfang schnappte sie sich eine Taschenlampe und stapfte wild entschlossen los. Als sie die Treppe am Wasserfall hochgestiegen war und oben auf der Straße stand, fröstelte sie. Machte sie das Vorhaben, Morris zur Rede zu stellen, nun doch nervös, oder war es tatsächlich kälter geworden? Leise fluchend, dass sie eine Mütze für überflüssig gehalten hatte, zog sie sich die Kapuze über den Kopf. Ein Geräusch ließ sie herumfahren, aber außer dem Umriss eines friedlich daliegenden Schafes nahe der Kreuzung in Richtung Beinn Ghuilean konnte sie nichts erkennen. Eine Wolke schob sich vor den vollen Mond und vertiefte dadurch die sie umgebende Dunkelheit. Ohne jegliche Straßenbeleuchtung war die Nacht abseits der Häuser pechschwarz, obwohl es erst kurz nach sieben Uhr war. Sie ließ den Strahl der Taschenlampe noch einmal über die Heide gleiten, dann ging sie weiter.

Wie anders ist Berlin, dachte sie, zu Hause würde ich

jetzt meinen Computer abstellen und Tee kochen, denn Karin würde jeden Moment klingeln, um nach dem Arbeitstag im Reisebüro bei mir den Feierabend einzuläuten.

Plötzlich vermisste sie ihre beste Freundin. Nur zu gern hätte sie sich jetzt mit ihr ausgetauscht und beraten.

»Du würdest meinen Kampfgeist wieder wecken«, sagte Pippa leise, während sie ihren Weg fortsetzte, »und weil du nicht in meiner Nähe bist, muss ich deine Rolle übernehmen und mir selbst den Kopf waschen. Dieses Spiel habe ich oft gespielt, als ich unglücklich in Florenz saß. Es hat wesentlich dazu beigetragen, mich von Leo zu trennen und nach Berlin zurückzukehren. Wenn es in Italien geklappt hat, warum dann nicht hier? Also, was würde Karin jetzt sagen, wenn sie die Nachricht gelesen hätte? Sie würde erklären: *Morris wusste bereits am Morgen, dass die gemeinsame Harmonie ein Ende hat, und hat deshalb auf dem Weg zur Hochzeit gefragt, ob du das Buch gefunden hast. Deine Bestätigung hielt er für das Einverständnis, dass alles so am besten ist. Was du noch nicht verstehst, Pippa, und unbedingt herausfinden solltest, ist: welches Einverständnis – und am besten für wen?*«

Auf Höhe der Ferienhäuser hörte sie Gelächter und rhythmisches Händeklatschen. Vorsichtig schlich sie zum Haus, in dem die Band untergebracht war, und linste durchs Fenster: Der Teppich war aufgerollt, die Möbel an die Seite geschoben – und ausgerechnet Pete Wesley zeigte der gutgelaunten Gesellschaft seine persönliche Interpretation eines Highland-Tanzes. In Ermangelung eines Kilts trug er ein geblümtes Badetuch um die Hüften, das von einem Stück Wäscheleine zusammengehalten wurde. Als er, angefeuert vom Jubel der Umstehenden, einige besonders gewagte Sprünge unternahm, war Pippa insgeheim dankbar, dass er die Verkleidung über seiner Jeans trug. Zu ihrem Erstaunen waren fast alle Mitglieder der Whiskygruppe unter den Anwesenden, nur Dambeck und Marion konnte sie nicht entdecken. Auch Morris suchte sie vergebens, dafür kam plötzlich Iona in ihr Blickfeld, die mit ihrem Handy telefonierte. Sie lauschte ihrem Anrufer, runzelte die Stirn, sagte dann etwas und blickte auf ihre Armbanduhr. Danach steckte sie das Handy weg und verließ den Raum.

Als gleich darauf die Haustür aufging, konnte Pippa sich gerade noch hinter den gegenüberliegenden Felsen zurückziehen. Von ihrem Versteck aus sah sie zu, wie Iona eilig in ihr Auto stieg und wegfuhr.

Falls Morris sie angerufen hat, dachte Pippa bekümmert, dürfte sich mein Plan, mit ihm zu sprechen, für heute erledigt haben.

Sie folgte der Straße weiter bis zu Dorcas' Anwesen. Am Gartenzaun blieb sie stehen und starrte auf das einzig beleuchtete Fenster im Haus, das auf die Felsen und auf Piper's Hush hinaussah. Es schien eine Ewigkeit her, seit sich dort eine Gardine bewegt hatte und sie Dorcas zum ersten Mal begegnet war.

Ob damals Monty bei ihr war?, dachte Pippa und spürte einen Kloß im Hals.

Sie schlenderte weiter die Straße entlang bis zu Dorcas' ungewöhnlicher Sammlung von Zivilisationsschrott. Pippa stutzte, als der Lichtstrahl ihrer Taschenlampe auf ein mannsgroßes Loch im Maschendrahtzaun fiel: Irgendjemand hatte sich hier mit einem Bolzenschneider zu schaffen gemacht.

Ja, Oma Hetty, ich weiß, dachte Pippa, du würdest jetzt sagen: Denk nicht mal dran, da reinzugehen. *Curiosity killed the cat.* Aber eine Katze hat sieben Leben, da kann man schon mal eins aufs Spiel setzen …

Kurz entschlossen bog sie den Draht auseinander und kletterte durch das Loch. Als sie ein Knacken wie von einem brechenden Zweig hörte, richtete sie sich auf und blickte hinter sich, aber alles war ruhig. Dorcas' Haus war dunkel und lag beinahe zweihundert Meter entfernt, und das beleuchtete Fenster befand sich auf der anderen Seite. Pippa zog die Kapuze tiefer ins Gesicht und benutzte den Schal, um das Licht der Taschenlampe zu dämpfen. Dennoch war sie weiterhin hell genug, um alles zu zeigen, was Dorcas für ihre Fotos zusammengetragen hatte: einen alten Ziehbrunnen, einen Gewehrschrank aus Metall, Reste einer Pergola, einen verbeulten Zinksarg.

Pippa zuckte kurz zusammen, als sie eine Gestalt zu sehen glaubte, aber es handelte sich nur um eine Schaufensterpuppe, die in einem Whiskyfass stand – allerdings waren in ihre Armlöcher Beine geschraubt, die in Gummistiefeln steckten.

Eine wirklich außergewöhnliche Vogelscheuche. Wie gut, dass ich nicht bei jedem kleinen Schreck losschreie, dachte Pippa und ließ den Lichtkegel weiterwandern. Sie lachte leise auf, als sie einige Meter entfernt zwei weitere Schaufensterpuppen entdeckte, die auf einer ausrangierten Autorückbank saßen und denen Dorcas Rüstungen aus zerbeulten Haushaltsgegenständen verpasst hatte. Daneben war ein ramponierter Tisch wie zu einem Festessen für vier Personen perfekt eingedeckt, allerdings mit angeschlagenem, zum Teil schon mit Moos bewachsenem Geschirr.

Phantasie hat die Dame, das muss man ihr lassen, dachte Pippa und erreichte einen verfallenen Schuppen, der aussah, als würde er spätestens beim nächsten Sturm zusammenbrechen. Vorsichtig zog sie an der Tür, da sie mit lautem Knarren oder dem Knirschen verrosteter Angeln rechnete, aber offenbar waren die Scharniere gut geölt, denn zu ihrer Überraschung schwang das Tor geräuschlos und leicht auf, kaum dass sie es berührt hatte. Im Inneren zeichneten sich unter einer Plane die Umrisse eines Autos ab. Neugierig hob Pippa eine Ecke der Abdeckung hoch, pfiff leise vor Überraschung und schlug sie dann weit über das Dach zurück: Sie stand vor einem rauchblauen Vauxhall.

Himmel, heißt das, Dorças versteckt den vermissten Angus Todd? Und wenn ja: freiwillig oder unfreiwillig?, dachte Pippa und tastete nach ihrem Handy, um Sergeant Ramsay anzurufen. Dann hielt sie inne: Ihr Telefon lag noch immer auf dem Beistelltisch neben dem Sofa. Sie hatte es bei ihrem überstürzten Aufbruch einfach vergessen. Ärgerlich, dachte sie, aber kein Grund, nicht nach weiteren Hinweisen zu suchen.

Sie öffnete die Autotür und durchsuchte den Vauxhall. Außer leeren Fastfood-Verpackungen und Getränkedosen im Fußraum sowie Essensresten auf den Polstern fand sie nichts von Interesse, bis sie den Boden unter dem Fahrersitz abtastete. Ihre Finger berührten ein flaches, metallischglattes Objekt. Sie zog es hervor und starrte erstaunt auf eine der blanken, CD-ähnlichen Scheiben, aus denen das Windspiel zusammengesetzt gewesen war. Es gab allerdings einen Unterschied zu der, die sie auf der Heide gefunden hatte: Die in ihrer Hand hatte in der Mitte eine Art Membran, die Pippa Rätsel aufgab. Gleich daneben fand sie Angus' große Kopfhörer.

Pippa steckte die Scheibe ein, zog die Plane wieder über das Auto und verließ den Schuppen.

Bevor sie sich auf den Rückweg nach Piper's Hush machte, leuchtete Pippa noch einmal die nähere Umgebung ab. Dabei entdeckte sie auf einem Stück Wiese ein bizarres Arrangement aus hohen weißen Kästen, deren Anordnung sie unwillkürlich an Grabsteine auf einem Friedhof denken ließ. Schaudernd ging sie näher.

»Das sind ja die alten Kühlschränke!«, rief sie überrascht. Sie zuckte zusammen, blickte sich um und schalt sich innerlich für ihre Unvorsichtigkeit, aber nichts rührte sich.

Erst jetzt sah sie Details, die sie aus der Entfernung nicht erkannt hatte: Einige der Kühlschranktüren waren mit gravierten Messingschildern versehen. *In ewiger Dankbarkeit für die gemeinsamen Wochen, Deine Mortadella* las Pippa fassungslos, dann am nächsten: *Gemeinsam gegen die Biotonne und gefräßige Kaninchen ... Deine Möhre.* Pippa kicherte. Boehme als Bacchus auf dem Kühlschrank – und jetzt das hier. Das konnte Dorcas unmöglich ernst meinen! An einer Tür klebte eine Art rundes Medaillon mit dem groben Porträt eines alten Mannes, und auf dem Schild darunter stand: *Ruhe in Frieden, guter Geschmack.*

Unwillkürlich musste Pippa grinsen, denn diese Aufschrift zeigte ihr, dass sich Dorcas durchaus der ethischen Gratwanderung beim Umfunktionieren von Kühlschränken zu Grabsteinen bewusst war. Sie öffnete die Tür und wich geschickt dem Totenkopf aus, der an einer Sprungfeder herausschnellte.

Genau so etwas habe ich dir zugetraut, Dorcas, dachte Pippa, das passt zu deinem seltsamen Humor ...

Sie drückte den Schädel zurück und schloss die Tür. Neugierig öffnete sie den nächststehenden Kühlschrank, in dem sie Teile einer weiteren Schaufensterpuppe vorfand, die in Folie eingeschweißt waren. Einige trugen einen Stempel: *EU-Re-Import.* Einem unvorbereiteten Finder würde das vermutlich einen Todesschrecken einjagen, denn das Innere des Kühlschranks sah in diesem schwachen Licht wie ein Lager echter Leichenteile aus.

Sie ging zum nächsten Kühlschrank. Als sie den Metallgriff berührte, ließ ein Stromschlag sie zurückzucken. Vorsichtig fasste sie an den Korpus des Geräts, aber nichts geschah.

Warum steht der Griff unter Strom?, fragte Pippa sich und murmelte: »Weil er nicht geöffnet werden soll natürlich.«

Die Stromstärke entsprach der eines Viehzauns, sollte also nur abschrecken. Unangenehm war es trotzdem. Sie suchte den Boden ab und fand eine dünne Leitung. Sollte sie ihr zur Stromquelle folgen und den Saft abdrehen? Oder würde das einen Alarm auslösen?

Ihr fiel die Puppe im Fass ein. Sie ging hinüber und holte sich einen der Gummistiefel. Den stülpte sie über den Türgriff, um so den Kühlschrank gefahrlos zu öffnen. Dann leuchtete sie hinein.

Verdutzt starrte sie auf Stapel von Flaschenetiketten. Sie nahm einzelne der Labels heraus und studierte sie genauer: Auf ihnen standen Namen wie *Ardlussa*, *Lochruan*, *Benmore*, *Dalaruan* und *Albyn*.

Von denen hat Ramsay auf der Wanderung gesprochen, erinnerte sie sich. Das sind Namen längst geschlossener Brennereien aus Campbeltown. Flaschen mit diesen Etiketten kosten ein Vermögen. Wenn sie wirklich alt sind. Aber diese Schilder sind neu, die haben noch auf keiner Flasche geklebt.

Pippa befühlte das Papier und nahm dann weitere Aufkleber zur Hand: *Langholm*, *Annandale*, *Adelphi*, *Kinclaith* – Namen, die sie nie zuvor gehört hatte.

Wenn dies hier ebenfalls längst geschlossene Brennereien sind, und davon gehe ich jetzt mal aus, sagte sie sich, dann hat jemand sie gedruckt, um sie für Flaschen zu benutzen, in denen nicht der Inhalt ist, den diese Etiketten ausweisen. Pippa ließ einen Stapel wie ein Daumenkino durch ihre Finger laufen. Dann hat er sie drucken lassen, um zu betrügen. Und bei dieser Menge: in großem Stil und mit schwindelerregendem Gewinn.

Kurz entschlossen steckte sie einige der Etiketten ein, dann schloss sie die Tür, zog den Gummistiefel ab und suchte nach weiteren verkabelten Kühlschränken.

Der nächste, den sie fand, war ein Ungetüm von knapp zwei Meter Höhe und bis zum Rand mit noch nicht etikettierten, aber vollen Flaschen gefüllt.

»Ihr wartet also auf die hübschen alten Etiketten«, sagte sie halblaut, »und dabei dachte ich, schottischer Whisky soll niemals auf Eis getrunken werden.«

Sie nahm eine der Flaschen heraus, als eine dunkle, verstellte Stimme hinter ihr sagte: »Den sollte am besten niemand trinken – weder warm noch auf Eis.«

Vor Schreck ließ Pippa die Flasche fallen und fuhr herum. Sie blickte in den Lauf von Dorcas' Flinte, was Pippa mitten in der Bewegung einfrieren ließ. Dadurch rutschte ihr die Kapuze herunter. Sie spürte, wie sich ihre langen Haare lösten und über ihre Schultern wallten.

»Pippa?«, fragte Dorcas hörbar überrascht.

»Wen haben Sie denn erwartet?«, erwiderte Pippa, während sie fieberhaft überlegte, wie sie der mutmaßlichen, zudem noch bewaffneten Fälscherin vor ihrer Nase noch entkommen konnte. Ob es etwas bringen würde, laut um Hilfe zu schreien? Würde man sie bei den Ferienhäusern überhaupt hören? Ihre Hoffnung darauf schwand schlagartig, als dort jemand in diesem Moment die Anlage aufdrehte und zu allem Überfluss alle den Song *O, That I Had Ne'er Been Married* mitsangen.

»Ach, hätte ich doch nie geheiratet!« Dorcas kicherte. »Passend, finden Sie nicht auch?« Ernst fuhr sie fort: »Sie sind heute nicht der erste ungebetene Gast. Für Sie war meine Kühlschrankfalle allerdings gar nicht bestimmt. Nun, das verkompliziert das Ganze etwas, ändert aber nichts an unserem Plan.«

Sie ging einige Schritte seitlich, drehte sich dann blitzschnell und richtete den Lauf auf ein Gebüsch neben der Scheune. »Und Sie auch nicht, Detective Sergeant Ramsay. Raus mit Ihnen.« Als keine Reaktion erfolgte, lud sie die Waffe durch und sagte: »Was ist los mit Ihnen, Ramsay? Wollen Sie Pippa etwa die ganze Drecksarbeit allein machen lassen?«

Während Pippa noch mit ihrer Verblüffung kämpfte, kroch Stuart Ramsay wie ein begossener Pudel aus dem Gebüsch hervor.

»Herzlich willkommen.« Dorcas hielt das Gewehr auf ihn gerichtet. »Scheint heute mein Glückstag zu sein.«

Ramsay blickte zu Pippa herüber und zuckte bedauernd mit den Schultern.

»Wie lange bist du schon hier?«, fauchte Pippa ihn an.

»Unser guter Stuart hier?« Dorcas lachte. »Der schleicht schon seit den Ferienhäusern hinter Ihnen her.«

Ramsay schüttelte den Kopf. »Nein, schon seit Piper's Hush. Ich hatte mich eigentlich darauf eingerichtet, den Abend dort zu verbringen. Bei einer gemütlichen Kanne Tee.«

»Ja, aber ...« Pippa wandte sich an Dorcas. »Wie konnten Sie ...«

Dorcas deutete nacheinander auf drei verschiedene Bäume und dann auf das Dach der Scheune. »Dachten Sie etwa, mein Gelände ist ungesichert?«

Pippa verfluchte sich innerlich. Überwachungskameras! Wieso glaubte sie, ausgerechnet in einem Land, das in diesem Bereich federführend war, vor ihnen sicher zu sein und nicht auf Schritt und Tritt beobachtet zu werden? Viel schlimmer – in ihrer grenzenlosen Naivität hatte sie das nicht einmal in Betracht gezogen.

Auffordernd wedelte Dorcas mit dem Lauf der Flinte in Richtung Haus. »Genug geplaudert. Wenn ich Sie beide dann höflich bitten dürfte. Die anderen warten.«

Nebeneinander stapften Pippa und Stuart Ramsay die kleine Anhöhe zum Wohnhaus hinauf, Dorcas Gunn mit einigen Schritten Abstand hinter sich.

»Meint sie es ernst?«, flüsterte Pippa.

»Keine Ahnung«, wisperte Ramsay zurück, »die Knarre ist jedenfalls echt.«

Alarmiert stellte Pippa fest, dass Ramsays Anwesenheit sie keineswegs beruhigte. Er machte nicht den Eindruck, als wollte er einen Versuch starten, Dorcas zu überwältigen. Das Gefühl, diese unberechenbare Frau mit geladener Waffe hinter sich zu wissen, war alles andere als angenehm.

Ich muss den Kontakt zu ihr aufrechterhalten, dachte Pippa. Pete wüsste bestimmt, wie man das am besten macht.

»Sie hatten heute bereits weiteren Besuch?«, fragte Pippa über die Schulter hinweg nach hinten. »Ungelegenen Besuch wie uns?«

»Allerdings«, erwiderte Dorcas. »Die Bezeichnung *Lorn House* ist heute die reine Ironie. Besucherzentrum würde besser passen.« Sie kicherte und fuhr fort: »Eines interessiert mich, Ramsay: warum die Mühe mit der heimlichen Verfolgung? Sie hätten doch gleich zusammen mit Pippa hier herumschnüffeln können.«

»Pippa mag es nicht, wenn man sie von etwas abhält …« Ramsay hüstelte verlegen, dann drehte er sich halb zu Dorcas um. »Wenn es mir heute gelungen wäre, sie vom Schnüffeln abzuhalten, hätte sie es morgen ohne mein Wissen gemacht. So konnte ich wenigstens erfahren, *was* sie vorhatte, und war in ihrer Nähe, falls …« Er brach ab.

»Falls sie in Gefahr gerät? Scheint so, als wären Sie in der Hinsicht nicht besonders erfolgreich«, folgerte Dorcas amüsiert. »Sie beide gäben ein gutes Ehepaar ab. Der eine tut, was er glaubt, das getan werden muss, ob er will oder nicht, und der andere tut, was er will, sobald er kann, ohne zu ahnen, dass er helfen dürfte, wenn der andere nur wüsste, dass er es will.«

Sie lachte schallend über sich selbst, was Pippa entschieden furchteinflößender fand als alles andere zuvor. Nun hatten sie die offenstehende Haustür erreicht und blickten in den dunklen Flur.

»Seien Sie meine Gäste«, sagte Dorcas, »nur immer hinein. In den Wintergarten, bitte.«

Sie trieb ihre Besucher vor sich her, den dunklen Gang hinunter bis in den Wintergarten, und Pippa blieb wie vom Donner gerührt stehen: Rose MacKinnon stand am großen Teleskop und grüßte sie mit einem Nicken. Morris Tennant saß am Tisch vor einem Monitor und sah ihnen grinsend entgegen.

Dorcas ließ die Flinte sinken und lächelte Rose an. »Na, war ich überzeugend?«

Rose erwiderte das Lächeln. »Absolut, Dorcas. Wie immer.«

Kapitel 29

Überzeugend?«, fauchte Pippa. »Mit einem Gewehr in der Hand ist *jeder* überzeugend.«

Sie war wütend. Wütend auf sich selbst, weil sie aus eigener Dummheit in diese Situation geraten war. Wütend auf Morris, der es offenbar normal fand, mit der Katzenbande gemeinsame Sache zu machen. Wütend auf Ramsay, der sie nicht von dieser Aktion abgehalten hatte. Das war zwar ungerecht, aber seine sichtliche Hilflosigkeit machte sie aggressiv. Immerhin: Wut war besser als Panik.

»Wir haben es von Ihnen selbst gehört: Wir sind nicht die Ersten, die Ihre ganz besondere Gastfreundschaft kennenlernen«, fuhr Pippa fort. »Warum waren die anderen hier? Um Beweise zu finden, dass Dorcas Gunn und ihre Freunde Schmuggler und Fälscher sind? Beweise gegen die Katzenbande?«

Dorcas schüttelte kichernd den Kopf. »Nein. Die meisten sind gekommen, damit ich *keine* Beweise für die Existenz der Katzenbande mehr besitze.«

»Und was haben Sie mit denen gemacht?«, fragte Pippa. Angestrengt vermied sie jeden Blick in Richtung Morris.

Dorcas musterte sie amüsiert. Dann sagte sie: »Mit den Beweisen oder mit den Eindringlingen?«

»Spielchen? Dazu fehlt mir die Lust.« Pippa presste wütend die Lippen aufeinander. »Entweder Sie sagen mir, was Sie zu sagen haben, oder Sie bringen mich gleich zu den anderen. Ich schätze, deren Gesellschaft ist mir allemal lieber.«

Der Spott in Dorcas' Augen verwandelte sich in Anerkennung. »Was treibt Sie an, Pippa? Todesmut oder pure Dummheit? Aber bitte – folgen Sie mir.«

Pippa und Ramsay folgten Dorcas zurück in den dunklen Flur.

»Bist du sicher? Ist Dorcas wirklich der Kopf der Cat Gang?«, flüsterte Ramsay Pippa zu. »Ich habe immer zu Prescott gesagt, wir müssten ihren Postverkehr kontrollieren, Postgeheimnis hin oder her. Niemand verschickt oder bekommt so viele Pakete. Das ist doch verdächtig.«

Ehe Pippa antworten konnte, blieb Dorcas vor der mittleren Tür im Flur stehen.

Das verbotene Zimmer, dachte Pippa. Der interessanteste Raum im ganzen Haus, hat Daniel gesagt. Von dort holt sie ihre Pakete. Und wenn ich nicht irre, wurde genau hier auch die Gardine bewegt.

Dorcas öffnete die Tür und ließ sie eintreten.

Das Licht war schummrig, und es roch nach Ölfarbe. Auf einem Arbeitstisch sah sie unzählige Farbtuben, säuberlich aufgereiht, zwei Paletten sowie mehrere Gläser mit Pinseln unterschiedlicher Stärke. Vier Gemälde in verschiedenen Stadien der Fertigstellung standen auf Staffeleien: Zwei davon hatten den Friedhof der Kühlschränke als Motiv, die beiden anderen waren abstrakt. An freien Stellen der Wände lehnten gerahmte Fotos in beachtlichen Vergrößerungen. Ein knappes Dutzend Pakete stapelte sich in einer Ecke. In einem Regal lag Fotoequipment, daneben war ein professionelles Stativ mit einer Hasselblad-Kamera aufgebaut.

Ein professionelles Atelier, dachte Pippa verwundert. Fotografiert Dorcas nicht nur? Malt sie auch?

Erst als sie leises Knurren hörte, bemerkte Pippa in einer Nische des Raumes ein Sofa. Smith und Wesson saßen davor und bewachten mit aufmerksam gespitzten Ohren einen schlafenden Mann, der unter dicken Decken kaum zu sehen war. Auf einem Beistelltisch neben ihm waren Medikamentenfläschchen aufgereiht, aus einer große Tasse duftete es intensiv nach Whisky. Als die Hunde erneut knurrten, beruhigte Dorcas sie mit einer Handbewegung.

Dann sagte sie: »Wenn ich vorstellen darf: der erste Besuch des Tages.«

Während Pippa noch überlegte, woher sie den Mann kannte, rief Ramsay hinter ihr: »Onkel Angus! Was machst du denn hier?«

Dorcas deutete auf die Tasse. »Ich bezweifele, dass er aufwacht, wenn Sie mit ihm reden. Er schwitzt nicht nur eine schwere Erkältung, sondern auch einen strammen Hot Toddy aus.«

Ramsay ging zum Sofa und wollte seine Hand auf die Stirn von Angus Todd legen. Erschrocken wich er zwei Schritte zurück, als die Hunde aufsprangen und ihn anknurrten.

Dorcas nickte zufrieden. »Gute Jungs.«

»Was hat Angus erzählt?«, fragte Ramsay. »Wie kommt er hierher? Was haben Sie mit ihm gemacht? Ich muss sofort telefonieren. Tante Betty sorgt sich zu Tode. Sie muss Bescheid wissen.« Als er keine Antwort erhielt, wiederholte er erregt: »Wie kommt mein Onkel hierher?«

»Durch mich«, antwortete Morris, der mit Rose das Atelier betreten hatte. »Ich konnte ihn nicht sich selbst überlassen.«

Rose nickte. »Er war krank. Deshalb hat Morris ihn hergebracht.«

»Und das war auch gut so«, sagte Dorcas.

Pippa wandte sich zu Morris um. »Aber wann hast du ihn gefunden? Und warum hast du nichts gesagt?«

»Am Donnerstag, als ihr Glen Scotia besichtigt habt«, erwiderte er. »Ich traf ihn zwischen Piper's Hush und der Fischerhütte. Klatschnass, durchweicht bis auf die Haut. Er war vollkommen erschöpft und konnte kaum noch laufen. Ich habe ihn mitgenommen zu mir. Keine Polizei, hat er gesagt. Das habe ich respektiert. Er befürchtet noch immer, dass sie ihn verdächtigen.«

»Was natürlich nicht der Fall wäre, wenn man ihn bei Dorcas findet«, sagte Pippa ironisch. »Dann ist er hier ja bestens aufgehoben.«

»Das lasse ich mir nicht einreden!«, rief Ramsay aufgebracht. »Angus ist unschuldig!«

»Da sind wir einer Meinung.« Morris nickte. »Deshalb habe ich ihn bei mir versteckt.« Dann sah er Pippa an. »Ich war ja die meiste Zeit bei dir und brauchte die Hütte nicht.«

»Als Angus' Fieber immer weiter stieg, hat er ihn hergebracht. Gestern Nacht«, sagte Dorcas. »In Sicherheit.«

»Schöne Sicherheit.« Pippa wandte sich wieder an Morris und hielt seinem Blick stand. »Hast du auch sein Auto in den Schuppen gefahren?«

»Ebenfalls gestern Nacht.« Er lächelte kurz. »Im Gegensatz zu Freddy habe ich an den Whiskys nicht mal genippt. Trotzdem war ich nach der Fahrt ohne Licht völlig fertig. Runter zur Fischerhütte, wieder hoch zu Dorcas. Fehlte noch, dass ich eins von Archies Mädels totgefahren hätte.«

»Aber wo war denn der Vauxhall vorher?«, fragte Ramsay. »Wir haben doch überall danach gesucht.«

»Bei den Boehmes. Im Schuppen an ihrem Ferienhaus. Aber das war Angus auf Dauer zu riskant.«

Pippa stöhnte. Wieder und wieder die Boehmes. »Sag nur noch, die wussten auch die ganze Zeit, wo Angus ist.«

Morris nickte. »Klar. Die sind doch mit ihm und Archie

befreundet. Seit ihrem ersten Besuch in Campbeltown. Deshalb wollen sie Angus helfen, all diese falschen Verdächtigungen zu widerlegen. Aber bei ihnen kann er sich nicht aufhalten. Mit Dambeck in ständiger Nähe …«

»Wieso Dambeck?«, fiel Pippa ihm ins Wort. »Was hat der denn mit dem Verdacht gegenüber Angus zu tun?«

»Was dachten Sie denn, wem die Etiketten und die Flaschen in den Kühlschränken gehören?«, warf Dorcas ein.

Ramsay fluchte leise. »Sie lassen die Beweise, dass Dambeck ein Fälscher ist, offen in diesen vermaledeiten Kühlschränken liegen? Was, wenn er sie sich zurückholt?«

Dorcas verdrehte die Augen. Dann sagte sie: »Das war der Zweck der Übung, Ramsay. Genau das *sollte* er tun.«

»Und?«, fragte Pippa. »Hat er?«

»Er hat.« Dorcas kicherte. »Besucher Nummer zwei.«

»Wo ist er? Was haben Sie mit ihm gemacht?«

Dorcas sah Ramsay spöttisch an. »Ich? Gar nichts. Dafür habe ich Smith und Wesson. Die sind auch kurz vor Sonnenaufgang schon auf dem Quivive. Deshalb wage ich die Prophezeiung, dass Dambeck in den nächsten Wochen nicht besonders gut sitzen kann. Außer im Knast natürlich.«

Wider Willen musste Pippa lachen. »Die Hunde haben ihn in den Hintern gebissen!«

»Deshalb fiel der Ausflug der Whiskytruppe nach Islay heute leider aus.« Morris grinste breit. »*The Midden* entschädigen die Leute gerade mit ihrem Konzert.«

»Aber wo ist Dambeck jetzt?« Pippa sah Dorcas an.

»Die Boehmes haben ihn heute Morgen ins Krankenhaus gebracht. Aber vorher hat er …« Dorcas machte eine Kunstpause und fuhr fort: »… ein Geständnis abgelegt. Er hat spontan zugegeben, dass er Whisky fälscht.«

»Einfach so?«, fragte Pippa ungläubig.

»Wie man es nimmt«, erwiderte Dorcas gelassen. »Jeder meiner Jungs hat zweiundvierzig messerscharfe Argumente im Maul.«

»Glaubt hier eigentlich jeder, er könnte Polizei spielen? Das behindert unsere Arbeit!« Ramsay blickte in die Runde und zog sein Handy heraus. »Ich werde jetzt Tante Betty mitteilen, dass es Angus gutgeht. Und außerdem muss DI Prescott sofort wissen, dass wir gefälschte Etiketten und die dafür bestimmten Flaschen gefunden haben.«

Er schnappte nach Luft, als Dorcas ihm mit den Worten »Alles zu seiner Zeit« das Handy aus der Hand nahm und einsteckte.

»Damit kommen Sie nicht durch, Dorcas Gunn«, sagte er. »Die Polizei muss alles erfahren.«

Als sie nur mit den Achseln zuckte, ging er drohend auf sie zu. Die beiden Hunde sprangen auf, positionierten sich mit gesträubtem Nackenfell vor Dorcas und knurrten. Ramsay erstarrte und ließ die Hände sinken.

»Warum hast du Angus Todd ausgerechnet hierher gebracht?«, fragte Pippa Morris. Sie warf einen beredten Blick hinüber zu Dorcas und Rose. »Gab es da nicht konventionellere Möglichkeiten? Seine Frau, das Krankenhaus, mich?«

»Dorcas ist auf unserer Seite, Pippa«, sagte er eindringlich. »Angus ist hier sicher.«

»*Unsere* Seite?«, fauchte Pippa. »Gibt es die noch? Seit heute Mittag ja wohl nicht mehr! Und: sicher? Ist das Wunschdenken, oder gibt es dafür eine plausible Begründung?«

»Natürlich gibt es die«, erwiderte Morris mit einem Lächeln, »Freddy mag Dorcas, und sie mag Freddy.« Dann wurde er ernst. »Ich habe mir ihr Hochzeitsgeschenk sehr genau angesehen, Pippa. Sie hat Duncan und Anita ein Gemälde von Wee Dram geschenkt, auf dem es um Schmuggel geht. Das hätte sie nicht getan, wenn sie Dreck am Stecken hätte. Obendrein hat sie Freddy die Stelle gezeigt, wo früher die Fässer verladen wurden. Dorcas wollte uns mit alldem sagen: Seht euch diesen Ort genau an. Und die Höhle dahinter. Aber sie konnte nicht deutlicher werden, weil sie nicht wusste, wem zu trauen ist.«

»Hochzeitsgeschenk?«, fragte Ramsay dazwischen. »Dürfte ich mal erfahren, wovon ihr redet?«

Niemand achtete auf ihn.

»Ich habe daraufhin in einigen alten Archiven gegraben«, erklärte Morris weiter, »und herausgefunden, dass es ein Höhlensystem gibt, in dem die Schmuggler früher ihre Waren lagerten. Die Frage, ob ihre modernen Nachfolger diese Gegebenheiten nicht ebenfalls benutzten, stellte sich wie von selbst. Und dann schickte Pete Wesley mich zu Dorcas, um nach Freddy zu sehen. Die perfekte Gelegenheit, um sie unter vier Augen darauf anzusprechen.«

»Sobald Ihr Bruder sanft und selig schlief natürlich«, fügte Dorcas hinzu und grinste.

Morris nickte. »Und nach diesem aufschlussreichen Gespräch haben wir uns zusammengetan.«

»Schön zu wissen, dass nicht nur ich von euren Vertraulichkeiten ausgeschlossen war, sondern auch mein Bruder«, sagte Pippa wütend.

»Ich war ja bei euren konspirativen Treffen auch nie eingeladen«, schlug Morris zurück.

»Vertrauen gegen Vertrauen.« Dorcas zwinkerte ihnen zu. »Immer eine gute Basis für eine Beziehung.«

»Moment mal – und wieso Pete Wesley?«, rief Ramsay. »Was hat der jetzt damit zu tun? Und um welche Höhlen handelt es sich?«

Wieder nahm niemand Notiz von ihm.

»Dann haben wir einen Plan geschmiedet, den wir heute Nacht in die Tat umsetzen wollen«, sagte Dorcas.

»Ist es schon so weit?«, kam es verschlafen vom Sofa. Angus Todd war aufgewacht. Als er sich aufrichtete und die anderen sah, fragte er: »Sind alle da? Geht es los?«

Rose ging zu ihm und drückte ihn sanft, aber unnachgiebig in die Kissen zurück. »Angus, bitte! Du gehst nirgends hin, bevor du nicht völlig gesund bist. DS Ramsay kann deinen Platz einnehmen.«

Dorcas warf Ramsay einen rätselhaften Blick zu. »Showdown mit dem Segen der Polizei. Wunderbar.«

»Auf keinen Fall.« Ramsay straffte die Schultern. »Ich lasse mich doch nicht einfach so in eure dilettantische Aktion reinziehen. Höchstens mit Waffengewalt.«

»Gerne«, sagte Dorcas, »hat ja heute schon einmal hervorragend funktioniert.«

Pippa blickte sich im Atelier um. »Das Gemälde für Duncan und Anita ist gar nicht alt, richtig? Haben Sie es gemalt, Dorcas?«

»Nein.« Dorcas deutete auf Rose. »Sie war das. Rose hatte die Idee mit dem Bild.«

Nach wie vor war Pippa unsicher, ob sie ihrer ›Gastgeberin‹ vertrauen durfte. Eingedenk des Gesprächs im Muneroy kehrten die Zweifel wieder zurück. Dort waren Iona, Rose und Dorcas als mögliche Köpfe der Katzenbande gehandelt worden. Dorcas traute sie das auch zu, aber Rose? Sie musterte die zarte Frau. Täuschte ihr Äußeres? Vielleicht verbarg sie darunter Zähigkeit, Profitgier und Verschwiegenheit. Aber würde sie auch Menschenleben riskieren? Das war für Pippa kaum vorstellbar. Und Morris? Pippa schluckte. War er in Vertretung seiner Verlobten hier? War er das Bindeglied zwischen den drei Frauen?

Sie wusste nicht mehr, wem sie noch glauben und trauen durfte.

Als sie Ramsay einen hilfesuchenden Blick zuwarf, nickte er aufmunternd und sagte barsch zu Rose: »Sie sagen mir jetzt sofort alles über diese Höhlen und Schmugglerwege. Außerdem will ich wissen, welchen Plan ihr ausgeheckt habt. Und wo wir gerade dabei sind: Sie sind doch nicht zum ersten Mal in diesem Haus. Was tun Sie überhaupt hier?«

Rose MacKinnon errötete. »Ich bin jeden Tag hier. Aber ich wollte bei meinen Besuchen nicht gesehen werden.« Sie seufzte und fuhr fort: »Damit ist es wohl vorbei. Jetzt wird bekannt werden, was ich hier mache.«

»Und das wäre?«, setzte Ramsay nach. »Geht das auch etwas genauer?«

In diesem Moment klingelte es an der Haustür.

»Ah, endlich.« Dorcas nickte Pippa zu. »Das dürfte Dambecks Eskorte sein. Unser Mainzer Einsatzkommando hatte ja noch eine Aufgabe in Southend zu erledigen.«

Als sie, gefolgt von den Hunden, den Raum verließ, sagte Rose: »Ich setze schon mal den Kessel auf. Hilfst du mir in der Küche, Morris?«

Ramsay und Pippa blieben allein bei Angus Todd zurück.

Sofort ging Ramsay zum Sofa und beugte sich zu seinem Onkel hinunter. »Onkel Angus, was machst du denn für Sachen? Von welchen Höhlen und Schmugglergängen ist hier immerzu die Rede?«

Angus Todd richtete sich auf und rieb sich die Augen. Dann sagte er mit belegter Stimme: »Betty und ich hatten Rose in Verdacht, der Kopf der Katzenbande zu sein. Unsere Detektei fand heraus, dass sie eine wirklich reiche Frau ist. Sie hatte nicht geerbt, das stand fest. Aber irgendwoher musste das viele Geld doch kommen. Das habe ich Monty an jenem schrecklichen Abend im Kino erzählt.« Er rang nach Luft und hustete. Dann fuhr er fort: »Ich sagte ihm, dass ich ihr gefolgt bin und sie immer am alten Friedhof von Wee Dram aus den Augen verliere. Dann taucht sie erst Stunden später wieder auf. Ich kündigte an, dass ich mich dort auf die Lauer legen und ihr nachgehen wolle.« Erschöpft legte er sich in die Kissen zurück. »Monty fand das völlig abwegig«, erzählte er weiter, »wir haben uns deswegen gestritten. Als ich in der Nacht erfuhr, dass Monty wahrscheinlich von einer Frau ermordet worden war ... Ich erinnerte mich, Rose im Kino gesehen zu haben, mit ihren Söhnen. Da war ich sicher, sie ist die Katzenfrau. Also habe ich mich in der Kirchenruine von Saint Kevin versteckt. Mit Proviant, falls es lange dauert. Ich wollte bereit sein. Aber sie kam nicht. Nicht sie.«

Pippa horchte auf und ging näher heran. »Wer dann?«

Angus hustete rasselnd. Dann sagte er: »Dambeck. Und der kleine Turval, Graham MacLeods Sohn. Sie schoben die Steinplatte von einem verfallenen Familiengrab und stiegen hinein. Erst in der Morgendämmerung kamen sie wieder zurück. Ich bin dann sofort ins Grab und habe einen Gang entdeckt. Sehr eng, aber gut abgesichert. Er endete in einer großen, natürlichen Höhle. Sie müsste unter dem Brennereigebäude von Wee Dram liegen oder unter einem der Lagerhäuser.«

Angus rang um Luft, und Ramsay sagte: »Ist schon gut! Nicht weiterreden, Onkel Angus. Ich sehe später noch mal nach dir. Ruh dich aus.«

Er wandte sich an Pippa und streckte die Hand aus. »Dein Handy. Schnell, so lange Dorcas nicht da ist. Prescott holt uns hier raus.«

»Mein Handy liegt in Piper's Hush. Tut mir leid, Stuart«, erwiderte Pippa, und Ramsay stieß einen Fluch aus.

»Die Katzenbande hat sich unter Wee Dram professionell eingerichtet«, sagte Angus Todd. »Da steht sogar eine Abfüllanlage. Und ich habe jede Menge Etiketten entdeckt, die billigen Fusel in teure Sammlerflaschen verwandeln.« Plötzlich grinste er. »Ich habe mir so viele Beweise eingesteckt, wie ich konnte. Dann wollte ich nur noch raus. Aber ich habe mich verlaufen. Ich bin eine Ewigkeit durch immer neue Gänge geirrt und schließlich wieder in der großen Höhle gelandet. Ich hatte eine Heidenangst, dass ich der Katzenbande in die Arme laufe.«

Das muss schrecklich gewesen sein, dachte Pippa mitleidig. »Wie haben Sie es geschafft, rauszukommen?«

»Ich hatte einen verdammt guten Führer. Ich kam zwar ganz woanders wieder ans Tageslicht, als ich annahm, aber ich war gerettet.«

»Einen Führer?«, fragte Pippa. »Wen?«

Angus Todd lächelte über das ganze Gesicht. »Laddie Blackbeard.«

»Der Kater?«, riefen Pippa und Ramsay gleichzeitig.

Angus nickte. »Plötzlich war er da. In der Höhle. Er verlangte mein letztes Schinkenbrot, und dann stolzierte er vor mir her zum Ausgang. Als würde er den Weg jeden Tag benutzen. Alleine hätte ich diese Verbindung nach draußen nie gefunden, dabei endet sie direkt in der großen Halle. Allerdings liegt der Eingang etwas erhöht und ist durch einen Felsvorsprung verdeckt. Von unten nicht zu sehen. Aber Laddie kannte sich aus. Und dann: ein Sprung durch den nassen Vorhang des Bastard Burn – und ich stand vor Piper's Hush. Auf der anderen Seite des Wasserfalls. Unter Garantie: Diesen Ausgang kennen die Katzen nicht, den kennt nur der Kater.«

Kapitel 30

So, jetzt aber raus hier. Angus braucht Ruhe.« Rose kam mit einem Tablett herein. »Die anderen warten im Wintergarten. Ich habe Sandwiches gemacht. Die Nacht wird lang.«

Ramsay knurrte etwas Unverständliches, folgte Pippa aber. Im Wintergarten waren die Boehmes, zusammen mit Marion aus der Whiskytruppe und Tamsin. Das Mädchen saß neben Morris und bemühte sich um Coolness, indem sie eine riesige Kaugummiblase nach der anderen zerknallen ließ. Pippa wollte sie begrüßen, aber Tamsin wich ihrem Blick aus.

»Dambeck hat gejammert wie ein kleines Kind«, erzählte Jens Boehme gerade. »Selbst schuld, wenn er in aller Herrgottsfrühe zwei Wachhunde testet. *Aussitzen* kann er seine Probleme für lange Zeit nicht mehr.«

Alle lachten, dann sagte Marion: »Die Whiskytruppe wird ihn nicht vermissen, da kann ich für alle sprechen.«

»Ich fürchte, Dorcas, du bekommst eine Anzeige, jedenfalls hat er unablässig damit gedroht.« Tanja Boehme kicherte. »Deshalb haben wir ihn auch gleich bei der Polizei abgeliefert. So kann Prescott die sieben Stiche an Dambecks *Boppes* gleich gegen seine Untaten aufrechnen.«

»Habt ihr auch eine Aussage gemacht?«, fragte Dorcas.

Marion nickte. »Wir alle drei. Hat ewig gedauert. Wir waren erst gegen Mittag fertig. Prescott ist jetzt völlig im Bilde.«

Tanja Boehme warf Pippa einen warnenden Blick zu, und die verstand sofort, dass der Inspector auch aus diesem Grund mit am Tisch der Altherrenriege gesessen hatte.

»Dürfen wir auch erfahren, was dem Mann offiziell vorgeworfen wird?« Ramsays Tonfall war leicht beleidigt. »Ich meine, außer dass er der hochnäsigste und aufgeblasenste Mensch ist, der mir je begegnet ist?«

»Niemanden hier im Raum wird es verblüffen, dass er gestanden hat, mit gefälschtem und gepanschtem Whisky zu handeln.« Jens Boehme schob eine Flasche über den Tisch. Auf dem Wee-Dram-Etikett war der 1. Juni 1950 als Tag der Destillation angegeben.

Dorcas öffnete die Flasche und goss einen Schluck in ein Whiskyglas, das sie an Pippa weiterreichte. Sie senkte ihre Nase hinein, schnupperte und sah überrascht auf. »Das stinkt. Wie faulender Apfelsaft.« Vorsichtig nippte Pippa und schüttelte sich. »Scheußlich. Wie Apfeltee mit einem Schuss Alkohol.«

Dorcas nickte grimmig. »Bringt aber im Verkauf knapp zehntausend Euro.«

»Seit mehr als einem Jahr sind wir jetzt hinter Dambeck her«, sagte Tanja Boehme. »Wir waren uns sicher, ihn hier endlich überführen zu können. Zu viele Raritäten, zu viele davon aus Campbeltown. Nicht mal die legendäre Wee-Dram-Sammlung konnte so groß sein.« Sie zuckte mit den Schultern. »Natürlich spielt er das Ganze zum Kavaliersdelikt herunter. Er behauptet, die Fälschungen seien Einzelfälle. Und er sei das Opfer von Betrügern. Aber er hat die Rechnung ohne Marion gemacht.«

»Meine Firma hat mittlerweile Analysen von vielen, vielen Stichproben vorliegen«, erklärte Marion. »Von hundert Flaschen waren nur zwei echt – Dambecks Vorführflaschen.«

»Ein *Ardlussa* und ein *Riechlachan*«, warf Jens Boehme ein. »Zwei Flaschen aus Catriona Blakelys legendärer Whiskysammlung.«

»Uns ist ein Schaden von mindestens einer Million Euro entstanden«, fuhr Marion fort. »Kein Pappenstiel, ganz zu schweigen von den Entschädigungssummen, die wir zahlen müssen, und unserer Rufschädigung innerhalb der Branche. Wenn die Boehmes nicht zu uns gekommen wären und von ihrem Verdacht erzählt hätten ... meine Firma wäre heute ruiniert.«

»Alles weder schön noch gut, zugegeben«, sagte Pippa. »Aber das sind am Ende des Tages doch nur finanzielle Verluste. Viel wichtiger ist: Was weiß Dambeck über Grahams Unfall? Oder Montys Tod?«

Tanja Boehme bekam schmale Lippen. »Darüber schweigt er sich aus. Sobald das Thema auf den Tisch kommt, versteht er plötzlich kaum noch Englisch und fordert einen Deutsch sprechenden Anwalt – und einen Dolmetscher.«

»Ich helfe gerne aus«, sagte Pippa.

Ramsay winkte ab. »Irgendwann wird er reden.«

Tamsin hatte bisher zusammengesunken vor sich hin gebrütet. Jetzt richtete sie sich auf. »Und wenn nicht – auch nicht schlimm. Bald wird mein Papa aufwachen, und dann können sich alle warm anziehen. Von den Mitteln, die ihn schlafen lassen, kriegt er jeden Tag weniger. Die Ärzte sagen, morgen oder übermorgen ist es so weit. Papa wird eine Aussage machen und dann: Bämm!« Als wollte sie das unterstreichen, ließ sie mit lautem Knall eine Kaugummiblase zerplatzen. »Dann kommt raus, wer das alles auf dem Gewissen hat, und meine Mami ist endlich wieder frei.«

Das würde ich dir wirklich wünschen, Tamsin, dachte Pippa, ich fürchte nur, so einfach wird es nicht sein.

»Was soll denn das werden, Ramsay?«, rief Dorcas plötzlich scharf.

Etwas polterte zu Boden, und der Sergeant, der sich unbemerkt zum Telefon geschlichen hatte, starrte Dorcas wütend an.

»Sie können Ihre Bemühungen einstellen, Detective Sergeant. Die Telefone habe ich abgestellt«, sagte Dorcas, hob den Apparat auf und stellte ihn wieder in die Ladeschale.

Erneut klingelte es an der Haustür.

Rose lächelte. »Es war deutlich ruhiger hier, als Lorn House seinem Namen noch gerecht wurde.«

Sie wollte aufstehen, aber Pippa hielt sie auf. »Ich mach das schon.«

Gefolgt von Morris, ging sie zur Haustür. Als sie öffnete, war niemand zu sehen. Aus den nahen Ferienhäusern drangen die Musik und die Geräusche der unbeschwerten Feier. Sie hörte das Lachen der Gäste. Jetzt hätte sie liebend gerne mit ihnen getauscht.

»Ich hoffe, wir haben nach dieser Nacht etwas zu feiern«, sagte Morris leise. »Und dieses Mal gemeinsam, Pippa.«

Er pfiff auf zwei Fingern. Drei dunkle Gestalten kamen hinter dem Felsen hervor. Sie blickten sich ständig um und kamen geduckt zum Haus geschlichen. Nacheinander schlüpften sie durch die Tür, und erst jetzt sah Pippa, um wen es sich handelte: Connor, Archie und Turval. Archie hatte eine längliche Sporttasche dabei, die beiden anderen trugen Rucksäcke.

»Gute Entscheidung, Connor.« Morris begrüßte ihn mit einer Umarmung, danach drückte er herzlich die Schulter des Teenagers. »Turval, du kannst sehr stolz auf dich sein. Archie, herzlich willkommen!«, sagte er, dann wandte er sich an Pippa. »Bring sie bitte ins Atelier. Ich will die anderen jetzt nicht dabeihaben.«

Pippa blieb in der Tür zum Arbeitsraum stehen, während die Männer sich stumm auf die Hocker am Tisch verteilten. Auf dem Sofa schnarchte Angus Todd, die Hunde saßen ruhig, aber aufmerksam davor. Im Wintergarten erklärte Morris den anderen: »Das war Iona. Es ist gerade etwas ... delikat mit Pippa und ihr. Dorcas, ich könnte dich gut als Vermittlerin gebrauchen.« Ein Stuhl wurde gerückt, dann fügte Morris scharf hinzu: »Du nicht, Tamsin. Du hast mit deiner Plapperei gegenüber Iona schon genug angerichtet.«

Wenn Morris eine Ausrede benutzt, dachte Pippa, hatten die drei Männer am Tisch entweder einen Spezialauftrag – oder sie haben Dreck am Stecken. Oder beides.

Dorcas lächelte. »Wenn ich jemals Männer gesehen habe, die dringend beruhigende Medizin benötigen, dann jetzt.«

Sie goss jedem einen ordentlichen Whisky ein. Connor leerte sein Glas in einem Zug.

»Haben wir hier wirklich nichts zu befürchten?«, fragte Archie.

Als Dorcas nickte, sagte Connor: »Damit das klar ist: Ich will mich nicht verstecken. Ich will dabei sein. Ich will diesen verdammten Verbrechern ins Gesicht sehen, wenn ich sie frage, wo Brenda ist.«

Pippa horchte auf. »Brenda? Es geht um sie? Aber Daniel hat mir erzählt, sie sei bei ihm. In Sicherheit.«

»O ja – sie ist bei ihm. Aber sie ist nicht in Sicherheit.« Die Angst um Brenda war Connor deutlich anzusehen. »Ich befürchte das Schlimmste, Pippa. Aber ich hoffe noch immer das Beste.«

Pippa wurde übel. Vor ihrem geistigen Auge erschien die Szene im Muneroy, wie Daniel mit Connor gesprochen hatte, Connors schockierte Reaktion ... aber nicht, weil er erfahren hatte, dass sie ihn verlassen wollte, sondern ...

»Daniel hat Brenda entführt?«, fragte sie entsetzt. »Sie ist überhaupt nicht in seiner Wohnung?«

Connor ballte seine rechte Hand. »Im Muneroy hat er mich erpresst. Er hält sie als Geisel fest, damit ich heute Nacht nicht kneife. Entweder ich tue, was er verlangt ...« Er konnte nicht weitersprechen.

»Oder Brenda stößt etwas zu«, vervollständigte Pippa beinahe tonlos. Auf sein Nicken hin fuhr sie fort: »Und was verlangt er von dir?«

»Was auch von allen Mitgliedern der Katzenbande verlangt wird«, antwortete Connor. »Ich soll heute um Mitternacht in die Höhle hinter ›Kevins Bett‹ kommen und beim Verladen der Anlage und der Fässer auf die Boote helfen. Alles soll zu einer neuen Operationsbasis gebracht werden. Heute Nacht wird die Katzenbande zum ersten Mal vollständig versammelt sein.« Er bemerkte Pippas fragenden Blick und erklärte: »Niemand kennt alle anderen Mitglieder. Nur dieses eine Mal werden alle an einem Ort sein. Daniel will Brenda dorthin mitbringen. Nach getaner Arbeit kann ich sie wiederhaben. Tot oder lebendig: meine Entscheidung.«

Pippa schüttelte ungläubig den Kopf. »Der nette Daniel.«

»Genau, der *nette* Daniel«, sagte Morris, »der jeden Tag von Haus zu Haus fährt, alles sieht, alles hört und alle kontrollieren kann, ohne verdächtigt zu werden.«

Pippa sah Dorcas an. »Nicht einmal von Ihnen. Sonst hätten Sie ihn doch sicher nicht in Ihr Haus gelassen und die Nacktfotos geschossen.«

Dorcas' Blick war unergründlich. »Erst durch unsere gemeinsame Arbeit an den Aktfotos hat sich mein Verdacht bestätigt, dass er ein kleiner dreckiger Spion ist. Wenn nicht Schlimmeres.« Sie lächelte über Pippas Erstaunen und fuhr fort: »Ein nackter Mann hat keine Hosentaschen. Und die Inszenierung erotischer Fotos dauert lange. Zeit genug, um seine Kleidung zu durchsuchen, Zeit genug, um ein Handy zu knacken, Zeit genug, um ein Auto zu inspizieren. Rose ist technisch sehr geschickt. Seitdem kennen wir seinen Mailverkehr mit Dambeck. Und der hat uns so einiges verraten.«

»Es hat auch belegt, dass er nicht das kleinste Rädchen im Getriebe ist«, warf Morris ein. »Das netteste erst recht nicht.«

»Aber wozu überhaupt diese Fotos?«, fragte Pippa. »Der Schmuggel müsste ihm doch reichlich Geld gebracht haben.«

Dorcas zuckte mit den Achseln: »Er hat wohl kcine Lust mehr, die Tarnung als Briefträger aufrechtzuerhalten. Immerhin ist das mit echter Arbeit verbunden. Er hätte den erotischen Kalender als Erklärung für eine sprudelnde Einnahmequelle benutzen können.«

»Daniel Seton ist also Mitglied der Katzenbande«, sagte Pippa, »ich kann es immer noch nicht glauben.«

»Wir sind alle Teil der Cats, Pippa«, murmelte Turval mit hängendem Kopf. »Wir alle drei. Archie, Connor, ich. Nicht nur Daniel. Die haben uns alle mit reingezogen.«

Pippa wurde schwindelig. Sie sah zu Morris hinüber und blickte in ernste Augen.

»Es fing ganz harmlos an«, fuhr Turval lauter fort. »Ich sollte Dambeck einen kleinen Gefallen tun. Nicht ganz legal, aber harmlos, sagte er. Ich sparte damals auf ein teures Mountainbike, mit allen Schikanen. Dieses eine Mal, dachte ich, das kann doch kein Problem sein. Hier hat es doch schon immer Schmuggler gegeben. Jeder macht das mal, dachte ich. Ich fand es sogar irgendwie klasse, die Pflicht eines echten Schotten. *Einer für alle, alle für einen bezahlbaren Whisky*, hab ich mir gesagt.« Er schwieg einen Moment lang und seufzte. »Aber die ganz oben, die Bosse, denen geht es nur um Geld. Alles andere ist denen egal. Dambeck hat mich nach der Erledigung meiner Aufgabe sofort erpresst. Wenn ich nicht weiter mitmache, würde er meinem Vater davon erzählen, hat er gedroht. Das wollte ich nicht, also bin ich immer tiefer hineingeraten. Dabei konnte ich das viele Geld nicht einmal ausgeben, sonst hätten meine Eltern ja was gemerkt. Es war zum Verzweifeln. Ich wusste einfach nicht mehr, wie ich da rauskommen sollte.«

Archie nickte. »Sie machen dir Angst und setzen dich unter Druck. Sie kommen nachts und wollen deinen Kutter. Ein Nein wird nicht akzeptiert. Du hältst still und hoffst das Beste. Hoffst, dass alles gutgeht. Wann immer ich ihnen meine *Morag* nicht geben wollte, haben sie sich den Kutter einfach selbst genommen. Du hast keine Chance gegen die.«

Pippa blickte in die Runde. Turval, Archie und Connor waren körperlich und seelisch zutiefst erschöpfte Männer. Schmugglerromantik sah anders aus.

»Die Cats sind bestens organisiert«, sagte Connor. »Jeder kennt höchstens drei weitere Mitglieder und bildet mit ihnen eine Gruppe. Bei einem Auftrag hast du aber höchstens mit einem anderen zu tun. Befehle gibt es nur mündlich. Praktisch jeder in deiner Umgebung könnte Teil einer anderen Gruppe sein und dich verraten, wenn du es wagst, etwas gegen die Interessen der Katzenbande zu sagen oder zu tun. Also hältst du tunlichst den Mund und vertraust dich niemandem an, damit dich keiner oben anschwärzen kann.«

»Deine Gruppe, Turval?«, fragte Morris.

»Daniel, Connor und Dambeck«, antwortete der Teenager leise. Er schämte sich sichtlich.

Morris blickte weiter zu Connor.

»Turval, Dambeck und Archie«, sagte der. »Eine Überschneidung gibt es immer. Meist ist es der direkte Vorgesetzte.«

Wie Turval stand auch Archie die Scham ins Gesicht geschrieben, als er Pippa ansah. »Das Früchtchen, mit dem Brenda sich auf Arran getroffen hat, war einer von meinen. Außerdem Daniel und Connor. Aber ich lege meine Hand dafür ins Feuer, dass Monty sauber war. Nachdem er zu mir zog, haben sie mich in Ruhe gelassen.« Ihm traten Tränen in die Augen. »Aber dann habe ich den Fehler gemacht, Monty alles zu erzählen. Er hatte keine Angst vor diesen Schweinen. Er hat gesagt: *Ich gehe zu Prescott. Ich sorge dafür, dass die Tage der Katzenbande gezählt sind. Du bist gezwungen worden. Du hast nie freiwillig mitgemacht. Du brauchst keine Angst zu haben. Du wirst nicht bestraft werden.*« Er schnäuzte sich in ein Stofftaschentuch. »Aber die Katzenbande hat mich bestraft. Sie haben meinen besten Freund getötet.«

»Die kennen keine Skrupel«, sagte Turval. »Die Explosion, bei der mein Vater verunglückte, galt nicht ihm, die galt mir. Ich hatte Daniel mitgeteilt, dass ich aussteigen will, und ich wusste, er würde das nach oben melden. Ich wusste nur nicht, wem. Der Anschlag kam postwendend. Als Warnung, den Mund zu halten und weiterzumachen. Ich bin schuld, dass mein Vater beinahe gestorben wäre.«

Pippa wandte sich an Connor. »Und wie war es bei dir?«

Er zuckte mit den Schultern. »Ich habe keine Entschuldigung. Ich brauchte Geld für die Panamericana. Geld, um Träume zu erleben. Stattdessen bin ich in einem Alptraum gelandet.« Er machte eine wegwerfende Handbewegung. »Ich dachte: Schmuggel, das schadet keinem. Ich bin schließlich kein Auftragskiller, ich fälsche doch nur Whisky. Und irgendwelche reichen Idioten, die ich nie treffe, stellen sich die Brühe dann in eine teure Vitrine. Ich fand das lustig. Aber seit Graham im Koma liegt, hatte ich keine ruhige Nacht mehr. Ich will durch meinen Einsatz heute Nacht etwas wiedergutmachen.«

»Ich auch«, sagte Turval. »Unbedingt.«

»Für Monty.« Archie reckte die Faust. »Ich bin dabei. Wenn mir was passiert, dann kümmerst du dich um meine Mädchen, Dorcas. Dann gehören sie dir. Ich will nicht, dass sie zu irgendwelchen Trotteln kommen oder ...«, er schluckte, »zum Schlachter.«

Dorcas legte ihm die Hand auf den Arm. »Niemandem wird etwas passieren, Archie. Wir haben vertrauenswürdige Verstärkung.«

»Du hast doch nicht etwa die Behörden informiert?«, fragte Connor entsetzt.

»Nicht auf die traditionelle Weise«, antwortete Dorcas kryptisch. »Wäre Angus sonst noch hier? Ich bin sicher, es gibt diesen Maulwurf, von dem er immer wieder redet. Den hat er sich nicht ausgedacht. Um den zu finden, hat er viel riskiert. Das setzen wir nicht aufs Spiel.«

»Also keine Angst, die Verstärkung haben wir anders geregelt«, sagte Morris. »Habt ihr alles dabei?«

Die drei Männer nickten und stellten das mitgebrachte Gepäck auf den Tisch. Pippa staunte, als beim Öffnen der Rucksäcke Dudelsäcke zum Vorschein kamen. In Archies Tasche lag zusätzlich ein Valinch.

Dorcas holte ihn heraus und sagte: »Und? Hat alles geklappt wie besprochen?«

»War ein gutes Stück Arbeit«, antwortete Archie. »Erst hat niemand den Valinch auf dem Polaroid bemerkt. Aber die Boehmes haben die Aufmerksamkeit der anderen darauf gelenkt. Gute Schauspieler, die beiden.«

»Das ist nicht derselbe Stechheber, der im Kaninchenbau gefunden wurde?«, fragte Turval erstaunt.

Archie schüttelte den Kopf. »Den hat die Polizei. Der wird noch untersucht.«

»Und jetzt das Wichtigste: Wer hat sich besonders für den Stechheber interessiert?«, fragte Dorcas.

Archie grinste. »Ronan natürlich. Zunächst jedenfalls. Aber Daniel hat das Bild mitgehen lassen. Damit hat er den Beweis geliefert, den wir noch brauchten. Ein paar von Prescotts Leuten haben ihn beschattet, nachdem er Pippa zu Hause abgeliefert hatte. Er hat in der Dunkelheit die ganze Heide abgesucht, um den Valinch zu finden. Und dabei hat er sich bestimmt die ganze Zeit gefragt, wie das verdammte Ding aus seinem sicheren Versteck auf mein Polaroid gekommen ist.«

»Das muss ein böser Schock für ihn gewesen sein.« Morris grinste. »Aber ich kann nicht behaupten, dass er mir besonders leidtut.«

Pippa sah verwirrt in die Runde. »Ich habe die Fotos ja selbst gesehen. Die Diskussion um den Valinch habe ich auch mitbekommen, aber die Zusammenhänge …«

»Daniel und ich waren am Dienstag mit einem besonders komplizierten Motiv beschäftigt«, sagte Dorcas. »Hunderte mit Apfeltee gefüllte Whiskygläser und er als erotischer Fakir obendrauf. Währenddessen hat Rose das Postauto Seiner Majestät durchsucht. Wo der Wagenheber sein sollte, lag ein Valinch. Derselbe, den Prescotts diskreter Suchtrupp heute den Kaninchen weggenommen hat, allerdings war nun die scharfe Spitze voller Blut. Seitdem planen wir gemeinsam, Daniel und seine Komplizen dingfest zu machen. Ein für alle Mal. Denn ...«, ihre Stimme schwankte, »das Blut hat Brendas Blutgruppe.«

Kapitel 31

Vor dem Ferienhaus blieb Dorcas stehen und hob die Hand. Die Gruppe hinter ihr schwieg schlagartig und lauschte wie sie den schönen Stimmen von *The Midden*, die mit ›Dark Island‹ gerade ein melancholisches Lied intonierten.

»*Dark*«, sagte Dorcas grimmig, »das passt.« Dann riss sie die Haustür auf und brüllte: »Die Party ist zu Ende, Freunde! Es geht los!«

Pippa trat ins Haus und blieb erstaunt stehen. Kein Livekonzert, keine feiernde Gesellschaft. Stattdessen saßen die Mitglieder der Whiskytruppe und die meisten des Stiftungsrates samt Partnern und Freunden, unter ihnen sogar Margit und Karl Heinz Unterweger, gestiefelt und gespornt bereit. Alle sahen Dorcas erwartungsvoll an. Jemand stellte die Musik ab, und gespannte Stille trat ein.

Stimmt, die mussten ihre Stimmen schonen, dachte Pippa und grinste. Nicht nur die der Mädels, alle Kehlen werden später noch gebraucht. Je lauter und schräger, desto besser.

Ramsay drängte sich an Pippa vorbei ins Haus und sah fassungslos auf seinen Chef, der samt Gattin erschienen war. »Detective Inspector Prescott macht also bei diesem Irrsinn auch mit«, sagte er erstaunt zu Pippa.

»Deshalb ist es ja kein Irrsinn«, antwortete sie. »Deshalb haben wir ja eine Chance.«

Jeder der Wartenden war warm eingepackt und hielt etwas in der Hand, womit man Lärm erzeugen konnte: zwei Blechdeckel, Töpfe, Kochlöffel, Trommeln der Band. Während Morris Stirnlampen verteilte, sprach Dorcas mit Prescott, der feixend zuhörte. Es war wie die Vorbereitung auf einen Pfadfinderausflug.

Dann ging Prescott zu seinem Sergeant hinüber und schlug ihm auf die Schulter. »Das ist mal ein Einsatz nach unserem Geschmack, was, Ramsay?«

»Keine Ahnung«, erwiderte Ramsay steif, »ich kenne den Plan nicht. Man hat mich nicht eingeweiht.«

»Nicht persönlich nehmen«, sagte Prescott. »Das wurde hier kaum jemand.«

»Sir, wir müssen das stoppen«, zischte Ramsay. »Egal, was hier geplant ist – das ist verrückt! Viel zu gefährlich. Die Schmuggler werden doch Waffen haben!«

Prescott zuckte mit den Schultern. »Sicher werden sie Waffen haben. Aber wir auch.«

»Sir, bei allem Respekt. Lassen Sie uns die Sache abblasen, jetzt ist noch Zeit.« Ramsay deutete mit dem Kopf auf die versammelte Truppe. »Das sind doch alles *Amateure.*«

Demonstrativ sah Prescott zuerst Morris an und dann die Sängerinnen von *The Midden.* »Amateure? Also, die Band hörte sich für mich sehr professionell an.«

Pippa musste grinsen, als Ramsay entnervt die Augen verdrehte und sich abwandte.

»Jeder weiß, zu welcher Truppe er gehört?«, rief Dorcas in diesem Moment. »Pete Wesley und Rebecca Davis sollten alle eingeteilt haben.« Als die Anwesenden zustimmend murmelten, fuhr Dorcas fort: »Gruppe 1, bitte melden.«

Ein paar Leute meldeten sich prompt, darunter Harald und Gabi, die Brauteltern sowie einige Leute vom Stiftungsrat.

Während ich gemütlich bei Catriona saß und mich selbst bemitleidete, wurden hier also fleißig Schlachtpläne für den Kampf gegen die Katzenbande geschmiedet, dachte Pippa anerkennend.

»Ihr geht mit DI Prescott«, sagte Dorcas.

»Das ist so *cool.*« Tamsin kaute aufgeregt auf ihrem unvermeidlichen Kaugummi herum, als sie sah, wie sich die Truppe um Prescott versammelte.

»Gruppe 2!«, kommandierte Dorcas, und die meisten der Anwesenden, auch Morris, zeigten auf. »Ihr hört auf mein Kommando.«

»Ich auch?«, fragte Tamsin nach, und als Dorcas nickte, folgte ein begeistertes »Echt cool!«.

Dorcas studierte einen Zettel in ihrer Hand. »Gruppe 3: Pete Wesley, Freddy, Pippa, DS Ramsay, Sarah MacDonald und Ronan. Rebecca Davis, das sind deine Leute.«

Rebecca nickte. »Aber sollten wir nicht auch einen Dudelsackspieler dabeihaben?«

Dorcas überlegte einen Moment. »Du hast recht. Morris, du gehst mit Rebecca.«

»Total uncool«, maulte Tamsin, die nun nicht länger in einer Gruppe mit Morris war.

Morris war sichtlich anderer Meinung, denn Pippa fing einen erleichterten Blick von ihm auf. Sie selbst war sich nicht sicher, was sie von der unerwarteten Nähe während des Einsatzes halten sollte, sagte aber nichts. Ein klärendes Gespräch war dringend nötig, aber jetzt waren weder Ort noch Zeit dafür.

Stefan aus der Whiskytruppe meldete sich. »Ich verstehe, dass die einzelnen Gruppen nicht wissen sollen, wohin die anderen beiden gehen oder was sie vorhaben. Ich verstehe auch, dass wir erst vor Ort erfahren werden, was unsere Aufgabe ist. Aber ich finde, wir brauchen eine Losung. Oder ein Kennwort. Damit wir einander erkennen, sollten wir überraschend auf unsere Leute treffen.«

»Gute Idee!«, rief Ole begeistert. »Einen Schlachtruf, der in der Dunkelheit Freund von Feind unterscheidet.«

»Einverstanden«, sagte Dorcas. »Vorschläge?«

»Es kann nur einen geben!« Jens Boehme hob die Hand, als hielte er ein Whiskyglas und wollte den anderen zuprosten. »*Slàinte!*«

Automatisch brüllten alle im Chor: »*Slàinte mhath!*«

Dorcas hielt sich lachend die Ohren zu. »Da fällt mir ein: dass mir niemand seine Ohrenstöpsel vergisst!«

Prescott zog eine Packung aus der Tasche und hielt sie Ramsay unter die Nase. »Sag ich doch – wir haben auch Waffen!«

Schweigend stapften sie durch die Nacht. Die Gruppen waren gemeinsam aufgebrochen, hatten sich aber rasch getrennt. Neben Rebecca ging Pippa jetzt den Hügel hinunter Richtung Piper's Hush. Plötzlich tauchte Ramsay neben ihnen auf. »Wisst ihr, was wir vorhaben?«

Natürlich weiß Rebecca, was wir vorhaben, dachte Pippa.

»Japp«, antwortete die Polizistin knapp und ließ damit keinen Zweifel offen, dass dies alles an Information war, was sie zu geben bereit war.

Ramsay schnaubte beleidigt und marschierte zu Freddy und Pete, um dort sein Glück zu versuchen.

»Hat außer mir noch jemand weiche Knie?«, raunte Pippa. »Meine schlottern.«

»Gut, dann bist du aufmerksam«, sagte Rebecca. »Sorglosigkeit ist gefährlich.«

»Ich frage mich, was passiert, wenn die Katzenbande wirklich Waffen hat.«

»Wenn sie welche haben, werden sie sie nicht benutzen«, erwiderte Rebecca gelassen.

»Wieso bist du so sicher? Wenn sie sich in die Enge gedrängt fühlen?«

Rebecca lachte leise. »*Feuerwaffe*. Was sagt dir das?«

»Erleuchte mich.«

Die Ermittlerin grinste. »Jede Waffe gibt beim Abschuss ein Mündungsfeuer ab. Wie eine winzige Flamme. Den Herrschaften von der Katzenbande ist das hundertprozentig bekannt.«

»Und warum sollte sie das davon abhalten, auf uns zu schießen?«

Rebecca senkte die Stimme. »Wir wollen die Katzenbande dabei stören, ihren Whisky und ihre Anlagen abzutransportieren, richtig?«

Pippa nickte.

»Die große Höhle liegt unter den Lagerhäusern. Dort schlummern nicht nur fünfhundert illegale, sondern auch mehrere tausend legal gefüllte Fässer hochprozentigen Alkohols«, fuhr Rebecca fort. »In der Höhle befinden sich die wertvolle Anlage und weiterer Whisky. Die Luft, der Boden, einfach alles ist geschwängert von Alkoholdämpfen. Da drin wage ich ans Rauchen nicht mal zu *denken*, geschweige denn, eine Waffe zu benutzen. Es sei denn, ich will mich selbst in die Ewigkeit katapultieren.«

Pippa begriff. »Deshalb ist sich Prescott so sicher, dass wir eine reelle Chance gegen die Katzenbande haben.«

»Genau. Nicht, dass die ein Problem damit hätten, einen oder mehrere ihrer Feinde in die Luft zu jagen. Aber sich selbst oder den kostbaren Whisky? Da ziehen selbst Schmuggler eine Grenze.«

Sie legte den Finger an die Lippen, als Ramsay sich erneut näherte.

»Rebecca, Sie sind eine vernünftige Frau«, sagte er beschwörend, »machen Sie diesem Irrsinn ein Ende. Mein Chef war schon immer unkonventionell, aber er kann nicht ernsthaft diese Leute in die Höhle des Löwen schicken. Ohne professionelle Verstärkung. Was glaubt er, so ausrichten zu können?«

»Wir sind mehr als fünfzig Leute«, erwiderte Rebecca gelassen, »das sollte reichen.«

»Geben Sie mir Ihr Handy, Rebecca. Bitte. Ich rufe meine Kollegen und die Küstenwache zu Hilfe. Noch ist Zeit.«

Rebecca Davis zuckte mit den Schultern. »Handy? Hab ich keins. Ich bin im Urlaub. Auf Nachtwanderung.«

Pippa sah, dass Morris ein paar Schritte vor ihr allein durch die Nacht marschierte. Spontan beschloss sie, die Gelegenheit zu nutzen und mit ihm zu sprechen. Es war besser, ohne gegenseitigen Groll oder Missverständnisse in das nächtliche Abenteuer zu gehen.

Sie atmete tief durch, schloss zu ihm auf und sagte: »Ich möchte dir zur Verlobung gratulieren. Ich wünsche dir und Iona wirklich, dass ihr glücklich werdet. Bleibt es bei der Heirat am St. Andrew's Day?«

Morris musterte sie von der Seite und zog nachdenklich die Stirn kraus. »Wann hast du meine Nachricht gefunden? Die in dem Buch?«

»Vorhin. Als ich nach Hause kam«, erwiderte Pippa, ohne den Sinn seiner Frage zu verstehen.

»Erst?« Morris fluchte leise. »Gut, lässt sich nicht ändern. Wichtig ist der Inhalt. Und der gilt noch immer. Ganz gleich, was heute Nacht passiert: Du kannst mir vertrauen. Und was noch besser ist: Iona auch.«

Ihre Ankunft an der Treppe neben dem Wasserfall beendete ihr Gespräch, das Pippa noch verwirrter als zuvor zurückließ. Die Truppe ging voraus in Richtung Piper's Hush, während Pippa sich zu sammeln versuchte. Als sie ihr Haus erreichte, standen die anderen auf der Höhe des Wintergartens und redeten leise miteinander. Ungesehen öffnete Pippa die Hintertür und ging hinein.

Als sie Licht machte, sah sie Laddie zusammengerollt auf dem Sofa liegen, tief schlafend. Während sie zur Vordertür ging, sagte sie: »Danke, dass du Angus gerettet hast, du Höhlenforscher. Der Trick mit dem Wasserfall: einfach genial. Kein Wunder, dass immer nur dein Rücken nass war, du Schlawiner. Immerhin, jetzt kennen wir einen Ausgang mehr als die Cats.« Sie kicherte leise. »Dieser Ausgang und *deine* Katzenbande wird der anderen hoffentlich zum Verhängnis.«

Sie schloss Freddy die Vordertür auf, damit er den Dudelsack von der Wand holen konnte. Dann lief sie rasch die Treppe hinauf, um nach einer Mütze zu suchen. Besonders auf Dorcas' Schrottplatz hatte sie eine warme Kopfbedeckung schmerzlich vermisst, und seitdem waren die Temperaturen noch weiter gesunken.

Sie hörte die Haustür zuknallen, dann sagte eine Stimme: »Okay, Freddy ... ganz ruhig jetzt. Kein Wort. Und mit dem Gesicht zur Wand, sonst hast du gleich keines mehr.«

Das ist Ramsay, dachte Pippa erschrocken, was macht der denn da?

Offenbar wollte Freddy etwas sagen, denn der Sergeant raunzte: »Kein Mucks, hab ich gesagt!«

Pippa bekämpfte den Impuls, nach unten zu laufen. Sie legte sich flach auf den Boden und schob sich leise zur offenen Treppe, um durch die Sprossen des Geländers nach unten zu sehen. Ramsay stand mit dem Rücken zu ihr, die Pistole in den Hosenbund geschoben. Der Sergeant band gerade Freddy mit Handfesseln aus Plastik die Hände auf den Rücken und stopfte ihm ein Taschentuch mit dunkelroten Flecken in den Mund. Dann tastete er ihn routiniert auf Waffen ab und schlug ihn grob auf die linke Schulter, so dass Freddy auf die Knie fiel.

Pippas Gedanken rasten. Was war in Ramsay gefahren? War der Knebel das blutige Taschentuch von der Wanderung zum Crosshill Loch? Warum besaß er das überhaupt noch? Und wie konnte sie die anderen draußen alarmieren?

Ramsay ist der Maulwurf! Er gehört zur Katzenbande!, dachte Pippa entsetzt. Er hat seinen Onkel ausgehorcht und durch die Razzia ans Messer geliefert!

Als Ramsay seine Pistole erneut zog, hätte Pippa beinahe aufgeschrien. Aber er sah Freddy nur nachdenklich an. Dann ging er zum Telefon am Sofa.

»Verdammte Amateure«, fluchte Ramsay, während er die Waffe auf den Tisch legte und zum Hörer griff, »wollen tatsächlich unsere Pläne durchkreuzen. Mit einem vermaledeiten dritten Eingang, von dem wir nichts wissen.« Er schlug nach Laddie, der aufgewacht war und neugierig zu ihm getapst kam. Der Kater fauchte und sträubte das Fell. »Hau ab, Mistvieh. Du hast schon genug angerichtet. Hoffe nur, ich kann die anderen noch rechtzeitig warnen.«

Nicht, wenn ich es verhindern kann, dachte Pippa.

Leise robbte sie zum Kopfende ihres Bettes und schnappte sich Dorcas' Flinte. Mit angehaltenem Atem tastete sie sich die Treppe hinunter, innerlich betend, dass keine der Stufen knarrte.

DS Ramsay stand mit dem Rücken zu ihr, wählte eine Nummer und wartete versunken, dass sich jemand meldete.

Er denkt, nur Freddy und er sind im Haus, dachte Pippa, jetzt oder nie ...

Sie packte den Lauf mit beiden Händen, holte aus und

ließ den Gewehrschaft auf Ramsays linke Schulter krachen. Er ächzte überrascht, das Telefon fiel ihm aus der Hand und zerbrach. Pippa nutzte seine Überraschung und trat ihm mit Wucht in die Kniekehlen. Er schlug der Länge nach hin. Mit einem dumpfen Laut prallte sein Kopf auf den Steinfußboden – dann schlief er tief und fest. Laddie stolzierte zu dem bewusstlosen Ramsay und versuchte, ihn wie ein Häufchen zuzuscharren. Pippa holte einmal tief Luft und schrie gellend um Hilfe.

Sekunden später stürzten Rebecca und Morris herein.

Mit einem Blick erfasste die Polizistin die Situation. »Aber du weißt schon, dass man normalerweise die andere Seite der Knarre benutzt, oder?«, fragte sie Pippa mit einem Grinsen.

Das löste Pippas Erstarrung, und sie heulte los. Rebecca gab Morris ein Zeichen. Der befreite Freddy von seinem unappetitlichen Knebel, bevor er die Handfesseln mit einem Küchenmesser aufschnitt. Rebecca hielt Pippa im Arm, bis sie sich wieder gefangen hatte.

»Pures Adrenalin«, sagte sie anerkennend. »Die Reste müssen irgendwie raus. Tränen sind da ein gutes Ventil.«

Freddy stöhnte und massierte sich die schmerzende Schulter. »Dieser Drecksack. Gut gemacht, Pippa. Jetzt weiß er, wie weh das tut.«

Pippa erinnerte sich an ihr ausführliches Gespräch mit Ramsay auf dem Weg zum Crosshill Loch und sagte: »Er hat mich benutzt, indem er sich mit Halbwahrheiten aus den Ermittlungen mein Vertrauen erschlich, um so an meine Informationen zu kommen. Haltet mich fest, ich könnte glatt noch mal zuschlagen.«

»Sausack«, sagte Freddy. »Und den hab ich gemocht!«

»Ja, ich auch«, sagte Pippa und schniefte. »Angus ebenfalls. Alle mochten ihn. Niemand hat etwas geahnt.« Sie sah Rebecca an. »Ihr habt ihn ja sogar beauftragt, auf mich aufzupassen.«

Rebecca zog die Augenbrauen hoch. »Was bitte sollen wir gemacht haben?«

Pippa berichtete kurz, was Stuart Ramsay über seinen Auftrag gesagt hatte, dann schüttelte Rebecca den Kopf.

»Er sollte nur bei der Wanderung mitgehen. Alles andere war Teil seines eigenen Plans.«

Morris sagte: »Verdammt guter Schauspieler, dieser Stuart Ramsay. Er hat uns alle an der Nase herumgeführt, indem er den Harmlosen mimte. Ist gerade noch mal gutgegangen.«

»Was machen wir denn jetzt mit ihm?« Rebecca überlegte. »Wir müssen allmählich los.«

»Fesseln und liegenlassen«, schlug Freddy vor. »Alles andere sehen wir später.«

»So einer gibt nicht auf.« Pete war hereingekommen, und alle anderen drängelten sich im Windfang, um zu sehen, was passiert war. »Er wird versuchen, sich zu befreien.«

»Dann sorgen wir dafür, dass er das nicht schafft«, sagte Pippa scharf. »Heißt das Haus, in dem du wohnst, nur noch Fischerhütte, oder gibt es dort noch entsprechende Utensilien, Morris?«

»Es gibt einen Schuppen voller Reusen, Eimer, Netze …«

»Netze!«, fiel Pippa ihm ins Wort. »Perfekt. Holt alle, die ihr finden könnt. Mit einem davon schnüren wir Ramsay zusammen. Die anderen …«, sagte sie und wischte sich die letzten Tränen weg, »… die benutzen wir, damit uns auch die großen Fische ins Netz gehen.«

Am Wasserfall blieb Rebecca stehen und drehte sich zu ihrer Truppe um. »Bereit?«

Alle nickten entschlossen.

»Ab jetzt wird nicht mehr gesprochen, nicht mehr geniest, nicht mehr gehustet«, fuhr Rebecca fort. »Gnade euch Gott, wenn ein Handy klingelt. Nur Denken ist ausdrücklich erlaubt.« Sie blickte hinüber zu Freddy, der mit Ronan die Fischernetze vor dem Wasserfall aufspannte. »Freddy? Ronan?«

Freddy nickte. »Wir sind fertig. Nach euch kommt hier niemand mehr durch. Wie sieht es mit den anderen Ausgängen aus?«

»Prescott und seine Leute bewachen das Grab und den alten Kirchhof. Wer da raus will, gräbt sich heute Nacht seine eigene Grube.« Rebecca nickte grimmig. »Die Lagerhäuser und die Brennerei sind verbarrikadiert. Sie sitzen in der Falle.«

»Und bei Dorcas gab es noch nie ein Entkommen. Wer auf ihrer Seite flüchten will, könnte leichter mit Teufels Großmutter verhandeln als mit ihr.«

»Wird ihre Truppe ebenso eingeweiht wie wir gerade?«, fragte Pippa.

Rebecca schüttelte den Kopf, und Pete erklärte: »Sie sollen ihre Stirnlampen tragen und auf Kommando Lärm machen – mehr müssen sie nicht wissen.«

»Der Einzige, der wirklich aufpassen muss, ist Connor«, sagte Rebecca ernst. »Er ist komplett verkabelt. So weiß Prescott immer, was vor sich geht, und kann im Notfall sofort eingreifen. Heute macht der schöne Connor eine Menge Boden gut, wenn es später um die Berechnung seines Strafmaßes geht.« Sie blickte in die Runde und fuhr fort: »Morris, Pippa, Pete und ich gehen jetzt durch den Wasserfall und folgen dem Höhlengang bis zum Schmugglernest. Ihr anderen wartet hier und rührt euch nicht vom Fleck, bis die Netze voll sind.«

Sarah MacDonald stand etwas abseits und montierte

eine Kamera auf ein Stativ. »Ich wäre dann so weit. Von mir aus kann es losgehen. Ich werde alles dokumentieren, wie abgemacht.«

Rebecca nickte und hob den Daumen. »Dann los. Und nicht vergessen: Dies ist kein dunkler Kinosaal und kein Graham-Greene-Film. Das ist bitteres, böses Leben. Bitte spielt weder den Helden noch den Tölpel. Seid aufmerksam und vorsichtig. Und legt erst los, wenn das Signal ertönt.«

»Dann wollen wir mal sehen, ob wir der Katzenbande das Futter klauen können«, sagte Morris, setzte die Kapuze auf und wickelte seine Regenjacke fest um den Dudelsack.

Dann machte er einen Schritt in den Wasserfall und war verschwunden.

Kapitel 32

Pippa wurde längst nicht so nass, wie sie erwartet hatte, denn der Bastard Burn entpuppte sich als zwar dichte, aber dünne Wasserwand. Die Dunkelheit dahinter war tiefschwarz. Pippa hielt sich dicht hinter Rebecca, die ebenso wie Pete mit einem Nachtsichtgerät ausgerüstet war und die kleine Gruppe anführte.

Nahezu geräuschlos schlichen die vier durch den Höhlengang. Nach einer leichten Rechtsbiegung roch es nicht mehr nach dem torfigen Wasser des Hochmoores, das den Wasserfall hinabfloss, sondern immer intensiver nach Whisky. Geräusche hektischer Betriebsamkeit drangen aus der erleuchteten Höhle, in die der Weg kaum fünf Meter vor ihnen mündete.

Eng an die Seiten des Ganges gedrückt, näherten sie sich dem Eingang. Etliche Rinnsale liefen an den blanken Felswänden hinunter und machten das Gewölbe klamm und kühl. Die Luft war durchdrungen vom Geruch des Whiskys und der Sägespäne, die man knöchelhoch auf den Boden gestreut hatte, um die Feuchtigkeit aufzufangen. Grelle Scheinwerfer beleuchteten die Szenerie. Von ihrer Position aus konnte Pippa die Einmündungen zweier weiterer Gänge ausmachen. Der größere führte in Richtung des Verladeplatzes am Ufer bei ›Kevins Bett‹, und Pippa vermutete, dass der ihr schräg gegenüberliegende am Ausstieg durch das Grab auf dem Friedhof endete.

Ein knappes Dutzend Männer, unter ihnen Daniel Seton,

arbeitete unter Hochdruck. Einige verpackten Flaschen in Kisten mit Holzwolle, nagelten sie zu und stellten sie auf eine Palette, die von einem Gabelstapler gehalten wurde. Andere bauten die Destillieranlage auseinander. Motorengeräusche, Hammerschläge und gebrüllte Anweisungen hallten von den Wänden wider. Etwa in der Mitte der Höhle stand eine Hebebühne, deren Arbeitsplattform mit Hilfe einer Nürnberger Schere bis zur Höhlendecke hochgefahren war.

»Lagerhaus 1 ist riesig. Wahrscheinlich gibt es dort Ecken, in die nur alle Jubeljahre jemand geht, denn darin liegen die Fässer, die mehr als zwanzig Jahre reifen sollen. Genau da hat Duncan auch die illegalen Fässer gefunden«, flüsterte Rebecca. »Der Boden eines traditionellen Lagerhauses wie auf Wee Dram besteht aus gestampfter Erde. Die Schmuggler müssen in einem ungenutzten Bereich einen Durchbruch gemacht und sich so Zugang verschafft haben.«

Pete nickte. »Nach getaner Arbeit wurde einfach die Arbeitsplattform hochgefahren und von oben mit Erde getarnt. Eine Arbeit, die meist Connor oder Turval übernommen haben. Die beiden arbeiteten ohnehin auf Wee Dram. Wem sollte das auffallen? Eine geniale Idee.«

»Zu schade, dass die Cats ihre kreative Energie nur einsetzen, um sich zu bereichern und anderen zu schaden«, antwortete Rebecca gallig. »Und das Flüstern können wir uns auch sparen. Solange die Herrschaften in der Höhle mit sich selbst beschäftigt sind und einen solchen Lärm machen, hören die uns ohnehin nicht.«

»Vor Entdeckung sind wir wohl sicher«, bestätigte Pete dennoch etwas leiser. »Das Licht der Scheinwerfer konzentriert sich auf die Mitte der Halle, so dass unser kleiner Ausgang im Schatten liegt. Wahrscheinlich der Grund, weshalb dieser Weg nie erkundet wurde.«

Jetzt kam die Hebebühne heruntergefahren. Sie hinterließ in der Höhlendecke ein rechteckiges Loch von beträchtlichem Ausmaß, das einen Blick ins Lagerhaus gewährte.

»Wir sind tatsächlich direkt unter Wee Dram«, sagte Morris in einem Ton, als könnte er es erst jetzt glauben.

»Eine ganz besondere Katzenklappe«, kommentierte Pippa sarkastisch.

Die Arbeitsplattform der Hebebühne war mit Fässern beladen. Einige Männer rollten sie eilig herunter, angetrieben von Daniel Seton, der offenbar das Kommando hatte.

»Los, los, macht schon!«, brüllte er über die Geräusche hinweg. »In einer Stunde muss die erste Ladung vor ›Kevins Bett‹ bereitstehen. Das Boot kann da nicht ewig ankern!«

»Dann pack doch selbst mal mit an!«, bellte ein Komplize zurück.

Ehe Seton reagieren konnte, trat ein Mann aus dem Höhlengang schräg gegenüber. Pippa hielt die Luft an, als sie das karierte Hemd sah, an dem sie Brian Lockhart überall erkannte.

»Was ist das hier, eine gemütliche Teestunde?«, schrie er sofort. »Morgen früh soll das hier eine seit Jahrhunderten verlassene Höhle sein!«

Pippa wechselte einen Blick mit Rebecca. Die sagte grimmig: »Die Küstenwache also auch. Angus hatte recht. Die Behörden sind unterwandert. Sieht so aus, als würde sich Angus' Pension bald auf seinem Konto wiederfinden. Und eine saftige Wiedergutmachungssumme dazu. Die hätte er sich verdient.«

»Brian ist Connors Freund. Wie perfekt muss Lockharts Tarnung sein, wenn der nichts gemerkt hat?«, fragte Pippa.

»Doppeltes Spiel. Bei der Polizei *und* bei der Küstenwache. Prescott hatte recht, diese Aktion ohne die Hilfe seiner eigenen Leute zu planen«, sagte Morris. »Bei so vielen Doppelagenten bekäme nicht mal James Bond eine ordentliche Razzia hin. Auf wen kann man sich denn heute noch verlassen?«

Pete Wesley lachte leise. »Auf mich!«

»Wo bleiben Stuart Ramsay und Connor?«, herrschte Lockhart jetzt Daniel Seton an. »Hast du sie endlich erreicht?«

»Seit wann haben wir hier unten ein Netz?«, schoss der zurück. »Ich versuche es draußen, wenn wir die Fässer aufs Boot laden.«

Lockhart winkte ärgerlich ab und rief zur Arbeitsbühne hinauf: »Wir sind bei vierhundertzwölf Fässern, es fehlen also noch acht! Sagst du den Jungs Bescheid?«

Von oben wurde etwas geantwortet, das im Geräusch der herunterfahrenden Arbeitsbühne unterging. Auf der Plattform standen nur vier Fässer – und zwei Menschen: Iona MacKinnon und Catriona Blakely.

Pippa japste erschrocken, und blitzschnell hielt Morris ihr den Mund zu, damit sie nicht schrie.

»Wenn das nicht mal eine Überraschung ist«, sagte Rebecca.

Catriona sah aus wie die selbstsichere Gastgeberin einer Party. Iona dagegen wirkte wie versteinert. Als Catriona von der Plattform stieg, setzte sich gerade ein Gabelstapler in Bewegung.

»Pass auf, Cat!«, rief Brian Lockhart.

»*Cat*?«, blaffte Iona. »Großer Gott, Mama, nicht mal Hector durfte dich so nennen!«

Cat als Koseform für Catriona, dachte Pippa, Cat wie Katze …

»Cat-rionas Bande. Cat's Cats. Katzenbande«, flüsterte Pippa fassungslos.

Pete biss sich auf die Lippen. »Ich nehme alles zurück. Auf mich ist auch kein Verlass. Ich habe mit jedem geredet, nur nicht mit ihr. Nicht mit Cat, dem Kopf der Katzenbande.«

»Das nenne ich Chuzpe. So etwas traut sich nur eine Catriona Blakely.« Rebecca fluchte leise. »Gibt der Bande ihren eigenen Namen.«

»Und keiner hat es begriffen«, sagte Morris. »Je lauter man eine Wahrheit in die Welt posaunt, desto weniger wird sie geglaubt.«

Die Männer in der Höhle arbeiteten jetzt schweigend. In Gegenwart von Catriona schien sich niemand zu trauen, laut oder ausfallend zu werden. Der Lärm hatte merklich nachgelassen.

»Hast du mit Turval geredet?«, fragte Catriona Brian Lockhart. »Sitzt er bei seinem Vater am Bett und passt auf?«

Lockhart nickte. »Alles wie angeordnet.«

»Gut. Hauptsache, er verhindert, dass Graham plappert. Es ist in seinem eigenen Interesse, dass sein Vater den Mund hält.«

»Das hat Turval schon beim ersten Knall verstanden.« Lockhart grinste. »Der will keinen zweiten erleben. Der spurt.«

Der Junge ist tapfer, dachte Pippa, es muss Überwindung kosten, sich bei diesem Druck gegen die Bande zu stellen, obwohl er durch die Situation seines Vaters täglich daran erinnert wird, wozu diese Verbrecher imstande sind. Respekt, das hätte nicht jeder getan.

»Und wenn Graham doch redet?«, fragte Daniel Seton. »Was passiert dann mit Turval?«

Lockhart zuckte mit den Schultern. »Er ist das perfekte Bauernopfer. Als Leiter der hiesigen Küstenwache wird mir schon etwas einfallen, wobei ich ihn erwischt habe. Dann haben Polizei und Presse auch ihren Sündenbock.«

Daniel Seton schluckte sichtlich, dann wandte er sich an Catriona. »Hast du meinen Brief gelesen? Ich hatte ihn den Bildern beigelegt.«

»Habe ich«, erwiderte sie. »Und zu deinem Glück ignoriere ich ihn.«

Nach einem kurzen Moment des Zögerns sagte Seton: »Aber ich habe genug Geld zusammen. Ich will aussteigen.«

»Aussteigen?« Catriona Blakely lachte auf. »Niemand steigt aus, bevor *ich* mit ihm fertig bin. Du darfst bei deinen Vorgesetzten die Versetzung in einen Ort *meiner* Wahl beantragen und weiterhin Botendienste erledigen. Das ist es, was du am besten kannst. Und dafür werde ich dich weiterhin fürstlich entlohnen. Solange du nützlich bist und parierst.«

»Cats Schoßhündchen ... Schade, dass Hund und Katze sich nicht immer vertragen«, höhnte Lockhart.

Er kassierte von Catriona einen vernichtenden Blick und zog sich eilig zurück.

Daniel Seton blickte ihm nach. Dann sagte er: »Ich will nicht mehr mitmachen.«

Catriona musterte ihn gelassen. »Irrtum. Du willst genau das tun, was ich dir sage. Sonst muss ich dich leider fallenlassen. Und wo du dann aufschlägst, nutzt Geld dir nichts mehr. Genauso wenig wie Dambeck. Heute hat er es gewagt, mich von der Polizeiwache aus anzurufen. Der Trottel hat mich tatsächlich um Hilfe gebeten – unter alten Geschäftspartnern, wie er es nannte. Ein Fehler. Nicht wieder gutzumachen – für ihn.« Während sie beiläufig eine Kiste inspizierte, fuhr sie fort: »Gott sei Dank hat Ramsay geahnt, dass es sich empfiehlt, sich von Dambeck zu trennen, und schon seit Tagen daran gearbeitet, ihn zu diskreditieren. Auf uns fällt nicht der Hauch eines Verdachts. Im Gegenteil: Jeder wird verstehen, wenn wir uns unter diesen Umständen von Dambeck als ehemaligem Aufkäufer unserer Whiskysammlung distanzieren.« Sie sah den Postboten direkt an. »Weißt du, Daniel, früher waren Schmuggler wesentlich straffer organisiert. In meiner neuen operativen Basis gedenke ich einige der alten Regeln zu beherzigen, damit es nicht erneut zu Scherereien kommt.« Sie ging zu einem Regiestuhl, setzte sich und schlug elegant die Beine übereinander. »Zu schade, dass wir diesen Ort aufgeben müssen. Er war absolut perfekt. Beim nächsten Anschlag erwarte ich mehr Sorgfalt, verstanden? Und jetzt verschwinde und mach deine Arbeit.«

Sie winkte ihre Tochter heran und klopfte auffordernd auf den leeren Stuhl neben sich. Steifbeinig ging Iona zu ihr und setzte sich.

»Mit der Pfuscherei an der Mahlmaschine fing alles an«, sagte Catriona im Plauderton. »Ich habe nichts gegen Graham MacLeod persönlich. Aber es passt mir ganz und gar nicht, ausgerechnet von einem Mann im Koma unter Druck gesetzt zu werden und meine Siebensachen packen zu müssen.« Sie beobachtete, wie einige Männer die letzten Fässer von der Hebebühne luden. »Du hast im Lagerhaus gute Arbeit geleistet, Iona. Nur du konntest in so kurzer Zeit die edelsten Fässer raussuchen. Du hast wirklich die beste Nase in ganz Schottland.«

Iona machte eine abwehrende Handbewegung. »Wenn ich vorher gewusst hätte, warum du mich ins Lagerhaus bestellst, wäre ich nicht gekommen. Ich habe dir nur geholfen, weil ich keine andere Wahl hatte.«

»Komm schon, gib es zu«, Catriona lächelte amüsiert, »die kleine Rache an Duncan und seinem österreichischen

Pummelchen schmeckt süß.« Als Iona keine Reaktion zeigte, fügte sie hinzu: »Ich vergaß. Du hast dich ja schon auf der Hochzeit gerächt.« Nach einem Moment des Nachdenkens tätschelte sie die Hand ihrer Tochter. »Die von dir ausgewählten Fässer werden uns eine Stange Geld bringen. Für deinen Anteil kannst du dir einiges leisten. Wie wäre es mit einem hübschen kleinen Domizil in Glasgow? Für dich und Morris? Ich höre mich in Hyndland um, wenn du möchtest.«

Iona zog ihre Hand weg und fauchte: »Ich will dein Geld nicht.«

Das brachte Catriona zum Lachen. Dann sagte sie ernst: »Du bist ein Anhängsel meines Lebens, liebe Tochter. So wie dein Name ein Anhängsel von meinem ist. Ich bin Cat – du bist Iona, meine zweite Hälfte. Dein Vater glaubt bis heute, ich wollte dich nach einer schottischen Insel benennen.« Wieder lachte sie. »Völliger Unsinn. Dein Name sollte ein unzertrennliches Band zwischen uns schmieden.«

Pippa hatte atemlos zugehört. Sie zuckte zusammen, als Morris ihr plötzlich zuflüsterte: »Durch dieses Band wurde Iona all die Jahre immer wieder in Richtungen manipuliert, die sie selbst so nie eingeschlagen hätte. Deshalb schneidet sie es heute Nacht durch. Endgültig.«

Pippa sah ihn betroffen an. Iona war ein weiterer Mensch, der für den Erfolg dieser Nacht eine Menge aufgab. Und unter höchstem emotionalem Druck stehen musste.

Obwohl Iona ihre Mutter nicht ansah, redete Catriona weiter. »Was du kannst, verdankst du mir. Und was du bisher noch nicht wusstest oder konntest, bringe ich dir jetzt bei. Also hör besser auf, dich darüber aufzuregen, woher mein Geld kommt. Du profitierst seit zwanzig Jahren davon. Und nicht zu wenig.«

Iona fuhr herum. »Da habe ich auch nicht gewusst, dass du ...«

»Dass ich Geheimnisse dieser Art habe?«, fiel Catriona ihr amüsiert ins Wort. »Wo wir über Geheimnisse sprechen ...« Ihre Stimme nahm einen drohenden Unterton an. »Dir ist hoffentlich klar, dass du jetzt zu uns gehörst. Unsere Firmengeheimnisse gehen Morris nicht das Geringste an. Du würdest dir nur selber schaden. Merke dir: Eine Ehe funktioniert nur, wenn man nicht alles voneinander weiß.«

Iona zuckte mit den Schultern. »Wer würde mir schon glauben?«

»Jetzt mach nicht so ein Gesicht.« Catriona lächelte. »Vergiss nicht, es lohnt sich. Du willst an Whisky verdienen? Ich zeige dir, wie es geht.«

»Ich arbeite für Wee Dram«, gab Iona heftig zurück.

»Wee Dram? Damit kann man nicht reich werden.« Lässig deutete Catriona auf die schuftenden Männer. »Meine Mitarbeiter haben verstanden: Unsere Rendite ist wesentlich besser als jedes Sparbuch und jede Aktie.«

»Du tust gerade so, als würdest du ein Wirtschaftsunternehmen leiten.«

»Das hier ist ein Wirtschaftsunternehmen, meine Liebe«, erwiderte Catriona schneidend. »Und zwar mit einem Umsatzvolumen, von dem Wee Dram nur träumen kann.«

Brian Lockhart kam heran. »Alles zum Abtransport bereit, Cat. Was sollen wir mit Brenda machen?«

Vor Aufregung schnappte Pippa nach Luft. Brenda ... das Blut am Valinch und am Taschentuch ... Sie beruhigte sich etwas, als sie Rebeccas Hand auf ihrem Rücken spürte.

Catriona starrte nachdenklich auf ihr übergeschlagenes Bein, das sie spielerisch wippen ließ. Dann fragte sie scharf: »Habt ihr *endlich* den Stechheber sichergestellt?«

»Daniel hat das vermaledeite Ding nicht gefunden. Ich

hoffe, Ramsay kann Archie dazu bringen, ihn zu der Stelle zu führen ...«, antwortete Lockhart zögernd.

Catriona fuhr auf. »Der Valinch muss her. Unter allen Umständen. Was für eine blöde Idee, ihn in einem Kaninchenbau zu verstecken. Muss ich hier wirklich *jede Kleinigkeit* selbst machen? Wenn ihr jemanden ausschaltet, dann in Zukunft bitte mit konventionelleren Mitteln. Und ohne diese Mittel anschließend zu verlieren!«

Pippa wurde übel, als sie sah, dass die anderen ebenso beunruhigt waren wie sie selbst.

»Holt Brenda her und bringt sie nach oben ins Lagerhaus«, sagte Catriona. »Von mir aus werft sie direkt vor die Eingangstür. Immer noch besser, als wenn die Polizei hier jeden Quadratzentimeter mit dem Flohkamm nach ihr durchsucht und Hinweise auf uns findet.«

Brian Lockhart pfiff auf zwei Fingern und zeigte auf eine Stelle an der Höhlenwand. Drei Männer gingen sofort hin und holten den leblosen Körper von Brenda Sandison aus einer dunklen Nische, die Pippa bisher nicht aufgefallen war. Die Männer legten den Körper auf der Hebebühne ab. Zu Pippas Entsetzen hatte Brenda Sandison eine Verletzung an der Stirn und an der Schulter eine riesige, klaffende Fleischwunde. Pippa unterdrückte mühsam ihren Impuls, sofort hinzulaufen, und sah, dass Iona aufgesprungen war.

Mit festem Griff zog Catriona ihre Tochter zurück in den Stuhl. »Spar dir die Mühe. Sie ist tot. Verblutet.«

Schockiert biss Pippa in ihre Handfläche, und Iona tat synchron genau das Gleiche. Wir haben wirklich einiges gemeinsam, dachte Pippa.

»Wer hat das getan?«, fragte Iona beinahe tonlos.

»Das wollen wir beide nicht wissen«, antwortete Catriona. »Es würde uns nur unnötig belasten.«

Iona begann zu weinen. »Warum musste sie sterben?«

»Habe ich dir nicht gerade erklärt, dass man Geheimnisse nicht ausplaudern sollte?«, fauchte Catriona. »Erst recht nicht zwischen Partnern? Connor hat diese Regel missachtet! Und Brenda kannte sie dummerweise gar nicht. Aber Dummheit schützt vor Strafe nicht.« Ihr Blick ging zu einem der Eingänge. »Da ist Connor ja endlich.«

Der junge Mann betrat die Höhle. Erstaunt sah er zuerst Daniel Seton an, dann Brian Lockhart und schließlich Catriona und Iona. »Hab ich's mir doch gedacht. Beide also. Mutter und Tochter. Außen hui, innen pfui.«

Angeekelt wandte er sich ab. Dabei entdeckte er den leblosen Körper auf der Hebebühne. Pippa hielt den Atem an, als Connor erstarrte.

Dann stürzte er zur Bühne und schrie: »Brenda! Nein!« Er nahm die Leiche in die Arme und schluchzte.

Als Lockhart ihn wegreißen wollte, stoppte Catriona ihn mit einer Handbewegung. »Lass ihn. Je mehr von seiner DNA an ihr ist, desto besser.« Glucksend fuhr sie fort: »Wie er das wohl später erklären will, wenn man ihn wegen Mordes festnimmt? Und Daniel seine Version der Geschichte erzählt? Dass es der schöne Connor nicht ertragen konnte, wegen eines kleinen Postbeamten von der Frau verlassen zu werden, deren Eisenwarenladen ihm doch sooo viel bedeutete ...«

Connor wandte sich zu Lockhart um und schrie: »Du Mörder! Das warst du, oder? Du machst die Drecksarbeit für die Katzenbande! Glaubst du etwa, Catriona mag dich wirklich? Glaubst du etwa, sie wird dich schützen? Die schützt nur sich selbst! Und sie lacht sich kaputt über dich! Wenn ich du wäre, würde ich mich ernsthaft um meine Zukunft sorgen!«

Lockhart musterte ihn, ohne eine Regung zu zeigen.

»Du bist es, der sich Sorgen machen muss. Es ist ein Leichtes, dich wegen Mitwisserschaft zu belangen. Gegen *mich* hat niemand etwas in der Hand. Ich war vorsichtig. Wenn es hart auf hart kommt, kann ich behaupten, ich habe mich in die Organisation eingeschlichen – *undercover.* Wem wird man wohl glauben? Dir oder mir?«

»Das klappt vielleicht einmal«, gab Connor zurück. »Beim Mord an Brenda. Aber klappt das auch, wenn ich erzähle, dass du deine Frau von der Fähre gestoßen hast? Dass es kein Unfall war? Klappt das auch, wenn ich erzähle, dass du mich gegen Maisie geschubst hast, damit sie das Gleichgewicht verliert?« Bei der Erinnerung daran schauderte er. »Es war Absicht. Pure Absicht. Eiskalt geplant.«

Connor ging mit diesen Worten auf Lockhart zu und blieb dicht vor ihm stehen. »Und du kennst mich. Du wusstest, ich würde dichthalten. Du wusstest, ich wäre zu feige, meine Rolle in dieser widerwärtigen Geschichte einzugestehen. Mit Schmuggel fängt es an – und dann machen sie einen bösen Menschen aus dir.«

Catriona lachte lauthals. Dann sagte sie: »Hör auf, dich zu bemitleiden, Connor. Du wolltest Nervenkitzel und Abenteuer. Und das hast du bekommen. Nicht meine Schuld, wenn du dem nicht gewachsen bist.«

Connor beachtete sie nicht. »Du hast deine Frau umgebracht, Brian!«, schrie er. »Und du hast mich mit hineingezogen!«

»Na und?«, blaffte Lockhart zurück. »Du Weichei! Maisie war von Anfang an nichts als meine Tarnung. Aber eine Tarnung, die quatscht und nervt, wird irgendwann gefährlich. Hatte sie sich selbst zuzuschreiben.«

»Warum gerade ich?«, fragte Connor verzweifelt.

»Ganz einfach: Brian brauchte jemanden, der zu allem

schweigt«, antwortete Catriona. »Er musste dich nur davon abhalten, *sofort* um Hilfe zu rufen. Die winzige Zeitverzögerung von zwei, drei Minuten reichte, dass viele Unbeteiligte Brian ein Alibi geben konnten. Wir hatten so wunderbar naive Zeugen an Bord! Die Fähre war einfach die perfekte Gelegenheit.« Sie grinste höhnisch. »Diese dämlichen Berliner glauben alles. Davon habe ich mich erst heute Nachmittag wieder überzeugen können. Ein wenig Schauspielerei, ein paar Tränchen – und schon geht Pippa Bolle für dich durchs Feuer!«

Hätte Morris sie nicht festgehalten, wäre Pippa losgestürmt. Sie zitterte vor Wut. Catriona hatte sie, Freddy und Morris schamlos benutzt. Maisies Tod wurde geplant, weil sie mit auf der Fähre waren. Nur deshalb hatte Catriona sie am Flughafen abgeholt. Für diese Frau durchs Feuer gehen? Da täuschte sie sich aber gewaltig ...

»Ich habe ihr erzählt, was damals im Corryvreckan geschah«, erzählte Catriona fast amüsiert.

Iona starrte sie fassungslos an. »Du hast *was*?«

»Oh, nicht die Wahrheit, Dear.« Wieder tätschelte sie die Hand ihrer Tochter. »Sondern das, was durch die Gerüchteküche zur Wahrheit werden soll. Bis sie irgendwann jeder glaubt. Schließlich ist wahr, was die Mehrheit für wahr *hält*.«

»Das ist dein Einsatz«, flüsterte Rebecca neben Pippa und gab ihr einen kleinen Schubs. »Jetzt!«

Beherzt trat Pippa aus ihrer Deckung. Breitbeinig stand sie in der Öffnung zum Gang. Ohne ihr heftiges Herzklopfen zu beachten, rief sie: »Wahrheit ist, was ich aussagen werde. Über all das hier.« Ihre Stimme hallte durch die Höhle.

»Wie kommt die denn hierher?«, schrie Catriona und sprang auf. »Wie lange hat sie dahinten gestanden? Wie viel hat sie gehört?« Wutentbrannt fauchte sie Pippa an: »Was wollen Sie hier?«

Pippa sah die Ratlosigkeit der Männer in der Höhle und empfand bei Catriona Blakelys Fassungslosigkeit tiefe Befriedigung.

»Was ich hier will? Montys Mörderin stellen!«, rief Pippa. »Sie waren die Frau auf dem Balkon im Kino!«

Iona schrie auf und schlug sich die Hand vor den Mund, aber Catriona blieb vollkommen gelassen. »Zu irgendwas musste das viele Geld doch gut sein, das ich für die Renovierung des Kinos gespendet habe«, sagte sie. »Dadurch kannte ich dort oben jeden Millimeter.«

»Sie Ungeheuer!«, brüllte Pippa, so laut sie konnte.

Ein markerschütterndes Tröten erklang, ein durchdringender Ton wie von einer heiseren Sirene. Pippa wusste, dass es sich um das erste Quäken eines Dudelsacks handelte, aber das Echo der Wände verzerrte den Laut zu unerträglicher Disharmonie.

In der Höhle kam Unruhe auf, und Catriona fragte Pippa scharf: »Was war das?«

»Das ist Ihr Ende! Das Ende der Katzenbande!«, schrie Pippa.

Erneutes Tröten. Lauter.

Catriona Blakely sah sich hektisch um, Unruhe im Blick. Und die Erkenntnis, dass sie die Kontrolle über die Situation zu verlieren drohte. Sie erbleichte, als nun ohrenbetäubender Lärm losbrach.

Eine Kakophonie aus Dudelsacktönen, Deckelgeklapper, Topfschlägen, Gebrüll aus menschlichen Kehlen und »*Slàinte! Slàinte!*«-Rufen erfüllte die Höhle. Mit Dorcas an der Spitze strömten aus dem Hauptgang zahlreiche Menschen in die Höhle, denen immer weitere folgten. Durch den Höllenlärm trieben sie die überrumpelten Schmuggler in eine Richtung – zum Höhlengang nach Piper's Hush.

Nur Brian Lockhart warf sich herum und rannte in den schmalen Gang, aus dem er zuvor gekommen war.

Connor riss sein Hemd auf und brüllte durch den Tumult in das an ihm befestigte Mikrofon: »Prescott! Brian Lockhart ist auf dem Weg zu Ihnen! Er will durch das Grab flüchten!«

Catriona begriff, dass die ihr bekannten Gänge blockiert waren. Sie schaltete sofort und hastete an Iona vorbei. Sie kam auf Pippa zu, stieß sie grob zur Seite und verschwand im Gang.

»Da ist noch ein Ausgang!«, schrie Daniel Seton, als er das sah. Er stolperte ihr nach, gefolgt von seinen Komplizen. Alle rannten wie um ihr Leben durch den Gang und stürzten durch den nassen Vorhang – mitten hinein in die Fischernetze.

Epilog

»Etwas höher, Duncan!«, rief Pippa. »Nein, du nicht, Morris! Auf deiner Seite ist es perfekt!«

Pippa stand mitten auf Campbeltowns Hauptstraße, die zur Feier des Sankt-Andreas-Tages für den Autoverkehr gesperrt war. Gemeinsam mit ihren Freunden war sie dabei, die Straße mit einem Transparent zu überspannen. Angus sicherte die Leiter auf der linken Seite, auf der Duncan balancierte; Archie rechts die von Morris.

Da aufgrund des Nationalfeiertages viele freihatten, versammelten sich bereits die ersten Schaulustigen. Sie freuten sich nicht nur auf den fröhlichen Umzug der Festwagen und der Pipe Bands, sondern auch auf das Anzünden der Weihnachtsbeleuchtung um Punkt sieben Uhr abends.

Allmählich wurde Pippa nervös. Keine halbe Stunde mehr, dann würde es hier von Menschen nur so wimmeln.

Duncan und Morris hakten die Befestigungen des Transparents ein, und jetzt war auch die Aufschrift lesbar:

Ausstellung

In Whisky Veritas

Drei einheimische Künstlerinnen und ihre Sicht der Dinge
Vernissage: St. Andrew's Day – Finissage: St. Kevin's Day

Sponsored by:
St.-Kevins-Stiftungsrat und Wee Dram Distillery

»Habt ihr die Lichterkette sicher befestigt?«, fragte Pippa. Als beide Männer nickten, fuhr sie fort: »Sollen wir sie gleich ausprobieren?«

»Um Gottes willen!«, rief Duncan. »Wir wollen uns doch nicht den Zorn der Leute zuziehen! Bis sieben Uhr bleibt die Straßenbeleuchtung aus, und kurz vorher werden sogar alle Lichter in den Fenstern und Schaufenstern gelöscht. Für den besonderen Effekt beim Anzünden der Weihnachtslichter.«

»Verstehe«, sagte Pippa. »Hauptsache, nach dem Umzug kommen alle zu uns in die Ausstellung, und aus der Vernissage wird noch ein richtiges *Ceilidh.*«

»Flora Grant macht das Catering«, erwiderte Archie, »und Ronan hat gekocht. So wird selbst aus einer Beerdigung ein richtiges *Ceilidh.*«

Pippa seufzte. »Hauptsache, Dorcas hört endlich auf, die Bilder immer wieder umzuhängen. Es wird Zeit, dass wir fertig werden.«

Während Morris und Duncan von den Leitern kletterten und die Männer alles zusammenpackten, schlenderte Pippa zum Gebäude des *Campbeltown Courier* an der nächsten Straßenecke. Die Zeitung stellte ihre Räumlichkeiten im Erdgeschoss für die Ausstellung unentgeltlich zur Verfügung. Mit Vergnügen erinnerte Pippa sich an die Schlagzeile des *Courier* drei Wochen zuvor: »Cat's Cats schlabbern aus Blechnäpfen!«

Sie sah durch die Scheibe dabei zu, wie Rose und Sarah vorsichtig ein überdimensionales Bild auf einer Staffelei platzierten, die im Schaufenster stand. Das Gemälde zeigte Laddie Blackbeard, ausgerüstet mit einer Stirnlampe zwischen den Ohren, ein gefährliches Grinsen auf dem Gesicht. Der Lichtkegel seiner Lampe erhellte eine düstere Höhlenszenerie. Die Malerin hatte nicht vergessen, seinem

Rückenfell nassen Glanz zu verleihen. Im Hintergrund war schemenhaft der Höhleneingang mit dem Wasserfallvorhang zu erkennen.

Die Männer hatten sich zu Pippa gesellt und bewunderten wie sie schweigend das Gemälde. Anita trat aus der Tür und stellte sich neben Pippa. Sie stöhnte leise, stemmte beide Hände in die Seiten und versuchte vorsichtig, den Rücken durchzustrecken. Sofort kam Iona mit einem Stuhl aus der Galerie und drückte Anita sanft auf die Sitzfläche. Duncan stellte sich hinter seine Frau und streichelte ihr liebevoll die Schulter.

»Ein kleiner, hilfloser Kater«, sagte Anita, »und bringt doch ein ganzes Imperium zum Einsturz.«

»Klein und hilflos?« Pippa grinste. »Das sehe ich nicht. Aber er hat uns buchstäblich einen Aus-Weg gezeigt.«

»Brian Lockhart war skrupellos. Catriona war skrupellos.« Anita sah zu Duncan hoch. »Die beiden haben einander wirklich verdient.«

Duncan nickte. »Und Bert-Rüdiger Dambeck, der von sich behauptet, Schottland mehr zu lieben als seine deutsche Heimat, darf sich nun in einem Etablissement Ihrer Majestät nach genau dieser zurücksehnen. Geschieht ihm recht.«

»Genau wie DI Ramsay«, warf Angus Todd ein. »Ich werde meinen sauberen Neffen im Knast besuchen, so oft es geht. Er soll nie vergessen, dass man Leute wie mich nicht unterschätzen sollte.«

»Da ist Ronan«, sagte Morris und winkte den alten Mann, der ein Stück entfernt stand, zur Gruppe. »Weißt du, wer die freien Posten im Stiftungsrat übernimmt?«

»Graham kommt natürlich zurück, sobald er kann«, antwortete Ronan. »Über Brendas Sitz ist noch nicht entschieden.«

Iona zögerte, bevor sie sprach. »Jock und DI Prescott versuchen, mich zu ködern. Wenn ich alles bestätige, was Hector erzählt, und es weitertrage, bekomme ich zur Belohnung ihre Stimmen bei der Abstimmung.«

»Meine hättest du auch«, sagte Ronan ernst. »Denn wir wollen ihren Sitz nur jemandem geben, der maßgeblich zur Ergreifung ihrer Mörder beigetragen hat. Daniel hat sie bei ihrer Entführung mit dem Valinch schwer verletzt, und von den anderen hat keiner geholfen. Seine Komplizen haben einfach zugelassen, dass Brenda verblutet. Sie hätte nicht sterben müssen. Alles, was wir jetzt noch für sie tun können, ist, eine würdige Nachfolgerin zu finden.«

Während Pippa erstaunt feststellte, dass auch eine Iona MacKinnon erröten konnte, sagte Duncan: »Ich will, dass endlich die Wahrheit über den Tod meiner Eltern publik wird. Hector hat uns beide viel zu lange geschont. Iona war beim Zusammenstoß der Boote tatsächlich unter Deck. Und ich kann mich an nichts erinnern, weil ich sofort über Bord ging.«

»Du warst also auf dem Boot deiner Eltern?«, wollte Pippa wissen.

»Ja, klar. Und wir hatten auch keinerlei Streit«, bestätigte Duncan. »Das Nächste, woran ich mich erinnern kann, ist, dass ich am Ufer liege mit einem zu Tode erschöpften Hector neben mir. Er hat mir das Leben gerettet.«

»Es ging Catriona nicht nur darum, Wee Dram zu erben, nicht wahr?«, fragte Pippa.

»Nicht vorrangig«, erwiderte Iona. »Sie begann gerade die ersten Erfolge ihres *Unternehmens* einzuheimsen, und Neil hatte Verdacht geschöpft. Sie wollte ihn zum Schweigen bringen.«

Das lässt nur eine Schlussfolgerung zu, dachte Pippa.

»Der Unfall im Corryvreckan wurde also von ihr provoziert.«

Duncan nickte. »Hector hat Catrionas Verhalten immer für mehr gehalten als einen Manöverfehler. Er war sich jedoch klar darüber, dass ihr höchstens Fahrlässigkeit nachzuweisen wäre – es sei denn, sie gäbe die Schuld selbst zu. Deshalb hat er die Scheidung eingereicht. Unter diesen Umständen wollte er nicht mehr mit ihr leben und auch Iona vor ihr schützen. Allerdings ließ Catriona es geschickt so aussehen, als hätte er einen Fehler gemacht und sie wäre die Leidtragende.«

»Sie wusste, darunter würde er leiden«, erklärte Iona weiter. »Ihre Rache dafür, dass Hector unter Einsatz seines eigenen Lebens ins Wasser sprang, nach Duncan tauchte und so dem Erben der Brennerei das Leben rettete. Mein Vater ist überglücklich, dass ihn niemand mehr schief ansieht, seit die wahren Umstände bekannt sind.«

Sieh an, dachte Pippa, ich habe zum ersten Mal das Gefühl, dass sie es liebevoll meint, wenn sie Hector ›mein Vater‹ nennt.

»Ich dachte immer, ich hätte alles unter Kontrolle«, fügte Iona leise hinzu. »Dabei führte meine Mutter mich an der Kandare. Nichts war meine Entscheidung. Alles war geplant. Von ihr.«

Ihre Stimme schwankte.

Morris musterte sie besorgt und wandte sich dann an Anita.

»Kommt ihr gut voran da drin?«, fragte er mit dem deutlichen Bestreben, von Iona abzulenken. »Wenn wir euch noch irgendwie unter die Arme greifen können …«

Anita machte eine wegwerfende Handbewegung. »Alles im grünen Bereich. Das war das letzte Bild. Jetzt fehlt nur noch der Tisch mit den Whiskygläsern vor Dorcas' ›*Bad*

Taste‹-Serie.« Sie lächelte. »Damit das Grauen mit gutem Geschmack runtergespült werden kann.«

»Dann sorgen wir mal für die entsprechenden Voraussetzungen«, sagte Pippa.

Aber als die fünf den Ausstellungsraum betraten, war der Tisch bereits aufgebaut. Dorcas goss gerade Whisky in die Gläser und bedeckte danach jedes mit einem Uhrglasdeckel, damit das Aroma nicht in den Raum entweichen konnte. Hinter dem Tisch war ein riesiges Triptychon aufgebaut, auf dem düstere Farben dominierten. Pippa erkannte sofort den morbiden Friedhof der Kühlschränke, den sie nachts auf Dorcas' Gelände entdeckt hatte.

»Dieses Teil ist an Geschmacklosigkeit wirklich kaum zu überbieten«, sagte Pippa perplex.

»Einmalig, nicht wahr? Du kannst es sogar zuklappen«, erwiderte Dorcas sichtlich stolz und nickte aufmunternd. »Ich habe Scharniere angebracht. Probier es aus.«

Wie Fensterläden ließen sich die Seitenflügel des Gemäldes schließen, und fassungslos stand Pippa nun vor dem nachgebildeten Korpus eines doppelseitigen Kühlschranks. »Das … das ist …«, stammelte sie.

»… der Knaller!« Dorcas strahlte in die Runde. »Und die ›*Bad Taste*‹-Serie ist erst der Anfang. Ich plane für den Sommer ein *Trash-Art*-Festival. Da werden wir den Altar des schlechten Geschmacks mit Whisky in Fassstärke übergießen und anzünden. *Guter Geschmack siegt über den schlechten* wird die Installation heißen. Ich erwarte Hunderte von Besuchern.« Sie zwinkerte. »Ich werde damit werben, dass der Rest der Fässer an die Besucher verteilt wird.«

»Mit mir kannst du jedenfalls rechnen«, verkündete Archie und bediente sich vom bereitstehenden Whisky. »Vielleicht kann dann auch Graham bereits wieder dabei sein.«

»Das wäre wirklich schön«, sagte Pippa. »Weiß jemand, wie es ihm zurzeit geht?«

Iona, die sich ein Stück entfernt mit Hector unterhielt, schnappte die Frage auf. »Er macht sehr gute Fortschritte. Man hat ihn in ein Reha-Zentrum verlegt. Briony ist heute mit den Kindern zu ihm gefahren.«

Grinsend imitierte Pippa Tamsins Angewohnheit, ständig Kaugummi zu kauen. »Cooool!«

»Cool wäre, wenn mir jemand einen Stuhl brächte«, sagte Anita und stöhnte erneut. Blitzschnell reagierten die Umstehenden, und sie konnte aus drei Stühlen wählen.

Vorsichtig ließ Anita sich auf den mittleren sinken. »Stehpartys sind einfach nichts mehr für mich.«

Hector MacKinnon war mittlerweile an ein Rednerpult getreten und übte seine Laudatio. Archie und Angus, beide mit einem Whiskyglas in der Hand, gaben das interessierte Testpublikum und lauschten andächtig seinen Worten.

»Noch ein Glas, und sie verlangen Zugaben«, flüsterte Dorcas in Pippas Ohr.

Gerade trug Hector vor: »Niemand darf Lorn House betreten, wenn Rose dort malt und ihre kreative Ader auslebt …«

»… und Hector MacKinnon so dank einer angeblichen Erbschaft vor der Insolvenz bewahrt«, kommentierte Dorcas wispernd.

»… seit ihren gemeinsamen Zeiten auf der Kunstschule in Chelsea sind Dorcas und Rose Freundinnen fürs Leben«, deklamierte Hector weiter, »eine Freundschaft, die sie wie ihren Augapfel hüteten und vor der Welt geheim hielten. Niemand ahnte, dass sich beide im Laufe der Zeit in der modernen Kunstwelt einen exzellenten Namen gemacht hatten …«

»Eine Kunstwelt, deren Interesse an uns dadurch stieg,

dass wir uns dieser Welt nicht zeigten«, raunte Dorcas. »Was die Preise unserer Bilder in eindrucksvolle Höhen katapultierte.«

»Dann war das also Rose in deinem Haus, als ich das erste Mal an deinem Grundstück war?«, fragte Pippa.

Dorcas verdrehte die Augen. »Ich war so wütend auf dich. Ich dachte, du hättest sie gesehen.«

»Aber warum diese Heimlichtuerei? Wenn ich das richtig verstehe, bist du wegen Rose hierher gezogen, oder? Warum sollte das keiner wissen?«

»Rose ist außergewöhnlich schüchtern, das genaue Gegenteil von mir. Bevor ich Lorn House kaufte, traf ich sie nur noch selten. Gerade deshalb fiel mir auf, wie sie kontinuierlich an Selbstvertrauen verlor. Das betraf nicht nur ihr Talent, was schon schlimm genug gewesen wäre, sondern ihre gesamte Persönlichkeit.«

»Kein Wunder, wenn man sich ständig mit Frauen wie Catriona und Iona vergleicht. Oder glaubt, an ihnen gemessen zu werden.«

»Ganz genau. Deshalb beschloss ich, nach Kintyre zu ziehen. Auf der Schule hatte man Rose eine große Zukunft prophezeit – und hier verkümmerte ihr Talent. Das fand ich unerträglich. Ich wollte ihr wieder zeigen, wer sie ist: eine hochbegabte, sehr kreative Frau. Und schließlich: Es gibt schlechtere Orte zum Leben, oder?« Sie lachte und fuhr fort: »Rose brauchte einen geschützten Raum, in dem sie sich entfalten konnte. Ohne negativen Einfluss von außen. Ohne dass Hector oder Iona sich einmischten. Sie sollte malen, und ich wollte alles andere übernehmen: Anbieten, Verkauf, Ausstellungen. So lange, bis sie sich selbst zutraut, mit ihrer Arbeit an die Öffentlichkeit zu gehen.« Dorcas zuckte grinsend mit den Schultern. »Wir merkten allerdings sehr schnell, dass gerade der Hauch von Geheimnis unsere Bilder enorm aufwertete. Wir haben Aufträge und Ausstellungen in der ganzen Welt.«

»Deshalb die vielen Pakete ... Wusste wirklich niemand von der Verbindung zwischen Rose und dir?«

Dorcas wurde ernst. »Monty, sonst niemand«, antwortete sie leise. »Solange er in Piper's Hush lebte, erlaubte er ihr auch, an seinem Haus zu parken, wenn sie zu mir wollte, damit das Auto durch die Senke nicht zu sehen war. Als er später bei Archie wohnte, hat Rose es am alten Friedhof abgestellt und ist dann über die Heide zu mir gekommen. Wenn sie jemanden getroffen hätte, wäre sie eben auf einem Spaziergang gewesen. Da oben ist ja normalerweise kaum einer unterwegs. Wenn wir Archies Mädchen mal außer Acht lassen jedenfalls.«

»Und um sicherzugehen, dass die Luft rein ist, hat sie dich jedes Mal vorher angerufen. Auf deinem separaten Telefon, mit eigener Nummer.«

Dorcas riss verblüfft die Augen auf. »Woher weißt du das?«

»Freddy«, erwiderte Pippa. »Er war zu dem Zeitpunkt sicher, ein Gespräch zwischen zwei Mitgliedern der Katzenbande zu belauschen.«

Das brachte Dorcas zum Lachen. Dann sagte sie: »Tja, falsch gedacht. Genau wie Hector, als er aus Eifersucht in ihrem Handy herumschnüffelte. Immer wieder rief sie eine Nummer an, die er nicht kannte ... die musste ja einem anderen Mann gehören!«

»Vorzugsweise Daniel oder dem schönen Connor.«

»Genau. Und als Hector ihr deswegen auf der Hochzeit eine Szene machte, wussten Rose und ich: Es war Zeit, mit den Heimlichkeiten aufzuhören.«

Einen Moment hörten sie Hector zu, der gerade vortrug: »... und so ergänzen unsere drei Künstlerinnen sich in harmonischer Art und Weise. Sarah MacDonald und ihre Werke sind über die Grenzen Kintyres hinaus zu einem Symbol für schottische Landschaftsfotografie geworden, Dorcas Gunn beweist mit ihren Installationen Mut ...«

»Wer hat Hector denn diese Rede geschrieben?«, raunte Pippa.

Dorcas grinste. »Na, wer schon? Iona natürlich.«

Rose, die sich angeregt mit Anita unterhalten hatte, gesellte sich zu ihnen. »Pippa, ich glaube, bei deiner Freundin dauert es nicht mehr lange.«

»Ja, in den nächsten drei Wochen wird es ernst.« Pippa warf einen Blick zu Anita hinüber.

Rose schüttelte den Kopf. »Da wäre ich mir nicht so sicher. Meiner Meinung nach hat sie gerade ...«

»Du musst Pippa noch von dem Windspiel erzählen«, fiel Dorcas ihr ins Wort.

»Aber nur meinen Teil ... Warum es überhaupt dort hing, soll unser Privatdetektiv lieber selbst erklären.« Sie hielt nach Angus Ausschau und gab ihm ein Zeichen, herüberzukommen. Dann erklärte sie: »Dorcas hat mir das Morsen beigebracht, damit sie mich warnen kann, wenn ich bereits auf dem Weg zu ihr bin. Auf der Heide hat man zwar jede Menge Vogelgezwitscher und Schafgeblöke, aber leider keinen Handy-Empfang.« Rose sah Pippa erwartungsvoll an. Als diese offensichtlich nicht verstand, fuhr sie fort: »Ich kann mittlerweile mit allem morsen, was Licht reflektiert.«

Endlich fiel bei Pippa der Groschen. »Du warst die Frau, die mein Bruder vor Piper's Hush gesehen hat! Mit dir hat er gemorst! Und du hast das Windspiel anschließend mitgenommen.«

»Genau«, warf Angus ein und stöhnte. »Und sie weigert sich standhaft, die raffinierteste Abhörinstallation, die jemals eine Detektei zusammengebastelt hat, wieder herauszugeben. Das Ding hat mich ein Vermögen gekostet.«

Pippa erinnerte sich an die Scheibe mit der winzigen Membran in der Mitte. Wütend begriff sie, dass es sich dabei um ein Mikrophon handelte. »Du hast das Windspiel aufgehängt? Das war eine *Abhöranlage*?«

Angus drehte sein Glas in den Händen hin und her. »Bitte versuch mich zu verstehen. Ich war völlig verzweifelt. Ich hatte zwar einen Verdacht, aber ich brauchte Beweise.«

»Angus hat es mir gestanden, nachdem ich ihn gefunden und in mein Haus gebracht hatte.« Morris zwinkerte Pippa zu. »Gott sei Dank hat er nur tagsüber gelauscht ...«

Pippa spürte, dass ihr Gesicht heiß wurde. Sie hoffte, dass man ihr die Erleichterung über diese Tatsache nicht allzu deutlich ansah.

»Irgendjemand aus der Familie MacKinnon/Blakely musste mit der Katzenbande zu tun haben«, erklärte Angus weiter. »Ich wollte so lange alle abhören, bis ich wusste, wer das war. Leider war nie die richtige Person darunter. Die hat sich auf Kintyre immer wieder andere Häuser gemietet. Von Ferienhaus zu Ferienhaus. Sehr sicher. Sehr clever.«

»Hast du dich auch angeschlichen, als wir alle beim Frühstück zusammensaßen und Duncan und Anita uns um Hilfe baten?«, fragte Pippa streng.

Angus nickte. »Da wurde es richtig interessant. Aber ich kannte ja einige von euch nicht. Ich musste unbedingt wissen, wer zu welcher Stimme gehörte. Und da habe ich mich zum Haus geschlichen, um das herauszufinden.«

»Du warst das also«, sagte Duncan, der kopfschüttelnd zugehört hatte. »Aber wohin bist du so schnell verschwunden, als Rebecca aus dem Haus kam?«

»Ich habe hinter der Hintertür gehockt«, sagte Angus stolz. »Die Regentonne verhindert, dass die Tür an die Wand schlagen kann – und lässt damit genug Platz für einen ganz normalen Erwachsenen.«

»Der klassische Fehler. *Hinter* den offenen Türen haben wir nicht nachgesehen.« Pippa überlegte einen Moment lang. »Aber woher wusste Dorcas, dass es wichtig ist, das Windspiel verschwinden zu lassen?«

»Ich hatte keine Ahnung«, warf Dorcas ein.

»Ich habe Rose gebeten, es abzunehmen«, erklärte Morris.

Angus sah sie treuherzig an. »Ehrlich, es tut mir wirklich leid. Mir ist klar, dass ich mich damit strafbar …«

Das Eintreffen von Flora und Ronan unterbrach ihn. Die beiden trugen riesige, mit Leckereien gefüllte Platten herein.

»Wir brauchen dringend Hilfe«, rief Flora keuchend. »Draußen ist kaum noch ein Durchkommen. Die Straße ist voll von Menschen, die sich am liebsten gleich auf unsere schottischen Tapas stürzen würden. Und in fünf Minuten gehen auch noch die letzten Lichter aus!«

Alle packten an, und als das Büfett aufgebaut war, versammelten sie sich draußen vor den Ausstellungsräumen. Gerade rechtzeitig, denn in diesem Moment erloschen die Lichter. Eine Gruppe Dudelsackspieler kam langsam den Hügel herunter und marschierte auf sie zu. Die Pipes der Instrumente waren mit phosphoreszierenden Lichterketten umrankt. In der dunklen Winternacht wirkte das, als würden schwebende Lichter zur Melodie von *Mull of Kintyre* tanzen.

»Das ist wunderschön«, sagte Pippa ergriffen.

Morris beugte sich zu ihr. »Du bleibst doch später zum *Ceilidh*? Mit Iona und mir?«

Als Pippa mit der Antwort zögerte, sagte Iona auf ihrer anderen Seite: »Bitte! Es ist mein erster öffentlicher Auftritt, seit ich gegen meine Mutter ausgesagt habe, und sie …«

Das ist also selbst für eine Iona MacKinnon nicht einfach, dachte Pippa, die überrascht erkannte, dass sie Mitgefühl empfand.

»Du hast eine echte Fangemeinde hier, seit die Netze so reiche Beute enthielten«, fuhr Iona fort.

Verlegen wehrte Pippa ab. »Das war nicht mein Verdienst. Dorcas hatte die geniale Idee, die Schmuggler durch den Lärm direkt in die Falle zu treiben.«

»Keine von Bravehearts Truppen war je so mutig – oder so laut«, sagte Morris und lachte. Dann sah er, dass DI Prescott ein paar Meter weiter mit wildem Winken seine Aufmerksamkeit zu erregen versuchte. »Ich bin gleich zurück. Der Inspector will mir sicher erzählen, ob er wegen seines ungewöhnlichen Vorgehens beim Ergreifen der Katzenbande nun befördert oder degradiert wird.«

Pippa sah ihm nach, wie er sich einen Weg durch die Menge bahnte, dann mit DI Prescott redete und ihm schließlich anerkennend auf die Schulter klopfte.

»Lass uns zusammen feiern, Pippa«, bat Iona erneut. »Es würde allen demonstrieren, dass du mir das Verwirrspiel mit der Verlobung nicht krummnimmst. Und ich wäre in Ehren wieder aufgenommen.«

Pippa gab sich einen Ruck. »Einverstanden – falls die Verlobung tatsächlich nur bis zur Entlarvung deiner Mutter bestand. Ich bin nicht blind, Iona. Ich weiß, dass du Morris ebenso gern hast wie ich.«

»Tamsin hat mir nicht nur haarklein von euch beiden berichtet«, erwiderte Iona, »sie hat auch gesagt, du bist keine, die leicht aufgibt. Und ich muss sagen, sie hat recht.«

Sie warf einen Blick hinüber zu Morris. Dann streckte

sie Pippa die Hand hin. »Auf einen gerechten, ehrlichen und liebevollen Kampf.«

Spontan schlug Pippa ein. »Dann will ich mal hoffen, dass Anitas Zwillinge noch eine Weile auf sich warten lassen und bis dahin alles entschieden ist.«

Mit dem ersten Glockenschlag der Turmuhr am nahen Rathaus verstummte das Stimmengewirr der wartenden Menschen.

»Sieben ... sechs ... fünf ... vier ...«, brüllten alle im Chor.

»Drei ... zwei ... eins ...«, rief Pippa fröhlich mit und hakte sich freundschaftlich bei Iona ein.

»Aaaaaaaaaah ...«, kam es aus Hunderten Kehlen, als in der gesamten Straße die Weihnachtsbeleuchtung aufflammte und gleich darauf der geschmückte Weihnachtsbaum in der Mitte des Kreisverkehrs am Anfang der Straße in voller Pracht erstrahlte.

Die folgende andächtige Stille durchbrach ein gellender Schrei. Und noch einer! Anita Blakely schrie wie am Spieß.

Erschrocken beugte Duncan sich über seine Frau, die sich jetzt keuchend den Bauch hielt. Hilflos blickte er auf die dichtgedrängten Menschen um sich herum, aber Prescott schaltete blitzschnell.

»Aus dem Weg! Lasst uns durch!«, rief er und bahnte dem Ehepaar mit Hilfe zweier Constables den Weg durch die Menge zu einem Streifenwagen. Die Autotüren schlugen zu, und im nächsten Moment raste der Wagen mit Blaulicht davon.

»Jetzt guck dir das an«, sagte Dorcas und lächelte zufrieden, »da hat uns die kleine Österreicherin doch tatsächlich die Schau gestohlen.«

Daraufhin nickten Sarah MacDonald, Rose und Dorcas

einander zu. »Wir schenken uns die feierlichen Reden und fangen gleich mit der Party an!«, verkündete Dorcas über den Lärm der ausgelassenen Menschenmenge. »Wer kommt mit rein?«

Zwei Stunden später strebte das Fest seinem Höhepunkt entgegen, dennoch hörte Pippa durch Musik und Gelächter ein leises Piepsen. Hastig zog sie ihr Handy hervor und war sofort von allen umringt, die bereits auf Nachricht von Anita warteten.

»Macht die Musik aus!«, rief Morris, und Pippa stellte das Handy auf Lautsprecher. Gerührt lauschten sie dem Krähen aus zwei kräftigen Kehlen.

»Diese Stimmen hätten wir in der Höhle gut gebrauchen können«, sagte Dorcas anerkennend.

Am anderen Ende der Leitung erklangen Anitas glückliches Lachen und Duncans Stimme, die voller Stolz bekanntgab: »Liebe Freunde, ich stelle euch Greta und Nellie vor, Wee Drams nächste Generation!«

Slàinte!

Alba, Caledonia, Scotland.
Gälisch, Scots, Englisch.

Das Land unserer Sehnsucht hat drei Namen und drei Sprachen – und eine unendlich vielfältige Landschaft.

Ob das mystische St. Kilda mit den höchsten Seeklippen Europas, das Nordlicht über Aberdeen, die rotglühenden Heidehügel der Grampians, die Spuren der keltischen Heiligen auf der Insel Iona, Tanz auf einem nächtlichen *Ceilidh* in den Straßen Edinburghs oder beste Unterhaltung in einer der zahlreichen Musikkneipen Glasgows: Es gibt viele Gründe, immer wieder nach Schottland zu fahren, es wieder und wieder zu besuchen. Die Highlands, die Lowlands, die Inseln – überall ist es überwältigend schön.

Dennoch gibt es einen Ort, der uns mehr anzieht als alle anderen: Kintyre mit der umliegenden Inselwelt, Campbeltown und seinen Menschen.

Sobald wir wieder zu Hause sind, träumen wir uns zurück: Wir setzen uns an den Kamin, dimmen das Licht, legen schottische Musik auf und gießen uns einen Single Malt Whisky ins Glas. Dann fallen uns Geschichten ein, die spiegeln einen hohen Himmel und heidebedeckte Hügel, die riechen nach Torf und schmecken nach frischem Quellwasser und gemälzter Gerste. Eine davon haben wir in diesem Buch mit großer Leidenschaft und viel Freude aufgeschrieben. Genau so, wie sie nie gewesen ist, aber passiert sein könnte: mit den herzlichen Menschen, die erst unsere Informanten und dann Freunde wurden.

Wir haben nichts an der Landschaft geändert, sie ist ohnehin zu schön, um wahr zu sein. Aber wir haben den Friedhof und die Kirchenruinen des heiligen *Coivin* (oder: Kevin) von Machrihanish nach Wee Dram verlegt, ohne dass es vom Himmel Pech und Schwefel regnete. Wir nahmen das als Einverständnis des Heiligen, dessen Regeln für eine gedeihliche Ehe wir mit denen unseres Stiftungsrates und eines ähnlichen Vermächtnisses in St. Cyrus an der schottischen Ostküste paarten.

Schottland, Du hast es uns leicht gemacht – nun wollen wir uns schweren Herzens, aber dankbar von Dir verabschieden.

Unser Dank geht an ...

... die Caldonian MacBrayne/CalMac Ferries Ltd und den Group Public Affairs Manager David Cannon für die Erlaubnis, die Fähre von Ardrossan nach Campbeltown für unsere Zwecke zu nutzen, sowie für die großzügige Überlassung der Unterlagen der *Man-over-Board-Procedures*, ohne dass wir darum bitten mussten. Wir wissen dieses ungewöhnliche Entgegenkommen sehr zu schätzen. Unser Dank geht auch an Lesley Rae für die Vermittlung. Bis zum nächsten Mal auf einer der vielen Fähren, auf der die Passagiere so viel sicherer sind als in unserem Buch.

... das Picture House in Campbeltown und alle, die für dieses außergewöhnliche *community project* arbeiten. Unser besonderer Dank geht an Jane Mayo und Russ Carroll, die das Projekt mit großem Engagement leiten und uns erlaubten, dass Leichen nicht nur auf der Leinwand, sondern auch auf dem Balkon herumliegen. Vielen Dank auch an Joanna Campbell, die nicht nur die neue Digitaltechnik versteht, sondern auch die alten Filmapparate bedienen kann, sowie an die gesamte charmante Crew. Eure Einladung an uns zum 100. Geburtstag dieses wunderbaren Kinos war uns eine Ehre! Many happy returns!

... Mary Turner und ihre Tochter Catherine Cannon vom Kildalloig Estate, die uns erlaubten, ihr gesamtes Areal in Wee Dram umzubenennen und darauf Whisky zu brennen. Eure Ferienhäuser sind Orte zum Träumen. Ihr seid Menschen zum Gernhaben.

... Flora Grant und Marion MacKinnon, das Ardshiel Hotel und damit an die beste Whiskybar weit und breit. Mit Euch abends zusammenzusitzen und flüssiges Gold längst geschlossener Brennereien zu verkosten, ist nicht nur lehrreich, sondern auch sehr lecker. Am nächsten Morgen Euer Katerfrühstück zu genießen eine (Über)Lebensnotwendigkeit – sagt Freddy.

... die Glen Scotia Distillery, ihre Besitzer und ihren Manager Iain McAlister, seine Frau Shelley und die gesamte Crew, die unseren Lieblingswhisky brennen. Iain, Du hast uns mehr geholfen, als Du ahnst: Dank Dir gibt es in diesem Buch eine Staubexplosion und eine Brennereibesichtigung, außerdem eine Verkostung mit Hilfe eines Valinch, die wir mit Dir live erleben durften. Nur ein einziger Wunsch an Dich und Glen Scotia ist noch offen: Gebt uns den 14-Jährigen zurück!

... Berna und Micky für die Erlaubnis, Sanda Island während der Ruhezeit und in ihrer Abwesenheit betreten zu dürfen. Sanda ist eine ganz besondere Insel – und der perfekte Platz für Duncans und Anitas Flitterwochen. Ein Paradies mit Leuchtturm, Seehundkolonien, einem blauen Schaf und Henriette, dem Huhn – viel zu schade für den ursprünglich geplanten Showdown mit den bösen Schmugglern. Wir konnten uns nicht überwinden und haben Sanda so friedlich gelassen, wie es ist.

... Russel Cheshire von Ocean Breeze RiB Tours und der Naturschutzorganisation COAST für die sichere und doch abenteuerliche Reise auf dem RIB durch den Strudel bis nach Sanda Island. Für die exzellente Führung, die Geduld, das Teilen des Wissens über die Inseln und ihre fragile Natur. Keep up the good work for COAST!

... Margaret Wallis für ihre Zeit und ihre Vorschläge zu einer schottischen Hochzeit, die wir genau so gefeiert haben.

... das Polizeirevier von Campbeltown und an Stuart McCallum und all seine Kollegen für die unschätzbare Hilfe. Wer hier um Unterstützung bittet, findet sie. Auch wenn die Fragen noch so ungewöhnlich sind und obendrein an einem Sonntag gestellt werden. Die Polizei, unser Freund und Helfer!

... Marion MacDonald, Malcolm und Heather von Black Grouse Farm. Archies Mädels stehen jetzt wieder auf Euren Hügeln.

... Springbank und die Glengyle Distillery sowie an den unabhängigen Abfüller Cadenhead für die guten Führungen und den leckeren Whisky aus Euren Häusern und ein unvergessliches St. Andrew's Day Dinner.

... Frances Hill und Ian vom Muneroy für die Idee des Wendekapitels bei Sponge und Tee und guter Gesellschaft. O Frances, Deine Kuchen ... ganz gleich, ob mit oder ohne heißen Custard ...

... *The Midden*, besonders Kate, Meggan and Hazel für die vielen schönen Stunden, die wir miteinander verbracht haben. Ihr seid der Soundtrack zu unserem Buch.

... die Strathisla Distillery und Boa Anderson für die

freundliche Genehmigung, die phantastische Geschichte ihrer legendären Brennereikatze Dizzy erzählen zu dürfen.

... die Glenturret Distillery und die dortige Crew für die Möglichkeit, ihren Riesenkater Brooke auf dem Arm zu halten und eine ganz besondere Katzenklappe zu benutzen.

... den *Campbeltown Courier* und *Senior Reporter* Graham Crawford, der immer wieder über Auerbach & Keller berichtete und so dafür sorgte, dass uns wirklich überall Unterstützung gewährt wurde. Wir lesen Campbeltowns Stimme online auch zu Hause ... der Epilog musste einfach in Euren Räumen spielen.

... Cindy vom *The Old Bookshelf.* Tage kann man in Deinem Labyrinth verbringen. Buchläden wie Deinen sollte es für Bookaholics wie uns in jeder Stadt geben.

... das Tatort-Töwerland-Stipendium. Es ermöglichte, dass die Kapitel 15 bis 18 in Strandkorb Nr. 808 auf Juist entstanden. Thomas Koch, Dein Einsatz für die deutsche Kriminalliteratur ist von unschätzbarem Wert für uns Autoren. Besonderer Dank geht an alle, die Dich darin unterstützten, aus diesen vierzehn Tagen besonders kreative und dennoch entspannte werden zu lassen: vom leckeren Frühstück in *Haus Maike* über das delikate Mittagessen im *Kompass* bis hin zur guten Nacht im *Haus Brunke* – es war ein Privileg, dieses Stipendium genießen zu dürfen.

... Ina, die schon die Störche mit uns zählte und sich für diese Rechercheréise an Linksverkehr und schottisches Essen wagte. Unvergessen: das St. Andrew's Dinner und der Umzug in Campbeltowns High Street. Mit Dir, Ina, wird aus Arbeit und Recherche Urlaub!

... Ole, der nicht nur einer unserer Testleser ist, sondern auch spontan mit nach Campbeltown fuhr, damit wir unsere Geschichte nachprüfen und Wissenslücken füllen konnten. Du bist Campbeltowns Charme erlegen. Viel Spaß auf allen weiteren Reisen nach Wee Dram.

... an die Besitzer der Whisky-Selection und des »Dudelsack« in Mainz, die dafür sorgten, dass fachlich alles verständlich blieb und wir immer flüssige Inspiration zur Hand hatten. Jens und Tanja, ein Abend bei Euch ist purer Genuss, Euch zu kennen besonderes Vergnügen.

... unsere fleißigen Testleser: Gerdi aus Wiesbaden und Martina aus Hamburg, die uns von Anfang an die Treue halten, und Ludwig, Ole, Marion und Anett, unsere Wiederholungstäter. Ebenso an Heike und Marit, die trotz knapp bemessener Zeit auf diese Reise mitgefahren sind. Vor allem auch an Stefan, Katja und Bernd, die nicht nur ebenso große Whiskykenner sind wie Ole, sondern – jeder oder jede an ihrer Stelle – wertvolle Hinweise gaben, die das Buch besonders beeinflussten. Wenn ihr Pippas 5. Band noch einmal lest, werdet Ihr »Eure« Stellen finden.

... Heide Kloth und Julia Wagner vom Ullstein Verlag, die unsere Schottlandliebe teilen und dafür sorgen, dass wir keine Sorgen haben, wenn es ans Schreiben geht.

... unsere österreichische Agentin Margit Schönberger, der wir aus Dankbarkeit in diesem Band eine Familie verpasst haben, die ebenso charmant und für uns unersetzlich ist wie sie selbst.

... Uta Rupprecht, unsere Lektorin, die zum fünften Mal für Pippas sprachliches und ›ausdrückliches‹ Wohl sorgte. Ihre geduldigen und immer klaren Vorschläge zur Verbesserung sind ein Gewinn für jeden Autor.

... alle, die unsere Leidenschaft für guten Malzwhisky und die schottische Landschaft teilen.

Slàinte mhath!